P. J. TRACY

DER KÖDER

THRILLER

AUS DEM AMERIKANISCHEN
VON TEJA SCHWANER

Weltbild

Die amerikanische Originalausgabe erschien 2004
unter dem Titel *Live Bait* bei G. P. Putnam's Sons, New York

Besuchen Sie uns im Internet:
www.weltbild.de

Genehmigte Lizenzausgabe für Verlagsgruppe Weltbild GmbH,
Steinerne Furt, 86167 Augsburg

Übersetzung: Teja Schwaner
Umschlaggestaltung: ZERO Werbeagentur, München
Umschlagmotiv: Mauritius Images, Mittenwald
Gesamtherstellung: CPI Moravia Books s.r.o.,
Brnenská 1024, CZ-69123 Pohorelice
Printed in Czech Republic

ISBN 3-8289-8753-2

2009 2008 2007 2006
Die letzte Jahreszahl gibt die aktuelle Lizenzausgabe an.

KAPITEL 1

Es war kurz nach Sonnenaufgang und regnete noch immer, als Lily die Leiche ihres Mannes fand. Er lag mit dem Gesicht nach oben auf dem Asphalt vor dem Gewächshaus. Augen und Mund standen offen, und es sammelte sich Regenwasser in ihnen.

Der Tote sah in dieser Position recht anziehend aus, denn die Schwerkraft schien die faltige Haut seines Gesichts zu straffen und vierundachtzig Jahre voller Leid und Lachen und Kummer vergessen zu machen.

Lily stand einen Augenblick lang über ihm und zuckte zusammen, wenn die Regentropfen mit einem leisen Geräusch auf seine Augen fielen.

Ich hasse Augentropfen.

Morey, halt still. Hör auf zu blinzeln.

Hör auf zu blinzeln, sagt sie, und träufelt mir dabei Chemie in die Augen.

Ruhe. Es ist keine Chemie. Natürliche Tränen, siehst du? Das steht hier auf dem Fläschchen.

Erwartest du von einem Blinden, dass er lesen kann?

Ein kleines Sandkorn im Auge, und schon bist du blind. Wahrlich ein ganzer Kerl, so richtig hart im Nehmen.

Und natürliche Tränen sind es ohnehin nicht. Wie sollten sie es denn auch machen? Auf Beerdigungen gehen und weinenden Menschen Fläschchen unter die Augen halten? Nein, die mischen Chemikalien und nennen es dann natürliche Tränen. Etikettenschwindel ist das, nichts anderes. Unnatürliche Tränen sind das. Eine kleine Flasche voller Lügen.

Halt die Klappe, alter Mann.

So ist es doch, Lily. Nichts sollte vorgeben zu sein, was es nicht ist. Alles sollte ein großes Etikett tragen, auf dem steht, was es ist, damit es keine Verwirrung gibt. Wie der Dünger, den wir vor Jahren für unsere Beetpflanzen benutzt haben und der all unsere Marienkäfer getötet hat. Wie hieß der noch?

Pflanzengrün.

Genau. Den hätten sie Pflanzengrün Marienkäfertod nennen sollen. Vergiss die winzige Schrift auf der Rückseite, die keiner lesen kann. Wahrhaftige Bezeichnungen brauchen wir. Das wäre eine gute Vorschrift. Selbst Gott sollte sich nach einer solchen Vorschrift richten.

Morey!

Was soll ich sagen? Da hat Er einen großen Fehler begangen. Wäre es denn für Ihn ein Problem gewesen, die Dinge so aussehen zu lassen, wie sie auch wirklich sind? Ich meine, Er ist doch Gott, stimmt's? Das könnte er doch ohne weiteres machen. Überleg mal. Da steht ein Typ vor der Tür, hat ein freundliches Gesicht und lächelt dich nett an. Du lässt ihn herein, und er bringt deine ganze Familie um. Das ist doch Gottes Fehler. Das Böse sollte auch böse aussehen. Dann lässt du es nämlich nicht herein.

Besonders du solltest wissen, dass es so einfach nicht ist.

Genau so einfach ist es aber.

Lily holte Luft und ging in die Hocke – eine jugendliche Körperhaltung für eine so alte Frau, aber ihre Knie waren gesund, noch immer stark und gelenkig. Es gelang ihr nicht, Moreys Lider ganz zu schließen. Einen Spalt breit blieben sie offen und ließen ihn bedrohlich aussehen. Seit sehr langer Zeit bekam Lily es zum ersten Mal wieder mit der Angst zu tun. Sie vermied es, seine Augen anzuschauen, als sie das dunkle Silberhaar zurückstrich, das der Regen auf seinen Schädel gekleistert hatte.

Einer ihrer Finger glitt in ein Loch seitlich an seinem Kopf, und sie erstarrte. «Oh, nein», flüsterte sie. Dann erhob sie sich hastig und wischte sich die Finger an ihrem Overall ab.

«Ich habe es dir gesagt, Morey», schalt sie ihren Mann ein letztes Mal. «Ich habe es dir gesagt.»

KAPITEL 2

In Minnesota war der April immer unberechenbar, aber ungefähr alle zehn Jahre zeigte er sich ausgesprochen sadistisch und wechselte ungezügelt zwischen verlockendem Frühlingsversprechen und den letzten zornigen Todeszuckungen eines widerspenstigen Winters, der nicht die geringste Neigung zu einem leisen Abschied verspürte.

Genau so ein Jahr war es gewesen. In der vergangenen Woche war ein unglaublicher Schneesturm über den wärmsten April seit Menschengedenken hereingebrochen, hatte die knospenden Bäume zu Tode erschreckt und im ganzen Staat heftige Diskussionen über einen Massenexodus nach Florida ausgelöst.

Aber der Frühling hatte letztlich doch die Oberhand gewonnen, war bemüht, alle Welt mit sich zu versöhnen, und machte das verdammt gut. Die Quecksilbersäule stieg auf 25 Grad, die vom Schnee eingeschüchterte Flora hatte sich aufgerafft, geradezu schamlos neongrün zu explodieren, und was am besten war: Die Streitmacht der Stechmücken lauerte noch in Larvenform in den Seen und Sümpfen. Freudetrunkene und sonnenhungrige Einwohner von Minnesota tummelten sich scharenweise im Freien und gaben sich zeitweilig dem Irrglauben hin, ihr Staat sei tatsächlich bewohnbar.

Auf seiner vorderen Veranda lag Detective Leo Magozzi ausgestreckt auf einer altersschwachen Liege, die Sonntagszeitung in der einen Hand, einen Becher Kaffee in der anderen. Er hatte den Schneesturm der letzten Woche noch nicht vergessen und er war Realist genug, um zu wissen, dass es noch nicht zu spät für ein weiteres Unwetter war. Dennoch gestattete er seinem Zynismus nicht, einen makellos schönen Tag zu ruinieren. Außerdem bot sich die seltene Gelegenheit, der Faulheit zu frönen, nach der es ihn immer verlangt hatte – wenn Detectives der Mordkommission Urlaub machen wollten, mussten sie sich nach den Urlaubszeiten der Mörder richten, und Mörder schienen die am härtesten arbeitenden Mitmenschen zu sein. Aber aus einem unerklärlichen Grund durfte sich Minneapolis der seit Jahren längsten Zeitspanne ohne Mordfälle erfreuen. Wie sein Partner Gino Rolseth es so treffend formuliert hatte: Mord war tot. In den vergangenen Monaten hatten sie nichts anderes zu tun gehabt, als ungeklärte Fälle zu bearbeiten, und sollten sie je alle lösen, würden sie wieder Streife fahren, Transvestiten filzen und sich wünschen, lieber Zahnarzt als Polizist geworden zu sein.

Magozzi schlürfte seinen Kaffee und beobachtete die Masochisten aus der Nachbarschaft, die sich Torturen aller Art hingaben und schnaufend und schwitzend wie besessen gegen eine Klimazeitrechnung anrannten, die sie schon in ein paar Monaten wieder in ihre vier Wände verbannen würde. Sie joggten, sie skateten, sie liefen mit ihren Hunden und feierten jeden einzelnen Grad Temperaturanstieg, indem sie ein weiteres Kleidungsstück ablegten.

Das war eine der Eigenschaften, die Magozzi an den Bürgern Minnesotas am meisten liebte. Ob dick, dünn, muskulös oder schwammig – wenn es warm wurde, kannten die Menschen in diesem Staat keine Hemmungen mehr, und an einem so schönen Tag wie diesem liefen die meisten halb nackt umher. Natürlich war das nicht immer gut, gewiss nicht im Fall von Jim, seinem extrem behaarten direkten Nachbarn. Man konnte nie mit Sicherheit sagen, ob Jim ein Hemd trug oder nicht. Er war auch jetzt im Freien, vielleicht ohne, vielleicht aber auch mit Hemd. Er arbeitete hart daran, die Blumenbeete so herzurichten, dass ihm die Pole Position für den Wettbewerb um den «Schönsten Garten» der Twin Cities im nächsten Monat sicher war. Wenn Jim jedoch darauf aus war, an Magozzis Ehrgefühl als Haus- und Gartenbesitzer zu appellieren, brauchte er sich keine Hoffnungen zu machen.

Leo Magozzi blickte über seinen dürftigen Garten, der diesen Namen kaum verdiente – zwei Pfützen, die vom Regen der letzten Nacht übrig geblieben waren, einige tapfere Stängel Löwenzahn und ein paar Stechfichten in diversen Phasen des Absterbens. Gelegentlich überkam ihn eine flüchtige Erinnerung daran, wie es hier vor der Scheidung ausgesehen hatte. Überall Blumen, Wiesenrispengras in Hab-Acht-Stellung und Heather jeden Tag draußen mit scharfen Werkzeugen und so strenger Miene, dass sich die Pflanzen verschreckt unterwarfen. Sie hatte sich sehr gut darauf verstanden, ihre Umgebung bis zur Unterwerfung zu verschrecken – unbestreitbar hatte das auch bei ihm funktioniert, und er war bewaffnet gewesen.

Er war bei seinem zweiten Becher Kaffee und hatte fast den Sportteil erreicht, als ein Volvo Kombi in die Auffahrt bog. Gino Rolseth sprang heraus. Er schleppte eine riesige Kühlbox und einen Beutel Kingsford-Grillkohle mit sich. Sein Bauchumfang stellte die großzügigen Maße eines Tommy-Bahama-Hemds auf eine harte Probe, und aus gruselig bunt karierten Bermudashorts ragten seine stämmigen Beine hervor.

«He, Leo!» Schwerfällig erklomm er die Veranda und setzte die Kühlbox ab. «Die Geschenke, die ich bringe, sind Fleisch von Rindern und fermentiertes Getreide.»

Magozzi hob eine dunkle Augenbraue. «Um acht Uhr morgens? Darf ich daraus schließen, dass Angela dich Versager endlich rausgeschmissen hat und ich sie anrufen kann, um ihr einen Antrag zu machen?»

«Das hättest du wohl gerne. Ich bin aus reiner Wohltätigkeit hier. Angelas Verwandte haben sie und die Kinder zu irgend so 'ner Handwerkssache in der Maplewood Mall mitgenommen. Ich habe also einen freien Sonntag und mir gedacht, ich bringe ein bisschen Schwung in dein so genanntes Leben.»

Magozzi stand auf und sah in die Kühlbox. «Was ist das, eine Handwerkssache?»

«Du weißt schon, diese Buden und Stände, wo die Leute aus alten Einkaufsbeuteln Häuser basteln.»

Magozzi kramte in der Kühlbox und zog eine Packung feister weißgrauer Würstchen hervor, die ziemlich fies aussahen. «Was sind denn das für Dinger? Die sehen aus wie deine Beine.»

«Das sind frische Würstchen, extra aus Milwaukee importiert, du Banause. Wo steht dein Grill?»

Magozzi deutete auf einen rostigen alten Weber-Grill, der in einer Ecke der Veranda stand.

Gino stieß ihn leicht mit dem Fuß an. Der Grill brach in sich zusammen. «Da brauchen wir wohl Klebeband.»

Magozzi hob ein dunkel orangefarbenes und dubios aussehendes Stück Käse aus der Box. «Zwölf Jahre alter Cheddar? Ist so was nicht verboten?»

Gino grinste. «Bei dem werden dir die Freudentränen kommen, das verspreche ich dir. Habe ihn bei einem tollen kleinen Käsehöker in Door County bekommen. Jemand hat einen ganzen Laib im Keller vergessen und ihn erst zwölf Jahre später gefunden, bedeckt von gut dreißig Zentimeter Schimmel.

Nirwana, mein Freund. Das reine Nirwana. Ist doch erstaunlich, was eine Kuh und ein paar Bakterien zustande bringen.»

Magozzi schnupperte daran und verzog das Gesicht. «Ja, klar. Immer wenn ich eine Kuh sehe, denke ich: He, wär's nicht toll, ein paar Bakterien aufzutun und so richtig was aus ihr zu machen. Warum hast du denn einen Aktenordner in der Kühlbox?»

«Ist 'n kalter Fall.»

«Sehr witzig.»

Gino hob den Grill an, und in einer Wolke aus Roststaub fiel ein weiteres Bein ab. «Dieser ist von vierundneunzig. Dachte, wir können nachher mal 'nen Blick drauf werfen. Damit wir, falls in dieser Stadt jemals wieder ein Mord verübt wird, nicht ganz aus der Übung sind. Kannst du dich erinnern, je von dem Valensky-Fall gehört zu haben?»

Magozzi setzt sich auf die Liege und öffnete den Aktenordner. «Irgendwie ja. Der Klempner, stimmt's?»

«Genau der. Von sieben Schüssen getroffen. Drei davon an Stellen, die ich mir gar nicht vorstellen mag.»

«Klempner verlangen zu hohe Preise.»

«Wem sagst du das? Aber davon abgesehen war dieser Typ so gut wie reif für eine Heiligsprechung. Ein Polacke, der es schaffte, den Krieg heil zu überstehen, dann in die guten, alten Vereinigten Staaten auswanderte, eine Firma gründete, heiratete und drei Kinder zeugte. Er war Diakon seiner Kirche, Führer bei den Pfadfindern – der amerikanische Traum – und verblutete auf dem Boden seines Badezimmers, nachdem ihn jemand als Zielscheibe benutzt hatte.»

«Verdächtige?»

«Absolut keine. Nach den Berichten in der Akte wurde er

von jedermann geliebt. Schon nach zwei Sekunden kam man bei dem Fall keinen Schritt weiter.»

Magozzi stöhnte und warf den Ordner auf den Boden. «Die meisten Kerle hätten an einem freien Sonntag bestimmt was Besseres zu tun. Zum Beispiel am Lake Calhoun auf einer Bank sitzen und Bikinis zählen.»

«Was soll's, ich jedenfalls bekämpfe Verbrechen, das ist meine Berufung.» Gino fuhr sich nachdenklich mit der Hand durch die kurzen blonden Haarstoppeln und sagte dann: «Außerdem ist es wahrscheinlich zu früh für Bikinis.»

Der Anruf kam, bevor Magozzi die Beine des Grills mit Klebeband befestigt hatte. Gino war nach drinnen gegangen, um die Kühlbox auszuräumen, und als er wieder auf die Veranda kam, strahlte er.

«He, Lust auf 'ne Leiche?»

Magozzi hockte sich auf die Fersen und runzelte die Stirn. «Du hast in meiner Küche eine Leiche gefunden?»

«Nee. Das Telefon hat geklingelt, und weil ich drin war, habe ich abgenommen. Die Einsatzzentrale hat wahrhaftig einen Mord zu melden. Uptown in einer Gärtnerei. Die Frau des Besitzers hat ihn heute Morgen bei einem der Treibhäuser gefunden und angenommen, dass es ein Herzschlag war. Der Typ ging auf die Fünfundachtzig zu, und was sonst sollte einen Mann dieses Alters dahinraffen. Also hat sie den Beerdigungsunternehmer angerufen. Der findet dann ein Einschussloch im Kopf von dem Mann und ruft die Neun-Eins-Eins an.»

Magozzi betrachtete wehmütig den Grill und seufzte. «Und was ist mit den Dienst habenden Jungs, die das hätten übernehmen sollen?»

«Tinker und Peterson. Wollte ich auch sofort wissen. Die

waren gerade zum Bahnhof drüben in Northeast gerufen worden. Fanden dort einen armen Teufel, der an den Schienen festgebunden war.»

Magozzi verzog das Gesicht.

«Keine Sorge. Er wurde nicht vom Zug überfahren.»

«Also ist er okay?»

«Nein, er ist tot.»

Magozzi sah ihn erwartungsvoll an.

«Sieh mich nicht so an. Mehr weiß ich auch nicht.» Er schreckte auf, als seine Hemdtasche plötzlich eine blecherne Version von Beethovens Fünfter ausspuckte.

«Was ist *das*?»

Gino zog sein Handy aus der Tasche und drückte hektisch auf die Tasten, die für seine Wurstfinger viel zu winzig waren. «Verflucht noch mal. Helen programmiert diese dämlichen Klingeltöne, weil sie genau weiß, dass ich keine Ahnung habe, wie man sie ändert.»

Magozzi grinste. «Lustig.»

Beethoven meldete sich noch mal.

«Vierzehnjährige sind nur lustig, wenn sie zu jemand anders gehören ... Scheiße. Ich werde so ein Ding erfinden, das dicke fette Tasten hat, und mich damit dumm und dusslig verdienen ... Hallo, hier ist Rolseth.»

Magozzi stand auf und wischte sich Rost von den Händen. Er hörte kurz zu, wie Gino ins Telefon grunzte, und ging dann nach drinnen, um alles abzuschließen. Als er wieder auf die Veranda kam, hatte Gino bereits seine Waffe aus dem Auto geholt und befestigte sie an dem Gürtel, der seine Bermudashorts beinahe oben hielt. Er sah aus wie ein bewaffneter, gefährlicher Tourist.

«Ich nehme an, du besitzt keine Hosen, die mir passen.»

Magozzi lächelte ihn nur an.

«Halt bloß die Klappe. Das war Langer am Telefon. Er und McLaren wurden gerade zu einem vermutlichen Mord gerufen. ‹Vermutlich› heißt in diesem Fall, dass jemand mit einigen Litern Blut eine Wohnung neu gestaltet hat. Aber es gibt keine Leiche. Und nun rate mal.»

«Er will, dass wir übernehmen?»

«Nein. Die Zentrale hat ihm gesagt, dass wir die Sache in der Gärtnerei übernehmen, deshalb hat er angerufen. Das blutige Haus steht nur ein paar Blocks entfernt.»

Magozzi zögerte. «Das ist doch eine anständige Gegend.»

«Stimmt. Nicht gerade ein Schlachtfeld, und ganz plötzlich haben wir dort zwei potenzielle Morde an einem Tag. Und noch was kommt hinzu. Der Typ, der in dem Haus wohnt, ist – oder war – auch schon über achtzig, genau wie unser Typ.»

Magozzi dachte einen Augenblick darüber nach. «Glaubt Langer, es handele sich um eine Tathäufung? Dass da ein Irrer unterwegs ist und alte Leute umbringt?»

Gino zuckte die Achseln. «Er wollte uns nur vorwarnen. Meinte, wir sollten in Kontakt bleiben für den Fall, dass irgendwas zusammenpasst.»

Magozzi warf einen sehnsüchtigen Blick auf den Grill. «Wir sind also wieder im Geschäft?»

«Und zwar ganz schwer.» Gino hielt einen Moment inne. «Hast du schon mal daran gedacht, dass es vielleicht der falsche Job ist, bei dem man nur was zu tun hat, wenn jemand ermordet wird?»

«Tagtäglich, Kumpel.»

KAPITEL 3

Marty Pullman saß auf dem geschlossenen Toilettendeckel in seinem Badezimmer im Erdgeschoss und starrte in die Mündung einer 357er Magnum. Das runde schwarze Loch sah sehr groß aus, und das machte ihm Sorgen. Schlimmer noch war, dass sich die Toilette gegenüber dem großen Spiegel auf den Schiebetüren befand, die die Badewanne einschlossen, und er war nicht sonderlich erpicht darauf, Hauptdarsteller in seinem eigenen Snuff-Film zu werden. Er dachte kurz darüber nach, kletterte dann in die Badewanne und schob die Türen hinter sich zu.

Er schmunzelte ein wenig, als er den Duschkopf auf den rückwärtigen Teil der Wanne richtete und das Wasser voll aufdrehte. Er mochte ja vielleicht aus seinem Leben einen Schlamassel gemacht haben, aber er würde verdammt noch mal mit seinem Tod keine Sauerei hinterlassen.

Zufrieden setzte er sich schließlich in die Wanne und schob sich die Mündung in den Mund. Wasser ergoss sich über seinen Kopf, seine Kleidung, seine Schuhe.

Er zögerte noch ein paar Sekunden und fragte sich abermals, was er am vergangenen Abend getan hatte – wenn überhaupt etwas. Nicht dass es jetzt noch etwas ausmachte, dachte er, als er seinen Daumen durch den Abzugsbügel schob.

«Mr. Pullman?»

Marty erstarrte. Sein Daumen zitterte am Abzug. Verflucht noch mal, jetzt halluzinierte er schon. Anderes war nicht denkbar. Niemand hatte ihn je in diesem Haus besucht, und ganz bestimmt würde niemand ungebeten eintreten, außer vielleicht ein Zeuge Jehovas – weshalb er froh war, dass er den Revolver hatte.

«Mr. Pullman?» Die männliche Stimme wurde jetzt lauter und kam näher. Ihr Besitzer hörte sich jung an. «Sind Sie da drinnen, Sir?» Ein kräftiges Klopfen erschütterte die Badezimmertür.

Der Revolver hinterließ einen grässlichen Geschmack, als er ihn aus dem Mund zog. Marty spuckte in den Wasserstrudel am Abfluss. «Wer ist denn da?», rief er und gab sich größte Mühe, furchteinflößend und aggressiv zu klingen.

«Tut mir leid, Sie zu stören, Mr. Pullman, aber Mrs. Gilbert hat mir aufgetragen, wenn nötig sogar die Tür aufzubrechen …»

«Wer sind Sie, verdammt noch mal, und woher kennen Sie Lily?», rief Marty.

«Jeff Montgomery, Sir? Ich arbeitete in der Gärtnerei?»

Der Bursche sprach ausschließlich in Fragen. Gott, war das nervig. Marty sah auf den Revolver hinunter und seufzte. Er würde es nie schaffen. «Bleiben Sie, wo Sie sind. Ich komme gleich raus.»

Er kletterte aus der Wanne, zog die nassen Kleidungsstücke aus und stopfte dann Revolver, Kleidung und Schuhe in den Wäschekorb. Er schlang sich ein Handtuch um die Taille und öffnete die Badezimmertür.

Ein hoch gewachsener junger Mann – achtzehn oder höchstens neunzehn Jahre alt – stand verlegen auf dem Flur, die Hände in den Jeanstaschen vergraben.

«Okay. Da bin ich. Jetzt sagen Sie mir, warum Lily wollte, dass Sie meine Tür aufbrechen.»

Jeff Montgomery hatte große blaue Augen, die sich grotesk

weiteten, als er die breite Narbe sah, die eine Diagonale über Martys nackte Brust riss. Er schaute schnell weg.

«Äh … Ich hab doch Ihre Tür gar nicht aufgebrochen? Sie stand offen? Und Mrs. Gilbert hat ständig versucht, Sie anzurufen, aber niemand hat abgenommen? Du lieber Gott, Mr. Pullman, es tut mir schrecklich leid, aber Mr. Gilbert ist von uns gegangen.»

Einen Moment lang rührte sich Marty nicht, blinzelte nicht einmal. Dann rieb er sich mit dem Handballen heftig die Stirn, als könne er so die Nachricht besser verdauen. «Wie bitte?», flüsterte er. «Morey ist tot?»

Der junge Mann presste die Lippen aufeinander und blickte betreten zu Boden. Er gab sich alle Mühe, nicht in Tränen auszubrechen, und er stieg um einiges in Martys Achtung, obwohl er jeden Satz mit einem Fragezeichen abschloss. Jeder, der Morey so sehr mochte, dass er um seinetwillen Tränen vergoss, konnte so übel nicht sein.

«Er wurde erschossen, Mr. Pullman. Jemand hat Mr. Gilbert erschossen.»

Marty sagte nichts, aber er spürte, wie das Blut aus seinem Gesicht wich, als hätte jemand den Stöpsel gezogen. Er sackte seitlich am Rahmen der Badezimmertür zusammen, froh darüber, dass der ihn stützte.

Gnädiger Himmel, er hasste diese Welt.

KAPITEL 4

«Komm schon, Leo. Halt bei Target oder irgendwo anders, damit ich mir ein Paar Hosen kaufen kann», grummelte Gino auf dem Beifahrersitz.

Magozzi schüttelte den Kopf. «Geht nicht. Am Tatort verstreicht viel zu viel Zeit.»

Gino zupfte unglücklich an den Beinen seiner Shorts. «Das hier sieht doch total unprofessionell aus.» Er seufzte geräuschvoll und sah aus dem Fenster.

Er hatte diesen Teil von Minneapolis schon immer gemocht. Sie befanden sich jetzt auf dem Calhoun Parkway und umfuhren den Lake Calhoun nur wenig langsamer als die Radfahrer in ihren bunten Sporttrikots, die den Asphaltweg wie Farbtupfer zierten. Heute waren sogar einige Windsurfer draußen und tanzten mit ihren Dreieckssegeln übers Wasser.

«Verdammt, ich hasse diesen Teil unserer Arbeit.»

«Wenigstens müssen wir es ihr nicht sagen», meinte Magozzi. «Das ist doch schon mal was.»

«Ja, mag sein. Trotzdem müssen wir ihr Fragen stellen, wie zum Beispiel die, ob sie ihrem Mann in den Kopf geschossen hat.»

«Dafür verdienen wir schließlich auch ein Schweinegeld.»

Ein Trupp Polizisten war auf der Straße, und ein weiterer blockierte die Auffahrt zur Gärtnerei, als Magozzi und Gino ankamen. Zwei uniformierte Beamte standen mit aufgerolltem gelbem Absperrband verloren in der Gegend herum. Magozzi zeigte seine Marke, als einer von ihnen ans Fenster trat.

«Habt ihr den Tatort schon gesichert und abgesteckt? Sollen wir lieber auf der Straße parken?»

Der Uniformierte nahm seine Mütze ab und wischte sich die von Schweiß glänzende Stirn mit dem Ärmel ab. Es war bereits heiß in der Sonne, besonders auf dem Asphalt. «Mist, ich weiß es auch nicht, Detective. Wir haben keinen Schimmer, wo wir das Band spannen sollen.»

«Mann, wie wär's denn um die Leiche herum?», schlug Gino vor.

Der Cop reagierte etwas unwirsch. «Ja, aber die Frau hat den Toten bewegt.»

«*Was?*»

«So ist es. Sie hat ihn draußen gefunden und ihn dann ins Gewächshaus geschafft. Sagte, sie wollte ihn nicht draußen im Regen lassen.»

Magozzi stöhnte. «Oh, Mann ...»

«Hinter Schloss und Riegel mit ihr», murmelte Gino. «Manipulation von Beweisen, Kontamination eines Tatorts. Sperrt sie ein und werft den Schlüssel weg. Sie hat ihn wahrscheinlich sowieso umgebracht.»

«Sie ist mindestens 'ne Million Jahre alt, Detective.»

«Ja, das ist das Problem mit Schusswaffen. Alte Leute, Kinder, jeder kann sie benutzen. Sie sind die Mordwaffen der Chancengleichheit.» Er stieg aus dem Wagen, knallte die Tür hinter sich zu und ging langsam zum großen Gewächshaus. Dabei hielt er den Blick gesenkt für den Fall, dass der Regen einen blutigen Fußabdruck oder dergleichen übrig gelassen hatte.

Der Uniformierte beobachtete ihn dabei und schüttelte den Kopf. «Glücklich ist der Mann nicht.»

«Normalerweise schon», erwiderte Magozzi. «Er ist nur

sauer, weil ich nicht angehalten habe, damit er sich ein Paar lange Hosen kaufen konnte, bevor wir hierher gekommen sind.»

«Bei den Beinen kann man ihm das nicht verdenken.»

«Wer gehört zu dem anderen Trupp?»

«Viegs und Berman. Die gehen im Moment rum und befragen die Nachbarn. Zwei Mann von der Fahrradstreife spielen drinnen bei der Leiche Babysitter, aber ich würde mich nicht wundern, wenn die alte Dame sie angestellt hat, die Pflanzen zu begießen oder so.»

«Ja?»

Der Uniformierte wischte sich wieder mit dem Ärmel über die Stirn. «Die ist jedenfalls 'ne Marke für sich.»

«Was für einen Eindruck haben Sie von ihr?»

«Ich habe das Gefühl, ihr Mann findet zum ersten Mal seit Jahren seine Ruhe.»

Magozzi holte Gino in der Mitte des Geländes ein und schaute hinüber zu dem Leichenwagen, der quer vorm Gewächshaus abgestellt war.

«Einen brauchbaren Tatort haben wir nicht», murrte Gino. «Zuerst hat der Regen alles aufgeweicht, dann ist der Bestatter mit seinem Panzer drübergewalzt und … oh, Mann. Siehst du auch, was ich sehe?»

Im Hintergrund und fast verdeckt von dem Leichenwagen stand ein weißes 66er Chevy Malibu Kabrio mit kirschroten Ledersitzen. In den Wagen war Gino vernarrt, seit er ihn zum ersten Mal gesehen hatte.

«Hm», knurrte Magozzi. «Was sagst du?»

Gino schnalzte mit der Zunge. «Muss seiner sein. So einen gibt es in den Cities nicht noch mal.»

«Und was macht er hier?»

«Frag mich nicht. Kauft Blumen?»

Keiner von beiden war Marty Pullman begegnet, seit er vor einem Jahr den Dienst quittiert hatte, ein paar Monate nach dem Tod seiner Frau. Nicht dass sie ihn besonders gut gekannt hatten, als sie noch alle dieselben Dienstmarken trugen. In Minneapolis arbeiteten Mordkommission und Drogenfahndung nicht so oft zusammen, wie man es im Fernsehen sieht. Es war nur so, dass man Marty so schnell nicht vergaß, wenn man ihn einmal gesehen hatte. Er besaß immer noch die Statur eines Ringers, die ihm in der High School den Weg zur State University geebnet hatte. Kurze O-Beine, gewaltiger Brustkorb und massige Arme. Dazu die dunklen Augen, die schon gequält in die Welt geblickt hatten, bevor die Qual über ihn gekommen war. Gorilla wurde er damals genannt, als er noch Sinn für Humor besaß, aber jene Tage waren längst vorüber.

Die große Glastür des Gewächshauses öffnete sich, und Pullman kam ihnen entgegen.

«Mann», flüsterte Gino. «Er sieht aus, als hätte er fünfundzwanzig Kilo abgenommen.»

«War ein furchtbares Jahr für ihn», sagte Magozzi, und dann war Marty auch schon bei ihnen, gab ihnen die Hand. Sein Gesichtsausdruck war so sachlich wie immer.

«Magozzi, Gino, freut mich, euch zu sehen.»

«Verdammt, Pullman!» Gino schüttelte ihm die Hand. «Bist du Gärtner geworden oder etwa zu uns zurückgekommen, ohne dass mir jemand was davon gesagt hat?»

Marty blähte die Wangen und atmete lange und zittrig aus. Er wirkte jetzt, als balancierte er am Rand eines Abgrunds. «Der Mann, der erschossen wurde, war mein Schwiegervater, Gino.»

«Oh, Scheiße.» Gino machte ein langes Gesicht. «Er war Hannahs Dad? Oh, Mann, das tut mir leid. Scheiße.»

«Vergiss es. Das konntest du nicht wissen. Hört mal, was die Tatortspuren betrifft, werdet ihr hier wohl kaum was Brauchbares finden.»

Magozzi bemerkte das Beben in seiner Stimme und beschloss, mit Beileidsbekundungen zu warten, bis der Mann gefasst genug war, um sie annehmen zu können. «Haben wir schon gehört», sagte er und zog einen Notizblock und einen Stift hervor. «War außer dir und dem Beerdigungsunternehmer heute Morgen sonst noch jemand hier?»

«Zwei von den Angestellten – ich habe sie nach Hause geschickt, ihnen aber aufgetragen, sich zur Verfügung zu halten, weil ihr sie heute noch befragen würdet. Ich habe die Stelle, an der Lily nach ihrer Aussage Morey gefunden hat, mit meinem Wagen abgeblockt, mehr konnte ich nicht tun.»

«Wir wissen das zu schätzen, Marty», sagte Magozzi. Er wünschte sich, diese Situation so schnell wie möglich hinter sich bringen zu können. Lily Gilbert hatte im vergangenen Jahr ihre Tochter verloren und nun ihren Mann. Magozzi konnte sich nicht vorstellen, wie man mit einer zweifachen Tragödie dieser Art fertig wurde, und ihr die Fragen zu stellen, die er stellen musste, kam ihm plötzlich grausam vor. «Glaubst du, dass deine Schwiegermutter in der Lage ist, mit uns zu sprechen?»

Marty gelang ein leises Lächeln. «Sie hat nicht völlig die Fassung verloren, wenn du das meinst. Das würde Lily nie passieren.» Er warf einen Blick hinüber zum größten Gewächshaus. «Sie ist da drinnen. Ich habe versucht, sie zu bewegen, ins Haus zu gehen, das sich weiter hinten auf dem Grundstück, noch hinter den Treibhäusern befindet – aber das wird sie erst tun, wenn Morey weggebracht ist. Der Leichenbeschauer ist unterwegs, oder?»

Magozzi nickte. «Er wird eine Voruntersuchung an Ort und Stelle machen, bevor man die Leiche fortbringt. Ich kann mir nicht vorstellen, dass du sie dabeihaben möchtest.»

«Um Himmels willen, nein. Aber Lily wird sein, wo Lily sein will. So ist sie eben.» Er sog zwischen den Zähnen Luft ein. «Da ist noch etwas.»

Magozzi und Gino warteten schweigend.

«Nachdem sie ihn reingebracht hatte, hat sie ihn gewaschen. Und rasiert. Und umgezogen. Er liegt da drinnen in seinem Beerdigungsanzug auf einem der Tische.»

Gino schloss ganz kurz die Augen und versuchte, nicht die Beherrschung zu verlieren. «Das ist aber gar nicht gut, Marty.»

«Wem sagst du das?»

«Ich meine, ihr Schwiegersohn war ein Cop. Sie musste doch wissen, dass sie Beweise vernichtet.»

«Verflucht, sie ist fast blind, Gino. Bekommt noch nicht mal mehr einen Führerschein. Sie sagt, sie hat absolut kein Blut gesehen. Ich nehme an, der Regen hat es fortgeschwemmt, bevor sie nach draußen kam. Es hat ihn in den Kopf getroffen, kleines Kaliber direkt hinter der linken Schläfe, und er hat doch diese dichte weiße Mähne ... Himmel, sogar ich habe danach suchen müssen, und ich wusste, es war dort.»

«Okay.» Gino nickte und ließ das Thema für einen Moment auf sich beruhen.

Magozzi notierte sich, von den Leuten der Spurensicherung die Kleidungsstücke einsammeln zu lassen, die der Tote getragen hatte, als er erschossen wurde. «Fällt dir noch was ein, das uns hier helfen könnte?», fragte er.

Marty lachte kurz, und es klang bitter. «Du meinst, wer ihn hätte erschießen wollen? Klar doch. Such nach jemandem, der Mutter Teresa umlegen würde. Er war ein guter Mensch, Magozzi. Vielleicht sogar ein großartiger.»

Die Gewächshausluft war heiß und schwül, schwer vom modrigen Geruch feuchter Erde und üppiger Vegetation. Lange Tische, auf denen Pflanzen standen, bildeten zwei Reihen mit einem schmalen Mittelgang – so wie in allen Treibhäusern, in denen Magozzi jemals gewesen war. Bis auf den vordersten Tisch, auf dem sich statt eingetopfter Blumen eine Leiche im schwarzen Anzug befand.

Selbst im Tod und aufgebahrt zur letzten Betrachtung gab Morey Gilbert noch eine stattliche Erscheinung ab. Sehr groß, sehr muskulös und besser gekleidet als Magozzi je in seinem Leben.

Zwei junge Fahrradpolizisten hielten sich in der Nähe der Leiche auf und taten vor lauter Nervosität so, als sei sie gar nicht da.

«Wo sind sie?», fragte Marty die Cops.

«Ihre Schwiegermutter hat den alten Herrn mit nach dort hinten genommen.» Einer der beiden Polizisten nickte mit dem Kopf in Richtung einer Tür in der hinteren Wand.

«Was befindet sich dort, Marty?», fragte Magozzi.

«Der Schuppen, in dem eingetopft wird, und zwei weitere Gewächshäuser. Lily wollte Sol wahrscheinlich für eine Weile von hier wegbringen. Er war ziemlich aufgelöst.»

«Sol?»

«Er ist der Beerdigungsunternehmer, der die Polizei benachrichtigt hat, aber er war auch Moreys bester Freund. Das hier geht ihm an die Nieren. Einen Moment Geduld, ich hole die beiden.»

Gino wartete, bis Marty außer Hörweite war. Dann flüsterte er Magozzi zu: «Ihr Mann ist tot, und sie tröstet den Beerdigungsunternehmer? Das ist doch reichlich verkehrte Welt, oder?»

Magozzi zuckte die Achseln. «Vielleicht hält sie sich aufrecht, indem sie sich um andere Leute kümmert.»

«Vielleicht. Oder vielleicht hatte sie nicht sonderlich viel für ihren Mann übrig.»

Sie gingen hinüber zum vorderen Tisch, um sich den toten Mann näher anzusehen, bevor Frau und Freund zurückkehrten. Gino hob das weiße Haar mit einem Stift etwas an, um das Einschussloch sichtbar zu machen. «Winzig. Ich kann mir vorstellen, dass man es nicht bemerkt, wenn man halb blind ist, aber ich weiß es nicht.» Er blickte zu den Fahrradpolizisten. «Jungs, ihr könnt jetzt hier Schluss machen, wenn ihr wollt. Wir regeln das. Schickt Kopien eurer Berichte ans Morddezernat.»

«Ja, Sir, und danke.»

Magozzi betrachtete Morey Gilberts Gesicht und sah nicht mehr nur eine Leiche vor sich, sondern ein menschliches Wesen. Er baute auf diese Weise die Beziehung auf, die ihn stets mit den Opfern verband. «Er hat ein sympathisches Gesicht, Gino. Und mit vierundachtzig hat er immer noch sein eigenes Unternehmen geführt und seine Familie versorgt … Wer sollte einen alten Mann wie ihn umbringen wollen?»

Jetzt zuckte Gino die Achseln. «Vielleicht eine alte Frau.»

«Du bist doch nur sauer, weil sie die Leiche bewegt hat.»

«Ich bin *misstrauisch*, weil sie die Leiche bewegt hat. Sauer bin ich, weil du mich gezwungen hast, in kurzen Hosen hierher zu kommen.»

Sie traten beide einen Schritt vom Tisch zurück, als die Hintertür geöffnet wurde und Marty mit seinem geriatrischen Gefolge herauskam, das von einer sehr kleinen, aber drahtigen alten Frau angeführt wurde, die unter einer Latzhose in Kindergröße eine langärmelige weiße Bluse trug und deren dicke Brille die dunklen Augen so stark vergrößerte, dass sie ein wenig wie Yoda aussah.

Ein zäher Yoda, fand Magozzi, als sie näher kam. Es gab kein Anzeichen dafür, dass sie geweint hatte, und ihre aufrechte Haltung und die geraden Schultern deuteten darauf, dass sie sich weder der Hoffnungslosigkeit noch dem Alter unterworfen hatte. Sie war weniger als eins sechzig groß und hatte wahrscheinlich auf ihrer Badezimmerwaage nie mehr als fünfundvierzig Kilo abgelesen, aber man hätte ihr glatt zugetraut, im Ernstfall Cleveland niederzuwalzen.

Der ältere Mann, den sie im Schlepptau hatte, machte einen ganz anderen Eindruck. Der Kummer lastete schwer auf ihm, seine Augen waren gerötet und angeschwollen, seine Lippen zitterten.

Magozzi fand es interessant, dass Marty die Hand ausstreckte, als wolle er den Arm der alten Frau berühren, aber im letzten Moment noch innehielt. Offenbar nicht das Verhältnis, bei dem man Gefühle durch Berührungen ausdrückte. «Detectives Magozzi und Rolseth, darf ich vorstellen, meine Schwiegermutter Lily Gilbert, und das hier ist Sol Biederman.»

Lily Gilbert trat an den Tisch und legte eine Hand auf die Brust ihres toten Mannes. «Und das ist Morey», sagte sie mit einem missbilligenden Blick auf Marty, als sei es unhöflich von ihm gewesen, seinen Schwiegervater nicht vorzustellen, bloß weil er tot war.

«Wie wir von Marty hören, war Ihr Gatte ein wundervoller

Mensch, Mrs. Gilbert», sagte Magozzi. «Ich kann mir vorstellen, was für ein schrecklicher Verlust es für Ihre Familie sein muss. Und für Sie ebenfalls, Mr. Biederman», fügte er hinzu, denn inzwischen ließ der alte Mann seinen Tränen freien Lauf.

Lily sah Magozzi prüfend an. «Ich kenne Sie. Letzten Herbst waren Sie doch wegen dieser Monkeewrench-Sache ständig in den Nachrichten. Ich habe Sie öfter gesehen als meine eigene Familie.» Ihren tadelnd herausfordernden Blick übersah Marty geflissentlich. «Sie haben Fragen, wenn ich mich nicht irre?»

«Wenn Sie meinen, dem gewachsen zu sein, dann ja.»

Anscheinend war sie dem nicht nur gewachsen, sondern sie entschied sich, auf die Fragen zu verzichten und gleich zu den Antworten zu kommen. «Also gut. Folgendes ist geschehen: Ich bin wie immer um halb sieben aufgestanden, habe Kaffee gemacht und bin dann hinaus zum Gewächshaus gegangen. Dort lag Morey im Regen. Marty findet, ich hätte seinen Schwiegervater draußen liegen lassen sollen, während ihm der Regen in die Augen fiel. Ich hätte ihn liegen lassen sollen, damit Fremde Zeugen würden, wie sich sein Mund mit Wasser füllte ...»

«Mein Gott, Lily ...»

«Aber so geht man nicht mit seinen Nächsten um. Also habe ich ihn nach drinnen gebracht, habe ihn hergerichtet und dann Sol angerufen. Danach habe ich Marty angerufen, der seit sechs Monaten nicht mehr ans Telefon gegangen ist.»

«Lily, es handelte sich um einen Tatort», sagte Marty müde.

«Und das hätte ich wissen sollen? Bin ich Polizist? Ich habe einen Polizisten angerufen, aber der ist nicht ans Telefon gegangen.»

Marty schloss die Augen, und Magozzi hatte das Gefühl, dass er die Augen gegenüber dieser Frau schon seit langem verschlossen hielt. «Ich bin kein Polizist mehr, Lily.»

Magozzi musste blitzartig an eine Situation vor fast einem Jahr zurückdenken. Damals war er Detective Marty Pullman vor der City Hall begegnet, als dieser zum Vordereingang herauskam, mit seiner Karriere in einem Pappkarton unter dem Arm und einer Miene, als sei er von einem Lastwagen überfahren worden. «Sie werden wiederkommen, Detective», hatte Magozzi gesagt, weil er nicht wusste, was er sonst zu einem Mann hätte sagen sollen, der so viel verloren hatte. Schlimmer war jedoch noch, dass er nicht verstand, wie ein Mann so leicht einen Job hinwerfen konnte, den er liebte. Marty hatte gelächelt, wenn auch nur verhalten. «Ich bin kein Detective mehr, Magozzi.»

Magozzi versetzte sich wieder in die Gegenwart zurück und hörte Gino die gewohnte Litanei abspulen: Wurde etwas vermisst? Etwaige Anzeichen eines Einbruchs? Hatte Gilbert vielleicht Feinde gehabt? Irgendwelche ungewöhnlichen Geschäfte? …

«‹Ungewöhnliche Geschäfte›?», fauchte Lily. «Was soll denn das heißen? Meinen Sie etwa, wir bauen in dem hinteren Gewächshaus Marihuana an? Oder haben einen Mädchenhändlerring aufgezogen? Na, was?»

Auf Sarkasmus hatte Gino noch nie so recht reagieren können, und ihm stieg die Röte ins Gesicht. Sie hatten im Laufe der Jahre mit trauernden Hinterbliebenen mancher Art zu tun gehabt, und Gino kam am besten mit denen zurecht, die vor Kummer zusammenbrachen. Das zerriss ihm zwar das Herz, und er litt noch lange darunter, aber wenigstens wusste er, wie er auf sie eingehen musste. Es wurde von den Hinterbliebenen eben erwartet, dass sie zusammenbrachen. Das passte in Ginos Bild von Leben und Tod, von Liebe und Familie, und machte es ihm leicht, rücksichtsvoll zu sein und so viel Trost zu spenden, wie ein Cop es in dieser Situation vermochte. Aber die Wütenden, die um sich schlugen, ebenso wie die Stoischen, die mit ihren Gefühlen hinterm Berg hielten, brachten ihn immer wieder ins Schleudern, und Lily Gilbert schien eine Kombination aus beiden zu sein.

«Verzeihen Sie, Mrs. Gilbert», unterbrach Magozzi höflich und bewirkte damit, dass Gino die Augen verdrehte. «Würde es Ihnen etwas ausmachen, mich nach draußen zu begleiten und mir zu zeigen, wo Sie Ihren Mann gefunden haben? Vielleicht Schritt für Schritt die gesamte Situation nachzuvollziehen, während sich Gino mit Ihrem Freund Sol unterhält? Auf die Weise würden wir alles schneller hinter uns bringen.»

Die Erinnerung daran, wie sie die Leiche ihres Mannes gefunden hatte, ließ die erste Andeutung von Schwäche in ihrem Blick aufflackern. Nur ein leichtes Anzeichen, aber es war da.

«Es tut mir wirklich leid, Sie darum bitten zu müssen. Wenn es Ihnen zu schwer fällt, brauchen wir es nicht jetzt zu tun.»

Ihr Blick wurde augenblicklich streng. «Natürlich müssen wir es jetzt machen, Detective. Mehr als das Jetzt besitzen wir nicht.» Sie marschierte zur Tür, ein kleiner alter Soldat, ganz auf seine Mission konzentriert, Magozzi beeilte sich, ihr die Tür zu öffnen.

«Einen Moment noch.» Marty runzelte die Stirn. «Wo ist Jack, Lily? Warum ist er noch nicht da?»

«Welcher Jack?»

«Lily, sag nicht, dass du ihn gar nicht angerufen hast …»

Sie war zur Tür hinaus, bevor er ausgesprochen hatte.

«Mist.»

«Wer ist denn Jack?», fragte Magozzi, der noch immer die Tür aufhielt.

«Jack Gilbert. Ihr Sohn. Sie haben schon lange nicht mehr miteinander gesprochen, aber, mein Gott, sein Vater ist gerade gestorben … ich muss ihn anrufen.»

Während Marty zum Kassentresen ging und die Tasten eines Telefons drückte, trat Gino an Magozzis Seite und sagte leise: «Hör mal, wenn du da draußen mit der alten Dame redest, warum fragst du sie bei der Gelegenheit nicht, wie ein Fliegengewicht von fünfundvierzig Kilo es geschafft hat, eine hundert Kilo schwere Leiche den ganzen Weg hier hereinzuschleifen und sie dann auch noch auf den Tisch zu hieven?»

«Alle Achtung, Mr. Detective, danke für den Tipp.»

«Stets zu Diensten.»

«Du magst sie nicht besonders, oder?»

«He, ich mag sie, bis auf die Tatsache, dass sie undurchschaubar ist wie eine Mattglasscheibe.»

«Hm. Sie hat mit keinem Ton deinen Aufzug erwähnt. Das war sehr freundlich, würde ich sagen.»

«Hör mal lieber zu. Ich überlege: Verdammt, wie hat sie ihn bewegt? Und ich antworte mir: Teufel auch, vielleicht hat sie das gar nicht getan. Vielleicht hat sie ihn hier drinnen erschossen und nur gesagt, er sei draußen umgebracht worden, damit wir denken, wir hätten keinen Tatort.»

Magozzi dachte einen Moment darüber nach. «Interessant. Völlig abwegig. Aber mir gefällt die Art, wie du denkst.»

«Danke.»

Magozzi öffnete die Tür, um nach draußen zu gehen. «Aber sie hat es nicht getan.»

«Verdammt, Leo, das weißt du doch gar nicht …»
«Und ob ich das tue.»

KAPITEL 5

Detective Aaron Langer hatte den Punkt im Leben erreicht, an dem man zu hoffen aufhörte, das nächste Jahr werde besser als das vergangene, und sich nur noch wünschte, es werde weniger schlimm.

Eben das geschah, wenn man ins mittlere Alter kam. Alte Menschen, die man liebte, wurden krank und starben, junge Leute, die man hasste, wurden befördert und einem vor die Nase gesetzt, der Aktienmarkt brach zusammen und leerte die Pensionskasse. Nicht zuletzt begann man körperlich abzubauen und dem eigenen Vater zu gleichen, obwohl man doch davon überzeugt gewesen war, man würde sich nie, niemals so gehen lassen. Wenn einer käme und den Fünfjährigen die Wahrheit über das Leben sagte, dachte er, würde es in den Kindergärten zu einer Selbstmordwelle kommen.

Bis jetzt hatte der Job ihm über das Schlimmste hinweggeholfen. Sogar als seine Mutter an Alzheimer gestorben war, sogar als seine Zusatzpension zusammen mit seinem Finanzberater nach Brasilien durchgebrannt war, hatte sich der Job als Zuflucht erwiesen, als der Teil seines Lebens, bei dem die Grenze zwischen Gut und Böse klar und deutlich verlief und er genau wusste, was zu tun war. Mord war böse, die Mörder zu schnappen war gut. Simpel.

Oder zumindest war es das gewesen, vor dem Geheimnis. Jetzt war diese gerade Linie, von der er sein Leben lang nicht abgewichen war, furchtbar undeutlich, und er wusste kaum, wohin er treten sollte. Was er am dringlichsten brauchte, war ein rundherum eindeutiger Fall sinnlosen Mordens, der auf perverse Weise der Welt wieder einen Sinn verleihen würde. Und endlich sah es so aus, als hätte er einen derartigen Fall.

«Langer, würdest du bitte aufhören zu grinsen? Mir wird ganz unheimlich.»

Erschreckt sah er seinen Partner an. «Ich soll gegrinst haben?»

Jetzt grinste Johnny McLaren ihn an. «Irgendwie ja. Also, nicht wirklich. Das heißt, man konnte deine Zähne nicht sehen oder so. Außerdem kann ich gut nachempfinden, wie du dich fühlst. Nach vier Monaten Untätigkeit wäre ich fast schon losgezogen und hätte eigenhändig jemanden umgelegt.»

Langer schloss die Augen, verzweifelt um eine Rechtfertigung bemüht, warum er in einem blutigen Zimmer beinahe gegrinst hatte, in dem mit Sicherheit eine arme Seele den Tod gefunden hatte. «Das ist es nicht, McLaren», sagte er traurig und sah dann weg, denn er konnte nichts mehr sagen.

Die meisten Spuren des Gemetzels in Arlen Fischers Haus befanden sich im ansonsten unberührten Wohnzimmer – insbesondere auf einem ehemals elfenbeinfarbenen Sofa, das aussah, als habe es längere Zeit auf einem Schlachthof gestanden. Jimmy Grimm, der Star unter den Kriminaltechnikern des Bureau of Criminal Apprehension, kam herein, warf einen Blick auf die Blutflecken und sagte: «Das ist eine Arterienverletzung, Jungs. Das müsste ihn erledigt haben. Er war wie alt? Neunundachtzig?»

«Es sei denn, der alte Mann hat selbst geschossen», wandte McLaren ein. «Vielleicht handelt es sich um das Blut einer anderen Person, und Fischer ist jetzt da draußen und begräbt sie im Wald.»

«Mein Gott, wie ich diese rätselhaften Fälle liebe.» Grimm

stemmte die Hände in die Hüften und sah sich um. Er war ein rundlicher Mann, und Langer fand, dass er in dem weißen Einwegoverall und den Wegwerfschuhen große Ähnlichkeit mit dem Michelin-Männchen hatte. «Mann, das hier ist ja interessant.»

«Was?», fragte McLaren, aber Jimmy hörte ihn nicht. Er war über das Sofa gebeugt und befand sich bereits in einer anderen Welt – *seiner* Welt –, in der er nur jene Geschichten hörte, die verspritztes Blut und kleinste Einzelheiten ihm erzählten.

Frankie Wedell, einer der Streifenpolizisten, die den Tatort sicherten, näherte sich der Wohnzimmertür und blieb dort stehen. «Leute, wisst ihr noch, wie so was gemacht wird, oder braucht ihr vielleicht einen kleinen Auffrischungskurs von den Jungs an der Front?»

McLaren sah zu ihm hinüber und grinste. Frankie war der älteste Officer der Truppe und freiwillig im Streifendienst. Er hatte mehr Anfänger ausgebildet, als er zählen konnte, einschließlich McLaren und Langer. «Das hier *ist* unser Auffrischungskurs, alter Mann», witzelte er. «Mord light – ohne Leiche. Frankie, wie geht's Ihnen?»

«Es ging noch ganz gut, bevor sich die Meldungen heute Morgen überschlugen. Hat mir verdammt beinahe das Herz gebrochen, als ich das mit Morey Gilbert drüben in der Gärtnerei hörte.»

McLarens Grinsen verschwand. «Das wird 'ner Menge Leute zu Herzen gehen.»

«Beschissenes Ende einer Durststrecke, einen guten Mann auf diese Weise zu verlieren. Ihr beide habt ihn letztes Jahr doch ziemlich gut kennen gelernt, oder?»

«Stimmt.»

«Wie gut, dass man euch nicht auf diesen Fall angesetzt hat.»

«Wohl wahr», murmelte Langer. «Ihr Partner hat gesagt, Sie sind durch die Vordertür reingekommen, Frankie. Stimmt das?»

«Ja. Tony hat die Hinterseite abgedeckt. Anfangs suchten wir nach einem Killer und am Ende nur noch nach einer Leiche.» Sein Blick wanderte zögernd zum blutigen Sofa. «Kann noch immer kaum glauben, dass wir keine gefunden haben. Bei dem vielen Blut müsste man doch meinen, dass der Mann nicht sehr weit gekommen sein kann, besonders in seinem Alter.»

Während Frankie sprach, suchten Langers Blicke das Zimmer ab. Er registrierte die kleinen Dinge: den gebohnerten Holzfußboden, die penibel aufgefächerten Zeitschriften auf einem polierten Beistelltisch, die sorgfältige Anordnung in Leder gebundener klassischer Werke in einem Bücherschrank. Nichts schien hier angetastet oder in Unordnung gebracht zu sein. Da war nur das obszön zugerichtete Sofa. Das und die drei großen Bildbände, die neben dem Couchtisch gestapelt auf dem Boden lagen. An ihnen blieb sein Blick hängen. «Wie sah es hier aus, als Sie eintrafen, Frankie?»

«Na ja, die Haushälterin – sie heißt Gertrude Larsen – stand auf der Eingangstreppe, völlig hysterisch, außer sich, wedelte mit den Armen und stieß Klagelaute aus … möchte nicht wissen, wie sie sich aufgeführt hätte, wenn hier tatsächlich eine Leiche gelegen hätte. Jedenfalls konnte ich sie schließlich beruhigen und nach draußen in den Streifenwagen bringen, aber inzwischen driftet sie heftig ab. Muss wohl 'ne Pille genommen haben oder so. Ihr solltet euch lieber mit ihr unterhalten, bevor sie ins Koma fällt.»

«Hat sie hier drinnen irgendwas bewegt?»

«Möchte ich bezweifeln. Ich kann mir vorstellen, dass sie hier reinkam, das Blut sah und sofort ausrastete. Sie rief von ihrem Handy an und nicht vom Telefon drinnen. Ich glaube nicht, dass sie viel weiter gekommen ist als vor die Eingangstür.»

«Danke, Frankie. Sagen Sie der Haushälterin bitte, dass wir gleich nach draußen kommen.»

«Wird gemacht.»

Langer ging hinüber zum Couchtisch und betrachtete sein Spiegelbild auf dessen Oberfläche. «Da stimmt was nicht.»

McLaren trat neben ihn und musterte den Tisch ausführlich. Stirnrunzelnd sagte er dann: «Okay, ich bin ganz Ohr. Ich sehe einen hübschen, glänzenden Couchtisch, keine Kratzer, kein Blut, keine großen verschmierten Fingerabdrücke. Was ist mir entgangen?»

«Die Bücher auf dem Boden. Die gehören eigentlich auf den Tisch.»

«Und? Willst du mir weismachen, dass jedes kleine Ding in deiner Wohnung sich immer dort befindet, wo es hingehört?»

«Mein Gott, nein, nicht in meiner Wohnung. Aber in diesem Haus? Ich glaube schon. Sieh dich doch nur in diesem Zimmer um. Einzig und allein die Bücher befinden sich nicht an ihrem Platz, Johnny.»

McLaren ließ den Blick nachdenklich durchs Zimmer schweifen. «Ich muss zugeben, hier sieht es verdammt aus wie auf einem Zeitschriftenfoto, oder?»

«Genau.»

«Bis auf das Sofa.»

«Und die Bücher auf dem Fußboden.»

McLaren seufzte und schob die Hände in die Taschen.

«Okay, dann wurden sie vielleicht beim Handgemenge vom Tisch gestoßen.»

Langer schüttelte den Kopf. «In dem Fall würden sie verstreut auf dem Boden liegen, zumindest ein wenig. Aber sieh sie doch an. Sie sind beinahe perfekt gestapelt. Jemand hat sie vom Tisch genommen und auf den Fußboden gelegt.»

«Dieser Jemand wäre der Killer.»

«Das vermute ich jedenfalls.»

Jimmy Grimms Kopf tauchte hinter dem Sofa auf, erschreckte McLaren und strafte die allgemeine Auffassung Lügen, dass Grimm keinen einzigen Ton mehr hörte, sobald er am Tatort Spuren sicherte.

«Mann, Jimmy, dich hatte ich schon ganz vergessen. Was tust du denn da hinten?»

«Ich habe im Stoff das Loch gefunden, wo die Kugel ausgetreten ist, und in Verbindung mit dem Einschussloch im Kissen sagt mir der Laser, dass wir irgendwo im Bücherschrank da drüben die Kugel finden müssten.» Er linste hinüber zum Couchtisch und grinste Langer an. «Gut kombiniert, Langer, das mit den Büchern. Sobald ich hier fertig bin, packe ich sie zusammen und setze sie im Labor ganz nach oben auf die Liste.»

«Danke, Jimmy.»

McLaren kratzte sich über die roten Bartstoppeln, die auf seinen unrasierten Kinnbacken sprossen. «Es ergibt immer noch keinen Sinn. Jemand kommt hier rein, knallt den Kerl ab, der auf dem Sofa sitzt, dreht sich um, nimmt einen Stapel Bücher vom Couchtisch und legt sie auf dem Fußboden ab. Warum, zum Teufel, sollte jemand so was tun?»

«Gute Frage.»

Gertrude Larsen war ganz offensichtlich schon weit übers Rentenalter hinaus, und sie sah Mitleid erregend aus, wie sie in ihrer schief hängenden, ausgeblichenen Strickjacke auf dem Rücksitz des Streifenwagens saß und zitterte, obwohl die Sonne das Wageninnere aufgeheizt hatte. Als Langer sich der offenen Autotür näherte, sah sie aus trüben, von den Beruhigungstabletten verschleierten Augen zu ihm auf. Ein paar Tränen rannen in den Faltentälern ihrer Wangen hinab, aber mit Emotionen schienen sie nicht verbunden zu sein.

Langer hatte diesen Gesichtsausdruck schon oft gesehen, bei den ruhig gestellten Angehörigen von Mordopfern ebenso wie bei jungen Leuten, die auf dem Valium ihrer Eltern abgeflogen waren, aber das Zittern der alten Frau beunruhigte ihn. Er kniete neben dem Wagen nieder und berührte ihren Arm. «Wie geht es Ihnen, Ms. Larsen?»

Sie lächelte schwach und hob eine bebende, von Arthritis gekrümmte Hand, um sie auf seine zu legen. Er konnte sich nicht vorstellen, dass diese von Arbeit ausgemergelte Frau noch immer in der Lage war, zu fegen, zu scheuern und einen Haushalt führen. «Ein bisschen besser.»

«Haben Sie etwas genommen?»

Sie nickte ein wenig verlegen und reichte ihm ein kleines Medikamentenfläschchen. «Eine von den rosa Pillen.»

Langer öffnete die Flasche und zog die Augenbrauen hoch, als er hineinsah. Da gab es rosa Pillen, blaue Pillen, gelbe Pillen und einen kleinen Haufen weißer gegen Sodbrennen. Die rosa Tabletten sahen aus wie Xanax, das Medikament gegen Angstzustände, aber sicher war er sich nicht.

«Ich nehme eine von den Pillen, wenn mich etwas zu sehr aufregt», erklärte sie.

«Ich verstehe.» Langer merkte sich die Krankenhausadresse, die auf dem Fläschchen stand, und gab es ihr zurück. Sie verstaute es in einer typischen Alte-Damen-Handtasche mit einem Bügelverschluss aus Metall. «Fühlen Sie sich in der Lage, mir einige Fragen zu beantworten?»

Sie nickte müde und tupfte sich die Augen mit einem feuchten Spitzentaschentuch ab.

Langer ging überaus rücksichtsvoll mit der alten Frau um und befragte sie sozusagen in Zeitlupe. Er erfuhr, dass sie seit zweiunddreißig Jahren Arlen Fischers Haushälterin war. Dreimal die Woche kam sie mit dem Bus und noch einmal sonntags morgens, ebenfalls mit dem Bus, um ihm zu helfen, sich für den 9-Uhr-Gottesdienst in St. Paul of the Lakes Lutheran bereitzumachen. Sie wurde anständig entlohnt, hatte sich um ihn gekümmert wie um einen Bruder und konnte sich nicht vorstellen, wer ihm etwas zuleide tun wollte. Ja, diese Bücher gehörten auf den Couchtisch, zusammen mit einem sehr hübschen Tischläufer, den sie ihm zu seinem achtzigsten Geburtstag geschenkt hatte, und, nein, sie hatte nichts angefasst oder gar weggenommen.

«War der Tischläufer sehr wertvoll?»

«Nun, man findet nicht oft welche mit Vögeln, und besonders nicht mit Rotkehlchen. Ja, er war recht teuer, achtzig Dollar plus Steuer.» Sie beugte sich näher zu ihm und gestand im Flüsterton: «Aber ich habe ihn beim Räumungsverkauf bekommen. Neunzehn neunundneunzig.»

Langer lächelte sie an. «Ein echtes Schnäppchen.»

«Das auf jeden Fall.»

Langer bedankte sich bei ihr, gab ihr seine Visitenkarte und bat dann Frankie, sie ins Hennepin County Medical Centre zu fahren, bei ihr zu bleiben, bis man sie untersucht hatte, und sie dann heimzufahren.

Frankie seufzte unglücklich. «Weißt du, was dort sonntags in der Notaufnahme los ist?»

Langer reagierte mit einem Schulterzucken und bat um Verständnis: «Sie lebt allein, Frankie, sie dosiert ihre Medikamente selbst, und sie zittert noch immer, obwohl es im Wagen heiß ist wie in einer Sauna. Ich mache mir Sorgen, dass sie unter Schock steht.»

«Okay, okay, aber du hättest lieber Missionar oder so was werden sollen.»

Langer und McLaren standen in der Auffahrt und sahen dem Streifenwagen nach.

«Also, was denkst du?», fragte McLaren. «Dass der Killer die Bücher auf den Boden gelegt hat, um einen Tischläufer im Wert von zwanzig Dollar zu stehlen?»

«Vergiss bitte nicht, dass Rotkehlchen drauf waren. So was findet man nicht so oft.»

«Scheiße, Langer, versuchst du etwa, witzig zu sein?»

«Vielleicht.»

«Na, dann lass lieber. Du machst mir nämlich Angst.»

Eine Stunde später waren Jimmy und sein Team noch immer an der Arbeit, kamen aber langsam zum Ende. Langer und McLaren fanden Jimmy der Länge nach auf dem Fußboden im Wohnzimmer. Mit Maßband und Notizbuch bewaffnet trug er Zahlen ein.

«He, Jimmy», sagte McLaren so gut gelaunt, wie es ihm nach einem Sonntagmorgen am Schauplatz eines Mordes gelang. «Hast du die Lösung gefunden?»

Grimm reagierte mit einem müden Grinsen und kam mit Mühe auf die Beine. «Im Moment bin ich noch nicht einmal sicher, ob wir es überhaupt mit einem Mord zu tun haben. Versucht beim nächsten Mal, eine Leiche zu liefern, Jungs. Das würde die Sache erheblich erleichtern. Habt ihr schon Rückmeldungen aus den Krankenhäusern bekommen?»

McLaren blätterte in seinem Notizbuch. «Ja. Die einzigen Schusswunden, die letzte Nacht gemeldet wurden, hat man bei zwei sechzehnjährigen Gangmitgliedern festgestellt, die sich gegenseitig mit 22ern abknallen wollten. Haben nicht mehr als ungefährliche Fleischwunden hingekriegt und ganz bestimmt keinen Arterientreffer ...»

«Ein 22er war's sowieso nicht.» Jimmy hielt einen kleinen Plastikbeutel in die Höhe, in dem sich ein Projektil befand. «45er und ein paar gut erkennbare Züge drauf.»

«45er, hm? In dem Fall hat derjenige, der hier letzte Nacht angeschossen wurde, es nach unserem Kenntnisstand in kein Krankenhaus mehr geschafft.»

«Dann wird er tot sein», sagte Grimm emotionslos mit einem Blick auf das Sofa.

Langer tat es ihm gleich, und ihm wurde dabei ziemlich mulmig. «Das ist eine Menge Blut.»

Achselzuckend sagte Jimmy: «Sieht schlimmer aus, als es ist. Ich muss zwar noch Durchtränkungstests machen, aber auf den ersten Blick würde ich sagen, dein Opfer hat das Haus lebend verlassen. Für einen Schuss ins Herz ist bei weitem nicht genug Blut geflossen. Ich vermute, er wurde an einer seiner Gliedmaßen getroffen. Aber Arterien heilen nicht von selbst. Ohne medizinische Hilfe irgendeiner Art würde er ganz schnell verblutet sein, und nirgendwo sonst in diesem Haus ist auch nur ein Tropfen Blut zu finden.»

McLaren stöhnte. «Also hat ihn jemand angeschossen, in irgendwas eingewickelt und nach draußen geschleppt. Das bedeutet, wir suchen nach einem Sumo-Ringer, denn nach Aussage der Haushälterin wog Arlen Fischer über hundertfünfzig Kilo.»

Jimmy Grimm schaukelte auf den Absätzen vor und zurück. «Niemand hat ihn hinausgetragen.»

«So? Was denn? Außerirdische haben ihn vom Sofa gebeamt?»

«Noch besser.» Jimmy grinste, stolz auf sein Geheimnis.

«Wirf den Mistkerl zu Boden, Langer, ich will ihm die Eier zerquetschen», knurrte McLaren.

«Mein Gott, diese Iren sind aber auch ungeduldig», seufzte Jimmy und deutete auf ein Stück Holzfußboden, das er mit Klebeband markiert hatte. «Wir haben Radspuren gefunden. Vom Sofa aus, durch die Küche, zur Tür hinaus und in die Garage. Vier Räder, nicht zwei. Euer Killer hat eine Bahre auf Rädern mitgebracht.»

«Holla.» McLaren pfiff zwischen den Zähnen hindurch. «Das nenne ich Vorsatz.»

«Würde ich auch sagen.» Jimmy streckte die feisten Arme der Zimmerdecke entgegen. «Also, wir räumen jetzt hier das Feld und machen uns auf den Weg ins Labor. Wie ich höre, kommen die Kollegen mit einer Tonne Beweismaterial von dem Tatort an den Schienen …» Er hielt mitten im Satz inne und ließ die Hände sinken. «Ach, du meine Güte! Sagtet ihr, dass Fischer drei Zentner wog?»

Langer nickte. «Mindestens.»

Jimmy schloss die Augen und schüttelte den Kopf. «Mann, das ist mir völlig entgangen. Mein Techniker sagt, der Kerl auf den Schienen war ein Fettklops.»

«Hat man ihn identifiziert?»

Jimmy zuckte die Achseln, und Langer zog sein Handy

hervor. «Tinker und Peterson wurden für die Sache eingeteilt, oder?», fragte er McLaren.

«Genau.»

Langer drückte ein paar Tasten, hob das Telefon ans Ohr, wartete ein paar Sekunden und sagte dann: «Tinker, hier ist Aaron. Erzähl mir doch bitte Näheres zu eurem Mann auf den Schienen.»

Niemand hat Tinker Lewis je vorwerfen können, er sei wortkarg. Wenn man ihn fragte, wie es ihm ging, spulte er ohne die kleinste Atempause seine Lebensgeschichte ab. Langer versuchte einige Male, ihn zu unterbrechen, gab aber schließlich auf und hörte schweigend und mit ausdrucksloser Miene zu.

McLaren wurde immer nervöser und ging so lange auf und ab, wie seine Geduld reichte. Dann drängte er sich schließlich an Langer und versuchte, mit einem Ohr dessen Handy möglichst nahe zu kommen.

«Okay, Tinker, danke», sagte Langer. «Ich muss jetzt aufhören. McLaren rückt mir gerade zu sehr auf die Pelle.» Er beendete das Gespräch, verstaute sein Handy und stand dann einfach da, lächelte grimmig und schaukelte auf den Absätzen vor und zurück.

McLaren fuchtelte frustriert mit den Armen. «Verdammt noch mal, Langer, soll ich erst vor dir auf die Knie fallen?»

«Die Leiche auf den Schienen ist noch nicht identifiziert worden. Der Mann war älter, wog mindestens hundertfünfzig Kilo und hatte ein großes Loch in seinem linken Arm, kurz über dem Ellbogen.» Er nickte Jimmy Grimm zu. «Eine getroffene Arterie, wie du schon sagtest, Jimmy.»

«Also ist er verblutet?»

Langers Lippen wurden schmal und vertrieben den letzten

Rest seines Lächelns. «Nein, ist er nicht. Sie glauben, er ist an einem Herzschlag gestorben, als er den Zug kommen sah.»

«Gütiger Himmel», murmelte McLaren, der nur allzu lebendig das Bild eines alten und verletzten Mannes vor sich sah, den man an den Schienen festgebunden hatte und der den Scheinwerfer eines Zuges sah, der auf ihn zu raste.

«Wäre er am Leben geblieben», fuhr Langer fort, «hätte er nach Meinung des Gerichtsmediziners den Arm verloren. Jemand hat die Wunde abgebunden, aber viel zu stramm und viel zu lange.» Mit hochgezogenen Brauen wandte er sich McLaren zu. «Es handelt sich um einen Tischläufer, hat Tinker gesagt, mit kleinen Rotkehlchen drauf.»

McLaren blinzelte ihm zu und stieß dann einen leisen Pfiff aus. «Also ist deren Mann unser Mann.»

«Sieht so aus.»

«Mein Gott.» McLaren sah hinüber zum Sofa und erschauerte, als er sich bewusst wurde, was hier geschehen war. «Das hier ist echt krank, Langer.»

«Will ich nicht bestreiten.»

«Wir haben es mit einem sadistischen Dreckskerl zu tun, der hier auftaucht, dem armen Alten in den Arm schießt, ihn auf eine Bahre schnallt und rausrollt, um ihn dann an einen Ort zu fahren, wo er ihn an Eisenbahnschienen festbindet ...»

«... und sicherstellt, dass er die ganze Zeit am Leben bleibt, damit er ja merkt, was auf ihn zukommt», beendet Jimmy Grimm den Satz. «Gütiger Gott im Himmel.»

KAPITEL 6

Magozzi sah zu, wie Morey Gilberts Leiche in den Transporter der Gerichtsmedizin eingeladen wurde, und zuckte zusammen, als dem Leichensack beim Einklappen der Bahre ein harter Stoß versetzt wurde. Er hatte im Laufe der Jahre viele Leichen in dem Wagen verschwinden sehen, aber sich nie an diesen allerletzten Stoß gewöhnen können, den sie alle versetzt bekamen, wenn sie ihr Heim zum letzten Mal verließen.

Es war eine Wohltat, als die Türen des Wagens zuschlugen und die Kinder, die sich als Assistenten des Leichenbeschauers verkleidet hatten, in den Wagen kletterten und wegfuhren.

«Wer sind diese Kinder?»

«Sekunde mal», sagte Gino in sein Handy und hielt es sich dann vor die Brust. «Das sind keine Kinder. Das sind Erwachsene mit Medizinexamen. In deinen Augen sehen sie wie Kinder aus, weil du, verdammt noch mal, immer älter wirst.»

«Ich stehe in der Blüte meines Lebens. Die Vierzig sind so weit weg, dass ich sie von hier noch nicht mal sehen kann. Wie kommt es überhaupt, dass man uns Assistenten schickt? Wo, zum Teufel, ist Anant?»

Gino seufzte. «Untersucht den alten Mann, der an die Gleise gebunden war. Und die Kinder haben ihre Sache gut gemacht. Ich habe ihnen zugesehen. Haben Handschuhe getragen und alles. Darf ich jetzt weiter telefonieren?»

«Machst wohl Telefonsex mit Angela?»

«Nein. Mit Langer. Und du hast uns unterbrochen, als es richtig interessant wurde. Also, wenn du bitte entschuldigst ...» Er hob das Handy wieder ans Ohr. «Tut mir leid, Langer. Leo hat gerade 'ne Art Midlife-Crisis.»

Magozzi schwieg genau fünf Sekunden lang. «Der Mann an den Gleisen war auch alt?»

«Moment mal, Langer ... Ja, Leo, er war alt. Uralt.»

«Das macht drei in einer Nacht, Gino. Morey Gilbert, der, den es in dem Haus mit dem vielen Blut erwischt hat, und der arme Teufel auf den Schienen.»

«Es sieht aber so aus, als wären es nur zwei, und wenn du mir zwei Sekunden lässt, damit ich dieses Gespräch beenden kann, dann finde ich alles heraus, was du schon immer über tote alte Leute wissen wolltest. Mann, du bist wie ein kleines Kind, das einem an den Hosenbeinen zerrt.»

«Du hast keine Hosenbeine.»

Gino warf ihm einen bösen Blick zu und stapfte über den Parkplatz davon, das Handy ans Ohr gepresst.

Magozzi fand vor dem Gewächshaus eine schattige Bank und setzte sich neben einen Stapel prall gefüllter Plastiksäcke, die nach Schokolade rochen. Auf dem Parkway nahm der sonntägliche Morgenverkehr zu, aber durch die dichte Immergrünhecke, die bis auf die Einfahrt alles abschirmte, konnte er ihn kaum hören. Dies hier war unbestreitbar ein ruhiges und nettes Plätzchen inmitten der Stadt; nett um einzukaufen, um zu wohnen und um einen alten Mann mitten in der Nacht zu erschießen, ohne Angst haben zu müssen, dabei gesehen zu werden.

Zwei Leute von der Spurensicherung waren noch drinnen und untersuchten den Bereich um den Tisch, auf dem Lily Gilbert ihren Mann aufgebahrt hatte. Zwei weitere hatten sich auf die andere Seite des Gewächshauses begeben und versuchten, auf dem regennassen Asphalt, wo sie ihn nach eigener Aussage gefunden hatte, noch etwas zu entdecken. Aber nach Magozzis Dafürhalten erfüllten sie nur die Routine, denn Lily Gilbert hatte, ob nun absichtlich oder nicht, jegliche Spuren verwischt, die vom Regen verschont geblieben waren.

Schon jetzt hasste er diesen Fall, weil er wusste, worauf es hinauslief. Niemand legte alte Opas nur so zum Spaß um. Wenn kein Raub im Spiel war, hatte man es mit einer kurzen Liste von Verdächtigen zu tun, und fast immer handelte es sich um Familienmitglieder. Ihm war ein Psychopath im Drogenrausch allemal lieber als Verwandte, die einander umbrachten. Nichts grässlicher als ein mörderischer Familienstreit.

Gino kam über den Parkplatz zurück. Sein breites Gesicht war von der Sonne bereits rosarot, und das Halfter mit seiner Neun-Millimeter schlug leicht gegen seine karierten Bermudas. Er ließ sich auf die Bank sacken und wischte den Schweiß ab, der sich auf seiner Stirn sammelte. «Ist es zu glauben, dass es letzte Woche noch geschneit hat? Ist heißer als in der Hölle hier draußen. Sind doch bestimmt bald dreißig Grad, und wir haben noch nicht mal Mittag. Wenn doch bloß der Sohn bald kommt, damit wir hier die Biege machen können.»

«Was sagt Langer?»

Gino beugte sich vor und rieb die Hände. «Eine wirklich interessante Geschichte: Er und McLaren haben ein Haus voller Blut und keine Leiche, und Peterson und Tinker draußen an den Gleisen haben eine Leiche und nicht genügend Blut. Dank des Wunders von Mobiltelefon können sie miteinander kommunizieren, und *voilá*: Es stellt sich heraus, dass der Alte, dem das blutige Haus gehört, wahrscheinlich der Typ ist, den man an die Schienen gebunden hat. Sie wollen ihn erst noch von der Haushälterin identifizieren lassen, aber es sieht gut aus.»

Magozzi richtete sich auf der Bank ein wenig auf und runzelte die Stirn. «Da soll noch einer durchsteigen.»

«Du sagst es. Nach dem, was sie sich bis jetzt zusammenreimen können, muss jemand diesen alten Mann in seinem Haus angeschossen und eine Arterie im Arm getroffen haben. Und jetzt kommt's: Man hat ihm den Arm abgebunden, damit er nicht verblutete, bevor sie ihn zu den Gleisen schaffen konnten. Gruselig, oder? Sie wollten, dass er am Leben blieb und den Zug kommen sah. Anant hat ihn zwar noch auf dem Tisch, aber er tippt auf Herzschlag.»

«Oh, Gott.» Magozzi grübelte lange darüber nach, aber er mochte nicht, was ihm einfiel. «Sie haben ihn zu Tode erschreckt.»

«Sieht so aus. Angeschossen wurde er jedenfalls mit einer 45er, und unser Opfer hier wurde mit einem kleineren Kaliber erschossen. Die beiden Tathergänge lassen keine Verknüpfungen zu.»

«Also keine Verbindung zwischen unserem und ihrem Toten.»

«Nur dass es sich bei beiden um alte Männer handelte, die in derselben Gegend wohnten.»

Magozzi rieb sich die Augen und spürte dabei den Schweiß, der sich auf seinen Lidern sammelte. «Nicht mal das gefällt mir sonderlich.»

«Mir auch nicht. Aber sonst passt nichts zusammen, auf den ersten Blick sieht es wohl so aus, dass wir nach zwei Mördern suchen.» Gino beäugte die Plastiksäcke neben der Bank. «Sind das die Säcke, die die alte Dame ganz allein getragen hat?»

Magozzi schloss die Augen und schmunzelte. «Nein. Das sind die, die sie mich hat schleppen lassen. Fünfzehn Kilo pro Sack. Ich dachte, ich müsste sterben.»

«Was für ein klasse Detective doch aus dir geworden ist – einer, der Schwerstarbeit für eine Mordverdächtige leistet.»

«Sie ist alt. Sie hat mich darum gebeten. Respekt vor dem Alter und so. Und ein bisschen männlicher Stolz war auch dabei, denn schließlich hat sie die 25-Kilo-Säcke mit Blumentopferde allein geschleppt.»

«Du glaubst also, dass sie die Leiche bewegt haben könnte.»

«Nicht mehr als nötig. Sie hat die Schubkarre benutzt, um ihn nach drinnen zu schaffen.»

«Himmel, ist das gruselig. Den toten Ehemann in einer Schubkarre durch die Gegend zu fahren. Aber jedenfalls nicht so gruselig, wie ihn zu baden und zu rasieren. Das macht mir verdammt zu schaffen. Und komm mir bloß nicht damit, dass man es früher eben so machte, denn das weiß ich. Aber wir leben nicht in früheren Zeiten, und es ist einfach unheimlich.»

Magozzi sagte achselzuckend: «Vielleicht leben einige alte Menschen immer noch in der Vergangenheit. Aber mir ist diese Chose auch nicht geheuer. Ich kann mir vorstellen, dass da noch was anderes ist.»

Gino hob die Brauen. «Ja?»

«Ich glaube nicht, dass sie ihn umgebracht hat, aber da ist noch etwas, was wir bisher nicht gesehen haben.»

«Und das wäre?»

«Weiß nicht. Es ist nur so ein Gefühl. Warum riechen diese Säcke eigentlich nach Schokolade?»

«Mulch von Kakaobohnen. Man streut es um seine Pflanzen, auf Gartenwege und so. Riecht nach Hershey-Riegeln, wenn's regnet. Toll, was?»

«Ich weiß nicht. Wie hält man die Nachbarskinder vom Naschen ab?»

«Indem man sie einfach erschießt.»

Sie sahen beide auf, als ein nagelneues Mercedes Kabrio in die Auffahrt schwenkte und mit kreischenden Bremsen nur ein paar Zentimeter vor dem Streifenwagen zum Stehen kam, der den Weg blockierte. Der Fahrer wirkte recht harmlos – mittleren Alters, ein bisschen beleibt um die Taille, bekleidet mit einem teuren Anzug, der trotz vieler Falten immer noch gut aussah –, aber als der Cop, der an der Auffahrt postiert war, sich ihm in den Weg stellte, führte er einen Tanz auf wie ein Gnom auf glühenden Kohlen.

«Muss der Sohn sein», sagte Magozzi.

Ein verblüfftes Lächeln trat auf Ginos Lippen, als er den Mann genauer anschaute. «Ach, du heilige Scheiße. Ich krieg das alles niemals zusammen. Weißt du, wer das ist, Leo? Das ist Jack Gilbert.»

«Ja, der Sohn. Hab ich doch gesagt ...»

«Nein, nein, das ist *der* Jack Gilbert. Dieser Widerling von Schadenersatzanwalt mit seiner verlogenen Fernsehwerbung. Lass-dich-von-ihnen-nicht-verarschen Jack Gilbert. Genau der. Mein Gott, der arme Marty. Kannst du dir vorstellen, einen solchen Fiesling zum Schwager zu haben?»

Gilbert pöbelte inzwischen den Officer an, und er unterstrich seine Verbalinjurien mit wild fuchtelnden Armen, was ihn wie eine psychotische Windmühle wirken ließ.

«Sieh ihn dir nur an. Diese gottverdammten Anwälte führen sich auf, als gehörte ihnen die Welt.»

Magozzi stand auf und bedeutete dem Officer, Gilbert

durchzulassen. «Nun reiß dich zusammen. Der Kerl hat gerade erfahren, dass sein Vater ermordet wurde, und seine eigene Mutter weigert sich, ihn anzurufen, um ihn darüber zu informieren.»

«Deswegen bleibt er doch ein Widerling.» Gino stand zögernd auf, als Gilbert geradewegs auf sie zusteuerte, und trat schnell einen Schritt zurück, als der Mann sich auf sie stürzte und so nahe kam, dass man jede einzelne Ader in seinen blutunterlaufenen Augen erkennen konnte.

«Habe ich's mit den zuständigen Detectives zu tun?»

«Ja, Sir. Ich bin Detective Rolseth und das hier ist Detective Magozzi.»

Gilbert streckte seine schweißnasse Rechte aus und schüttelte ihnen beiden heftig die Hand, wobei er hin und her tänzelte. «Jack, Jack Gilbert.»

Magozzi wollte ansetzen, um sein Beileid zu bekunden, aber die Chance bekam er nicht.

«Was, zum Teufel, ist hier denn passiert, Freunde, was meint ihr? Ein Raubüberfall? Mordanschlag aus einem vorüber fahrenden Auto?»

«Wir stehen noch am Anfang unserer Ermittlungen, Sir. Wir haben nicht einmal die Vernehmungen abgeschlossen ...»

«Herr im Himmel.» Gilbert presste die Handballen auf die Augen. «Ich kann einfach nicht glauben, was geschehen ist. Es gibt in dieser Stadt hundert Leute, die *mich* umbringen wollen, einschließlich meiner eigenen Frau, und dann ist es mein Vater, der erschossen wird.»

«Darf ich Sie fragen, wer Sie umbringen will, Mr. Gilbert? Abgesehen von Ihrer Frau, meine ich.»

«Ich bin Schadenersatzanwalt – ich faxe Ihnen die Liste.

Scheiße, er war doch nur ein alter Mann. Wer will schon einen alten Mann umbringen? Wo ist meine Mutter? Wo ist Marty?»

«Sie sind im Haus, Mr. Gilbert, aber wenn es Ihnen nichts ausmacht, hätten wir ein paar Fragen …» Beim letzten Wort blieb Magozzi der Mund offen stehen, denn Gilbert war ohne einen Blick zurück abgezischt.

«Interessante Verhörtechnik», kommentierte Gino. «Hast wirklich alles aus dem armen Wicht rausgequetscht, muss man schon sagen. Trotzdem sollten wir vielleicht noch mal nachhaken. Du weißt schon, ein paar Routinefragen, die du vergessen hast, wie zum Beispiel, wo er gestern Nacht war, ob er seinen Vater umgebracht hat, solche Sachen eben.»

Magozzi warf ihm einen ungnädigen Blick zu und bemerkte dann einen älteren uniformierten Polizisten, der geduckt unter dem Absperrband die Auffahrt hochkam und sich ihnen näherte. «Kennst du den Mann?»

Gino schielte über den Parkplatz. «Klar. Al Viegs. Sag bloß nichts über sein Haar.»

«Hä?»

«Er hat gerade die erste Transplantation hinter sich. Sieht ziemlich schräg aus. Hier und da ein kleines Büschel und jede Menge kahle Stellen.»

Magozzi erwischte sich dabei, dass er wie gebannt auf den Kopf des Mannes starrte. «Verdammt, Gino, wie soll man einen Elefanten übersehen, wenn man ihn vor der Nase hat.»

«Ja, ich weiß – he, Viegs.»

Der Officer begrüßte sie mit einem ernsten Kopfnicken, während Magozzi den Blick nicht von dessen bizarr gemusterter rosa Kopfhaut lassen konnte.

«Berman und ich sind gerade damit fertig, im gesamten

Block von Tür zu Tür zu gehen. Wir müssen noch mal wiederkommen und ein paar Leute befragen, die nicht da waren, aber die meisten waren daheim. Sonntag und so.»

«Lassen Sie mich raten», sagte Gino. «Keiner hat was gehört, keiner hat was gesehen.»

Viegs nickte. «Stimmt. Aber ... es war irgendwie irre.» Er blickte in die Runde, räusperte sich, scharrte mit seinen auf Hochglanz polierten Schuhen. «Wir müssen an so ungefähr zwanzig Türen geklingelt haben, Privathäuser und Geschäfte ... Mann, es war echt irre.»

Magozzi senkte den Blick von Viegs' Kopfhaut zu dessen Augen. «Was soll das heißen?»

Viegs zuckte hilflos mit den Achseln. «Viele Leute fingen zu weinen an. Ich meine, wirklich viele. Kaum hatten sie gehört, dass Mr. Gilbert tot war, ging das Geheule los. Männer, Frauen, Kinder ... es war fürchterlich.»

Magozzi sah ihn jetzt konzentrierter an. Das wurde langsam interessant.

«Ich kapier das einfach nicht. Ich meine, dies ist doch eine Großstadt. Die Hälfte der Leute, die hier wohnen, kennt ihre Nachbarn nicht mal von Ansehen. Aber wenn man sieht, was sich da draußen abspielt» – Viegs deutete mit einer ruckartigen Kopfbewegung zur Straße – «muss man sich schwer wundern.»

Gino stand auf und blickte über Viegs' Schulter auf die leere Auffahrt. «Wovon reden Sie?»

«Sind Sie vor kurzem auf der Straße gewesen?»

«Nicht seit unserem Eintreffen.»

Viegs zeigte mit angewinkeltem Daumen in Richtung Auffahrt. «Dann spazieren Sie mal da runter. Sie müssen es mit eigenen Augen sehen.»

Gino und Magozzi gingen über den Parkplatz, durch die Öfffnung in der Hecke, wo die Auffahrt verlief, und blieben verblüfft stehen. In beide Richtungen war der Gehsteig gedrängt voll mit Menschen aller erdenklichen Altersgruppen und Rassen. Manche weinten leise, andere standen ernst und stoisch da, allesamt absolut bewegungslos und absolut stumm. Magozzi spürte, wie sich ihm die Nackenhaare sträubten.

Gino schaute zu, wie weitere Menschen die Straße überquerten und sich still unter die Trauernden einreihten. «Mein Gott», flüsterte er. «Wer war denn dieser alte Mann?»

Ein hoch gewachsener blonder Jugendlicher am Absperrband hob immer wieder leicht seine Hand, um ihre Aufmerksamkeit zu wecken. Magozzi ging hinüber und beugte sich zu ihm. «Kann ich was für dich tun, mein Sohn?»

«Ähm … sind Sie die Detectives?»

«Das sind wir.»

Unter anderen Umständen sah der junge Mann bestimmt gut aus, aber jetzt war sein Gesicht fleckig sowie rot und um die Augen aufgedunsen. «Ich bin Jeff Montgomery? Und das ist Tim Mason? Wir arbeiten hier, und Mr. Pullman hat uns aufgefordert zu Hause zu bleiben, denn Sie würden vielleicht mit uns reden wollen? Aber … wir mussten einfach herkommen, verstehen Sie?»

Magozzi fand, dass sie aussahen wie zwei verirrte Welpen. Er hob das Absperrband und forderte sie mit einer Geste auf, drunterdurch zu kommen. Dabei musste er die Regung unterdrücken, ihre Köpfe zu tätscheln und ihnen zu versichern, dass alles in Ordnung kommen würde.

KAPITEL 7

Wenn es keine offenkundigen Verdächtigen gab, bestand der erste Ermittlungstag in einem Mordfall aus einem hektischen Durcheinander von Vernehmungen und Faktenklärung. So vergingen die kostbaren Stunden nach einem Mord, und die Wahrscheinlichkeit, den Mörder zu finden, sank rapide. Wenn man Glück hatte, sah man einen Hoffnungsfunken aufglimmen – entdeckte eine winzige Information, die vielleicht in die richtige Richtung deutete. Doch Magozzi und Gino hatten dieses Glück heute nicht gehabt. Seit vierzehn Stunden waren sie an dem Gilbert-Fall dran, und noch gab es keinen Hoffnungsschimmer.

Magozzi parkte den Wagen auf der Straße neben der City Hall, und eine Zeit lang blieben er und Gino im Dunkeln sitzen.

Weißt du, was dein größtes Problem ist, Leo? Du nimmst jeden Mord so verdammt persönlich.

Es waren diese Sätze seiner geschiedenen Frau, die ihn noch heute sprachlos machten und die ihm auch nach all den Jahren nicht aus dem Kopf gingen. Sogar das Geständnis ihrer häufigen Untreue, das sie in der Endphase ablegte, hatte im Laufe der Zeit seine niederschmetternde Wirkung verloren, nicht aber jene Worte. Damals hatte er zum allerersten Mal die Möglichkeit erwogen, ein Mord müsse nicht von jedem persönlich genommen werden, aber anfreunden hatte er sich mit diesem Gedanken nie können.

Er nahm an, es hatte mit einer Art Mitgefühl für das Opfer zu tun. Nicht ein einziges Mal war es ihm gelungen, eine Leiche mit einer rationalen Distanz zu betrachten, die es ihm erlaubt hätte, in ihr nichts anderes als «nur» eine Leiche zu sehen. Manche Cops konnten das. Manche Cops mussten es tun, wenn sie nicht den Verstand verlieren wollten. Magozzi hatte es nie geschafft. Für ihn handelte es sich nie nur um eine Leiche; es war stets eine tote Person, und das war ein großer Unterschied.

Aber bei dieser Leiche war es schlimmer als sonst. Erst ein Tag war mit Ermittlungen vergangen, und er empfand nicht nur Mitleid mit dem Opfer. Langsam empfand er bereits Mitleid mit sich selbst, weil er den Mann nicht gekannt hatte. Das war ihm noch nie passiert.

«Langer Tag», seufzte Gino schließlich.

«Zu lang. Zu viele trauernde Menschen. Weißt du, ich möchte nur ein einziges Mal an einem Fall arbeiten, bei dem jeder den Toten gehasst hat.»

«Das wird nie passieren», murrte Gino. «Niemand hasst einen Toten. Das gehört sich nicht. Du kannst der fieseste Kerl auf Erden gewesen sein, aber wenn sie dich in einem offenen Sarg aufbahren, dann scheinen auch die Leute, die dich zu Lebzeiten gehasst haben, etwas Nettes über dich sagen zu können. Es ist wie ein Wunder.»

Magozzi blickte zum Fenster hinaus auf die verlassene Straße. Vielleicht hatte Gino Recht. Vielleicht war Morey Gilbert ein Mensch wie jeder andere gewesen und wurde nur durch seinen Tod erhöht. Aber insgeheim war er anderer Meinung.

Gino blieb einen Moment lang stumm. «Aber ich denke, dass es in diesem Fall ein bisschen anders ist, Leo.»

«Ja, ich weiß. Mir ist eben dasselbe durch den Kopf gegangen.» Magozzi schloss die Augen und dachte an die vielen

Trauernden vor der Gärtnerei. Es war eine spontane Trauerkundgebung gewesen, wie man sie erwartet hätte, wenn ein Prominenter gestorben war oder vielleicht eine hoch verehrte Person des öffentlichen Lebens, aber nicht irgendein Durchschnittsmensch, von dem niemand je gehört hatte. In den Medien war darüber berichtet worden, aber hauptsächlich, weil es zu einem Verkehrschaos auf dem Boulevard gekommen war. Von Morey Gilbert hatte auch in der Redaktion noch nie jemand gehört, und das Hauptaugenmerk richtete sich auf die großartige, Quoten steigernde Horrorgeschichte des anderen alten Mannes, der gequält und an Gleise gefesselt worden war.

Beethovens Fünfte erklang aus der Tasche von Ginos Shorts. Er zerriss sie, als er sein Handy hervorzog, bevor es die nervenden Töne noch mal von sich gab. «Verdammt, die Göre kriegt Hausarrest. Damit sie ein bisschen Respekt vor ihrem Vater und klassischen Komponisten bekommt.»

«Du solltest dir für das Ding einen dieser kleinen Handyhalfter anschaffen.»

«Klar doch. In dem einen Halfter ein Handy und im anderen meine Dienstwaffe. Am Ende schieß ich mir noch ins Ohr. Ja, hier Rolseth.»

Als Gino das Leselicht einschaltete und sich Notizen machte, stieg Magozzi aus dem Wagen und lehnte sich an die Tür. Er drückte die Kurzwahltaste und wartete den Piepton des Anrufbeantworters am anderen Ende ab. «He, Magozzi hier. Wir müssen uns um einen Fall kümmern, und ich werde mich etwas verspäten. Ich versuche, es bis zehn zu schaffen. Ruf mich bitte zurück, wenn das zu spät ist, sonst sehen wir uns dann.» Er klappte das Telefon zu und stieg wieder in den Wagen, betete, dass zehn Uhr nicht zu spät sein und sein

Telefon in den nächsten paar Stunden bitte nicht klingeln möge.

Gino fuchtelte mit seinem Notizbuch. «Das war der Nachtmanager vom Wayzata Country Club. Jack Gilbert war gestern Abend dort, wie er gesagt hat. Anscheinend ist er fast jeden Abend dort, und zwar solo, was einiges über sein häusliches Leben verrät. Aber der Laden macht um ein Uhr zu, und Anant hat gesagt, der Tod sei zwischen zwei und vier eingetreten, oder?»

«Stimmt.»

«Also hatte er reichlich Zeit, zur Gärtnerei zu fahren und seinen Vater abzumurksen. Was bedeutet, dass wir kein Familienmitglied als Täter ausschließen können. Die alte Dame ist allein zu Hause, und Sohn und Schwiegersohn sind angeblich beide hackevoll und können sich an nichts erinnern.» Er seufzte und schob sein Notizbuch in die Hemdtasche. «Niemand hat heutzutage mehr ein Alibi. Das hasse ich. Also, was meinst du?»

Magozzi drehte sich zum Rücksitz hinüber und griff nach einer der beiden fettigen Tüten, die wahrscheinlich schon die Polster verschmiert hatten. «Ich fürchte, dieser Wagen wird das nächste Jahr lang nach Grill riechen. Sag mir noch mal, warum wir das Essen holen mussten.»

«Hätten wir Langer geschickt, wäre der garantiert mit Karotten und Sägespänen oder irgendeinem vegetarischen Mist aufgekreuzt, deswegen.»

Minneapolis machte sich mit Lichterglanz fein für den Abend. Eine schöne Stadt, dachte Detective Langer, der auf die gelben Rechtecke in einem entfernten Büroturm blickte, die wie Sprossen einer in den Nachthimmel ragenden goldenen Leiter wirkten. Jedenfalls nicht der Ort, von dem man erwarten würde, dass er einen solchen Killer hervorbrachte.

McLaren, ebenso eingefleischter Bürger von Minnesota wie Ire, war überzeugt davon, dass Arlen Fischers Mörder von woanders kommen musste. Vielleicht aus Chicago oder New York, oder wo auch immer Leute wie die Sopranos lebten. Langer hatte darüber geschmunzelt, musste aber einräumen, dass der Stil, in dem die alten Herren umgebracht worden waren, tatsächlich an frühere Mafia-Zeiten erinnerte. Kreativität dieser Art war auf anderen Verbrechensschauplätzen kaum zu finden.

Er blickte wieder auf seinen Monitor und bewegte die Maus, um den Bericht aufzurufen, an dem er schrieb. Er hasste es, Berichte schreiben zu müssen. Hasste die verklausulierte und gekünstelte Polizeisprache, die einem das Hirn verwirrte und die Zunge lähmte. Man ging nicht in ein Haus, sondern betrat einen Wohnsitz. Menschen wurden nicht erschossen, sondern trugen tödliche Verletzungen davon, die ihnen durch Feuerwaffen diesen oder jenen Kalibers zugefügt worden waren. Und Arlen Fischer war natürlich nicht an die Gleise gebunden worden, sodass der Mitternachtsgüterzug nach Chicago Haferschleim aus ihm gemacht hätte. Nein, er war «mit Hilfe von Stacheldraht am Südgleis fixiert worden». Man durfte nicht einmal erwähnen, dass der Zug fahrplanmäßig verkehrte, denn damit wäre angedeutet, dass der vermeintliche Täter vorsätzlich gehandelt und eine nicht nachzuweisende Tötungsart gewählt habe. Jeder Schmalspurverteidiger würde daraus sofort Kapital schlagen. Nichts als gespreizter Juristenjargon war das. Ein Cop, der im wirklichen Leben so redete, würde von der Truppe gnadenlos ausgelacht.

Er sah wieder hinaus auf die Großstadtlichter und sinnierte über seinen letzten Satz. Er fragte sich, ob Chief Malcherson ihn wohl vom Dienst suspendierte, wenn er schriebe, dass man Arlen Fischer auf den Schienen hatte liegen lassen, damit er von einem Güterzug filetiert würde.

«Mach schon, Langer», schalt ihn McLaren. «Sieh zu, dass du in die Gänge kommst, ja? Die Männer vom Imbiss sind da.»

Langer sah mit dem schuldbewussten Blick eines Schuljungen auf, der niemals einen Platz am Fenster hätte bekommen dürfen. McLaren, Gino und Magozzi saßen vorne am großen Tisch im Büro der Mordkommission und waren dabei, aus einer Sammlung intensiv riechender Papiertüten weiße Pappbehälter zu ziehen. «Fast fertig», sagte er und wandte sich wieder seinem Computer zu.

«Dann beeil dich», forderte Gino ihn gut gelaunt auf. «Mein Magen führt sich auf, als hätte mir einer die Kehle durchgeschnitten.»

Magozzi sah ihn staunend an. «Wo hast du das bloß immer her?»

«Was?»

«Diese abstrusen Sprüche.»

«Von meinem Vater. Ist ein höchst abstruser Mann.»

McLaren fand die Tüte mit dem Knoblauchbrot und steckte seine Nase hinein. «Was bedeutet ‹abstrus›?»

«Kommt von Abst und von Ruß», sagte Gino trocken. «Wieso sind Tinker und Peterson eigentlich nicht hier? Ihr arbeitet doch zusammen, oder?»

«Nö. An dieser Sache sind die Medien interessiert, und seit

Peterson das arrogante Arschloch von Channel Three ein arrogantes Arschloch genannt hat, lässt der Chef ihn nicht mehr in die Nähe einer Fernsehkamera.»

Gino seufzte beglückt. «Das war ein begnadeter Augenblick.»

«Du sagst es», stimmte McLaren zu. «Und da Tinker sowieso morgen früh in Urlaub geht, läuft alles gut. Jetzt ernte ich den ganzen Ruhm, sobald Langer den Fall löst.»

Langer grinste, als er den Druckbefehl gab. Dann stand er auf und reckte sich. So gefiel es ihm. Nach Dienstschluss noch im Büro zu sein, an einem aktuellen Fall zu arbeiten, dem Gefrotzel der Jungs zuzuhören ... es kam ihm vor, als würde sich zum ersten Mal seit Jahren das Gefühl einstellen, alles könnte wieder gut werden.

Er hatte seinen fünften Hühnerflügel halbwegs vertilgt und überlegte, ob sein Maalox noch in der unteren Schublade lag, als Magozzi eine Frage stellte, die ihn daran erinnerte, dass alles Maalox dieser Welt vielleicht nicht reichen würde.

«Sie standen Marty Pullman doch ziemlich nahe, oder, Langer?»

Er hielt einen Finger in die Höhe und kaute weiter, um Zeit zu gewinnen. Niemand erwartete von Aaron Langer, dass er mit vollem Mund sprach. Als er schließlich schluckte, fühlte es sich an, als rutschte ihm ein kleiner struppiger Hund den Hals hinunter. «Hab ihn kaum gekannt, bevor ich den Tod seiner Frau untersuchen musste.»

«Damals ist er uns jedenfalls echt auf die Nerven gegangen», warf McLaren ein. «Kann man dem armen Kerl nicht verübeln. Mann, es war eine schwere Zeit.»

«Das will ich gern glauben», sagte Magozzi. «Er war heute an unserem Tatort.»

«Habe ich mir schon gedacht», sagte Langer. «Er hat den alten Mann wirklich geliebt.»

«Na ja, die Sache ist, Marty sah ziemlich übel aus …»

«Wie 'ne wandelnde Leiche», stimmte Gino zu.

«… weswegen ich auch darauf zu sprechen komme. Gino und ich haben darüber geredet. Er gefiel uns nämlich gar nicht, und wir fürchten, dass er in eins jener tiefen Löcher gefallen ist, aus denen man allein nicht wieder rauskommt. Also dachten wir, wenn ihr mal einen persönlichen Draht hattet …»

«Hatten wir aber nicht», unterbrach Langer ihn und suchte mit einem Blick Bestätigung bei McLaren. «Keiner von uns beiden.

«Nein, hat sich total abgekapselt», sagte McLaren. «Seit seine Frau getötet wurde, ist er wie eine wandelnde Leiche. Schüttet er sich noch immer so zu?»

Gino nickte bekümmert. «Sagte, er wäre am Morgen auf dem Küchenfußboden neben einer leeren Flasche Jim Beam aufgewacht und hätte keine Ahnung gehabt, wo er am Abend davor war. Und ich sag: ‹Mensch, Marty, hängst du etwa die ganze Zeit an der Flasche, seit du weg bist von der Truppe?› Er dachte einen Augenblick nach und sagte dann: ‹Das würde jedenfalls die Blackouts erklären.›»

McLaren schob die Reste des undefinierbaren Tiers weg, das er gegessen hatte. «Ich habe irgendwie schon vorausgesehen, dass er abrutschen würde. Kann mich nicht erinnern, ihn während der ganzen Ermittlung auch nur einmal nüchtern gesehen zu haben. Schien so, als würde er sich nur Moreys wegen noch etwas zusammenreißen.»

Magozzis Brauen schossen in die Höhe. «Morey? Kanntest du ihn so gut, dass du ihn beim Vornamen nennst?»

McLaren zuckte leicht nervös mit den Achseln. «Wenn man ihn einmal getroffen hatte, war man schon sehr gut mit ihm bekannt. So ein Typ war er eben, verstehst du? Hat uns echt umgehauen, als wir heute Morgen die Nachricht bekamen. Als hätte die Familie nicht schon genug durchmachen müssen. Und ich will euch noch eins sagen. Euer Killer war ein Fremder, denn niemand, der diesem Mann je begegnet ist, würde ihm den Tod wünschen.»

Magozzi zerknüllte seine Serviette und schob seinen Stuhl vom Tisch zurück. «Ja, das sagen alle, aber wir haben damit unsere Schwierigkeiten. Morey Gilbert hat sich eine Kugel in den Kopf eingefangen, und zwar aus nächster Nähe. Es sieht nicht nach einem Unfall aus und auch nicht nach irgendeiner Affekttat. Wonach es aussieht und wie es einem vorkommt, ist eine Exekution.»

Langer schüttelte den Kopf. «Unmöglich. Auch wenn er es gewollt hätte – nie wäre es Morey gelungen, sich jemanden zum Feind zu machen. Du kannst dir nicht vorstellen, wie viel Gutes der Mann in seinem Leben getan hat.»

«Oh, wir kriegen langsam eine Ahnung», sagte Gino. «Habt ihr heute die Menschenmenge draußen vor der Gärtnerei gesehen?»

«Ja. Auf dem Rückweg von unserem Tatort sind wir dort in den Stau geraten.»

«Wir haben uns an Ort und Stelle etwas umgetan, haben mit einigen Leuten gesprochen und zur Genüge von guten Taten gehört.» Gino leckte sich etwas Grillsoße vom Daumen und blätterte dann in seinem kleinen Notizbuch. «Ich hab hier eine Liste von Pennern, denen er Geld gegeben hat, von Obdachlosen, die er auf der Straße aufgesammelt und zum Essen bei sich eingeladen hat. Und ob ihr's glauben mögt oder nicht, da war auch ein Kerl mit Straßengang-Tätowierung und in einem Perry-Ellis-Anzug, der behauptet hat, Morey Gilbert hätte ihn allein durch gutes Zureden dazu bekehrt, sein früheres Leben aufzugeben ...»

Das brachte Langer zum Schmunzeln. «Reden war seine größte Stärke.»

«Und seine Lieblingsbeschäftigung.» McLaren grinste. «Mann, er konnte dich in Grund und Boden reden. Aber es war kein oberflächliches Geschwätz, versteht ihr? Ich meine, der Typ hat sich über die irrsten Sachen Gedanken gemacht, und zwar so, wie man es sich selbst nie überlegt hat.»

«Über was denn?»

«Ach, unzählige Dinge. Zum Beispiel an dem Tag, als Langer und ich zu ihm rüber sind, nachdem der Fall abgeschlossen war. Morey fand heraus, dass ich katholisch bin – erinnerst du dich noch, Langer?»

«Aber klar doch.»

«Jedenfalls bittet er uns zu sich an den Küchentisch, bietet uns ein Bier an und fängt dann an, mir all diese Fragen zu stellen, als wäre ich ein Priester oder ein Gelehrter oder so was ...» McLaren schüttelte ganz leicht den Kopf und schmunzelte bei der Erinnerung.

Also, Detective McLaren. Die haben doch Heilige, die Katholiken. Wissen Sie etwas darüber?

Aber sicher, Morey.

Na ja, mir kommt es irgendwie komisch vor, wen man sich da ausgesucht hat. Sie wissen schon, Johanna von Orleans, die hat Menschen mit dem Schwert erschlagen, und dann war da der heilige Franziskus, der mit den Vögeln sprechen konnte ... welche Verbindung gibt es zwischen denen? Vereinbar ist das nicht. Und das sind doch die Leute, die angeblich bei Gott ein gu-

tes Wort einlegen, wenn man selbst ihn nicht erreichen kann, oder?

Nun, ja …

Meine Frage lautet also: Moses, der stand doch mit dem großen Boss auf Du und Du, oder? Er hat persönlich mit ihm gesprochen, so wie ich mit Ihnen spreche. Wenn also jemand Fürsprache einlegen sollte für einen Mitmenschen, würde man doch meinen, da sei Moses absolut der Richtige. Aber man hat Moses nicht zu einem Heiligen gemacht. Was meinen Sie, warum das so ist?

Äh, ich glaube, man muss Christ sein, um heilig gesprochen zu werden.

Aha! Verstehen Sie, was ich sagen will? Die Art, wie diese Leute ausgesucht werden, ergibt einfach keinen Sinn.

He, ich suche sie doch nicht aus …

Vielleicht könnten Sie ja mal mit den Leuten reden, die für diese Dinge zuständig sind, hm? Denn das Problem ist doch, sie haben ihre ganze Religion auf Jesus gegründet, und nicht mal der konnte ein Heiliger werden, weil er Jude war und kein Christ. Verstehen Sie? Macht doch keinen Sinn. Ich brauche Ihre Hilfe, um das verstehen zu können.

Gino lächelte. «Er war ein ziemlich religiöser Mann, was?»

McLaren dachte einen Moment nach. «Nicht eigentlich religiös. Er hat einfach viel über solche Sachen nachgedacht, denn er wollte wohl versuchen zu verstehen. Aber ich nehme an, bei einem wie ihm musste das so sein. Er war in Auschwitz, wusstet ihr das?»

Gino nickte. «Wir wussten, dass er in einem KZ gewesen war. Einer der gerichtsmedizinischen Assistenten hat mir am Tatort die Tätowierung gezeigt.»

«Ich muss gestehen, es hat mich fast umgehauen, als ich es

erfuhr. Ich meine, ich hatte noch nie jemanden kennen gelernt, der im Konzentrationslager war. Kommt einem doch so vor, als sei das alles vor einer Million Jahren geschehen, oder? Und dann dieser Typ, der Gott weiß was für eine Hölle durchlebt hat, und gerade der entwickelt sich zu jemandem, der seine Mitmenschen liebt. Ich sage euch, Jungs, der war eine Klasse für sich. Ihr hättet ihn bestimmt gemocht.»

«Ach, hör auf damit.» Gino erhob sich und stopfte leere Behälter in eine Papiertüte. «Ich will keine Toten mögen. Davon hat man nämlich nichts. Langer, willst du die Hühnerflügel wirklich nicht mehr?»

«Absolut nicht.»

Gino griff sich einen und biss herzhaft davon ab. «Gut, dann lasst mal hören. Als ihr euch so dick mit den Gilberts angefreundet habt, wie hat der Sohn da auf euch gewirkt?»

«Jack?» Langer zuckte die Achseln. «Der war doch so gut wie nie da. Irgendwie das schwarze Schaf, nehme ich an. Marty sagte, dass Jack sich wohl mit seinen Leuten verkracht hatte.»

Gino warf einen abgenagten Hühnerflügel in die Tüte. «Muss ein ziemlich schlimmer Krach gewesen sein. Die alte Dame spricht noch immer nicht mit ihm.»

«Muss wohl», stimmte Langer zu. «Bei der Beerdigung seiner Schwester stand Jack nicht mal bei seiner Familie.»

«Oh, Mann», McLaren verzog das Gesicht. «Das mit anzusehen war heftig. Hatte ich fast schon vergessen. Da steht dieser Mann in mittlerem Alter, heult sich die Seele aus dem Leib, ist buchstäblich aufgelöst vor Kummer und taumelt mit ausgestreckten Armen auf Morey zu. Morey sieht ihn nur kurz an, dreht sich um und geht weg. Lässt Jack einfach stehen, allein, weinend, die Arme ins Leere ausgestreckt …

Mann, ich kann euch sagen, das ging einem an die Nieren.»

Magozzi spürte ein Kribbeln im Nacken. «Das ist schon interessant. Liebt seine Mitmenschen und kehrt seinem Sohn den Rücken in einer solchen Situation? Und das soll Mister Menschenfreund gewesen sein?»

Langer sprach leise. «Das ist es ja, Magozzi. Er war wirklich Mister Menschenfreund, und diese Sache mit Jack bei der Beerdigung widersprach dem so vollständig, dass man sich fragen musste ...» Er hielt inne und schien nachzudenken.

«Dass man sich fragen musste ...», brachte McLaren für ihn den Satz zu Ende. «Was um Gottes willen hat Jack getan?»

KAPITEL 8

Es war einfach so, dass Magozzi sie gerne ansah, und zuweilen konnte er nicht damit aufhören.

«Du starrst mich schon wieder so an.»

«Ich kann nichts dafür. Ich bin eben sehr oberflächlich.»

Grace MacBride lächelte, aber nur verhalten. Wenn sie zu einem breiten Lächeln mit jeder Menge Zähnen in der Lage war, so hatte Magozzi es bisher noch nicht gesehen. «Ich muss dich um einen Gefallen bitten.»

«Ja.»

«Einen großen.»

«Das schaffe ich schon.» Selbstverständlich würde er es schaffen. Er würde alles für Grace MacBride tun, und im Gegenzug erbat er sich nicht mehr als ein paar jener Abende, an denen sie an ihrem Küchentisch saßen und Wein tranken und sich über nichts Besonderes unterhielten, während er ihr schwarzes Haar und ihre blauen Augen betrachtete und von Dingen träumte, die sich vielleicht ergeben konnten, wenn er nur lange genug die Geduld bewahrte.

«Ich hätte gern, dass du ab und zu mal nach Jackson schaust.»

Oh, das hörte sich nicht gut an. Jackson war ein Pflegekind, das einen Block entfernt von Grace wohnte, und jemand musste nur dann nach ihm schauen, wenn Grace vorhatte, die Stadt für längere Zeit zu verlassen. Vielleicht hatte er das mit der Geduld übertrieben.

Magozzi beschloss, stark zu sein, stumm zu bleiben und so zu tun, als mache es ihm nichts aus, aber als er den Mund öffnete, fiel die Wahrheit heraus. «Grace, du darfst nicht wegfahren. Ich habe doch diesen Verführungsplan am Laufen.»

Wieder das angedeutete Lächeln. «Das soll eine Verführung sein? Sechs Monate, und du hast noch nicht ein einziges Mal versucht, mich zu küssen.»

«Es ist eben ein langfristiger Plan. Und außerdem warst du noch nicht dafür bereit.»

Sie griff über den Tisch und berührte seine Hand. Magozzi erstarrte. Bis auf einige sehr wenige Ausnahmen berührte Grace, wenn sie es vermeiden konnte, niemals einen anderen Menschen. Sie ergriff durchaus jemanden bei der Hand und zog ihn irgendwo hin, wenn sie ihm etwas zeigen wollte, aber eine Berührung nur um der Berührung willen – das kam selten vor. «Alles ist bereit, Magozzi. Seit Monaten arbeiten wir daran. Und jetzt gibt es in Arizona etwas für uns zu tun.»

«Um Himmels willen, Grace, niemand fährt im Sommer von Minnesota nach Arizona. Das ist die falsche Richtung.»

«Fünf Frauen sind im Laufe der letzten drei Jahre aus einer Kleinstadt verschwunden, und man hat nichts als einen Berg Papierkram. Es ist eine ideale Situation für unsere neue Software.»

Magozzi spürte, wie plötzlich und unerwartet Ärger in ihm aufstieg und sein Gesicht rötete. Er wandte den Kopf ab, damit sie es nicht sah. Grace MacBride hatte die Hälfte ihres noch kurzen Lebens damit verbracht, vor Mördern davonzulaufen, und was tat sie, als sie endlich in Sicherheit war? Diese verdammte Närrin suchte verbissen nach einem neuen Mörder und rannte ihm auch noch entgegen. Sie hatte die bizarre Vorstellung, dass es von therapeutischem Nutzen war, sich den eigenen Dämonen zu stellen, was auch einleuchtete, wenn es beispielsweise um Flugangst ging. Wenn die Dämonen aber bewaffnet, gefährlich und wahrscheinlich auch noch geisteskrank waren, erschien es hingegen nicht ratsam.

«Dein Nacken ist richtig rot geworden, Magozzi.»

Er drehte sich um und sah sie an. Er hatte große Mühe, mit fester Stimme zu sprechen. «Es gibt für dich absolut keinen Grund, dorthin zu reisen. Dein Programm kann all die Informationen von hier aus verarbeiten.»

«Magozzi. Die fünf Ermittlungen haben Tausende Seiten Papier hervorgebracht, und es sind Hunderte von Hinweisen eingegangen. Jeden Tag kommen neue Informationen dazu, und nichts davon ist im Computer. Allein die Übertragung würde einen Monat dauern.»

«Dann nimm dir einen Monat.»

Sie verneinte mit einer Bewegung ihres Kopfes, sodass ihr schwarzes Haar in einer Welle über die Schultern schwang. Damit wollte sie ihn bewusst ablenken, dachte er. Er hätte ihr nicht sagen sollen, dass er oberflächlich war. «So viel Zeit haben wir nicht. Dieser Kerl schnappt sich exakt alle sieben Monate eine Frau. Und seit dem letzten Mal sind sechs Monate vergangen.»

Magozzi erwog kurz, mit der Faust auf den Tisch zu schlagen. Es wäre eine typische Geste für einen Italiener gewesen, aber er sah sich selbst nicht in dieser Pose. Anscheinend hatte das fürs Gestikulieren zuständige Gen ihn auf seiner Vererbungsreise übersprungen. «Kannst du mir vielleicht sagen, wie es dir gelungen ist, in diesem Land eine Polizeidienststelle zu finden, die nicht auf Computer umgestellt hat?»

Grace stützte das Kinn auf die Hand und sah ihn an. «Du hast keine Vorstellung, wie viele es davon gibt. Dies ist ein

Revier mit vier Leuten, und einer davon ist der Chief, der wie die anderen in Doppelschichten Streife fährt.»

Verdammt, er hasste es, wenn sie auf jede Frage eine passende Antwort bereit hatte. «Okay, und wo sind denn die Jungs von der Staatspolizei? Das FBI? Die Texas Rangers? Wer springt denn sonst da unten ein, wenn sie es mit einem Serientäter zu tun haben?»

Grace schnitt eine Grimasse. «Das FBI und die Staatspolizei haben sich anfangs schwer reingehängt, aber offiziell gelten alle fünf Frauen nur als vermisst und nicht als ermordet. Keine Leichen, keine Tatorte und kein großes Interesse bei der Presse, nachdem sich herausgestellt hatte, dass viele der Opfer nicht gerade Musterbürgerinnen waren. Die meisten hatten eine kriminelle Vorgeschichte – Ausreißerinnen, Drogenabhängige, Prostituierte –, und daher stiegen sie auf der Prioritätenliste sehr schnell nach unten ab.»

Magozzi sah einen ersten Hoffnungsschimmer. «Wenn es keine Leichen gibt, wieso ist man überhaupt so sicher, dass es sich um eine Mordserie handelt? Ausreißer reißen aus, das ist ihre Natur. Vielleicht treiben sie sich allesamt irgendwo da draußen rum.»

Grace wurde ungeduldig. «Genau gegen diese Mauer aus Argumenten muss der Polizeichef ständig ankämpfen. Wenn solche Frauen verschwinden und niemand gleich eine Leiche findet, machen Staatspolizei und FBI schnell einen Rückzieher, weil alle denken, was soll's denn, die Frauen sind sicherlich irgendwohin abgehauen. Aber der Chief glaubt, dass in seiner Stadt ein Serientäter sein Unwesen treibt, und er hat uns überzeugt. Das letzte Opfer war weder eine Drogensüchtige noch eine Prostituierte oder eine Ausreißerin, obwohl die Jungs von der Staatspolizei den Fall so klassifizierten und zu den Akten legten. Sie war achtzehn Jahre alt und fuhr weniger als zwei Meilen zu einem Lebensmittelladen, um für ihren Vater Eiskrem zu kaufen. Sie war die Tochter des Chiefs, Magozzi. Der Mann sucht sein Kind, und niemand will ihm dabei helfen.»

Bei dem Satz wusste Magozzi, dass die Schlacht verloren war, noch bevor sie wirklich begonnen hatte. Grace ging nicht auf die Suche nach einem Mörder, sie machte sich auf zu einem Kreuzzug. Er schloss die Augen und seufzte.

«Genau bei einem solchen Fall könnte die Software ausschlaggebend für einen Erfolg sein.»

Magozzi gab sich Mühe, nicht jämmerlich auszusehen, denn er hatte das vage Gefühl, dass Jammer nicht unbedingt männlich wirkte. Im Grunde hatte er gewusst, dass dieser Tag kommen würde. Grace und ihre drei Partner in Computer-Hexerei hatten sich seit vergangenem Oktober an dem neuen Programm halb totgearbeitet und waren so weit, damit auf Tour gehen zu können. Nachdem sich diese Nachricht jetzt verbreitet hatte, war Arizona nur der Anfang. Die Nachfrage würde sich zu einer Lawine entwickeln.

Er hatte den Artikel in neueren Ausgaben von juristischen und polizeilichen Fachzeitschriften gesehen, die so gut wie jede Dienststelle im Land bekam, und konnte sich vorstellen, dass ausnahmslos alle Cops begeistert darauf reagieren würden, zumal sie die Dienstleistung keinen Cent kostete.

Das FLEE-Programm war im Grunde ein computerisierter Cop. Es durchforstete den gesamten Papierkram, der bei einer Morduntersuchung entstanden war, speicherte die Daten und überprüfte sich dann selbst im Hinblick auf Wiederholungen und Ähnlichkeiten. Nichts ging verloren, nichts wurde vergessen. Dieser Albtraum geschah allzu oft, wenn ein Dutzend Polizisten tausende Seiten mit Daten lasen und sich zu merken versuchten. Die Software stimmte unentwegt auflaufende Informationen mit zahllosen Datenbanken ab und konnte im Laufe von Stunden Querverbindungen herstellen, was ein Team von Detectives wochen- oder monatelange Knochenarbeit gekostet hätte.

Grace hatte ihm einmal die technische Seite erklärt – das hatte ihm in erster Linie mörderische Kopfschmerzen beschert. Magozzi konnte ganz gut mit einer Tastatur umgehen, aber was auf einer Festplatte geschah, blieb ihm ein Buch mit sieben Siegeln. Schließlich hatte sie es für ihn vereinfacht.

Sieh es mal so, Magozzi. Angenommen, du hast ein Opfer, das einem Antiquitätenhändler oben im Norden vor ein paar Monaten einen Scheck ausgestellt hat. Und nehmen wir auch an, dass am selben Tag ein Lieferant mit einem Strafregister wegen Körperverletzung in dem Antiquitätenladen Waren abliefert. Das Programm wird dir das innerhalb von Minuten sagen, und du kannst dir den Mann näher ansehen. Nun, ein guter Detective mit viel Freizeit hätte diese Verbindung irgendwann vielleicht auch festgestellt …

Vielleicht aber auch nicht, hatte Magozzi damals gedacht. Nicht mal bei der Nationalgarde gab es genügend Einsatzkräfte, um diese Art detaillierter Kleinarbeit in einem akzeptablen Zeitrahmen zu bewerkstelligen.

Anscheinend hatte er schon lange nichts mehr gesagt, und anscheinend war Grace deswegen besorgt, denn sie versuchte, ihn mit Essen zu beschwichtigen. Er sah auf den Teller, den sie vor ihn gestellt hatte: mit Schokolade überzogene Erdbeeren, und dachte, mit was für schmutzigen Tricks sie doch arbeitete. Er würde seine Mutter für Erdbeeren im Schokoladenmantel verkaufen, und Grace wusste das.

«Annie ist schon über eine Woche in Arizona», sagte sie und entlockte ihm ein Lächeln.

Die Erwähnung von Annie Belinsky – eine von Grace' Partnern und fraglos ihre beste Freundin – hatte auf die meisten Männer diese Wirkung. Ein einziger Blick von dieser stark übergewichtigen und unglaublich sinnlichen Frau war aufregender als die Teilnahme an einer Orgie.

«Sie sucht nach einem Haus, das wir mieten können, und trifft zusammen mit dem Chief Vorbereitungen.»

Ihm verging das Lächeln. «Ihr mietet ein Haus? Was schätzt du denn, wie lange die Sache dauern wird?»

Grace zuckte die Achseln. «Wir mieten monatsweise.»

Magozzi schloss die Augen und seufzte.

«Ich muss da hin, Magozzi. Ich muss *irgendwas* tun.»

«Was ist denn mit der Arbeit, die du hier tust? Dein Programm hat mindestens drei Mordfälle in Minneapolis gelöst, die jahrelang offen geblieben waren. Ist das deiner Meinung nach gar nichts? Drei Familien, die endlich einen Schlussstrich ziehen können. Drei Mörder, die identifiziert wurden ...»

«Magozzi.»

«Was?»

«Das waren alte Fälle.»

«Weiß ich. Und davon haben wir eine Million. Gino hat gerade heute Morgen wieder eine Akte mitgebracht ...»

«Zwei der drei Mörder waren tot, der dritte lebte in einem Heim für Kriegsveteranen und sah sich sabbernd Fernsehcartoons an.»

Magozzi sah sie finster an und streckte die Hand nach der Weinflasche aus. Vielleicht sollte er sie betrunken machen, damit sie aufhörte, so einleuchtend zu reden.

«Versteh mich nicht falsch. Ich bin froh, dass wir helfen konnten, und diese Fälle waren ein guter Test für unsere Software. Sie halfen uns, kleine Macken zu beseitigen. Aber da draußen laufen Menschen umher, die jetzt andere umbringen, und wir sitzen hier und bearbeiten ungelöste alte Fälle, während wir doch ein Programm besitzen, mit dessen Hilfe wir vielleicht Menschenleben retten könnten.»

Magozzi sah ihr direkt in die Augen. «Ich bin Italiener. Ich bin absolut immun gegen Schuldgefühle. Du offenbar nicht.»

«Und das soll heißen?»

«Das heißt, du willst Buße tun. Du gibst dir immer noch die Schuld an den Monkeewrench-Morden.»

Grace zuckte zusammen. Monkeewrench war der Name ihrer Softwarefirma gewesen, zumindest bis er zum Mediennamen eines Killers geworden war und zum Synonym für eine Reihe sinnloser Morde, die Minneapolis im letzten Herbst fast paralysiert hatten. Seither dachten sie über einen neuen Namen nach.

«Natürlich machen wir uns Vorwürfe», sagte sie leise. «Wie anders? Aber was immer unsere Motivation war, es ist etwas Gutes dabei herausgekommen, Magozzi, und das weißt du.» Sie hielt ihm eine Schokoladenerdbeere an die Lippen und sah gebannt zu, wie er hineinbiss. Einen so intimen und offen sexuellen Moment hatte Magozzi mit Grace noch nie erlebt, und er zerstreute seine Frustrationen wie eine explodierende Schrotladung.

Fast lächelte sie wieder. «Also wirst du ab und zu nach Jackson schauen?»

Noch eine solche Erdbeere, und ich werde ihn adoptieren, dachte er, aber was er sagte, war: «Ich kann kaum glauben, dass du den armen mutterlosen Jungen verlassen willst.»

«Er hat eine sehr nette Pflegemutter. Er sagt, dass er sie immer mehr lieb gewinnt, obwohl sie weiß ist.»

«Der Bengel verehrt dich, Grace. Er ist doch jeden geschlagenen Tag hier. Vor Bindungen wie dieser kann man nicht einfach davonlaufen ...» Und dann hörte er zu sprechen auf, weil er sich fragte, ob dies nicht auch der Grund für ihren Entschluss war, mit ihrer Softwarefirma auf Reisen zu gehen. Bindungen waren gefährlicher als alles andere, denn sie könnten eines Tages zu Vertrauen führen und vielleicht sogar zu Liebe, und in Grace' brutaler Vergangenheit waren es Menschen gewesen, die sie liebte und denen sie vertraute, die versucht hatten, sie umzubringen.

«Es geht doch erst in ein paar Tagen los», wollte Grace ihn ohne Erdbeere beschwichtigen. «Sie sind heute mit letzten Umbauarbeiten in unserem Wohnmobil fertig geworden, aber Harley und Roadrunner müssen noch die gesamte Elektronik einbauen.»

Magozzi leerte sein Weinglas und griff noch mal nach der Flasche. «Ein paar lausige Tage? Grace, so kurzfristig kündigt man selbst ein Arbeitsverhältnis nicht. Es geht zu schnell. Ich könnte die Verführung beschleunigen. Ich habe bisher noch nicht einmal deine Fußknöchel gesehen. Besitzt du überhaupt Fußknöchel?»

Er senkte den Blick auf ihre hohen englischen Reitstiefel, die sie seit mehr als zehn Jahren jeden Tag getragen hatte, weil es damals einen Mann gegeben hatte, der seinen Opfern die Achillessehnen durchtrennte, damit sie nicht davonlaufen konnten. «Ich komme doch wieder, Magozzi.»

«Wann?»

«Sobald ich die Stiefel ausziehen kann.»

Harley Davidson wohnte weniger als eine halbe Meile von Grace entfernt, und zwar in der einzigen Gegend in den Twin Cities, die er für einen Mann seines Reichtums und seines Geschmacks für angemessen erachtete.

Nirgends war St. Pauls Ehrfurcht vor der Vergangenheit offenkundiger als auf der renommierten Summit Avenue, einem breiten, von Bäumen gesäumten Boulevard, der sich von den Steilufern des Flusses bis an den Rand der Innenstadt hinzog.

Um die Jahrhundertwende hatten sich Industriebarone, die mit Holz, Eisenbahnen und Fabriken reich geworden waren, hier niedergelassen und auf den Klippen sowie entlang der Summit Avenue imposante Villen errichtet, wobei jeder Neuankömmling versucht hatte, den Vorgänger zu übertrumpfen. Ein Jahrhundert später waren viele dieser herrschaftlichen Häuser noch unversehrt oder liebevoll restauriert, entweder von Nachkommen, die das Vermögen der Familie nicht verschleudert hatten, von der Minnesota Historical Society oder von Neureichen.

Harley war einer dieser erst vor kurzer Zeit zu Reichtum gekommenen Hausbesitzer an der Summit Avenue, und einige seiner erzkonservativen Nachbarn betrachteten ihn mit Abscheu. An milden Abenden stapfte er oft durch die Straßen, ein riesiger, muskulöser Mann in Leder und Motorradstiefeln, dessen schwarzer Vollbart und Pferdeschwanz im Rhythmus seiner gewichtigen Schritte hüpften. Seine Erscheinung flößte den Anwohnern Furcht ein, und das, bevor sie ihm nahe genug gekommen waren, um seine Tätowierungen zu sehen.

Sein Haus war eine mit Türmchen verzierte Monstrosität aus rotem Sandstein, umgeben von einem hohen schmiedeeisernen Zaun mit Spitzen, die groß genug waren, um einen Elefantenbullen zu durchbohren. Betrat man jedoch das Haus durch die wuchtigen Eingangstüren, kam man sich vor wie in einem bayerischen Schloss aus einem der Märchen der Brüder Grimm. Tausend Quadratmeter vollgestellt mit importierten Kronleuchtern aus Kristall, exquisite antike Möbel, die genauso überdimensioniert waren wie der Mann, der sie besaß, und dunkles, handgeschnitztes Holz aus einer vergangenen Epoche, das so glänzte wie «die Augen einer spanischen Hure». So wenigstens formulierte es Harley, was zudem erklärte, warum die Nachbarn an seiner Gegenwart Anstoß nahmen. Er besaß eine Musikanlage, die das gesamte Haus beschallte und deren Sound einem die Schuhe auszog. Ohne Unterbrechung spielte er entweder Hardrock oder Opernmusik, je nachdem, ob er allein war oder nicht, denn manchmal brachte Opernmusik Harley zum Weinen.

Im vergangenen Oktober, nach dem Blutbad im Loftbüro von Monkeewrench, waren sie mit ihrer Firma zeitweilig in Harleys dritte Etage umgezogen, während sie an FLEE arbeiteten. Bis zu dem Tag vor einer Woche, als Annie nach Arizona abgereist war, hatte er Grace, Annie und Roadrunner fast sechs Monate lang Tag für Tag in seinem Haus zu Gast gehabt, und jetzt drängte er darauf, die Übergangslösung in eine ständige Einrichtung umzuwandeln. Auch nachdem sie abends alle gegangen waren, schienen ihr Geruch und ihre Stimmen noch in dem großen alten Haus zu verweilen und vermittelten das Gefühl, als wohnte hier eine echte Familie. Harley mochte dies Gefühl sehr gern.

Heute Abend befand er sich mit Roadrunner in der Remise – einem zweigeschossigen Wunderwerk mit gepflastertem Boden und Eichentäfelung, die bis hinauf in das kathedralenhafte Deckengewölbe reichte. Auch hier gab es Kristalllüster, was Roadrunner für geradezu lächerlich übertrieben hielt. Außerdem trauerte er den Pferdeboxen und den Wohnungen der Stallburschen im ersten Stock nach, die es hier noch gegeben hatte, als Harley das Anwesen gekauft hatte.

Der riesige Raum, in dem einst Kutschen, einspännige Schlitten und Zugpferde untergebracht worden waren, beherbergte im Augenblick Pferdestärken ganz anderer Art. Das Wohnmobil war nach Abschluss der eigens für ihn ausgeführten Um- und Ausbauten heute geliefert worden. Es war ein silbernes Ungeheuer mit Rauchglasscheiben, und es wirkte hier völlig fehl am Platze.

«Sieht aus wie ein Bus.» Roadrunner stand vor dem Fahrzeug, die Spinnenarme in die Seite gestemmt, die Augen fast auf gleicher Höhe mit der ausladenden Windschutzscheibe, die sich gut zwei Meter über dem Boden befand. Er war trainingshalber auf seinem alten Rad mit der Zehn-Gang-Schaltung aus Minneapolis hergekommen und trug wie jeden Tag seine Radfahrerkluft – heute Abend war es ein schwarzes Dress, denn er hatte damit gerechnet, dass Schmutzarbeit auf ihn zukam.

«Es ist kein Bus. Also nenn es auch nicht Bus. Es handelt sich um ein Wohnmobil der Luxusklasse, und sein Name lautet Chariot: Triumphwagen.»

Roadrunner verdrehte die Augen. «Warum musst du leblosen Objekten ständig Namen geben? Ich hasse das. Alles, von deinem Haus bis zu deinem Schwanz.»

«Mein Schwanz ist nicht leblos.»

«Sagst du. Aber wenn du schon deine Freizeit damit verbringst, dir Namen auszudenken, dann lass dir doch mal einen neuen für unsere Firma einfallen.»

«Seit über sechs Monaten zermartere ich mir das Hirn. Wie kann man Monkeewrench überhaupt umbenennen? Das ist wie ein … Sakrileg oder so.»

«Ja, ich weiß. Als wenn man einem zehnjährigen Kind einen neuen Namen gibt.»

«Genau.»

«Aber es muss sein.»

«Nehme ich auch an.»

Keiner von ihnen war glücklich über die Änderung des Firmennamens. Mehr als zehn Jahre waren sie Monkeewrench gewesen, und dieser Name war zum Bestandteil ihrer jeweiligen Geschichten geworden.

«Gecko», sagte Roadrunner unvermittelt.

«Hast du geniest?»

«Gecko. Wir sollten die Company ‹Gecko, Incorporated› nennen.»

Harleys geöffneter Mund, umrahmt vom schwarzen Bart, drückte ungläubige Bestürzung aus. «Hast du deinen beschissenen Verstand verloren? Das ist doch so 'ne Scheiß-Eidechse.»

Roadrunner zuckte die Achseln. «Wir hätten wieder ein Tier im Namen. Ich finde ihn jedenfalls gut.»

Harley öffnete die große hydraulische Tür und stapfte entrüstet die Stufen hinauf. «Wenn das die Richtung ist, die dir vorschwebt, dann sollten wir die Firma ‹Blödhammel› nennen, und zwar nach dir.»

Schmollend stieg Roadrunner hinter ihm die Stufen hinauf, vergaß aber in dem Moment seinen verletzten Stolz, als er in das plüschige Innere trat und sich umschaute. Dicke, butterweiche Teppiche bedeckten den Boden, Polstersofas mit Daunenkissen gruppierten sich um einen glänzenden Holztisch wie mit Seide bezogene Marshmallows. Die geräumige Küche verfügte über Arbeitsplatten aus Granit und blitzende Chromarmaturen, und überall war poliertes Teakholz verarbeitet.

Harley kreuzte die Arme über dem massigen Brustkorb, ein Grinsen Größe XXL auf den Lippen. «Also, was sagst du dazu, mein Kleiner? Sieht eher nach Buckingham Palace aus als nach einem fahrbaren Untersatz, hm?»

Roadrunners Augen waren aufgerissen wie Kinderaugen unter dem Weihnachtsbaum. «Boah, ist ja Wahnsinn. Das viele Holz gefällt mir besonders.»

Harley zuckte bescheiden die Achseln. «Ich wollte den Stil einer Jacht ohne den ganzen nautischen Mist. Komm, ich zeige dir den Rest. Das Beste kommt nämlich noch.»

Roadrunner folgte ihm durch das gesamte Wohnmobil und blieb nur ganz kurz stehen, um ein großes Bad mit Dusche und Wanne zu bewundern. Am anderen Ende des Wagens befand sich das, was Harley als *pièce de résistance* bezeichnete – ein enorm großes Schlafzimmer, das komplett ausgeräumt und in einen Arbeitsraum umgewandelt worden war. Darin standen vier komplette Computer-Workstations, Regale für Peripheriegeräte und sonstige Ausrüstung sowie eine Miniküche mit einem Weinkühler und einem Humidor für Harley und dem Profimodell einer hochmodernen Espressomaschine für Roadrunner.

«Hier wird unser mobiles Kommandozentrum eingerichtet, mein Freund. Von hier werden wir zuschlagen und Arschtritte verteilen. Überall im Land werden die bösen Buben vor Angst bibbern, wenn wir erst loslegen.»

Roadrunner schaffte es schließlich, sich von der Kaffeemaschine loszureißen. «Mann, Grace und Annie werden ausrasten, wenn sie das Ding hier sehen. Wo ist Grace überhaupt? Ich habe fest damit gerechnet, dass sie hier ist und sich alles ansieht.»

«Konnte heute Abend nicht. Sie ist mit dem italienischen Hengst in ihrem Liebespalast.»

«Meinst du Magozzi?», fragte Roadrunner skeptisch.

«Ja, wen denn sonst?»

Er dachte einen Augenblick darüber nach. «Glaubst du, die haben sich ineinander verliebt?»

Harley starrte ihn ungläubig an. «Hallo! Das Genie erkennt die Neuigkeiten? Scheiße, wo bist du denn die letzten sechs Monate gewesen? Natürlich sind sie ineinander verliebt!»

Roadrunners Unterlippe kräuselte sich abwärts, und sein Gesicht nahm jenen selbstmitleidigen und verletzten Ausdruck an, den es immer bekam, wenn er meinte, dass man ihn von etwas ausgeschlossen hatte. «Ich habe nicht mal gesehen, dass sie Händchen hielten. Ich dachte, sie wären nur Freunde.»

Harley verdrehte die Augen. «Mein Gott, Roadrunner, das ist kein Stoff für eine Denkfabrik. Wenn man die beiden sieht, wie sie einander liebeskrank schöne Augen machen, braucht es nicht mehr als eine einzige funktionierende Gehirnzelle, um zu erkennen, dass da was läuft.»

«Ach, du liebes bisschen. Deswegen glaubst du also, dass sie ineinander verliebt sind? Ehrlich, Harley, du bist hoffnungslos romantisch. Du siehst nur, was du sehen willst. Magozzi ist der Liebeskranke. Grace hält sich wie immer zurück, und wenn du *zwei* funktionierende Gehirnzellen hättest, wäre dir das nicht entgangen. Ich weiß, dass Magozzi sich in Grace verliebt hat, und mir tut der Mann deswegen echt leid, aber Grace ist einfach noch nicht so weit, sich auf etwas einzulassen. Vielleicht wird sie es nie sein.»

Harley sah ihn finster an. Ihm gefiel nicht, was Roadrunner gesagt hatte, und daher beschloss er, ihm nicht zu glauben.

«Hüte dich, jemandem seine romantischen Träume zu rauben. Die Liebe ist eine rätselhafte und nicht voraussagbare Kraft, und es sind schon seltsamere Dinge geschehen als ein Zusammenkommen von Grace und Magozzi. Wer weiß? Eines Tages findet vielleicht ein weibliches Wesen sogar *dich* attraktiv. Das Leben steckt voller Überraschungen.»

KAPITEL 9

«Puff! Komm, Miezmiez! Miez!» Rose' Stimme klang zittrig, und das aus gutem Grund. Es war schrecklich spät, aber das nichtsnutzige Biest stromerte immer noch im Garten umher und tat so, als sei es taub.

Sie hatte die Dunkelheit immer gehasst, schon als kleines Mädchen, und die Furcht war mit zunehmendem Alter schlimmer geworden. Jetzt, so um die siebzig Jahre später, hatte sie sich in eine irrationale und Kraft raubende Phobie verwandelt, die völlig ungreifbar war. Sie hatte keine Angst vor den banalen Gefahren, welche einer alleinstehenden älteren Frau drohen mochten, zum Beispiel durch Einbrecher oder Mörder oder Vergewaltiger, und sie ängstigte sich auch nicht davor, zu stürzen und sich das Hüftgelenk zu brechen, alles Befürchtungen, die ihre Tochter bei jeder Gelegenheit zur Sprache brachte. Nein, sie hatte Angst vor der Dunkelheit selbst.

Sie machte noch einen zögernden Schritt hinaus auf die rückwärtige Veranda und sah in der entfernten Ecke des Tulpenbeets ganz kurz etwas Weißes aufblitzen. Puff nahm offenbar an, dass die Schwerstarbeit, die Rose heute in ihrem Garten verrichtet hatte, allein zu seinem Nutzen gedacht war – und ihm das größte Katzenklo der Welt bescherte.

«Puff, komm jetzt her!»

Er reagierte mit einem ärgerlichen Zucken des Schwanzes, ließ sie wissen, dass er kommen würde, sobald er es für gut und richtig hielt, aber nicht eine Minute früher. Es ging nicht in sein winziges Katzenhirn, dass er nach Einbruch der Dunkelheit direkt vor ihren Augen von den Hunden aus der Nachbarschaft zerfleischt werden konnte und sie trotzdem nicht in der Lage sein würde, ins Freie zu gehen, um ihn zu retten.

Gott, wie sie es hasste, so zu sein, wie sie die Tränen der Verzweiflung hasste, die in ihren Augen brannten. Warum konnte dieser verdammte Kater nicht einfach hereinkommen?

«PUFF, *KOMM* JETZT HER!»

Und endlich gehorchte Puff. Er kam zu seinem Frauchen getrottet, als hätte er erst jetzt von ihrer Anwesenheit Kenntnis genommen, und zur Begrüßung stellte er fröhlich den Schwanz auf. Rose bückte sich, nahm ihn auf den Arm und flüsterte ihm liebevolle Verwarnungen zu, während Tränen der Erleichterung sein Fell benetzten. In ihrer hellen, gemütlichen Küche fühlte sie sich sofort wieder sicher, und ihre albernen Tränen versiegten, als sie dem Kater Sahne auf einen Teller goss und sich einen Sherry einschenkte.

Das Telefon läutete, als sie es sich auf dem Sofa bequem machte, das so alt und knautschig war wie sie. Ihr Schwiegersohn war dran – nicht der hellste Bursche auf diesem Planeten und ein lausiger Zahnarzt dazu. Aber er war ihrer Lorrel ein guter Ehemann, und viel mehr konnte sich eine Mutter nicht wünschen, wie Rose fand.

«Hallo, Richard. Ja, mir geht es gut. Ich nehme an, Lorrel arbeitet länger? Natürlich denke ich an morgen Abend, noch bin ich ja nicht ganz verkalkt. Fünf Uhr. Gib den Mädchen einen Kuss von mir und sag ihnen, ich kann es gar nicht abwarten, sie zu sehen. Ich habe auch Kekse gebacken.»

Rose lächelte, als sie den Hörer auflegte, und lächelte noch immer, als sie den Fernseher anschaltete, Puff auf ihren Schoß lockte und langsam eindöste. Ihre Enkelinnen waren vom

College auf Besuch zu Hause, und morgen Abend würden sie alle gemeinsam zum Essen ausgehen.

Rose wachte viel später auf, leicht desorientiert und mit Gliederschmerzen von der anstrengenden Gartenarbeit des vergangenen Tages. Puff hatte ihren Schoß verlassen, aber sie spürte sein Fell, das ihren Nacken kitzelte. Er hatte sich auf seinen Lieblingsplatz zurückgezogen und saß jetzt auf der Rückenlehne des Sofas, von wo aus er zum Fenster hinausschaute. Sie reichte nach hinten, um ihn zu streicheln, aber ihre Hand verharrte in der Luft.

Puff fauchte.

Sie tastete nach der Fernbedienung und fand schließlich den Knopf, mit dem man den Ton abstellte. «Was ist denn los, Katerchen?» Nach ein paar Sekunden Stille hörte sie hinter sich ein leises Rascheln, irgendwo draußen in den Büschen.

Vögel im Lebensbaum, mehr nicht, sagte sie sich. Des Nachts suchten die kleinen Tierchen in dem immergrünen Baum Schutz und flatterten von Ast zu Ast.

Aber es war nicht das Geräusch von flatternden Flügeln, nicht wirklich. Es hörte sich an wie … etwas Größeres.

Jemand ist da draußen.

Rose erkannte es an den Zeichen, die man nie beachtete, bis es zu spät war: den kleinen Härchen, die sich auf ihrem Nacken sträubten, der Gänsehaut, die sich über ihre schlaffen alten Arme ausbreitete. Und als das tiefe Grollen, das Puff hören ließ, in der Tonhöhe anstieg, wusste sie …

… *Jemand ist da draußen, auf der anderen Seite der Fensterscheibe, und sieht zu mir herein.*

Langsam drehte sie den Kopf, ganz langsam, und dann erblickte sie in der Dunkelheit vor ihrem Fenster ein Augenpaar, das zu ihr hereinsah.

Es folgte ein kurzer Augenblick, in dem ihr vegetatives Nervensystem angemessen reagierte – das Herz setzte einen Schlag lang aus, hämmerte gleich darauf wie wild, das Blut raste vom Kopf in die Beine, indem es dem uralten Fluchtinstinkt gehorchte. Ihr Gesicht fühlte sich kalt und klamm an. Aber kaum hatte es begonnen, war es auch schon vorüber, und Rose wandte den Blick wieder dem tonlosen Fernsehschirm zu. Sie saß ganz still da und wartete darauf, aus diesem schlimmen Traum zu erwachen.

Es ist kein Traum.

Das Rascheln hörte auf, und ein paar Minuten später, als sie endlich den Mut aufbrachte, sich erneut umzudrehen, war niemand vor ihrem Fenster zu sehen.

Sie hielt die Luft an, bis ihre Lungen beinahe platzten, und allmählich kam sie sich auch ein wenig albern vor, weil es wohl *wirklich* nur ein Traum gewesen war. Der Verstand spielt einem in der Dämmerwelt zwischen Schlaf und Wachzustand gern üble Streiche. Besonders wenn es ein gealterter Verstand ist.

Und dann rappelte die Vordertür in ihrem Rahmen, und Rose fing so stark zu zittern an, dass sie fürchtete, ihre alten Knochen würden splittern wie Glas.

Ruf die Polizei.

Sie griff nach dem Telefon auf dem Tisch neben sich, aber ihre Hand funktionierte nicht wie gewünscht, nein, ganz und gar nicht, sie konnte dagegen nichts ausrichten, sondern musste hilflos mit ansehen, wie das nutzlose Anhängsel krampfte und fuchtelte und zuckte und schließlich das Telefon zu Boden warf.

Der Lärm an der Vordertür hörte irgendwann auf, aber die Stille war noch schlimmer, denn Rose litt grässliche Angst, vielleicht vergessen zu haben, die Hintertür abzuschließen, und sogar noch größere Angst, aufzustehen und nachzuschauen.

Sie saß wie gelähmt auf dem Sofa, eine erbarmenswürdige alte Frau, die sich vorgaukelte, wenn sie sich still verhielte, wenn sie nicht atmete, würde, was auch immer ihr drohte, einfach vorübergehen. Im nächsten Moment hörte sie, wie hinten die Fliegentür geöffnet wurde und mit einem Klicken wieder zuschlug. Noch immer konnte sie sich nicht bewegen.

Die schwere Innentür schloss sich und nahm dem Zimmer ein wenig Luft.

Rose machte keine Anstalten, sich umzudrehen, damit sie ihn sah. Daher trat er in ihr Blickfeld und wartete darauf, dass sie seinen Blick erwiderte. Als das geschah, zog er eine große Waffe aus seiner Jackentasche und zielte auf sie.

Oh, Gott. Es würde nicht an ihr vorübergehen. Diesmal würde es sie umbringen.

In diesem furchtbaren Augenblick der Erkenntnis wurde sie wieder jung und stark und furchtlos, und sie schwang sich in genau dem Sekundenbruchteil in die Höhe, als die Kugel die Mündung verließ. So verdarb sie ihm den Todesschuss. Feuer brannte sich in ihren Bauch statt in ihr Herz, und Rose sah hinunter auf die rote Knospe, die vorn auf dem Alte-Damen-Kleidchen erblühte.

«Verdammt», sagte er und schoss ein zweites Mal auf sie.

KAPITEL 10

Chief Malcherson war einer dieser hoch gewachsenen, stattlichen Männer schwedischer Abstammung mit dichtem weißem Haar. Er hatte eisblaue Augen, die ihn bösartig wirken ließen, und dazu ein melancholisches Hundegesicht. So ähnlich wie ein mordlustiger Basset. Heute Morgen trug er Nadelstreifen – für ihn ein Ausflug in gewagtere Modegefilde.

«Ich mag den Anzug», verkündete Gino und ließ sich auf einen Stuhl neben Magozzi fallen. Der warf ihm einen warnenden Blick zu, aber Gino schaltete nicht. «Hat den gewissen Pfiff. Richtung Mafia-Look.»

Malcherson, der gerade sein Jackett ausziehen wollte, hielt in der Bewegung inne und schloss die Augen. «Nicht gerade das Image, das ich im Sinn hatte, Rolseth.»

«Ich hab's doch nur positiv gemeint.»

«Gerade das macht mir ja Angst.» Malcherson nahm hinter seinem Schreibtisch Platz und tippte mit einem manikürten Finger auf den Stapel hellroter Schnellhefter. Dieser erzkonservative Mann bewahrte die Akten offener Mordfälle in roten Schnellheftern auf, weil er diese Farbe wahrscheinlich als ebenso widerwärtig empfand wie die Verbrechen selbst. Magozzi hatte seit über vier Monaten keinen dieser Hefter auf dem Schreibtisch seines Chefs gesehen. «Die Medien würden gern erfahren, warum unsere älteren Mitbürger misshandelt und ermordet werden.»

Magozzi lehnte sich nach vorn. «Hat es tatsächlich jemand so ausgedrückt?»

«Ein Praktikant von Channel Ten.» Malcherson wedelte

mit einem der rosafarbenen Zettel, auf denen Telefonanrufe notiert wurden.

Gino polterte los: «So ein Scheißdreck. Das passiert, wenn man seinen Job macht und es eine Weile keinen Mord gibt. Kaum werden dann zwei Typen in einer Nacht umgelegt, versucht irgend so ein Idiot in den Medien, die Stadt in Angst und Schrecken zu stürzen, indem er es zu einer Mordserie aufbauscht, gleich von einem Serienkiller spricht oder sich irgendwelchen Hollywood-Schwachsinn ausdenkt. Außerdem wurde nur einer von ihnen misshandelt, und das war nicht unserer: Morey Gilbert war tot, bevor er auf dem Boden landete, und außer dem einen kleinen Einschussloch waren bei ihm keine Wundmale zu sehen.»

«Es gibt also keinen Grund für den Verdacht, dass zwischen den beiden Morden ein Zusammenhang besteht?»

Magozzi zuckte mit den Achseln. «Wenn es einen gibt, können wir ihn bislang nicht sehen. Beide Opfer waren alt und wohnten in derselben Gegend. Das wär's aber auch schon. Arlen Fischers Name kam niemandem von der Gilbert-Familie oder deren Angestellten bekannt vor. Ebenso wenig wussten sie mit seiner Beschreibung anzufangen, und ich nehme doch an, dass die Leute sich an einen Neunzigjährigen erinnern würden, der hundertfünfzig Kilo wiegt.»

«Das Gerücht vom Serienmörder können wir also vergessen. Wir werden wegen des Gilbert-Mordes ohnehin genügend Druck bekommen. In der Zentrale sind letzte Nacht und heute Morgen über dreihundert Anrufe eingegangen.»

Magozzi zögerte. Diese Zahl war kaum zu fassen. Zwanzig Anrufe zu einem Fall reichten, um die hohen Tiere nervös zu machen, dreihundert konnten Karrieren beenden. «Zu Gilbert oder zu dem Typ an den Gleisen?»

«Der ‹Typ an den Gleisen› hat einen Namen», wies Malcherson ihn zurecht. «Arlen Fischer. Die meisten Anrufe dazu kamen von den Medien, und ihre Zahl ist ziemlich gering im Vergleich zur Gilbert-Sache. Das ist erstaunlich, wenn man bedenkt, auf welch grauenhafte Weise Fischer ermordet wurde. Ich möchte also von Ihnen wissen, meine Herren, wer um Himmels willen dieser Morey Gilbert war.»

Gino fuchtelte mit dem gereckten Zeigefinger in der Luft herum. «Genau das habe ich gefragt, als ich gestern all diese Leute vor der Gärtnerei sah. Natürlich habe ich es ein bisschen saftiger ausgedrückt.»

«Ganz gewiss. In den Abendnachrichten gab es eine Kurzmeldung zu der Menschenmenge. Nur eine Kurzmeldung – es schien kein großes Medieninteresse an dem Mann zu bestehen, bis man recherchiert hatte. Jetzt arbeitet Channel Three an einer Dokumentation, und wissen Sie, wie der Titel lauten soll? *Der heilige Gilbert von Uptown*.»

Gino gluckste vor Lachen. «Das ist echt stark. Von McLaren wissen wir, dass Morey Gilbert ihn in die Mangel genommen hat, wieso Juden nicht heilig gesprochen werden können, und jetzt das. Ausgerechnet dieses Etikett verpassen sie dem Juden, der so eine Frage gestellt hat, und er weilt nicht mehr unter uns, um das zu genießen.»

«Ich bin mir ganz sicher, dass es sich hierbei um eine weltliche Ernennung handelt, definitiv keine katholische, aber ob wahr oder Wunschtraum, das Police Department von Minneapolis darf nicht zulassen, dass Heilige ermordet werden. Das war der Tenor der meisten Anrufe. Ehrlich gesagt fand ich es ein wenig peinlich, nichts über einen Mann zu wissen, der so viel für seine Mitmenschen getan hat. Zumal er auch noch der Schwiegervater eines Kollegen von uns war.»

Gino rutschte auf seinem Stuhl nach vorn und faltete die Hände über dem Bauch. «Na ja, Marty Pullman hat nie viel geredet. Hielt sich sehr bedeckt, was sein Familienleben betraf. Aber soweit wir bis jetzt gehört haben, ist Morey Gilbert die Wohltätigkeit in Person gewesen. Hat mehr Leuten geholfen, als man zählen kann, und wenn das nicht dem Leben eines Heiligen entspricht, weiß ich nicht, wie so ein Leben sonst aussehen soll. Das Problem ist nur, es macht ihn nicht gerade zu einem favorisierten Mordopfer.»

Malcherson richtete den Blick auf Gino. «Ich habe das Protokoll Ihrer Befragung von Detective Pullman gelesen. Wie war er denn so?»

«Er sah scheiße aus, wenn Sie das meinen. Ich habe es nicht in meinem Bericht erwähnt, aber er hat so gut wie zugegeben, dass er nicht mehr nüchtern gewesen ist, seit er hier letztes Jahr den Abgang gemacht hat. Konnte sich nicht mal daran erinnern, wo er in der Nacht gewesen war, als sein Schwiegervater ermordet wurde. Sagte nur, er sei auf dem Küchenfußboden wach geworden, mit 'ner leeren Flasche in der Hand, und mehr wisse er nicht.»

«Sie haben ihn doch nicht im Ernst verdächtigt?»

«Marty? Um Gottes willen, nein. Aber ich musste ihn befragen. Die Familie muss als Erstes unter die Lupe genommen werden, und das weiß er sehr wohl. Seltsam ist nur das mit seinem Schwager – Jack Gilbert. Erst mal herrscht seit wer weiß wann Funkstille zwischen ihm und seinen Leuten – hat nämlich 'ne Lutheranerin geheiratet statt eines netten jüdischen Mädchens, was wohl nicht so besonders gern gesehen wurde, nehme ich an – das ist jedenfalls interessant. Und in der Nacht, als es seinen Dad erwischte, da hat sich Jack genau wie Marty die Kante gegeben, nur in einem vornehmeren

Stadtteil. Hat sich im Wayzata Country Club voll laufen lassen, ist am nächsten Morgen in seiner Auffahrt wach geworden, und die Leute im Club sagen, so geht das mit ihm fast jede Nacht. Sieht so aus, als wäre die ganze verdammte Familie daran zerbrochen, dass Hannah starb.»

Chief Malcherson sah hinunter auf seine Hände, und einen Augenblick lang sagte niemand etwas.

Selbst nach einem Jahr führte die Erwähnung von Hannah Pullmans Ermordung dazu, dass in diesem Gebäude jede Unterhaltung zum Erliegen kam. Willkürliche Gewalttaten waren in Minneapolis nicht unbekannt, besonders nicht in den Stadtbezirken, in denen Straßengangs ihre Revierkämpfe austrugen und unschuldige Passanten gelegentlich ins Kreuzfeuer gerieten – aber das geschah selten, und wenn, versetzte es die Stadt stets in Aufregung. Aber die Ermordung der Ehefrau eines Officers hatte einen tausendfach stärkeren Schock hervorgerufen, und alle Polizisten waren tief betroffen.

Manchmal wurden Polizisten umgebracht, das konnte in ihrem Job passieren. Aber dieses Berufsrisiko durfte sich nicht auf ihre Familienmitglieder ausweiten. Der Mord an Detective Pullmans Frau war ein Alarmsignal gewesen, das allen an die Nieren ging, denn Marty hatte bewaffnet neben Hannah gestanden, als ihr die Kehle durchgeschnitten wurde, und war dennoch nicht in der Lage gewesen, sie zu beschützen. Danach mussten sie alle sich vergegenwärtigen, dass ihre Familien ein wenig verwundbarer geworden waren, und sie kamen sich ein wenig hilfloser vor. Die traurige Wahrheit bestand jedoch darin, dass viele von ihnen Marty die Verantwortung zuschoben.

Warum hat er den Dreckskerl nicht erschossen, als sich ihm die Möglichkeit dazu bot?

Magozzi hatte diese Frage in den Monaten nach dem Mord in der Umgebung der City Hall wohl hundert Mal gehört, und sie hatte bei ihm stets einen schlechten Nachgeschmack hinterlassen, besonders wenn sie von Gino gekommen war.

«Hat einer von Ihnen Hannah gekannt?», fragte Chief Malcherson.

Magozzi schüttelte den Kopf. «Nur so gut, dass man sich auf dem Flur grüßte. Sie kam manchmal, um Marty abzuholen.»

«Mir geht Mrs. Gilbert nicht aus dem Sinn. Erst ihre Tochter und dann ihr Mann, beide innerhalb eines Jahres ermordet. Ich weiß nicht, wie man so etwas überstehen kann.»

«Werden Sie nur nicht zu sentimental, was die alte Dame betrifft», sagte Gino. «Sie hat bisher kein Alibi.»

«Gino empfindet nicht viel Sympathie für Mrs. Gilbert», erläuterte Magozzi.

«Ich kann nur keine Sympathie dafür aufbringen, dass sie an einem Tatort Spuren vernichtet hat und auch vom Tod ihres Mannes anscheinend nicht ernsthaft betroffen war. Hinzu kommt da die Art, wie sie sich aufgeführt hat.»

Malcherson sah ihn fragend an. «Und wie hat sie sich aufgeführt?»

«Ziemlich feindselig, wenn Sie mich fragen. Wir tun nur unsere Arbeit, versuchen herauszufinden, wer ihren Mann umgebracht hat, und als ich ihr ein paar Fragen stelle, geht sie gleich auf mich los.»

Mit einem genervten Blick, den er Magozzi zuwarf, bat Malcherson um nähere Erläuterung.

«Gino hat gefragt, ob Mr. Gilbert ‹irgendwelche ungewöhnlichen Geschäfte› abgewickelt habe, und das hat sie gekränkt.»

«Oh.»

«Sie hat ihn richtig angefaucht.»

«Aha.» Malcherson sah jetzt wieder Gino an, und einen bangen Moment lang fürchtete Magozzi, der Chief könnte tatsächlich einmal schmunzeln. «Kurz gesagt, Sie haben also die Integrität ihres verstorbenen Mannes in Frage gestellt, und ihre Reaktion war weniger freundlich, als Sie glaubten, es verdient zu haben.»

Gino lief rot an, und sein Kopf schien langsam zwischen den Schultern zu versinken. «Sie hätten dabei sein müssen.»

«Es tut mir sehr leid, dass eine alte Dame Ihre Gefühle verletzt hat, Detective Rolseth.»

Magozzi wischte mit der Hand über sein Grinsen, was Gino nicht entging.

«Ach, komm schon, Leo, es war doch sehr viel mehr als das, und das weißt du auch. Irgendwas ist los mit dieser alten Schachtel. Vergiss, dass sie keine Träne vergossen hat und ihre scharfe Zunge zu benutzen weiß. Ist sie zusammengebrochen, als sie ihren toten Mann gefunden hat? Nein. Stattdessen lädt sie ihn auf eine Schubkarre – eine *Schubkarre*, verdammt noch mal –, schiebt ihn durch die Gegend, hievt ihn auf einen dieser Gärtnereitische, spritzt ihn mit einem Gartenschlauch ab, wäscht ihn und zieht ihn dann gesellschaftsfähig an. Das ist doch keine normal trauernde Witwe, und wenn wir uns von ihrem Auftritt einlullen lassen, verschließen wir die Augen vor der Möglichkeit, dass sie durchaus eine Mörderin sein könnte, die ihr verdammt Möglichstes getan hat, Beweise zu vernichten.»

Malcherson lehnte sich auf seinem Stuhl zurück und seufzte. «Sie haben die Dame befragt, Detective Magozzi, und in Ihrem Bericht als nicht verdächtig aufgeführt.»

«Dazu stehe ich auch, wenigstens im Moment», sagte er und dachte dabei über Ginos Interpretation der Ereignisse nach – Lily Gilbert, die ihren Mann durch die Gegend schleifte wie einen Sack Getreide – und dagegen seine eigene Vorstellung von einer verwirrten älteren Frau, die sich abmühte, ihren Mann aus dem Regen zu schleifen, damit sie ihn «herrichten» konnte. Beide Theorien ergaben Sinn. Er war sich nur nicht hundertprozentig sicher, welche stimmte. «Aber wie Gino schon sagte, bin ich ebenfalls der Meinung, dass da noch irgendwas anderes ist. Sie ist eine ziemlich hartgesottene Dame und verschlossen dazu. Könnte sein, dass sie mehr weiß, als sie rauslassen will. Könnte sein, dass sie jemanden deckt. Ich weiß es einfach noch nicht.»

Ginos Miene erhellte sich augenblicklich. «He, das gefällt mir. Vielleicht deckt sie ja ihren Fiesling von Sohn. Klar, sie hasst ihn wie die Pest, aber sie hat eben doch diese mütterliche Ader. Also stellen wir uns vor: Jack Gilbert ist in seinem Club und zieht sich den Scotch rein wie mit einem Saugrüssel. Es dauert nicht lange, da fängt er an, über sein Leben zu grübeln und über den erschreckenden Zustand seiner familiären Bindungen. Er wird rührselig. Der alte Herr wird nicht jünger, und Jack denkt sich, endlich sei die Zeit gekommen, den Streit beizulegen. Als die Bar schließt und er rausgeschmissen wird, nimmt er sich vor, seinem Vater einen Besuch abzustatten und das Kriegsbeil zu begraben. Aber die Sache läuft nicht gut, und ehe er sich's versieht, ist sein Vater tot, und er steht da, die rauchende Waffe in der Hand.»

Malcherson war an die Theorien gewöhnt, die Gino aus dem Ärmel zu schütteln pflegte. «Ich nehme nicht an, dass Sie über konkrete Beweise verfügen, um diese Schlussfolgerungen zu untermauern.»

«Auch nicht die geringsten», erwiderte Gino fröhlich. «Ist mir ja alles erst in dieser Minute eingefallen.»

«Hat Jack Gilbert ein Strafregister?»

Gino schüttelte den Kopf. «Hat er nicht. Nur zwei Anzeigen wegen Trunkenheit am Steuer und etliche Strafzettel wegen Geschwindigkeitsübertretung. Weder unter seinem Namen noch unter dem seiner Frau ist eine Waffe registriert. Aber das hat ja nichts zu bedeuten. Und er ist Schadenersatzanwalt», fügte er wie aus heiterem Himmel hinzu.

«Geben Sie mir bitte eine Kurzdarstellung des zeitlichen Ablaufs.»

Magozzi blätterte im Gewusel der von Eselsohren gezierten Seiten seines Notizbuchs. «Nach Aussagen von Mrs. Gilbert verlief alles gewohnheitsmäßig – sie ging gleich nach den Nachrichten zu Bett, und Morey blieb auf, um Papierkram und ein paar zusätzliche Dinge im Gewächshaus zu erledigen. Sie sagte, dass er in der Regel gegen Mitternacht schlafen ging, aber für die Nacht seines Todes kann sie das nicht bestätigen.»

Malcherson runzelte fragend die Stirn.

«Sie hatten getrennte Schlafzimmer, Sir. Sie sagte, sie habe durchgeschlafen und sei wie immer gegen sechs Uhr dreißig wach geworden. Fand ihn kurz darauf vor dem Gewächshaus. Aber der Gerichtsmediziner nimmt an, dass der Tod zwischen zwei und vier Uhr eingetreten ist.»

«Für einen älteren Mann ein bisschen spät, um noch im Freien Gartenarbeit zu erledigen.»

Magozzi nickte. «Haben wir auch gedacht, Sir. Entweder gab es etwas, das Morey Gilbert über seine Schlafenszeit hinaus wach gehalten und vor die Tür gelockt hat, oder da war etwas, das ihn später wieder nach draußen holte.»

«Vielleicht auch jemand, zum Beispiel sein Sohn», wollte Gino seiner aktuellen Lieblingstheorie Nachdruck verleihen. «Oder wenn Ihnen das mit dem Sohn nicht gefällt, wie wär's denn mit der Ehefrau? Ich könnte mich mit beidem anfreunden.»

Malcherson schenkte ihm einen jener leidgeprüften Blicke, die man bei Eltern sieht, wenn sie sich zum hundertsten Mal einem Problemkind zuwenden. «Ihr Mitgefühl für trauernde Verwandte weckt in mir Hoffnung für die Menschheit, Detective Rolseth.»

«Die Sache ist die, dass ich bei dem Personenkreis nicht viel Kummer erkennen kann, Chief. Zeigen Sie mir Kummer, dann zeige ich Ihnen Mitgefühl.»

«Alles läuft darauf hinaus», warf Magozzi ein, «dass wir noch eine ganze Menge mehr über Morey Gilbert herausfinden müssen. Wir müssen prüfen, ob irgend etwas uns in eine andere Richtung weist. Im Moment können wir uns nicht vorstellen, dass er sich viele Feinde gemacht hat, aber einen muss es offensichtlich gegeben haben. Niemand, mit dem wir bisher gesprochen haben, will diese Möglichkeit einräumen – einschließlich Langer und McLaren, die ihn sehr gut kennen gelernt haben, als sie den Mord an Hannah untersuchten. Er besaß einige enge Freunde – darunter den Beerdigungsunternehmer, mit dem wir uns noch mal unterhalten werden.»

Das rote Licht an Malchersons Schreibtischtelefon blinkte.

«Wahrscheinlich wieder ein Reporter», sagte Gino. «Möchten Sie, dass ich rangehe?»

Fast hätte Malcherson geschmunzelt. «Entschuldigen Sie mich für einen Augenblick, meine Herren. Aber gehen Sie nicht weg.»

Er nahm den Hörer ab, hörte kurz zu, zog dann einen unberührten Notizblock aus der mittleren Schublade und legte ihn behutsam auf seine lederne Schreibtischunterlage. Er schien einen unerschöpflichen Bestand an diesen nagelneuen Schreibblöcken zu besitzen, und Magozzi hatte noch nie gesehen, dass er einen benutzt hatte, der auch nur im entferntesten gebraucht aussah. Er hatte sich auch oft gefragt, ob der Chief vielleicht einen ganzen Schrank voller Schreibblöcke besaß, die er ausrangiert hatte, weil das erste Blatt fehlte.

Er und Gino sahen mit wachsender Besorgnis zu, wie Malcherson mit seinem Montblanc auf dem Block kritzelte. Angenehme Telefonanrufe erforderten keine ausführlichen Notizen.

«Das waren keine guten Nachrichten», sagte Malcherson, als er schließlich aufgelegt hatte. «Officer Viegs hat soeben gemeldet, dass man heute Morgen eine ältere Frau erschossen in ihrer Wohnung aufgefunden hat.» Er riss ein Blatt Papier ab und reichte es Magozzi.

«Selbe Gegend?», fragte Gino.

«Gut geraten, Detective Rolseth.» Malcherson sah hinunter auf seinen Block – die Kugelschreibernotizen hatten sich aufs zweite Blatt durchgedrückt und es verunstaltet, besudelt mit den Einzelheiten eines Mordes. Ein weiterer Block für den Schrank.

KAPITEL 11

Magozzi und Gino fuhren vor einem adretten kleinen Häuschen vor. Beim Anblick der strahlend weißen Fensterläden und des lebensfrohen Hellblaus, in dem es gestrichen war, erfasste Magozzi eine große Traurigkeit. Die hässlichen gelben Absperrbänder, mit denen ein Tatort gesichert wurde, waren eine Beleidigung für die freundliche Farbgebung des Hauses.

Der Garten trug nicht dazu bei, seine Schwermut zu lindern. Es gab überall penibel gepflegte Blumenbeete, die wahrscheinlich schon in Wochenfrist von Unkraut überwuchert und vergessen sein würden. Und diesen kitschigen Gartenschmuck, der nur Großmüttern verziehen wurde: Vogelbäder, reich verziert mit Glasmurmeln, Kunstharzfrösche mit trüben Rheinkieselaugen und lächelnde Gartenzwerge, die Brokatmäntel aus bunten Glasscherben trugen. Einer der Zwerge hielt ein bemaltes Schild, auf dem GRANDMA'S GARDEN stand.

Gino sah diesen Gartenzwerg lange an, bevor er sich schließlich abwandte.

Officer Viegs wartete an der Vordertür in der Sonne. Zwischen seinen implantierten Haarbüscheln hatten sich winzige Schweißperlen gebildet.

«Viegs, wenn Sie noch öfter an Mordschauplätzen auftauchen, müssen wir Sie auf die Liste der Verdächtigen setzen», sagte Magozzi.

«Detective, wenn es in meinem Revier zu noch mehr Morden dieser Art kommt, werde ich mir Urlaub nehmen, um meiner Mutter zu helfen, an einen sicheren Ort umzuziehen, zum Beispiel nach New York in die Bronx. Sie wohnt jetzt in einem der Apartmenthäuser für Senioren am See, und nach den beiden Fällen gestern wollten sie und ihre Nachbarn schon mit dem Kofferpacken anfangen. Dieser Fall hier wird das Fass zum Überlaufen bringen, und ich muss sagen, ich kann es ihnen nicht verübeln.»

«Ich verstehe schon, aber bis jetzt haben wir nichts, was die beiden Fälle in Verbindung bringt.»

Viegs hob die Augenbrauen, und sämtliche Haarbüschel gerieten in Bewegung. «Nun sind es aber drei. Alle waren alt, wohnten in dieser Gegend, und alle wurden erschossen.»

«Ja. So ist es wohl. Was haben Sie für uns?»

Viegs zog sein Notizbuch hervor. «Rose Kleber, mit K. Achtundsiebzig, Witwe, lebte allein. Zwei Schüsse, einer in den Bauch, einer in die Brust, keine Anzeichen für einen Einbruch oder für sexuelle Misshandlung. Ihre beiden Enkelinnen, die das College besuchen und in den Frühlingsferien zu Besuch sind, wollten sie heute Morgen überraschen. Sie stellten fest, dass die Hintertür offen war, und fanden ihre Großmutter tot im Haus. Sie riefen Neun-eins-eins an und anschließend ihre Mutter.» Er hielt inne und holte Luft. «Sie waren reichlich durcheinander, und daher habe ich sie von Berman nach Hause fahren lassen, nachdem wir ihre Aussagen aufgenommen hatten. Viel hat sich aber daraus nicht ergeben. Ich meine, sie war eine alte Dame. Sie kümmerte sich um ihren Garten, sie besuchte das Seniorenzentrum, sie backte Kekse, verflucht … Ach, du Scheiße, die haben ja lange genug gebraucht.»

Gino folgte seinem Blick und sah den Übertragungswagen von Channel Ten vorfahren und am Bordstein halten. «Vor ungefähr einer Stunde ist ein Tanklaster auf der 494 umgekippt. Sämtliche Reporter der Stadt standen mit laufenden

Kameras daneben und haben darauf gewartet, dass der verdammte Laster in die Luft flog. Schätze, den Gefallen hat er ihnen nicht getan. Blocken Sie alles ab und spielen Sie den Unwissenden, Viegs. Okay?»

«Klar. Sie sollten vielleicht durch die Hintertür hineingehen. Jimmys Crew arbeitet im Vorderzimmer.»

Kaum waren sie eingetreten, trafen Magozzi und Gino auf Jimmy Grimm, dessen Miene so düster wie eh und je war.

«He, Jungs. Lange nicht gesehen.»

Magozzi klopfte ihm auf die Schulter. «Und das war gut so.»

Ginos Laune besserte sich ein wenig, denn er war dankbar für die Ablenkung. «He, Jimmy. Ich dachte, du wolltest dich zur Ruhe setzen.»

«Stimmt. Aber du hast wohl lange nicht mehr nachgeprüft, was in deiner Pensionskasse ist.»

Magozzi deutete mit einem Kopfnicken auf die Plastikbeutel mit Beweismitteln, die Jimmy in der Hand hielt. «Hast du was für uns?»

Seine Schultern schienen unter der Last der Frage nachzugeben, auf die er keine gute Antwort hatte. «Nicht viel. Keine Hülsen. Etwas Erde, wahrscheinlich hier aus dem Garten, jede Menge Katzenhaar und eine 9-mm-Kugel, die sich in ein Sofakissen gebohrt hatte. Die muss glatt durchgegangen sein, die andere steckt wahrscheinlich noch im Opfer. Sieht so aus, als wäre die in den Bauch zuerst eingedrungen. Aber wie man aus nächster Entfernung einen Todesschuss daneben setzen kann, ist mir schleierhaft.»

«Vielleicht war es seine Absicht.»

Jimmy schüttelte den Kopf. «Dann ist der Mistkerl ein echter Sadist.»

«Viegs sagte, es läge kein gewaltsames Eindringen vor, und geraubt wurde auch nichts.»

Jimmy schüttelte den Kopf. «Sieht nicht so aus. Ihre Geldbörse lag offen da mit einem ganzen Bündel Scheine, und wir haben nirgends Spuren von einem Brecheisen gefunden. Entweder hat sie ihn reingelassen, oder die Tür stand offen, und er hat sich selbst reingelassen.»

«Vielleicht hatte er auch einen Schlüssel oder wusste, wo sie den Schlüssel verwahrte», fügte Gino hinzu und nahm sich vor, die Handwerker zu überprüfen, ebenso die Leute, die den Rasen mähten, jeden, der hier Zugang hatte.

Jimmy nickte. «Könnte schon sein. Übrigens, der Fernseher lief noch, als wir hier ankamen, ich habe ihn abgestellt, nachdem wir Fingerabdrücke genommen hatten.» Zur Entschuldigung zuckte er nur die Achseln. «Die Talkshow von Jerry Springer lief, und irgendwie kam es uns obszön vor, ihn zu hören, während wir den Tatort untersuchten. Jedenfalls habe ich sie gerade an Anant weitergereicht, wenn ihr also noch einen Blick auf sie werfen wollt, bevor er sie wegschafft. Ich glaube, er wartet auf euch.»

«Danke, Jimmy. Melde dich.»

Er versuchte ein Lächeln, aber ganz bis zu seinen Lippen kam es nicht.

Als sie die Küche durchquerten, bemerkte Magozzi einen Teller mit selbst gebackenen Keksen auf dem Küchentresen. Sie waren sorgfältig in Plastik gehüllt, das wiederum von einer Staubschicht schwarzen Fingerabdruckpulvers verunziert wurde.

Dr. Anantanand Rambachan stand bewegungslos, fast wie ins Gebet versunken, über der gekrümmten Leiche von Rose Kleber. Sie war neben einem blutbespritzten Telefon mit dem

Gesicht nach unten über einem großen rostbraunen Fleck auf dem Boden zusammengesackt. Sogar Anant schien über das, was er sah, extrem bestürzt zu sein, was Magozzis Mut sinken ließ, denn wenn es einen Menschen gab, der dem Unsinnigen einen Sinn abringen konnte, dann war es Dr. Rambachan. Wenn er hier Schwierigkeiten hatte, dann brauchte sich der Rest von ihnen keine Hoffnung zu machen.

Er blickte auf und bedachte sie mit einem sanften und traurigen Kopfnicken. «Die Detectives Magozzi und Rolseth. Ich bin trotz der unangenehmen Umstände erfreut, Sie beide wieder zu sehen.»

«Das sagen Sie doch immer, Doc», entgegnete Gino freundlich. «Ich denke, wir sollten mal ein Bier trinken gehen, um diesen Kreislauf zu durchbrechen, oder was meinen Sie?»

«In der Tat, Detective Rolseth, das meine ich auch.»

«Freut mich ebenfalls, Sie zu sehen, Dr. Rambachan», sagte Magozzi.

Er reagierte mit einem breiten, blendend weißen Lächeln, das Wunder wirkte und allseitig die Stimmung hob. «Detective, Sie haben offenbar Ihr Hindi geübt, denn ich höre heraus, dass Sie Ihren Akzent deutlich verbessert haben, seit wir uns das letzte Mal begegnet sind.»

«Na ja, diese Abendkurse bringen wirklich was.»

Dr. Rambachan warf ihm einen Seitenblick zu. Dann lächelte er wieder. «Ich vermute, Sie scherzen. Sehr gut.»

Dann wurde er ganz professionell, streifte sich ein Paar Latexhandschuhe über und hockte sich neben die Leiche. «Ich werde die geschätzte Dame jetzt umdrehen, und ich muss Sie warnen. Es könnte schwierig werden, sie anzusehen. Sie ist seit geraumer Zeit tot, und ich bin sicher, Sie wissen, dass sich Blut dort sammelt, wo die Schwerkraft es hinzieht ...» Er sah ihnen forschend ins Gesicht und fügte hinzu: «Und Blut, das nicht zirkuliert, färbt sich schwarz.»

Das wussten sie, und Anant wusste, dass sie es wussten, aber trotz der Vorwarnung schreckte Gino zurück, als er Rose Klebers schwarz geflecktes Gesicht sah.

Sie sahen zu und warteten mindestens tausend Jahre, während Dr. Rambachan die Untersuchung am Tatort vornahm. Gelegentlich unterbrach der Gerichtsmediziner die Stille mit einer Beobachtung, aber es war nichts außergewöhnlich Bemerkenswertes dabei, abgesehen von der Tatsache, dass jemand eine ältere Frau in ihrer eigenen Wohnung kaltblütig niedergeschossen hatte, während sie fernsah.

Gino, dem es nie gelungen war, sich wie Anant oder auch nur Magozzi mit dem Anblick von Leichen anzufreunden, wurde langsam nervös. «Wo ist eigentlich die Katze?», fragte er schließlich. «Jimmy sagte, dass er eine Masse Katzenhaar gefunden hat. Das bedeutet, irgendwo muss es eine Katze geben.»

Dr. Rambachan hob den Kopf. «Ich habe keine Katze gesehen.»

«Ob die Familie sie mit nach Hause genommen hat? Und wenn sie's vergessen haben?»

Magozzi warf ihm einen gequälten Blick zu. «Mann, Gino. Woher soll ich das wissen. Sie wird wahrscheinlich verhungern. Also geh lieber und such sie.»

«Das hatte ich gerade vor …»

«Hier wäre etwas Interessantes», murmelte Dr. Rambachan, und Gino, der eben flüchten wollte, blieb abrupt stehen.

Der Doktor richtete sich etwas auf und deutete auf die Innenseite von Rose Klebers Arm. «Sehen Sie sich das an, meine Herren.»

Gino und Magozzi rückten näher heran, als ihnen eigentlich lieb war, kniffen die Augen zusammen und versuchten blinzelnd, die Einzelheiten einer Tätowierung zu erkennen, die durch ihre Verfärbung beinahe unkenntlich geworden war.

«Es hat den Anschein, als sei diese Dame ebenfalls in einem KZ gewesen, ebenso wie Morey Gilbert.»

«Verflucht», sagte Gino kopfschüttelnd. «Das gefällt mir nicht. Das gefällt mir ganz und gar nicht.»

«Detectives?» Einer der Kriminaltechniker kam aus der Küche herein. «Vielleicht handelt es sich nur um einen Zufall, aber ich dachte mir, Sie würden es sich bestimmt wissen wollen.» Er hielt ein kleines Adressbuch mit vergilbtem, geblümtem Einband in die Höhe. «Sie hat hier Morey Gilberts Telefonnummer verzeichnet.»

KAPITEL 12

In der Mitte des Parkplatzes der Gärtnerei saß Jack Gilbert auf einem Liegestuhl, eine Kühlbox gefüllt mit Bier zu seinen Füßen. Einige Kunden ließen sich tatsächlich von ihm zu einem Bud einladen, aber die meisten machten einen großen Bogen um den Mann mit der rosafarbenen Sonnenbrille und den neongelben Shorts.

Marty stürmte schon zum dritten Mal innerhalb von zwei Stunden zu ihm hinüber, aber jetzt zog er einen dicken Gartenschlauch hinter sich her und richtete die Hochdruckdüse wie eine Waffe auf ihn. «Komm schon, Jack. Steh auf. Zeit, den Ort zu wechseln.»

«Ziel nicht mit dem Ding auf mich, wenn du nicht auch vorhast zu spritzen», sagte Jack schleppend und mit einem schiefen Grinsen.

«Bring mich nicht in Versuchung. Himmel noch mal, was ist bloß los mit dir? Du verschreckst uns doch die Kunden.»

Jack beäugte ihn durch die rosa getönten Gläser. «Ich verschrecke niemanden. Nein, wahrscheinlich sorge ich für eine Umsatzsteigerung von zehn Prozent. Ich kann dir sagen, sie brauchen nur einen Kleinen sitzen zu haben, schon kaufen sie doppelt so viel. Siehst du den fetten Kerl da drüben, der mit den Schweißflecken auf dem Rücken? Der wollte nur ein paar Basilikumpflanzen kaufen, aber nach ein, zwei Bierchen habe ich den dämlichen Sack überredet, 'ne ganze Palette zu nehmen, damit er sich Pesto machen kann. Das Tolle ist, ich glaube, er hat keine Ahnung, was Pesto ist.»

«Was machst du hier, Jack?»

«Tja, Marty, weiß ich eigentlich auch nicht. Ich habe immer gedacht, dass Verwandte zusammenstehen und einander stützen, wenn sie trauern, aber wenn ich jetzt so drüber nachdenke, war das ziemlich blöd von mir, denn so ist es ja auch beim letzten Mal nicht gewesen, als jemand aus dieser Familie ermordet wurde.»

Es traf Marty wie ein Schlag in die Magengrube. In jedem nüchternen Augenblick jedes einzelnen Tages sah er seine Frau in seinen Armen verbluten, aber es vor Augen zu haben oder darüber zu reden, waren zwei verschiedene Dinge.

Jack registrierte seinen Gesichtsausdruck mit trübem Blick. «Scheiße, Marty, was glaubst du denn? Meinst du, wenn wir nie erwähnen, dass Hannah ermordet wurde, wird sie weniger tot sein?»

«Halt den Mund, Jack.»

«Oh-h, ich verstehe.» Jack gestikulierte mit seiner Dose, aus der das Bier in alle Richtungen spritzte. «Hannah ist eins von den Themen, über die diese Familie nie spricht, denn wenn man nicht darüber spricht, dann sind sie auch nie geschehen, stimmt's? Aber scheiß drauf. Scheiß auf euch alle, denn Hannah ist geschehen. Hannah war hier unter uns, und es kotzt mich an, dass ihr alle sie vergessen wollt, denn sie war die einzige Gilbert, die was taugte.» Er stieß seine alberne rosafarbene Sonnenbrille auf der Nase nach unten und funkelte Marty herausfordernd an. «Und du bist nicht der Einzige, dem sie fehlt.»

Und das, dachte Marty, war die eine Eigenschaft Jacks, die man nie vergessen durfte. Er war laut, aufdringlich, unangenehm und vielleicht das unerträglichste menschliche Wesen auf der Erde, aber er liebte bedingungslos, obwohl nur wenige diese Liebe erwiderten. Und Hannah hatte er am meisten geliebt.

Marty stieß einen langmütigen Seufzer aus. «Wo ist Becky?»

«Becky, meine Frau? Du sprichst von der, die niemand in dieser Familie je kennen gelernt hat? Also, ich glaube, die lässt sich heute Botox in die Achselhöhlen spritzen. Verhindert, dass man da schwitzt, wusstest du das?»

«Du weißt schon, was ich meine. Warum ist sie nicht hier bei dir?»

«Du meinst, bei mir wie eine liebende Ehefrau, die ihrem trauernden Mann zur Seite steht, so ähnlich? Nun, erstens sprechen wir nicht mehr miteinander, was sie daran hindert, mich zu trösten, und zweitens würde Lily sie wahrscheinlich erschießen, wenn sie einen Fuß auf dieses Grundstück setzte. Und drittens, ehrlich gesagt, kümmert Becky das hier einen Scheißdreck.»

«Tut mir leid, Jack. Ich wusste nicht, dass ihr es nicht wieder auf die Reihe kriegt.»

«Scheiße, das braucht dir nicht leidzutun, Marty. Ich habe von dieser Ehe das bekommen, was ich wollte. Und Becky ebenfalls. Du solltest ihre neuen Titten sehen.» Er riss eine weitere Bierdose auf und trank sie mit einem Zug halb leer.

«Bist du sicher, dass du das machen solltest, Jack? Ich dachte, du hättest heute Nachmittag einen Gerichtstermin.»

Er zuckte die Achseln. «Keine große Sache. Nur dieser dämliche Fahrradkurier, der sagt, dass er unter einem Schleudertrauma leidet, seit ein UPS-Laster ihn angefahren hat. Diese Ratte ahnt, dass es was zu holen gibt, und plötzlich hat er sich den Hals gebrochen.»

«Also schwänzt du die Verhandlung? Jack, man wird dich noch aus der Anwaltschaft ausschließen.»

«Das werden sie nicht tun. Können sie nämlich gar nicht. Ich habe Urlaub wegen eines Trauerfalls. Mein Vater ist *ermordet* worden, verflucht noch mal ... Mann, es ist doch absurd, oder? Ich meine, der Alte war fast fünfundachtzig, und irgendwie hatte ich schon erwartet, dass er demnächst mal umkippen würde, aber ... mein Gott! In den Kopf geschossen? Wer hätte das kommen sehen? Und was meinst du, Marty? Hast du irgendwelche Ideen, irgendwelche Anhaltspunkte? Irgendwas, womit wir arbeiten können?»

«Lass die Cops das machen, Jack.»

«Scheiße, Marty, du bist doch Cop.»

«Ex-Cop.»

«Erzähl mir doch nichts. Einmal Cop, immer Cop. Es liegt euch doch im Blut, oder? Ich wette, dein kleines Schnüfflerhirn arbeitet schon auf Hochtouren, um eine Erklärung zu finden. Wer also, meinst du, hat es getan?»

«Darüber habe ich wirklich noch nicht nachgedacht.»

«Blödsinn.»

«Nein, ist es nicht, Jack. Ich habe nicht darüber nachgedacht.»

Jack versuchte eine ganze Weile, sich auf ihn zu konzentrieren. «Was zum Teufel ist mit dir los? Er war dein Schwiegervater, verflucht noch mal. Bist du denn kein bisschen neugierig?»

Marty brauchte drei Sekunden, um zu überprüfen, welche Gefühle ihm überhaupt noch geblieben waren, und dann entschied er: Nein, neugierig war er absolut nicht. «Das ist nicht mein Job, Jack.»

«Wie Recht du hast, Marty. Es ist nicht dein Job. Es geht ja nur um deine verfluchte Familie.» Angewidert wandte er sich ab. «Mein Gott. Du bist ja noch mehr am Arsch als ich.»

«Du solltest deine Sprache mäßigen, Jack. Es gibt hier nämlich auch anständige Leute.»

Jack schnaubte: «Du solltest deine Pharisäer-Scheiße mäßigen, Marty. Es gibt hier nämlich auch clevere Leute, und die durchschauen so was ... he, Sie da!» Er schwenkte seine Bierdose in Richtung einer Frau, die sich Blumen auf einem Tisch im Freien anschaute. «Ja, Sie in dem Zeltkleid! Wenn Sie vielleicht aufhören würden, die Stiefmütterchen zu begrapschen. Kommen Sie mal hier rüber und lernen Sie das größte Arschloch auf diesem Planeten kennen.»

Die Frau starrte ihn mit offenem Mund an, drehte sich um und hastete zu ihrem Wagen.

«Okay, Jack, das reicht. Du verschwindest jetzt hier.»

«Fick dich doch, Marty.»

«Verdammt, Jack, Lily ruft die Polizei, wenn du nicht vom Parkplatz verschwindest. Ich bitte dich ein letztes Mal im Guten.»

Jack trank sein Bier aus und zerquetschte die Dose an seinem Bein. «Du kannst Lily ausrichten, wenn sie möchte, dass ihr Sohn vom Parkplatz verschwindet, soll sie gefälligst rauskommen und mich selbst bitten. Ansonsten bleibe ich, wo ich bin, bis mein Bier alle ist.»

Sein Leben lang war Marty Pullman ein Mann der Tatkraft gewesen, der erkannt hatte, wenn etwas falsch lief, und es in richtige Bahnen gelenkt hatte. Dieser Marty Pullman hätte sich Jack geschnappt, ihn vom Liegestuhl gezerrt und ihn, wenn nötig, eigenhändig weggeschleppt. Er kam sich etwas sonderbar vor, einsehen zu müssen, dass er dieser Mann nicht mehr war und es wahrscheinlich auch niemals wieder werden würde. «Du machst uns die Sache viel schwerer, als es sein muss, Jack.»

Jack sah ihn kurz an und lächelte. «Ist das wahr? Und ich dachte immer, Dinge wie diese müssten schwer sein. Ich gönne mir doch nicht mehr als eine kleine Totenwache, Marty. Eine kleine private Totenwache für Morey Gilbert, den gottverdammt nettesten Menschen auf der Welt, den Mann, den alle liebten, den Mann, der alle Menschen liebte, außer seinem Sohn natürlich. Und ist es nicht komisch? Ich bin der Einzige, der aufgetaucht ist. Ich meine, wirklich, Marty, sieh dir doch nur an, was hier abgeht. Der Laden sollte gar nicht geöffnet sein, aber das Leben geht schließlich weiter, ach ja, meinst du, wir können morgen fünf Minuten erübrigen, um ihn unter die Erde zu bringen?»

Angewidert warf Marty den Schlauch von sich, griff sich eine Bierdose aus der Kühlbox und stakste in Richtung Gewächshaus. «Ich gebe auf.»

Jack lachte und rief ihm hinterher: «Ist ja ganz was Neues.»

KAPITEL 13

Während der ersten fünf Minuten, nachdem sie den Tatort in Rose Klebers kleinem blauem Haus verlassen hatten, saß Gino wie ein ganz normaler Mensch auf dem Beifahrersitz – aus Respekt vor der Toten, wie Magozzi annahm –, aber kaum hatten sie den Parkway erreicht, kurbelte er die Scheibe runter und schaffte es irgendwie, sich so zu verrenken, dass der größte Teil seines Oberkörpers aus dem Wagen hing. Es wirkte unbequem, aber Gino hatte die Augen geschlossen und lächelte.

«Du siehst aus wie 'n Golden Retriever», sagte Magozzi.

Gino saugte mehrere Male gierig frische Luft ein. «Noch hundert Meilen, und ich habe vielleicht den Geruch aus der Nase gekriegt.» Er ließ sich wieder auf den Sitz plumpsen. Er war plötzlich deprimiert. «Scheiße. Jetzt fühle ich mich schlecht. Ist doch nicht fair, oder? Du stirbst, und das ist traurig, aber du riechst am Ende auch noch so übel, dass die Leute es nicht im selben Raum mit dir aushalten können. Tote sollten so gut riechen, dass man rumstehen kann, um sie anzugucken und sich hundsmiserabel zu fühlen wegen dem, was geschehen ist.»

«Ich werde rumstehen und dich angucken und mich hundsmiserabel fühlen, egal wie übel du riechst, Gino.»

«Ich weiß das durchaus zu schätzen.»

Magozzi bog in die Einfahrt zur Gärtnerei und lenkte vorsichtig um die Hecke herum auf den vollen Parkplatz.

«Nun sieh dir das mal an», sagte Gino. «Die trauernde Witwe hat den Laden nicht dichtgemacht. He, ist der Clown da auf dem Liegestuhl nicht Jack Gilbert?»

«Sieht so aus.»

«Und es sieht auch so aus, als würde er auf einen Vollrausch hinarbeiten. Das kann ja heiter werden.»

Jack schien ehrlich froh zu sein, sie zu sehen. «Detectives! Ich wollte Sie gerade anrufen. Haben Sie ihn geschnappt? Haben Sie den Kerl, der meinen Vater umgebracht hat?»

«Wir arbeiten noch dran, Mr. Gilbert», sagte Magozzi. «Wir hätten aber noch ein paar Fragen an Sie und Ihre Familie.»

«Kein Problem.» Jack wischte sich den Bierschaum von der Oberlippe und versuchte ernsthaft, nüchtern zu wirken. «Was immer Sie wissen möchten. Was immer ich beantworten kann. Fragen Sie nur.»

«Wer ist Rose Kleber?», fragte Gino unvermittelt. Er achtete genau auf eine etwaige Reaktion in Jacks Miene und war enttäuscht, als er keine bemerken konnte.

«Weiß ich nicht. Wieso? Ist sie eine Verdächtige?»

«Nicht wirklich. Sie wohnt hier in der Gegend. Wir haben uns gefragt, ob sie vielleicht eine Freundin Ihres Vaters ist.»

«Bin ich überfragt. Ist aber wahrscheinlich, wenn sie hier in der Gegend wohnt. Er kannte doch so gut wie jeden.» Er gab sich große Mühe, Magozzi ruhig in die Augen zu blicken. «Also, wer ist sie, Leute? Was hat sie mit alledem zu tun?»

«Sie wurde gestern Nacht ermordet», sagte Magozzi.

Jack blinzelte und versuchte, diese Information zu verarbeiten, die nur langsam durch seine alkoholgetränkten Hirnzellen sickerte. «Mein Gott, das ist ja furchtbar. Scheiße, die sterben hier in der Gegend wie die Fliegen, oder? Und was meinen Sie dazu? Gibt es eine Verbindung? Glauben Sie, ein und derselbe Kerl hat beide umgelegt?»

«Sie hatte die Nummer Ihres Vaters im Telefonbuch», sagte

Gino. «Es ist nichts als ein Hinweis, den wir überprüfen müssen.»

«Scheiße.» Jack ließ sich in seinen Liegestuhl zurücksinken. «Die Hälfte der Leute in dieser Stadt hat Dads Telefonnummer. Mein Gott, er hat doch sogar bei der Suppenküche seine Visitenkarten verteilt.»

«Soweit Sie wissen, könnte die Frau also Ihren Vater jeden Tag gesehen haben, stimmt's?», fragte Gino wie beiläufig. «Wenn man berücksichtigt, dass Sie in der letzten Zeit nicht so oft hier gewesen sind.»

Jack ließ den Kopf nachdenklich zur Seite kippen, und einen Moment lang fürchtete Magozzi, dass er ihm abfallen könnte. «Ja. Da haben Sie vollkommen Recht. Habe ich Ihnen erzählt, dass ich seit einem Jahr oder so hier als *persona non grata* gelte?»

Magozzi nickte. «Das haben Sie. Gestern. Ich fand es irgendwie bedauerlich. Es ist nie gut, wenn es in Familien zu solchen Brüchen kommt. Es muss doch für Sie besonders schlimm sein, Ihren Dad zu verlieren, bevor Sie die Möglichkeit hatten, die Meinungsverschiedenheiten beizulegen.»

«Nein, nein. Es gab nicht die geringste Chance, das wieder zu kitten.»

«Tatsächlich nicht?»

«Ich meine, es war ja nicht so, dass ich den Müll nicht rausgebracht hätte oder so was, verstehen Sie? Habe es nie geschafft, der zu sein, den mein Vater sich wünschte, und wie ich Ihnen gestern schon sagte, habe ich obendrein noch eine Lutheranerin geheiratet. Das kam so gut an wie ein Schweinekotelett bei einem Seder-Essen.»

Gino nickte verständnisvoll. «Klingt so, als sei er ziemlich streng mit Ihnen gewesen, Jack, und ich kann Ihren Kummer sehr gut nachvollziehen. Ich konnte es meinem Vater auch nie recht machen.»

Magozzi machte ein Pokergesicht. Ginos Vater war davon überzeugt, sein einziger Sohn könne übers Wasser wandeln.

«Was auch immer ich tat», fuhr Gino fort, «und wie viel Mühe ich mir auch gab, nie war der Mann zufrieden. Ich war immer stinksauer deswegen.»

Der betrunkene Jack sah ihn mit großen Augen an. «Scheiße, Detective, ich bin Anwalt. Verkaufen Sie mich nicht für dumm. Glauben Sie tatsächlich, dass ich auf dieses heuchlerisch mitfühlende Gesülze reinfalle?»

Gino zuckte die Achseln. «War einen Versuch wert.»

«Ob Sie's mir glauben oder nicht, ich jedenfalls habe meinen Vater nicht umgebracht.» Er sank auf seinem Liegestuhl zusammen und schloss die Augen. «Scheiße. Leute, ihr solltet lieber einen Schritt beiseite treten. Ich glaube, ich muss tatsächlich gleich reihern.»

«Also, wer war diese Rose Kleber?» Lily stand mit verschränkten Armen am Fenster des Gewächshauses. Sie blickte hinaus zu Jack, der mit seinem Liegestuhl den Parkplatz zweckentfremdete und dalag wie ein Fisch auf dem Trockenen.

«Sie wohnte drüben an der Ferndale, Mrs. Gilbert», antwortete Magozzi, «und es gibt ein paar Dinge, die uns aufgefallen sind. Zum einen war sie im Konzentrationslager, genau wie Mr. Gilbert.» Er bemerkte, dass Lily kurz die Augen schloss. «Und sie hatte seinen Namen sowie seine Nummer in ihr Telefonbuch eingetragen.»

Marty stand am Verkaufstresen und rieb mit dem Daumen über einen alten Fleck. «Klingt ziemlich dürftig, Leute.»

«Ist es auch. Aber wir müssen dem nachgehen.»

Marty nickte geistesabwesend, und Magozzi hatte das Gefühl, dass er kaum interessiert und mit den Gedanken ganz woanders war.

Lily holte Luft und wandte sich vom Fenster ab. «Die Leute kaufen hier ein, Morey gibt ihnen seine Karte und bittet sie anzurufen, sollten sie irgendwelche Probleme mit den Pflanzen bekommen. Haben Sie ein Foto? Vielleicht war sie ja Kundin bei uns.»

«Noch nicht. Wir werden Ihnen so bald wie möglich eins zukommen lassen. Sie können sich also nicht erinnern, ihren Namen gehört zu haben?»

Sie schüttelte den Kopf. «Morey konnte sich ausgezeichnet Namen merken. Hat nie einen vergessen. Gesichter ebenso wenig. Wenn er die Leute mit Namen begrüßte, waren sie so eingenommen von ihm, als hätte er sie persönlich beschenkt.»

Magozzi steckte sein Notizbuch weg. «Haben Sie eine Kundenliste? Vielleicht ein Rolodex?»

«Im Büro hinten in dem Schuppen, wo wir eintopfen. Aber hauptsächlich sind es Telefonnummern, die ich aufgeschrieben habe. Morey brauchte sich nichts aufzuschreiben. Wenn er eine Nummer hörte, behielt er sie für immer.»

«Vielleicht könnten wir uns trotzdem mal umsehen, wenn es Ihnen nicht zu viel ausmacht.»

Im Schuppen trafen sie auf die beiden Angestellten, mit denen Magozzi am Tag zuvor gesprochen hatte, als sie bei der spontanen Trauerversammlung auf der Straße vor der Gärtnerei aufgetaucht waren. Jetzt warfen sie 25-Kilo-Säcke mit Dünger auf eine Transportpalette, und das mit einer so unbekümmerten Leichtigkeit, dass Magozzi sich nach seiner Jugend sehnte. Als Lily näher kam, nahmen sie respektvoll Haltung an. Beide schenkten ihr dasselbe schüchterne Lächeln und wandten sich dann Magozzi und Gino zu.

«Guten Morgen, Detectives», flöteten sie unisono, wischten sich die Hände an den Jeans ab und streckten sie ihnen entgegen.

Gino reagierte perplex auf das Erscheinen der beiden wohlerzogenen jungen Männer, die Respektspersonen mit einer beinahe altmodischen Höflichkeit begrüßten. «Hey, yo», war so ungefähr das Freundlichste, womit ihn jemand unter Zwanzig je begrüßt hatte.

«Jeff Montgomery, nicht wahr?» Magozzi schüttelte zuerst dem hoch gewachsenen blonden Jungen die Hand und dann dem kleineren dunklen. «Und Tim …?»

«Matson, Sir.»

«Erinnert sich einer von euch daran, dass eine Frau namens Rose Kleber hier in der Gärtnerei eingekauft hat?»

Die beiden dachten einen Moment lang nach, zuckten aber die Achseln. «Wir gehen einer Menge Kunden zur Hand, aber erfahren nicht immer deren Namen, verstehen Sie?», sagte Jeff Montgomery. «Wie sieht sie denn aus?»

Magozzi krampfte sich der Magen zusammen, als er an das schwarz gefleckte Gesicht und das blutbeschmierte Kleid dachte. «Älter, leicht füllig, graues Haar …» Er blickte in ihre ausdruckslosen Gesichter und begriff, dass es zwecklos war. Jungs erinnern sich an Mädchen, und damit hatte es sich.

«Das passt auf eine Menge Kundinnen, die hierher kommen, Sir», sagte Tim Matson. «Aber vielleicht ist sie auf der Mailingliste. Mr. Gilbert hat von Zeit zu Zeit Handzettel mit unseren Angeboten verschickt. Haben Sie schon im Computer nachgesehen?»

«Weißt du denn, wie man das Ding bedient, Timothy?», fragte Lily ungeduldig.

«Sicher. Ist doch nur ein Computer.»

«Gut. Komm mit uns. Jeffrey, auf dem Kräutertisch ist das Basilikum fast aus. Würdest du dich darum kümmern?»

«Ja, Ma'am.» Jeff verschwand wie der Blitz, und Lily ging durch den Eintopfschuppen in das winzige rückwärtige Büro.

Eine feine schwarze Staubschicht lag auf allem – Gartenerde aus dem angrenzenden Eintopfschuppen, wie Magozzi annahm. Sie bedeckte ein mit Katalogen voll gestopftes Bücherregal, einen Schreibtisch, der mit Papieren übersät war, sowie den alten Computer und den Drucker, die darauf standen. Grace MacBride hätte Zustände bekommen.

«Ist doch bestimmt nicht gut für das Ding.» Gino tippte auf den Computer. «Dass es hier so dicht an den Eintopftischen steht.»

Tim setzte sich auf den einzigen Stuhl und startete den Computer. «Das ist noch ein alter, Sir. Die sind nicht so empfindlich wie die neueren. Bessere Hardware, wenn Sie mich fragen. Und Mr. Gilbert hat ihn nur wenig benutzt. Nur für die Rechnungen einmal im Monat und die Mailingliste.»

«*Hmph.*» Missbilligend trat Lily einen Schritt näher. «Das meinst du auch nur. Spiele hat er auf dieser dämlichen Maschine gespielt. Man konnte das Gepiepse bis ins vordere Gewächshaus hören, und deswegen bin ich eines Tages hergekommen, um nachzusehen: Da saß er, ein erwachsener Mann, der kleine Zeichentrickraumschiffe abschießt.»

Tim verkniff sich ein Grinsen und rief die alphabetische Mailingliste auf. Dann deutete er auf den Bildschirm. «Tut mir leid. Keine Rose Kleber.»

Gino hob einige der losen Blätter vom Tisch und schaute darunter. «Haben Sie ein Rolodex, Mrs. Gilbert?»

Ihre Augen verengten sich. «Eins von diesen Dingern mit den Kärtchen?»

«Ja, genau das.»

Sie schüttelte den Kopf. «Das Albernste, was mir je zu Gesicht gekommen ist. Man will zum Beispiel Freddie Herberts Nummer finden? Da verplempert man den halben Tag damit, all die kleinen Karten durchzugucken, eine nach der anderen.» Sie öffnete eine Schublade, klatschte ein dünnes Adressbuch auf die Schreibtischplatte und öffnete es bei H. «Hier. Alle Hs auf einer Seite. Kein Umblättern, keine kleinen Karten. Schon nach einer Sekunde habe ich Freddie Herbert gefunden.» Sie schlug danach K auf, überflog die drei aufgeführten Namen und sagte achselzuckend: «Keine Kleber.»

«Sonst noch was auf dem Computer, Tim?», fragte Magozzi.

Tim tippte auf ein paar Tasten und rief das Hauptmenü auf. «Nur die Mailingliste und die Rechnungen, Sir. Das ist alles.»

«Okay.»

«Darf ich den Computer ausmachen? Ich sollte gehen und Jeff helfen.»

«Geh schon, geh schon», forderte Lily ihn auf und wandte sich Magozzi und Gino zu. Es war nicht zu übersehen, dass sie es eilig hatte, sich wieder ihren Kunden zu widmen. «Sonst noch was?»

«Im Augenblick nicht», sagte Magozzi. «Danke für Ihre Hilfe, Mrs. Gilbert.»

«Welche Hilfe?», murrte Gino ein paar Minuten später, als sie dem Asphaltweg um das Gewächshaus herum folgten und wieder zum Parkplatz gingen.

«Sie hat uns das Büro gezeigt, und sie hat unsere Fragen beantwortet.»

«Ja, aber selbst hat sie keine gestellt. Wir sind fast eine Stunde hier gewesen, und sie hat nicht einmal gefragt, ob wir irgendeinen Hinweis darauf haben, wer ihren Mann ermordet hat.»

Sie blieben an der Stelle stehen, an der Lily nach eigener Aussage die Leiche ihres Mannes gefunden hatte.

Gino rieb sich den Nacken. «Weißt du, es regt mich höllisch auf, dass sie den Laden einen Tag nach der Ermordung ihres Mannes wieder geöffnet hat. Sollte sie nicht zu Hause sein und ihre Spiegel verhängen?»

Magozzi sah ihn erstaunt an. «Gino, ich bin beeindruckt. Du hast wohl zu Hause gleich alles über jüdische Trauerzeremonien nachgelesen, was?»

«Nein. Kino. Melanie, wie heißt sie noch, die gut aussehende Blondine mit der piepsigen Stimme? Sie war in dem Film bei der New Yorker Polizei, hat verdeckt ermittelt bei diesen extrem religiösen Juden – kann mich nicht mehr erinnern, wie die hießen, aber die Männer hatten so Ringellocken.»

«Chassidische Juden.»

«Wie auch immer. Jedenfalls ist jemand gestorben, und die haben alle Spiegel verhängt. Die Gilbert sollte doch zu Hause sein und dasselbe tun, oder?»

Magozzi seufzte. «Sie ist nicht chassidisch, Gino, oder auch nur orthodox. McLaren hat gesagt, dass sie noch nicht mal religiös wären, erinnerst du dich?»

«Man braucht nicht religiös zu sein, um Respekt zu bekunden.» Er sah auf seine Uhr und tippte auf das Glas. «Wie spät ist es? Ich habe Rose Klebers Tochter gesagt, wir würden um elf bei ihr sein.»

«Dann sollten wir sehen, dass wir hier wegkommen. Verdammt, ich schätze, wir werden an diesem Fall noch mehr Spaß haben als 'ne Horde Affen auf dem Weihnachtsbaum.»

Marty hatte sich nicht vom Fleck gerührt, seit Lily, Magozzi und Gino das Gewächshaus verlassen hatten. Die meisten Kunden befanden sich draußen und leerten die Tische mit den Sonderangeboten. Volle zehn Minuten stand er jetzt schon allein am Tresen, starrte ins Leere und malte sich aus, dass sechs oder sieben weitere Biere aus Jacks Kühlbox eventuell die Kopfschmerzen lindern könnten, die ihn seit gestern quälten. Seit über vierundzwanzig Stunden war er inzwischen stocknüchtern, und er konnte sich nicht entsinnen, wann er diesen Zustand das letzte Mal erlebt hatte. So erstrebenswert, wie alle einem weismachen wollten, war Nüchternheit nämlich absolut nicht.

Er sah zum Fenster hinaus und erblickte Jack, der völlig weggetreten auf seinem Stuhl lag und in der Sonne rot und röter wurde. Er machte einen Schritt in Richtung Tür, um ihm rüberzurufen, er solle in den Schatten gehen, blieb dann aber stehen.

Sollte der Mistkerl doch schmoren.

KAPITEL 14

Detective Johnny McLaren saß hinter den Bergen von Krimskrams und Papieren, die sich auf seinem Schreibtisch türmten, und nur sein hellroter Haarschopf lugte ein wenig darüber hinweg. Gloria tänzelte durch den Mittelgang auf ihn zu, und wenn ihr Körper in Bewegung war, bestand nicht mehr die geringste Hoffnung, sich auf etwas anderes konzentrieren zu können. Sie war ein mächtiger, schwarzer und wunderschöner Bulldozer von Frau, und meistens kleidete sie sich mit dem zurückhaltenden Feingefühl einer Neonreklame. Heute trug sie einen gleißend gelben Sari mit dazu passendem Turban, und Johnny hatte das Gefühl, direkt in die Sonne zu blicken.

«Was gaffst du so, du halbe irische Portion?» Mit einem langen gelb lackierten Fingernagel schob sie einen rosa Notizzettel über seine Schreibtischplatte.

«Poesie in Bewegung. Die Frau meiner Träume. Meine Seelenverwandte. Mein Schicksal.»

«Krieg dich wieder ein, McLaren.»

«Kann ich aber nicht. Ich sehe dich, ich sehe mich, ich sehe kleine rothaarige schwarze Kinder ...»

«Oh-ooh. Große Träume für so ein kleines Streichholzmännchen.» Sie tippte auf den Notizzettel. «Der Typ hat schon dreimal angerufen. Irgend ein eingebildeter Engländer.»

McLarens rötliches Gesicht verfinsterte sich, als er die Nachricht las. Nur ein Name und eine Nummer in Übersee. «Mist, warum sollte mich ein Brite anrufen? Ich kenne gar keine Briten.»

«Tja, mein Süßer, ich habe keine Ahnung. Dabei hatte ich schon gehofft, es wäre dein neuer Schneider. Auf der anderen Seite des großen Teichs hätten sie dir dieses Jackett niemals verkauft.»

«Was stört dich an meinem Jackett?»

«McLaren, Madras war schon vor deiner Geburt out. Gewöhne dich an den Gedanken. Und wenn Langer es tatsächlich noch in diesem Jahrhundert schaffen sollte, vom Klo zu kommen, will Chief Malcherson euch um Punkt drei Uhr in seinem Büro sehen, und zwar mit einem Update zu dem Typ an den Gleisen, mit dem er die Medien für die Fünf-Uhr-Nachrichten füttern kann. Die Hyänen sind nämlich ganz *verschossen* in diesen Mord.»

«Was sind wir für Glückspilze», grummelte McLaren, während er in der Trümmerlandschaft auf seinem Schreibtisch kramte, um die Akte zu finden.

Gloria schob sich ein wenig näher an ihn heran und beäugte ihn aufmerksam. «Ziemlich seltsame Geschichte, das.»

«M-hm.»

Sie schnalzte mit der Zunge. «Dieser Arlen Fischer muss ein übler Zeitgenosse gewesen sein, dass er auf solche Weise umgebracht wurde.» Sie wartete auf eine Reaktion, aber McLaren war in ein Malcherson-Memo vertieft, das schon einen Monat alt war und die Kleiderordnung betraf. «Bei Gott, McLaren, mal ehrlich», sagte sie gereizt. «Unter dem Haufen Mist da könnte Jimmy Hoffa begraben liegen.»

«Alles interner Bürokram. Ich komme nicht nach. Wie zum Teufel soll ich Zeit finden, Verbrechen aufzuklären, wenn ich jede Woche ein neues gottverdammtes Fünf-Seiten-Memo über den Gebrauch von Schimpfwörtern studieren muss?»

«Ich bin zutiefst erstaunt. Die ganze Zeit habe ich nämlich gedacht, du würdest die Dinger nicht lesen. Verstehe gar nicht, wie ich auf die blöde Idee kommen konnte.» Sie griff unter einen Stapel Postwurfsendungen mit Sonderangeboten und zog die Arlen-Fischer-Akte hervor. «Hast du danach gesucht?»

McLaren blinzelte sie erstaunt an. «Ja.»

Aufreizend streckte sie ihm eine Hüfte entgegen und gab einen leisen Summton von sich, der McLaren an ein Cello erinnerte. So machte Gloria es immer, wenn sie Informationen bekommen wollte, und es funktionierte immer. «Wo wir gerade von Jimmy Hoffa sprechen – ich weiß nicht, was ihr Jungs denkt –, aber für mich hört sich das einwandfrei nach einem Auftragsmord der Mafia an.» Sie fuchtelte mit dem Schnellhefter vor McLarens Nase herum, bevor sie ihn dem Detective reichte.

McLaren strahlte sie an. «Ich sag's dir doch, Gloria, wir sind seelenverwandt. Genau das dachte ich nämlich auch zuerst. Gangster aus einem anderen Bundesstaat, die mit ihren miesen kleinen Vendettas Minnesota verderben. Zu dumm nur, dass wir diese Theorie nicht untermauern konnten.»

«Und wieso nicht?»

«Zunächst einmal war Arlen Fischer ein Drei-Zentner-Mann, hatte kaputte Hüftgelenke und war bereits neunundachtzig. Nicht gerade der typische Gangster.»

«Ich sage nur zwei Worte: Marlon Brando.»

«Und ich eines: Kino. Außerdem war dieser Mann der langweiligste aller Langeweiler. Weißt du, womit er seinen Lebensunterhalt verdient hat? Uhren hat er repariert. Hat bei ein und demselben verdammten Juwelier mehr als dreißig Jahre lang gearbeitet und schließlich von der Sozialhilfe und einer kleinen Rente gelebt. Keine Familie, keine Freunde, kein Geld. Der Kerl war ein Niemand. Hat auf dem Radarschirm nie die geringste Spur hinterlassen.»

«Hmm. Weißt du, was ich glaube, McLaren?»

«Ich bin ganz Ohr.»

«Ich denke, einen Niemand bindet man nicht an Eisenbahnschienen, damit er entweder vor Angst stirbt oder von einem Zug halbiert wird.»

McLaren seufzte. «Ja, mit diesem Aspekt haben wir leichte Schwierigkeiten.»

Gloria verschränkte die Arme unter ihrem ausgesprochen großen Busen. «Vergiss nicht, dass die alte Gloria dir geraten hat, nach einer Verbindung zur Mafia zu suchen. Und wenn du am Ende Tony Soprano wegen dieser Sache einbuchtest, dann schuldest du mir ein dickes, fettes Hummeressen.»

McLaren setzte sich auf. «Ich führe dich zu einem dicken, fetten Hummeressen aus, wann immer du willst.»

«Wer hat denn gesagt, dass du mich einladen darfst?»

McLaren musste hilflos zusehen, wie sie entschwebte, um ihre Runden fortzusetzen und Memos und Telefonnachrichten auf die anderen Schreibtische im Morddezernat zu verteilen, die alle unbesetzt waren, weil Gino und Magozzi unterwegs waren und der Rest der Jungs an andere Abteilungen ausgeliehen worden war, für die es mehr zu tun gab.

McLaren hasste die Stille eines leeren Raums. Die erwartete ihn zur Genüge, wenn er abends nach Hause kam. Er seufzte erleichtert, als Langer vom Flur hereinkam, doch stöhnte er auf, als er den Karton sah, den sein Partner schleppte. «Mensch, Langer, du raubst mir noch den letzten Nerv. Nicht noch einer.»

Langer setzte den Karton auf dem Arbeitstisch ab, den sie

zwischen ihre Schreibtische geschoben hatten. «Das hier ist der letzte.»

«Gloria meint, die Mafia könnte hinter dem Mord stecken.»

Langer schmunzelte. «Es kann einem Angst machen, dass diese Frau öfter richtig liegt, als dass sie sich irrt. Besser als unser Durchschnitt. Ich verstehe nicht, warum sie nicht bei uns anheuert und Ernst macht mit diesem Job.»

«Das habe ich sie auch mal gefragt. Sie sagte, dass sie sich in den Klamotten, die wir tragen müssen, nicht mal begraben lassen würde. Müssen wir uns wirklich durch noch einen von diesen Kartons arbeiten?»

«Müssen wir.»

«Das ist so deprimierend.»

«Was du nicht sagst.» Langer machte sich daran, eine weitere Ladung aus Arlen Fischers Hinterlassenschaft zu durchsuchen, allerdings ohne große Hoffnung, etwas Hilfreiches zu finden. Bis jetzt hatte der Inhalt der Schreibtischschubladen und Schränke des alten Mannes kaum mehr ergeben als die Bestätigung, dass er allen möglichen Schrott hortete, statt ihn wegzuwerfen. Sie hatten bereits vier Kartons untersucht, und das Interessanteste, was sie gefunden hatten, war eine leere alte Chicklets-Dose gewesen, die bei ihnen beiden augenblicklich Kindheitserinnerungen geweckt hatte. Offenbar hatten Mütter aller Glaubensrichtungen diese köstlichen kleinen weißen Kaugummikissen heimlich verteilt, damit ihre Kinder während des Gottesdienstes nicht schwatzten.

Johnny stand auf und reckte sich, spähte in den Karton und rupfte eine Zellophanpackung zerkrümelter Suppencracker heraus. «Oh, Mann, endlich eine Spur.»

Langer betrachtete die klägliche kleine Packung, verzog das Gesicht und sah dann schnell zur Seite. Dinge dieser Art waren ihm im Haus seiner Mutter in die Hände gefallen, nachdem er sie im vergangenen Jahr begraben hatte. Einzelne Streifen Kaugummi, so alt und brüchig, dass sie in ihren Stanniolhüllen zerfielen, als er sie berührte; Schachteln mit Kerzenstummeln und Fetzen von Einwickelpapier; und dann der rätselhafte Fund, der ihn bis heute beschäftigte – eine Papiertüte mit Strumpfhosen, und bei allen war jeweils ein Bein abgeschnitten. Das Sammelsurium der Toten zählte zweifellos zu den traurigsten Dingen der Welt.

«Ist was, Langer?»

Er schüttelte den Kopf und tat so, als studierte er einen alten politischen Handzettel, den er gerade aus dem Karton gezogen hatte. Über das lange Sterben seiner Mutter sprach er mit niemandem. Nicht mit seinem Partner, nicht mit seinem Rabbi, ja, nicht einmal mit seiner Frau, die wahrscheinlich auf seiner Liste des Scheiterns die Nächste war. Seine Mutter war die Erste gewesen. Nach einem Leben voller Liebe, Humor und Chicklets war er vor ihrem Alzheimer davongerannt und hatte sie fremden Menschen überlassen, die sie – ebenso wie er auch – alleine hatten sterben lassen.

«Langer?»

Nachdem er bei seiner Mutter versagt hatte, versagte er im Job. Wie ein blinder Idiot hatte er dagestanden, als der Monkeewrench-Killer auf einer Parkrampe in der Mall of America an ihm vorbeilief und sein letztes Opfer in einem Rollstuhl vor sich her schob. Er war ein Detective, verdammt noch mal, und er hatte einen Mörder nicht erkannt, der nur wenige Schritte entfernt war. Noch immer wachte er jede Nacht schwitzend und keuchend auf und musste an die Menschen denken, die nach jenem Tag ihr Leben verloren hatten. Wie leicht er sie hätte retten können.

Und dann, natürlich, die ganz schlimme Geschichte, als er vor sich selbst versagt hatte, seinen Gott geleugnet und alles, woran er je geglaubt hatte, und das Komische daran war, dass es nur einen Moment gedauert hatte. Nein, nicht einmal so lange. Nur die wenigen Sekunden, die er gebraucht hatte, um …

«Verdammt, Langer, was ist los mit dir?»

Er zuckte zusammen, als Johnny McLarens Hand seine Schulter berührte, und dachte in dem Augenblick, sein Herz habe aufgehört zu schlagen. Und diese Möglichkeit ließ ihn kalt.

«He, was ist denn los, Mann? Hast du die Grippe oder so was? Du schwitzt ja wie ein Schwein.»

Langer richtete sich auf und wischte sich übers Gesicht, auf dem er einen glitschigen Film aus Furcht und Reue spürte. «Tut mir leid. Ja, vielleicht eine Grippe im Anzug.»

«Dann setz dich hin, um Gottes willen. Ich hole dir Wasser. Und vielleicht solltest du überlegen, nach Hause zu fahren.» McLaren betrachtete ihn mit wachsamer, fast ängstlicher Besorgnis. «Du warst gerade eine Zeit lang richtig weggetreten, weißt du das? Hast mir einen mordsmäßigen Schreck eingejagt.»

Langer lächelte ihn an, allein deswegen weil McLaren angeboten hatte, ihm Wasser zu holen. So eine alberne kleine Geste, und doch hatte sie ihn berührt, als sei es eine Freundlichkeit, die er ganz und gar nicht verdient hatte. «Schweine schwitzen nicht», sagte er.

«Hä?»

«Du hast gesagt, ich schwitze wie ein Schwein. Aber Schweine schwitzen nicht.»

«Tun sie nicht?»

«Nein.»

McLaren wirkte vollkommen verblüfft. «Das ist so dumm. Mann, das macht mich stinksauer. Wieso zum Teufel denken die Leute sich Sprüche über schwitzende Schweine aus, wenn die gar nicht schwitzen?»

«Keine Ahnung.»

Als McLaren mit einem angeschlagenen Becher voller Wasser und zwei kleinen weißen Pillen zurückkam, saß Langer ruhig an seinem Schreibtisch und sah zu, wie das Gras auf der anderen Straßenseite der City Hall grüner wurde.

«Du siehst schon besser aus.»

«Ich fühle mich auch wieder gut. Normal. Was sind das für welche?», fragte er und stieß mit dem Finger nach den kleinen Pillen.

«Aspirin. Na ja, eigentlich kein richtiges Aspirin. Konnte keine finden, aber Gloria hat gesagt, in diesen ist Aspirin oder Ace-soundso-tyl drin. Nur für den Fall, dass du vielleicht Fieber hast.»

Langer drehte eine Pille um und schmunzelte, als er die Prägung sah, die er von den Tabletten kannte, die seine Frau gegen PMS einnahm. «Danke, Johnny. Das ist wirklich freundlich.»

«Kein Problem. Weißt du, ich habe gedacht, du hast diesen Karton aufgemacht und dann – zack – wurde dir schlecht. Könnten doch irgendwelche Sporen sein, die in dem alten Zeug überlebt haben, so wie bei den ägyptischen Gräbern, als man sie geöffnet hat? Und du hast doch kräftig davon eingeatmet.»

«Aha.» Langer nickte einsichtig. « Wir sollten also den Karton schnell zumachen und ihn vergessen, weil vielleicht lebensbedrohende Sporen drin sind, ja?»

«Gute Idee.» McLaren schloss die Klappen des Kartons, hielt dann aber inne und seufzte unglücklich. «Das Problem ist nur, dass wir dann so gut wie nichts mehr haben, dem wir nachgehen können. Wir könnten natürlich noch mal mit der Haushälterin reden, aber ich weiß nicht, was sie uns noch zu erzählen hätte.»

«Wahrscheinlich nichts.» Langer warf einen Blick hinüber auf den beiseite gestellten Karton. «Es scheint nicht viel zu sein, was es über das Leben des Mannes zu sagen gibt.»

«Ja, ich habe auch zu Gloria gesagt, dass er so was wie ein Niemand war, und sie meinte, dass ein Niemand nicht so umkommen würde, wie dieser Mann gestorben ist. Das ist doch der Knackpunkt, oder? Jemand wusste, dass Arlen Fischer existierte, und offensichtlich hat er diesen Jemand sehr, sehr böse gemacht.»

Langer dachte darüber nach, zog dann einen frischen Schreibblock aus seiner Schublade und griff nach einem Kugelschreiber. «Okay. Wer foltert andere Menschen, wenn er sehr, sehr böse auf sie ist?»

McLaren zählte sie an seinen Fingern ab. «Nun, da sind die Typen von der Mafia, die wir schon ausgeklammert haben, weil es nicht den geringsten Beweis dafür gibt ...»

«Richtig.»

«... und dann wären da die kranken Serientäter, ein Haufen ausländischer Diktatoren, militärische Geheimdienste in ein paar hundert Ländern, korrupte Cops, hasserfüllte Rassisten ...» McLaren hielt inne und blinzelte. «Hui, das ist 'ne ziemlich lange Liste, oder?»

Langer nickte. «Die erbärmliche Welt, in der wir leben.»

«McLaren!» Gloria streckte den Kopf um die Trennwand der Arbeitsnische. «Dieser Brite ist auf Leitung zwei, und

Langer, nimm sofort Leitung eins ab. Deine Toilette im Parterre ist verstopft.»

Langer verzog das Gesicht, als er auf sein blinkendes Telefon sah. «Die Toilette hätte ich letzte Woche reparieren sollen. Hab's vergessen. Wer ist denn dieser Brite?»

«Weiß nicht. Irgend ein eingebildeter Typ, sagt Gloria. Hat schon ein paar Mal angerufen. Ist wahrscheinlich sauer, dass ich nicht zurückgerufen habe.»

«Bestimmt nicht so sauer wie meine Frau.»

Langer brauchte gut zehn Minuten, um seine Frau zu beruhigen und den Klempner zusammenzustauchen, den sie gerufen hatte – einen dieser Halsabschneider vom Notdienst, die sich mitten in einem überfluteten Haus aufstellten und tausend Dollar dafür verlangten, dass sie einen Hahn abdrehten. Als er mit seinem Gespräch zu Ende war, hatte McLaren drei Papierservietten voll gekritzelt und bedankte sich gerade ungewöhnlich höflich bei seinem Anrufer.

«Hört sich so an, als sei dein Gespräch angenehmer verlaufen als meins», sagte Langer und legte das Telefon auf die Gabel.

McLarens Grinsen wirkte fast albern. «Mann, du wirst es nicht glauben. Weißt du, wer das war? Interpol. Die gottverdammte Interpol, Teufel auch. Wegen unserer 45er ist allerhand passiert.»

Langer spürte förmlich, wie sich seine Ohren spitzten. «Die 45er, die ein Loch in Arlen Fischers Arm hinterlassen hat?»

McLaren nickte strahlend. «Sie haben sich die ballistischen Daten vorgenommen, die wir ans FBI weitergegeben haben, und die haben auf sechs Zylindern gezündet.»

Langer runzelte die Stirn, wie immer verwirrt von McLarens labyrinthisch-konfusen Vergleichen.

«Sechs Treffer», erklärte McLaren aufgeregt. «Unsere 45er ist die Mordwaffe in sechs ungelösten Fällen innerhalb der vergangenen fünfzehn Jahre, und Langer, mein Bester, du ahnst nicht, wo überall auf der Welt.»

KAPITEL 15

Magozzi fuhr in seine Auffahrt und dachte, dass sein Gespräch mit Rose Klebers Familie eine der schwierigsten Befragungen gewesen war, an die er sich erinnern konnte. Es war irritierend, mit Trauernden zu sprechen, die höchstgradig erregt waren und so laut wehklagten, dass man schreien musste, um sich Gehör zu verschaffen; mühselig, denjenigen Fragen zu stellen, deren Blick noch starr war vom Schock und deren Stimme hohl und monoton klang; aber es war herzzerreißend gewesen, diese kleine Familie freundlicher Menschen zu befragen, die ununterbrochen weinten, oft tonlos, und nichtsdestotrotz höflich alle Fragen beantworteten, die man ihnen stellte.

Verständlicherweise schienen die beiden College-Studentinnen, die die Leiche ihrer Großmutter gefunden hatten, am ärgsten mitgenommen. Schluchzend streichelten sie fast zwanghaft eine verstörte Katze, die sich zwischen ihnen aufs Sofa gekauert hatte. Ihrer Mutter, Rose Klebers Tochter, war das ganze Ausmaß einer bodenlosen Verzweiflung anzusehen, die sehr viel tiefer reichte. Ihr Ehemann lief aufgeregt zwischen den Mitgliedern seiner kleinen Familie hin und her, tätschelte Schultern und Köpfe und verteilte Umarmungen, als handelte es sich dabei um Zaubertränke. Auch er weinte, bemühte sich aber, Haltung und Würde zu bewahren. Wer immer Rose Kleber gewesen sein mochte, sie war innigst geliebt worden.

Nein, keiner von ihnen hatte Morey Gilbert persönlich gekannt, und soweit sie wussten, auch Rose nicht. Die Tochter hatte ihre Mutter jeden Tag besucht und konnte sich nicht vorstellen, dass ihr eine Freundschaft der beiden alten Leute entgangen sein sollte. «Wir haben gelegentlich in der Gärtnerei eingekauft», erzählte sie, «und es mag schon sein, dass er uns das eine oder andere Mal bedient hat. Aber, ehrlich gesagt, ich kann mich daran nicht erinnern.»

«Können Sie sich einen Grund vorstellen, warum Ihre Mutter seine Nummer in ihrem Telefonbuch hatte?», hatte Gino gefragt.

«In der Gärtnerei werden kleine Plastikschildchen mit der Telefonnummer zu jeder Topfpflanze gesteckt. Ich nehme an, sie hat die Nummer von einem dieser Schildchen abgeschrieben.»

Sie hatten danach noch ein paar weitere Fragen gestellt. Womit Rose Kleber ihre Zeit verbrachte und welchen Organisationen sie angehörte. Die schwierigste Frage von allen betraf die Tätowierung auf ihrem Arm. Aber die Familie wusste nichts über Rose Klebers Zeit in den Lagern vor einem halben Jahrhundert. Sie hatte sich immer geweigert, darüber zu sprechen.

Als Magozzi den Wagen zum Stehen brachte, öffnete Gino auch schon seine Tür und stieß sie weit auf. «Das war ja der reine Horror», schimpfte er und durchbrach das düstere Schweigen, in das sie verfallen waren, seit sie das Haus von Rose Klebers Tochter verlassen hatten. «Aber weißt du was? *Das* war echte Trauer. So müssten sich Lily Gilbert und ihr mieser Trunkenbold von Sohn eigentlich auch verhalten, es sei denn, einer von ihnen hat den armen alten Kerl umgebracht.»

Magozzi seufzte und löste seinen Sicherheitsgurt. «Die Menschen trauern auf verschiedene Weise, Gino.»

«Erzähl mir nicht solche Scheiße. Äußerlich mag es zwar verschieden aussehen, aber man erkennt doch, wann es Menschen das Herz bricht, weil jemand gestorben ist, und ich kann nur sagen, bei den Gilberts sehe ich davon nichts – außer vielleicht bei Marty. Langsam glaube ich, dass er der Einzige von der ganzen Mischpoke ist, dem wirklich an dem alten Mann gelegen ist. Jesus, Leo, habe ich in letzter Zeit mal erwähnt, das dies das schäbigste und armseligste Stück Garten ist, das ich in meinem ganzen Leben gesehen habe?»

Und damit schob Gino den Kummer der Kleber-Familie, die Morde und die Ermittlungen beiseite, holte sich zurück ins Hier und Jetzt und zog Magozzi mit sich.

Der atmete tief durch, fühlte sich erleichtert und grinste seinen Partner an. «In letzter Zeit nicht.»

Sie stiegen aus dem Wagen und gingen über Grasbüschel, zwischen denen große Flecken bloßer Erde lagen. «Weißt du, wie es hier aussieht? Wie der Kopf von Viegs, mit all den kahlen Stellen und den vereinzelten Haarbüscheln.»

«Es soll so aussehen», sagte Magozzi trotzig. «Man nennt das Xeri-Scaping.»

«Zero-Scaping?»

«Nein, Xeri, mit X.»

«Hast du dir das gerade ausgedacht?»

«Nein. Habe ich nicht. Es ist ein Wort für eine bestimmte Gartengestaltung, bei der man einheimische Pflanzen benutzt, die nicht viel Pflege erfordern.»

«Du meinst den Löwenzahn da und die Ackerquecke?»

«Genau.» Magozzi schloss die Tür auf und bedeutete Gino einzutreten. «Mach die Würstchen fertig, und ich werfe den Grill an.»

Als die Kohle richtig schön glühte, war Gino mit den Vorbereitungen in der Küche fertig und ins Wohnzimmer gewandert. Er ließ den Blick über die nackten Wände schweifen, den Ledersessel und den einen Beistelltisch, auf dem eine dieser billigen Halogenlampen stand. «Und wie nennst du das? Xeri-Design im Wohnzimmer?»

«Nein, Minimalismus.»

Gino schüttelte den Kopf. «Jämmerlich ist das, eine Schande. Es sieht noch genauso aus wie an dem Tag, als deine Ex alles rausgeräumt hat. Du musst hier dringend was machen.»

«He, ich habe dich nicht gezwungen, zum Lunch herzukommen. Wenn dir das Ambiente nicht gefällt, kannst du gern nach Hause fahren und dort essen.»

«Oh, nein, kann ich eben nicht. Erstens habe ich alle Würstchen und den zwölf Jahre alten Cheddar gestern hier gelassen, und zweitens sind meine angeheirateten Verwandten höchstens bei Fotoalbum Nummer drei von insgesamt zehn, die sie über ihre letzte Kreuzfahrt angelegt haben. Guter Gott, es sind liebe Leute, aber jetzt sind sie schon vier Tage da, und manchmal muss man auf Distanz gehen. Aber im Ernst, Leo, wie lange willst du noch in einem Haus wohnen, das aussieht wie ein verlassener Speicher? Es kommt einem vor, als hättest du an dem Tag, als Heather gegangen ist, dein Leben still gestellt, und das ist nicht gesund.»

«Erstens wurde mein Leben an dem Tag still gestellt, als ich Heather heiratete, und ich bin erst an dem Tag wieder lebendig geworden, als sie gegangen ist. Zweitens verbringen allein lebende Männer ihre Freizeit nicht bei Feng-Shui-Seminaren in Wally's World of Furniture. So etwas macht ein Mann nicht.»

Gino stöhnte. «Na, das hier ist eines Mannes auch nicht

würdig. Echte Männer haben einen Großbildfernseher und eine Hausbar. Hier ist es nur leer, als würde niemand drin wohnen. Hast du schon mal den Spruch gehört, dass das Heim eines Mannes der Spiegel seines Charakters ist?»

«Ich habe bislang nur bemerkt, dass das Heim eines Mannes die Frau widerspiegelt, mit der er zusammenlebt.»

«Sprichst du jetzt von meinem Haus?»

«Eigentlich spreche ich davon, wie es hier aussah, als Heather noch hier wohnte.» Aber er dachte daran, dass der große böse Gino mit der großen bösen Knarre in einem Haus voller weicher Polstermöbel, getrockneter Blumen und Kräuterkränze wohnte. In einem Girlie-Haus. In Angelas Haus. Nirgendwo ein Großbildschirm oder eine Hausbar zu sehen. Es roch immer nach der Soße mit Knoblauch und Basilikum, die unentwegt auf dem Herd köchelte, und gelegentlich nach Babypuder. «Und vielleicht auch von deinem Haus, ja.»

Gino schaukelte auf den Absätzen nach hinten und grinste. «Was meine Behauptung nur bestätigt. Mein Haus spiegelt perfekt wider, wer ich bin. Ich bin der Mann, der Angela liebt.»

Eine halbe Stunde später vertilgte Magozzi sein drittes Würstchen. «Die schmecken unglaublich.»

«Habe ich dir doch gesagt», sagte Gino mit vollem Mund. «Das Geheimnis liegt in der Vorbereitung – man muss die Würstchen in Bier mit Zwiebeln sieden lassen, bevor man sie grillt. Wenn du das nicht machst, kannst du gleich Tofuwürfel lutschen. Möchtest du das letzte?»

Magozzi legte die Hand auf sein Herz. «Ich glaube, ich habe meinen Arterien für heute genug Schaden zugefügt. Ich mag ja risikofreudig sein, aber lebensmüde bin ich nicht.»

Gino betrachtete das übrig gebliebene Würstchen ungefähr zwei Sekunden lang nachdenklich, bevor er es vom Servierteller raffte. «Gegen hohe Cholesterinwerte hat Gott uns schließlich Lipitor geschenkt. Wo wir gerade von lebensmüde sprechen, was meinst du, sollten wir uns große Sorgen um Pullman machen? Er sah heute nicht so aus, als würde es ihm ganz toll gehen.»

Magozzi lehnte sich auf seinem Stuhl zurück und dachte darüber nach. «Schwer zu sagen. Es ist ein großer Unterschied, ob einer nur an Selbstmord denkt oder ihn tatsächlich verübt, aber Marty könnte gefährdet sein. Wenn er wirklich andauernd diese Blackouts hat, ist er auf dem besten Wege, sich zu Tode zu saufen, das ist jedenfalls sicher.»

«Genau wie sein Schwager. Mann, das ist vielleicht 'ne kaputte Familie. Weißt du, ich hätte Gilbert wirklich gern für den Mord an seinem Vater einkassiert, aber um die Wahrheit zu sagen, ich glaube nicht, dass er dazu in der Lage wäre. Dazu hat er nicht die Chuzpe.»

«Chuzpe, Chuzpe, Chuzpe. Du solltest morgen bei der Beerdigung gar nicht erst versuchen, mit deinem Jiddisch aufzutrumpfen.»

«Was auch immer. Er hat's jedenfalls nicht.» Gedankenverloren kaute Gino eine Weile. «Außerdem habe ich ja den Fall ohnehin gelöst, und ich bleibe bei meinem ursprünglichen Täter.»

«Lily Gilbert?»

«Wer sonst? Nur dass wir sie jetzt für den Mord an ihrem Mann *und* den an Rose Kleber am Wickel haben.»

Magozzi verdrehte die Augen. «Okay. Angebissen. Aber warum sollte Lily Gilbert eine alte Frau töten, der sie noch nie begegnet ist?»

«Hal-lo! Natürlich weil ihr Mann die Kekse backende Oma genagelt hat, deswegen. Geriatrisches Verbrechen aus Leidenschaft, sonnenklar.»

«Irre ich mich, oder haben wir die Hälfte des Vormittags damit verbracht, herauszufinden, dass Morey Gilbert und Rose Kleber einander nicht mal kannten?»

«Dass die Familien davon nichts wussten, bedeutet noch lange nicht, dass es nicht so war. Denk doch mal nach. Würdest du Ehebruch begehen und dann deiner Familie davon erzählen?»

«Verschon mich bitte, Gino. Diese Leute waren *alt*.»

«Na und? Glaubst du, alte Leute haben keinen Sex? Willst du mal bei mir übernachten? Wo Angelas Leute schlafen, muss ich hinter dem Kopfbrett die Wand streichen.»

Magozzi sah ihn ungläubig an. «Niemals.»

«Ich mach keine Witze.»

«Wie alt sind sie denn, in den Siebzigern?»

«Genau.»

«Hm.» Magozzi schmunzelte. «Das ist eigentlich 'ne gute Nachricht, oder?»

«Fand ich schon immer.»

«Trotzdem ist es die dämlichste Theorie, mit der du mir je gekommen bist.»

«Okay, Schlaumeier. Hast du 'ne bessere?»

«Wenn man nach einer Verbindung zwischen Morey Gilbert und Rose Kleber sucht, stellt man fest, dass sie beide Überlebende der Konzentrationslager sind. Verbrechen aus Hass könnte dazu passen.»

«Du meinst, irgendwelche Neonazischweine?»

Magozzi zuckte die Achseln. «Vielleicht. Die kommen doch ab und zu aus ihren Löchern. Es gab gerade wieder Schmierereien an Synagogen und Vandalismus. Dann diese Gruppe, die drüben in der Innenstadt von St. Paul überall antisemitische Plakate geklebt hat.»

Gino schnaubte. «Diese Dummköpfe, die das Hakenkreuz falsch herum gemalt haben? Mensch, Leo, das waren doch nur drei Typen, und soweit ich gehört habe, reichte ihr Grips nicht mal für einen.»

«Bestimmt sind sie nicht die Einzigen in der Stadt.»

«Traurig, aber wahr. Wir können die rassistischen Delikte überprüfen, um alles abzudecken, aber diese Idioten hinterlassen doch schon Bekennerschreiben, wenn sie nur auf den Bürgersteig gepisst haben, denn warum sollten sie es sonst tun? Außerdem haben, nach Aussagen ihrer Familien, weder Gilbert noch Rose jemals einen Fuß in eine Synagoge gesetzt, und damit dürften sie auf dem Radar des durchschnittlichen Dumpfbeutel von Neonazi nicht erschienen sein. Außerdem waren es saubere Tatorte, die auf Profis schließen lassen, oder? Wir haben keine Spur, keine Fingerabdrücke, keine Zeugen – wir haben einen Killer mit Durchblick, wie zum Beispiel eine clevere alte Dame, die noch gut in Form ist und sich Polizeiserien im Fernsehen ansieht.»

Magozzi grinste und schüttelte den Kopf. «Das kaufe ich dir nicht ab.»

«Scheiße, ich weiß auch nicht. Vielleicht ein psychopathischer Azubi, der sich am Seniorentag im Supermarkt seine Opfer sucht, weil er auf die sprichwörtlichen fünfzehn Minuten Ruhm aus ist.»

Gino verdrehte die Augen. «Mann, jetzt treibst du's aber zu weit. Wir haben zwei verschiedene Waffen, ein weibliches und ein männliches Opfer, und nenne mir bitte einen Serienmörder, der ein Faible für Greise hatte. Sogar das FBI mochte die

Sache nicht anfassen, und die wollen sonst überall mitmischen. Und wenn wir über eine Serie nachdenken, müssen wir auch Arlen Fischer als Teil einer Serie ansehen, und der Mord an ihm passt keinesfalls zu denen an Gilbert und Kleber.»

Aber das war nicht das einzige Problem. Die Annahme, dass es einen Mörder gab, der herumlief und zu seinem kranken Vergnügen ältere Leute umbrachte, war eine Horrorvorstellung, die Magozzi gar nicht in Erwägung ziehen wollte. Es war dasselbe, als würde man Kindern wehtun oder Welpen. Aber ebenso schwer vorstellbar war es, dass zwei ältere Herrschaften wie Morey Gilbert und Rose Kleber in eine Sache verwickelt waren, die sie zu Zielscheiben machte.

Magozzi räumte das Geschirr ab. «Vielleicht sind wir auf dem falschen Weg, wenn wir nach einer Verbindung suchen. Es ist eine jüdische Nachbarschaft, in der viele Senioren wohnen. Und was soll es schon zu bedeuten haben, dass Gilberts Nummer in Rose Klebers Telefonbuch steht? Mit der Gärtnerei wäre das zu erklären.»

«Du willst also sagen, es ist nur Zufall, dass wir zwei alte Juden haben, die in derselben Nachbarschaft innerhalb von zwei Tagen umgebracht wurden?»

Magozzi stieß einen frustrierten Seufzer aus. «Nein. Seit wir zu Rose Kleber gerufen wurden, habe ich das nicht mehr geglaubt. Die Fälle hängen miteinander zusammen, klar. Ich kann mir nur nicht vorstellen, wie.»

Gino stand von seinem Stuhl auf und streckte sich, die Hände ins Kreuz gepresst, den Bauch nach vorn geschoben. «Ich hatte mir alles richtig schön zusammengereimt, mit Lily als zweifachen Mörderin, aber du willst es nicht auf die leichte Tour haben, oder? Leo, du musst aufhören, immer nach dem Abwegigsten zu suchen.»

Magozzi lachte, machte sich daran, die Teller abzuspülen und sie dann in den Geschirrspüler zu stapeln. «Wenn ich mich recht erinnere, hattest du doch in einem deiner so ‹schön zusammengereimten› Szenarien Grace MacBride schon zur Monkeewrench-Mörderin gestempelt.»

«Sie war als Verdächtige auch absolut logisch.»

«Aber der Abwegigste war es dann doch.»

«Gut, das eine Mal mag ich ja ein wenig irregeleitet worden sein. Das heißt noch lange nicht, dass ich jetzt nicht den Nagel auf den Kopf getroffen habe. Hast du was gegen Sodbrennen? Die letzte Wurst spricht in irgend 'ner Fremdsprache mit mir.»

«Im Schrank mit den Gläsern.»

«Du hast Gläser! Wieso muss ich dann mein Sodawasser aus der Dose trinken?»

«Wolltest du etwa ein Glas?»

«Mann, Leo, ich bin nicht ganz unzivilisiert.» Er fand die Tabletten, warf ein paar davon ein, lehnte sich zurück gegen den Küchentresen und kaute nachdenklich. «Wo wir gerade von Monkeewrench sprechen – wir könnten sie doch bitten, Gilbert und Kleber mit der Software zu checken, die sie bei den alten, ungeklärten Fällen angewendet haben, und dann abwarten, ob was rausspringt. Das Programm war doch echt überzeugend. Hat in Sekunden Verbindungen gefunden, nach denen wir jahrelang gesucht haben.»

«Könnte nicht schaden, denke ich. Ich werde Grace heute Abend die Namen geben und sie darum bitten, die beiden durchzujagen.»

Gino bedachte ihn mit einem skeptischen Seitenblick, und Magozzi verzog das Gesicht. Er würde wieder eine Standpauke zu hören bekommen.

«Du weißt, ich liebe Grace MacBride, stimmt's?»

«He, du weißt, ich will dir wegen dieser Sache nicht auf den Sack gehen, aber sag mir doch mal ganz ehrlich, was für eine Zukunft du für euch beide siehst! Vielleicht musst du dich damit abfinden, dass sie ein wandelndes Trauma ist. Höllisch paranoid. Oder hat sie normale Beziehungen auf ihrer Liste? Zum Teufel, der letzte Mann, den sie liebte, war ein Serienmörder.»

Magozzi funkelte ihn an. «Sie fängt sich langsam, Gino.»

«Ach, tatsächlich? Und wie kommt es dann, dass sie letzte Woche ihre Knarre mit ins Kino genommen hat?»

«In den Kinos tummeln sich heutzutage jede Menge Irre.»

«Leo, ihr seid Sonntag in eine Vormittagsvorstellung gegangen, um euch einen Zeichentrickfilm anzusehen. He, versteh mich nicht falsch, ich bin dafür, mit Monkeewrench zu arbeiten – es sind tolle Leute, allesamt. Aber ich glaube, du solltest vorsichtig sein und eure Beziehung im Augenblick auf die Arbeit beschränken.»

«Bist du fertig?»

«Ja. Ende der Standpauke.»

«Vielen Dank. Und nenne sie nicht Monkeewrench.»

«Ach ja, habe ich vergessen. Verdammt, ich krieg den Namen einfach nicht aus dem Kopf.»

So erging es auch dem Rest der Stadt, dachte Magozzi.

«Haben sie schon einen neuen Namen?»

«Soweit ich weiß, nein.»

Gino reckte das Kinn nach vorn. «Ich werde drüber nachdenken. Ihnen eine Art Hilfestellung geben.»

KAPITEL 16

Es war halb zwei und fünfundzwanzig Grad warm, als Magozzi und Gino bei Biedermans Bestattungsunternehmen eintrafen. Beide schwitzten erbärmlich, denn sie trugen Jacketts, um ihre Waffen zu verbergen.

Sol Biederman erwartete sie an der Vordertür. Er sah nicht mehr so mitgenommen aus wie gestern, als sie sich bei der Leiche von Morey Gilbert getroffen hatten, aber seine Augen waren noch rot gerändert. Noch so eine unangenehme Folge des Älterwerdens, dachte Magozzi. Das Gewebe brauchte länger, sich von Ausflügen ins heulende Elend zu erholen, und von so gut wie allem anderen auch.

Sol führte sie in ein geräumiges Zimmer, in dem Möbel standen, die vor dreißig Jahren modern gewesen sein mochten. Es roch nach verwelkten Blumen und angebranntem Kaffee, der schale, fast widerliche Geruch eines billigen Kölnischwassers hing in der Luft, das jemand kürzlich beim Besuch des Aufbewahrungsraums getragen haben musste.

Wenn es eine Klimaanlage gab, war sie niedrig eingestellt. Gino ließ sich in einen kastanienbraunen Ohrensessel fallen, schnappte sich ein Papiertaschentuch aus einer Box in Griffweite und wischte sich über die Stirn.

«Wer hätte gedacht, dass es im April so warm sein könnte? Es ist gerade jemand dabei, meine Klimaanlage zu reparieren, aber so lange sollten Sie Ihre Jacketts ausziehen, Detectives. Machen Sie es sich bequem.»

«Danke, es geht schon», sagte Gino, aber sein immer röter werdendes Gesicht strafte die Worte Lügen.

«Vor fünf Uhr erwarte ich niemanden. Wir sind allein. Niemand wird Ihre Waffen sehen, bis auf mich, und ich verstehe mich sehr gut darauf, Geheimnisse zu wahren.»

Gino hatte sein Jackett abgelegt, bevor der korrekte Magozzi ihm auch nur einen bösen Blick zuwerfen konnte, weil er sich über die Vorschriften des Department hinwegsetzte. Er hatte gerade beschlossen, Gino zu beschämen, indem er in seinem Jackett verschmachtete, als Sol auf die eigenen bloßen Arme deutete, die aus den kurzen Armen seines Hemds ragten.

«Wenn Sie Ihr Jackett nicht ausziehen, Detective Magozzi, bin ich gezwungen, auch meins anzuziehen. Ich bin ein alter Mann. Ich könnte an einem Hitzschlag sterben.»

Magozzi schmunzelte und schlüpfte aus seinem Sportsakko, während Sol sich auf einen Stuhl zu ihnen setzte.

«Ich nehme an, Sie haben noch weitere Fragen an mich. Es tut mir leid, dass ich Ihnen gestern keine große Hilfe sein konnte.»

Gino zog sein Notizbuch hervor. «Sie haben sich gestern wacker geschlagen, Mr. Biederman. Und wir verstehen, wie betroffen Sie gewesen müssen. Aber das Problem ist, heute Morgen ist alles noch ein bisschen komplizierter geworden.»

Sol nickte traurig. «Ich hab von Rose Kleber gehört. Ihre Tochter rief mich an, kurz bevor Sie gekommen sind. So eine schreckliche Sache, einfach unglaublich, und ich frage mich, läuft da ein Verrückter durch die Gegend, der alte Juden umbringt?» Er blickte von Gino zu Magozzi. «Deswegen sind Sie hier, nicht wahr? Sie haben sich dieselbe Frage gestellt.»

«Wir überprüfen eine Menge Dinge, Mr. Biederman», sagte Magozzi. «Sie kannten also Rose Kleber? Waren Sie mit ihr befreundet?»

Sol schüttelte den Kopf. «Nicht wirklich befreundet, aber wir sind ja nur eine kleine Gemeinde. Und alle enden zu guter Letzt bei mir. Ich habe mich um Mrs. Klebers Ehemann gekümmert, als er vor zehn Jahren verstarb.»

«War sie mit Mr. Gilbert befreundet?»

«Nicht dass ich wüsste.»

«Aber Sie hätten davon gewusst, denn Sie waren Mr. Gilberts bester Freund, nicht wahr?»

Sol blickte ins Leere und blinzelte häufig. Es verging eine Weile, bevor er antwortete, so als habe es gedauert, bis die Frage durch den Raum bei ihm angekommen war. «Ja, zweifellos. Ich hätte mein Leben gegeben, um Moreys zu retten.»

Diese Aussage klang so gefasst und selbstverständlich, dass Magozzi sie sofort glaubte.

Gino beugte sich in dem Sessel vor. «Ich will Ihnen sagen, wie es aussieht, Mr. Biederman. Diese beiden Morde geschahen nicht wahllos. Es waren keine Zufallstaten. Jemand wollte, dass Morey und Rose Kleber starben, und wenn ein und dieselbe Person beide umgebracht hat, bedeutet das, sie hatten etwas gemeinsam, was wir bisher nicht entdeckt haben – etwas, das uns zu dem Mörder führen könnte. Daher könnte jede kleine Einzelheit, an die Sie sich erinnern, uns helfen, und wenn es nur so wäre, dass Morey die Tote einmal beiläufig erwähnt oder eventuell auf der Straße begrüßt hätte.»

Sol dachte einen Moment nach, schüttelte dann aber den Kopf. «Tut mir leid. Aber ich glaube nicht.»

«Die beiden Ermordeten waren während des Krieges im Konzentrationslager. Ich bin sicher, das haben Sie gewusst», sagte Magozzi.

Sol hob den linken Arm, um ihnen die verblassten Zahlen an der Unterseite zu zeigen. «Natürlich wusste ich das.»

Gino starrte auf den Arm des alten Mannes. «Wissen Sie, mein Leben lang habe ich noch keinen Menschen getroffen, der in einem Konzentrationslager war, und jetzt sind Sie der dritte in vierundzwanzig Stunden.»

Sol lächelte verhalten. «Wir schalten nicht gerade Werbeanzeigen, aber es gibt mehr von uns, als Sie sich vielleicht vorstellen. Besonders in dieser Nachbarschaft.»

«Verdammt, entschuldigen Sie bitte», sagte Gino.

«Danke, Detective Rolseth.» Er sah hinunter auf die bläulichen Venen, die sich über seine alten Hände zogen. «Ich versuche mir vorzustellen, warum jemand Menschen umbringen will, die die Lager überlebt haben. Was hat das für einen Sinn?» Kopfschüttelnd und traurig breitete er in einer hilflosen Geste die Hände aus. «Wir sind alle alt. Bald werden wir ohnehin tot sein.»

Was kann man darauf sagen, dachte Magozzi, konsterniert über die Unverblümtheit des Mannes. «Wir untersuchen die Möglichkeit eines Verbrechens aus Rassenhass.»

Sol sah ihm in die Augen und fixierte ihn derart intensiv, dass Magozzi seinen Blick nicht abwenden konnte, selbst wenn er es gewollt hätte. «Wenn man Juden so sehr hasst, dass man sie ausrotten will, dann tötet man die Zuchttiere, Detective, verstehen Sie?» Magozzi versuchte zu nicken, hatte aber das Gefühl, dass sein Hals gelähmt war. «Das haben uns die Nazis beigebracht. So nannten sie unsere jungen Leute – Zuchttiere – als wären wir Vieh. Sicher, sie brachten auch alte Menschen um, aber nur weil sie nutzlos waren und ihnen im Wege. Hier muss es um etwas anderes gehen.»

Gino hatte sich nicht gerührt, seit der alte Mann zu sprechen begonnen hatte. Jetzt atmete er lange aus und sprach leise. «Dann müssen wir nach anderen Gemeinsamkeiten zwischen Ihrem Freund Morey und Rose Kleber suchen. Wie wir schon sagten, etwas, das sie verband und sie beide ins Visier des Mörders brachte. Vielleicht sind sie sich ja im Lager begegnet und über die Jahre in Kontakt geblieben?»

Sol schüttelte den Kopf. «Mrs. Kleber war in Buchenwald. Mehr wollte sie mir an jenem Tag nicht sagen, als sie herkam, um die Vorkehrungen für die Beisetzung ihres Mannes zu besprechen, und sie brachte den Namen des Lagers kaum über die Lippen. Morey war in Auschwitz, wie ich auch. Dort hat er mir das Leben gerettet, wussten Sie das?»

«Nein, Sir, das wusste ich nicht», erwiderte Gino.

«So war Morey. Selbst damals hat er Menschen geholfen. Vielleicht werde ich Ihnen eines Tages davon erzählen.» Er blickte hinüber zu Magozzi und dann wieder zu Gino. Seine dunklen Augen wurden feucht. «Der Mann war ein Held. Wer würde einen Helden töten wollen?»

KAPITEL 17

Die Sonne ging schon fast unter, als Magozzi auf der Druckmatte vor Grace MacBrides Vordertür stand und auf die Überwachungskamera horchte, die am Dachkasten über seinem Kopf surrte. Er unterdrückte die Regung, das Haar aus der Stirn zu streichen. Es war voll und schwarz und inzwischen zu lang, es fiel in alle Richtungen. Er hätte es am Sonnabend schneiden lassen sollen, bevor die Leute in Minneapolis wieder anfingen, einander umzubringen.

Ein leises Bellen auf der anderen Seite der Stahltür, als die Riegel zurückgeschoben worden, ließ ihn schmunzeln. Der große drahthaarige Charlie, eine Promenadenmischung, die Grace von der Straße gerettet hatte, war nur unerheblich weniger paranoid als seine Besitzerin. Es hatte Wochen gedauert, bis er es aushielt, auf der anderen Seite der Tür zu warten, wenn Magozzi zu Besuch kam, und ihn mit einem aufgeregten Bellen willkommen hieß, statt hastig im nächstgelegenen Versteck zu verschwinden. Inzwischen hatte Magozzi mehr als ein Hemd wegwerfen müssen, weil schmutzige Pfoten und enthusiastische Hundeküsse es ruiniert hatten, aber es machte ihm nicht das Geringste aus.

Als die Tür aufging, bot sich ihm nur ganz kurz das Bild von Grace' schwingendem schwarzem Haar und den lächelnden blauen Augen, bevor Charlies Pfoten auf seinen Schultern lagen und die lange Schlabberzunge sein Gesicht fand. Diese Begrüßung brachte ihn immer wieder zum Lachen und versöhnte ihn mit der Welt. Er fragte sich, ob er sich nicht zu einem Rendezvous mit dem Hund verabreden sollte.

«Lass ihn das nicht machen», ermahnte ihn Grace jedes Mal. «Er darf keine Leute anspringen. Du ruinierst meine Erziehung.»

Magozzi grinste sie über Charlies Schulter an. «Lass uns zufrieden. Ich bin heute noch nicht gedrückt worden.»

«Ach, es ist hoffnungslos mit euch beiden. Komm rein.»

Grace trug einen schwarzen Trainingsanzug und Tennisschuhe, was bedeutete, dass sie nicht ausgehen würden – ohne ihre englischen Reitstiefel tat sie keinen Schritt vor die Tür –, aber ihre Sig Sauer steckte im Schulterhalfter, ein untrügliches Zeichen dafür, dass sie eventuell in den umzäunten hinteren Garten gehen würden, wo sie die Reichweite und Durchschlagskraft der größeren Waffe zu benötigen meinte. Der Derringer war ihre Waffe für brenzlige Situationen innerhalb des Hauses. Hätte sie den getragen, und zwar über den dicken Socken, damit das Knöchelhalfter nicht scheuerte, hätte er gewusst, dass dieser Abend keine Hoffnung auf frische Luft bot. Trotz der Eisenstäbe, die das kleine Haus wie ein Gefängnis aussehen ließen, öffnete Grace nämlich niemals ihre Fenster.

Während Charlie um Magozzi tanzte und seine Krallen über den Ahornfußboden kratzen ließ, schloss Grace die Tür, schob alle drei Riegel vor und gab den Code ein, der die Alarmanlage wieder anschaltete.

Magozzi beobachtete die inzwischen vertraute Prozedur mit einer Traurigkeit, die sich allmählich in widerwillige und verbitterte Resignation verwandelte. Die Gefahr, die ihr Leben so lange heimgesucht hatte, war vorüber. Alles hatte im vergangenen Oktober in einem fürchterlichen Kugelhagel geendet, aber ihre Paranoia war so intensiv wie eh und je geblieben und raubte ihr jede Chance auf ein normales Leben. Gino hatte wahrscheinlich Recht. Grace MacBride wirklich nahe zu kommen oder von ihr zu erwarten, dass sie ihm nur einen winzigen Schritt entgegenkommen würde, war sicherlich ein Traum, der nicht in Erfüllung ging. Sie würde sich niemals sicher fühlen. Nicht bei ihm, unter Umständen bei niemandem.

«Es ist nur Gewohnheit, Magozzi, mehr nicht.» Ihr Rücken war ihm zugekehrt, während sie den Code eingab, und doch hatte sie gewusst, was er dachte.

«Tatsächlich?»

Sie drehte sich um und stieß mit dem Finger sanft gegen seine Brust. «Du spielst den Neandertalermacho, und das weißt du auch, oder? Du möchtest, dass ich die Tür nicht abschließe, weil du ja hier bist, um mich zu beschützen.»

«Das ist absolut nicht wahr», log er. «Wenn du in dieser Gegend die Tür nicht abschließen würdest, hätte ich Todesangst.»

Mit einem angedeuteten Lächeln drehte sie sich um und machte sich durch den kahlen Flur auf den Weg in die Küche. Magozzi und Charlie folgten ihr in respektvoller Entfernung. «Ich hätte eine 300-Dollar-Flasche Burgunder, die nur noch dekantiert werden müsste, oder einen Chardonnay für acht Dollar im Kühlschrank. Welchen ziehst du vor?»

«Ich weiß nicht. Hören sich beide gut an. Kann ich sie nicht mischen?»

Zehn Minuten später trat Magozzi auf die kleine hintere Veranda, sein Weinglas in der Hand, und blieb wie angewurzelt stehen.

Grace' Hinterhof sah aus wie immer – ein kleines Stück ungepflegter Rasen, umsäumt von einem zwei Meter fünfzig hohen Zaun aus solidem Holz, und mittendrin eine alte Magnolie mit ausladenden Ästen, deren Knospen gerade begannen zu erblühen.

Aber es waren drei Holzsessel unter dem Baum gruppiert, wo bisher nur zwei gestanden hatten – einer für Grace und einer für Charlie, den Hund, der glaubte, dass zu ebener Erde Monster wohnten, und sich niemals auf den Boden setzte, wenn Möbelstücke vorhanden waren.

Beruhige dich, Magozzi. Es ist nur ein Stuhl. Es bedeutet gar nichts. Und sie hat ihn wahrscheinlich deswegen besorgt, weil Jackson jeden Tag nach der Schule herkommt.

«Ich habe dir ein Geschenk gekauft», sagte sie hinter ihm.

«Oh?», sagte er so gleichgültig, wie er nur irgend konnte.

«Der Stuhl, Dummkopf. Damit Charlie nicht ständig auf deinem Schoß endet, wenn wir hier draußen sitzen.»

«Oh. Ich dachte, er wäre für Jackson.»

«Neunjährige benutzen keine Möbel, Magozzi. Ich habe ihn für dich gekauft, weil ich dich gern bei mir habe und möchte, dass du dich wohl fühlst.»

«Okay.» Magozzi war froh, dass sie hinter ihm stand und deswegen sein albernes Grinsen nicht sehen konnte.

Ein winziger Schritt. Sie bessert sich, Gino.

Die für diese Jahreszeit ungewöhnliche Wärme hielt auch nach Sonnenuntergang noch eine Weile an, und sie tranken ihr erstes Glas Wein im Hof unter der Magnolie. In einem angenehmen Schweigen saßen sie da, nippten am Wein und horchten auf die gelegentlichen Abendgeräusche in der Nachbarschaft – eine Tür, die unten an der Straße zugeschlagen wurde, das Klappern des Abendbrotgeschirrs, das durchs offene Fenster der Nachbarn zu ihnen drang, und das unvermittelte Zwitschern eines Vogels, der vorwitzig angenommen hatte, dass die Zweige der Magnolie einen sicheren

Schlafplatz bieten würden. Nicht nur hatte Grace den Vogel nicht sofort erschossen, nein, sie war bei seinem Gezwitscher nicht einmal zusammengezuckt.

Mein Gott, es stimmt. Es geht ihr langsam besser.

«Sieh nur durch die Zweige hinauf, Magozzi. Du kannst die Sterne sehen. Eine Woche weiter, und die Blätter haben sich entfaltet. Dann geht es nicht mehr.»

«Ich habe diesen Baum noch nie mit Blättern gesehen.»

Grace schwieg einen Augenblick. «Nein?»

«Nein, habe ich nicht. Es war schon fast Halloween, als ich zum ersten Mal hier draußen gesessen habe. Der arme alte Baum hatte noch ungefähr drei Blätter übrig, und die waren knallgelb.»

Sie gab einen leisen Ton von sich, der keine erkennbare Bedeutung hatte. «Das ist seltsam. Es kommt mir so vor, als würde ich dich schon viel länger kennen.»

Er war nicht so einfältig zu fragen, ob das ein gutes Zeichen war. Er griff nur nach der Flasche, die zwischen ihren Stühlen auf dem Boden stand, und füllte ihre Gläser. Er trank einen Schluck und lehnte sich dann auf seinem ureigenen und nagelneuen Deckchair zurück. Er spürte, wie das letzte Überbleibsel vom Stress des Tages im fröhlich vernachlässigten Gras auf Grace' Hinterhof versickerte.

Was für ein armseliger Kerl er doch war. Nach einer sechs Monate langen Beziehung zu einer Frau, die er noch nicht einmal geküsst hatte, saß er hier und war glücklicher als je zuvor in seinem Leben. Frustriert, klar, wegen des quälenden Mangels an körperlicher Nähe, aber nichtsdestoweniger glücklich – absolut. Er war eine Schande für alle italienischen Männer weltweit, aber er konnte nichts daran ändern. Hier bestand eine Verbindung, die so stark war, dass er es sich nicht zu erklären versuchte. Er hatte es bereits beim ersten Mal gespürt, als er mit dieser Frau und diesem Hund auf diesem Hof gesessen hatte – das Gefühl, daheim zu sein, sogar an diesem Ort, wo es stets Vorbehalte gab, die hinter dem Willkommen bestehen blieben, das ihm bereitet wurde.

Deswegen habe ich keine Möbel, Gino. Ich wohne dort nicht.

«Was denkst du?»

«Dass ich glücklich bin.» Es kam ihm gar nicht in den Sinn zu lügen.

«Das ist schön. Ich habe die Zeitungen gelesen und Nachrichten gesehen. Du hast wieder einen Fall zu lösen. Das ist dein Lebensinhalt, glaube ich.»

«Es hat aber nichts damit zu tun, dass ich in diesem Moment glücklich bin.»

«Ich weiß. Erzähl mir von dem Fall.»

«Eigentlich sind es zwei Fälle. Morey Gilbert, der Mann, dem die Gärtnerei gehörte, und Rose Kleber, aber wir haben nichts, was sie in Verbindung bringen könnte ...»

«Was ist mit dem Mann, der an die Eisenbahnschienen gefesselt gefunden wurde?»

«Langer und McLaren arbeiten daran. Keine Verbindung zu unserem Fall. Wir haben ältere Juden, ziemlich saubere Morde. Ihrer war ein Lutheraner, den jemand genug gehasst hat, um ihn zu quälen.»

«Also schön, dann zwei. Und es gibt einen Haufen Detectives vom Morddezernat, die keine Morde zu bearbeiten haben, während du und Gino gleich zwei Fälle untersucht? Hört sich zumindest so an, als würde jemand an einen Zusammenhang glauben.»

Magozzi zuckte die Achseln. «Eine vage Verbindung. Wir überprüfen sie.»

«Wie vage?»

Er rutschte ein wenig in seinem Stuhl, fühlte sich plötzlich unbehaglich. «Das gehört zu den Informationen, die wir zurückhalten.»

«Komm schon, Magozzi. Du möchtest, dass ich das neue Programm mit den Namen füttere, stimmt's? Um zu sehen, ob etwas auftaucht?»

«Gino und ich dachten, es wäre vielleicht einen Versuch wert.»

«Na schön. Du hast gesehen, wie das Programm deine ungelösten Fälle bearbeitet hat. Du weißt, dass es Hunderte von Datenbeständen durchsieht und nach Verbindungen fahndet. Manche davon sind verdammt langsam. Ich brauche alle Informationen und Verknüpfungen, die ihr habt, um die Suchparameter einzugrenzen, weil es sonst Tage dauern könnte.»

Es war nicht so, dass er Grace misstraute. Neben Gino war sie der Mensch, dem er am meisten vertraute. Himmel, schließlich saß er unter einem Baum mit einem möglicherweise gefährlichen Vogel über sich, oder? Im Vertrauen darauf, dass Grace MacBride ihre Waffe ziehen und den Piepmatz erschießen würde, sollte er angreifen. Aber die Vorschriften des Police Department zu verletzen, ging ihm immer noch gegen den Strich, und Magozzi war, zu seinem ewigen Bedauern, kein Rebell.

«Ich habe nicht mehr ewig Zeit, Magozzi.» Sie verschränkte die Arme ineinander, wie immer voller Ungeduld mit ihm, wenn er nicht von dem schmalen Pfad abweichen wollte, den die Regeln bestimmten. «Wir fangen übermorgen damit an, die Computer in unser Wohnmobil zu laden.»

Er schloss die Augen bei der Erinnerung, dass sie fortgehen würde. «Sie hatten Tätowierungen auf den Armen, beide.

Morey Gilbert war in Auschwitz, Rose Kleber in Buchenwald.»

Er spürte ihren Blick in der Dunkelheit.

Grace blieb längere Zeit stumm. «Es könnte ein schrecklicher Zufall sein.»

«Natürlich könnte das angehen.»

«Aber du glaubst es nicht?»

Magozzi seufzte. «Es ist vage, wie ich dir gesagt habe. Ich tappe im Dunkeln.»

«Du tappst doch nie im Dunkeln, Magozzi, es sei denn, dir bleibt absolut nichts anderes übrig. Also, was denkst du? Dass jemand einfach nur Juden umbringt, oder Juden, die im KZ gewesen sind? Was ist es?»

So machte sie es immer. Nannte die Dinge laut beim Namen, die man nicht ausgesprochen hören wollte, weil manche von ihnen zu schrecklich waren, um auch nur darüber nachzudenken.

Er beugte sich vor, die Arme auf die Knie gestützt, das leere Weinglas zwischen den Fingern baumelnd. «Ich will keine dieser Möglichkeiten ernsthaft erwägen. Ich möchte nur, dass du die Namen in dein Programm einspeist und entdeckst, dass es sich bei den beiden um üble Leute handelte, die sich auf etwas eingelassen hatten, das sie das Leben kostete.»

«Ein geriatrisches Drogenkartell oder so was?»

«Das wäre ideal. Außerdem leuchtet das mit der KZ-Verbindung nicht ein. Wie ein älterer Mann uns heute Nachmittag sagte: Warum sollte jemand alte Juden umbringen? Die werden doch ohnehin bald tot sein.»

«Huh. Das hört sich aber kaltherzig an.»

Magozzi zuckte mit den Achseln. «Er war selbst im KZ. Das gibt ihm das Recht zu einer solchen Äußerung.»

Grace schwieg einen Augenblick. Mit den Fingerspitzen trommelte sie wie immer, wenn sie nachdachte, auf die hölzerne Armlehne ihres Sessels. «Ich weiß nicht, Magozzi. Nach dem, was ich aus den Nachrichten über Morey Gilbert erfahren habe, scheint er mir kein guter Kandidat für kriminelle Aktivitäten zu sein.»

«Und du hast lange nicht alles gehört. Er hat sein Leben mit Nächstenliebe verbracht. Heiliger, Held – such dir einen Ehrentitel aus. Er war ein guter Mann, Grace.»

«Zu gut, um wahr zu sein?»

«Ich glaube nicht. Ich denke, er könnte echt gewesen sein.»

«Was ist mit der anderen, dieser Rose Kleber?»

«Großmutter Kleber. Kekse, Garten, Katze, eine Familie, von der sie verehrt wurde.»

«Also auch kein kriminelles Potenzial.»

Magozzi seufzte. «Ich drehe mich im Kreis, nicht wahr?»

Grace goss den letzten Tropfen Wein in sein Glas. «Dann war es womöglich nichts, was sie getan haben, Magozzi. Vielleicht waren sie beide zufällig zur selben Zeit am selben Ort und haben jemanden oder etwas gesehen, das sie nicht hätten sehen sollen.»

Magozzi nickte. «Das wäre mein allerliebstes Szenario, aber verdammt, wie fängt man es an, nach so etwas zu suchen?»

«Dafür hast du doch mich.»

Er sah zu, wie sie aus dem Gartensessel aufstand, eine anmutige schwarze Gestalt, die sich in die Dunkelheit erhob.

«Nein, dafür nicht.»

Grace lächelte und reckte sich. Ihre Fingerspitzen streiften einen Zweig der Magnolie.

Der Vogel spielte verrückt.

KAPITEL 18

Während Magozzi und Grace unter der Magnolie Wein schlürften, widmete sich Marty Pullman dem Scotch mit ernsteren Absichten. Er saß auf dem Bett in einem Zimmer, das einst Hannah gehört hatte, lange bevor sie seine Frau geworden war. Im Laufe der Jahre hatte es sich langsam vom Schlafzimmer der Tochter in einen jener traurigen Räume verwandelt, die keinen wirklichen Zweck mehr haben. Es gab einen Schreibtisch, den niemand benutzte, ein Bett, in dem niemand schlief, einen Wandschrank mit leeren Bügeln, die klappernd gegeneinander schlugen, wenn man die Türen öffnete. Und doch war Hannah in diesem Zimmer anwesend, so wie überall, und es gab nicht genug Scotch auf der Welt, um sie auszulöschen.

Er trank einen großen Schluck aus seinem Glas und starrte zum Fenster hinaus in die Dunkelheit. Es war erst seine zweite Nacht in diesem Haus, und doch kam es ihm vor, als seien hundert Jahre vergangen, seit er mit der Mündung einer 357er Magnum zwischen den Zähnen in seiner eigenen Badewanne gesessen hatte.

Lily hatte ihm mit ihrer Bitte, bei ihr zu bleiben, nichts vormachen können. Bei jeder anderen Frau, deren Mann nach mehr als fünfzig Jahren Ehe gerade ermordet worden war, wäre dieser Wunsch völlig verständlich gewesen. Kummer breitet sich aus, bis er ein eben leer gewordenes Haus erfüllt hat, und besser als jeder andere wusste Marty, dass allein zu überleben viel schlimmer war, als ebenfalls tot zu sein. Aber aus dem Grunde wollte Lily ihn nicht bei sich haben. Jetzt, da

Moreys Tod ihn endlich aus seiner Isolation geholt hatte, wollte sie ein Auge auf ihn haben, und das wussten sie beide. Irgendwie ahnte die alte Dame, was er vorhatte. So war es schon immer gewesen – bis auf das eine Mal.

Er krümmte sich zusammen, als das Jaulen des Staubsaugers wieder anhob. In den vergangenen vier Stunden hatte Lily gekocht und sauber gemacht, weil sie für den nächsten Tag mit einem ganzen Haus voller Trauergäste rechnete. Er hatte versucht zu helfen, damit sie schlafen gehen konnte, und es wäre wegen des Staubsaugers fast zu einem schlimmen Streit gekommen. «Hab ein Herz, Martin», hatte sie ihn schließlich gebeten, und da erst war ihm klar geworden, dass es ihr überhaupt nicht darum ging, die Arbeit zu beenden. Marty hatte seine Flasche, Lily ihren Staubsauger, und wehe, jemand versuchte, ihnen diese Krücken zu nehmen, ohne die sie den Verstand verlieren würden.

Er schnappte den Scotch, ging in die Küche, holte zwei saubere Gläser und brachte sie ins Wohnzimmer. Bei der Gelegenheit trat er die Staubsaugerschnur aus der Steckdose. «Um Gottes willen, Lily, setz dich hin und ruh dich aus. Es ist schon fast elf Uhr.»

Er hatte zumindest leichten Widerstand erwartet und einen anzüglichen Kommentar zum Scotch, aber anscheinend kannte auch Lily Gilbert Grenzen. Sie ließ sich neben ihn aufs Sofa sacken und starrte geistesabwesend auf den Fernseher, der ohne Ton lief. Sie trug immer noch ihren Overall in Kindergröße, aber sie hatte ihr kurzes silbergraues Haar mit einem blauen Baumwollkopftuch bedeckt, wie sie es immer tat, wenn sie sauber machte. Das Kopftuch irritierte Marty. Er fragte sich, ob sie als junges Mädchen ihr Haar lang getragen und es mit dem Kopftuch nach hinten gebunden hatte, und ob sie das Kopftuch wohl nur aus lauter Gewohnheit beibehalten hatte, obwohl das lange Haar längst Vergangenheit war. Er versuchte sich Lily mit langem Haar vorzustellen, aber mit ihrem kleinen, alten Gesicht und den Augen, die durch ihre Brille vergrößert wurden, sowie vier Glas Scotch im Bauch sah er nur E.T., nachdem die Kinder ihm eine Perücke übergestülpt hatten.

«Ich denke, das Haus ist sauber genug», verkündete sie, um jede Vermutung, sie habe sich nur hingesetzt, weil sie von Marty dazu aufgefordert worden war, im Keim zu ersticken.

«Der Teppich ist fast kahl. Ja, ich würde sagen, es ist sauber genug.» Marty schenkte ihr einen Fingerbreit Scotch ein. «Hier.»

Sie sah ihn missbilligend an. «Du willst nur nicht allein trinken, ist es das?»

«Ich habe kein Problem damit, allein zu trinken. Du brauchst etwas Entspannung.»

«Ich mag keinen Scotch.»

«Möchtest du etwas anderes?»

Sie blickte lange auf das Glas, nahm schließlich einen Schluck und verzog das Gesicht zu einer Grimasse. «Schmeckt ja grauenhaft. Wie kannst du das nur trinken?»

Marty zuckte die Achseln. «Man gewöhnt sich dran.»

Lily versuchte zögernd einen weiteren Schluck. «Moreys Scotch ist besser. Immer noch schlecht, aber besser als dieser hier. Der ist billig, nicht wahr?»

Er reagierte mit einem leisen Lächeln. «Stimmt.»

Lily nickte, stand auf und verschwand in die Küche. Kurz darauf kam sie mit einer Flasche fünfundzwanzig Jahre altem Balvenie wieder.

Marty bekam den Mund nicht zu. «Mein Gott, Lily, weißt du, wie viel das Zeug da kostet?»

«Sollen wir es deshalb nicht trinken? Meinst du, man kann eine halb volle Flasche Scotch bei eBay verkaufen?»

Marty wusste nicht, worüber er mehr erstaunt sein sollte – dass Lily eine zweihundert Dollar teure Flasche Scotch rangeschleppt hatte oder dass sie über eBay Bescheid wusste.

Sie saßen ruhig nebeneinander, tranken Scotch und starrten auf den stummen Fernseher. Weil der Augenblick so ungewohnt entspannt war, fühlte sich Marty fast versucht, ihr alles zu erzählen. Einfach damit herauszuplatzen und sich nicht um die Konsequenzen zu scheren.

Plötzlich sah er Jack Gilbert, der ihn vom Bildschirm angrinste. Er blinzelte ein paar Mal, überzeugt, dass es sich nur um eine Halluzination handeln konnte, aber das grinsende Gesicht wollte nicht verschwinden. «He, da ist Jack. Mach mal lauter.»

Lily schnappte sich die Fernbedienung vom Tisch und schaltete den Apparat aus.

«Komm schon, Lily!» Er holte sich die Fernbedienung, schaltete den Fernseher wieder an und schaute amüsiert zu, wie der Werbespot sich durch eine Montage anrührender Szenen hangelte: Jack bei einem Autounfall, wie er dem Opfer half; Jack auf einer Baustelle, während er sich mit Arbeitern unterhielt; Jack an einem Krankenhausbett, ernst und mitfühlend. Die Stimme eines Sprechers über der letzten Szene, in der ein dynamischer und charismatischer Jack vor Gericht agierte: «Sie brauchen einen Anwalt, der immer für Sie da ist. Rufen Sie Jack Gilbert unter der Nummer 1-800-555-5225 an. Das ist 1-800-555-J-A-C-K, Jack. Lassen Sie sich von niemandem schikanieren.»

«Was für ein Schmock», murmelte Lily vor sich hin.

«Ich weiß nicht. Ich fand es ganz gut.»

Sie schnaubte.

«Du hast ihn doch früher nicht für einen Schmock gehalten. Du warst doch stolz auf ihn.»

«Er war ja auch mal mein Sohn», sagte sie bissig.

Marty seufzte. Er hatte sich entschieden, sein eigenes Nicht-Leben aus Respekt für Morey zurückzustellen und Lily zu unterstützen, so gut er konnte. Hannah hätte das bestimmt gewollt. Aber in alle Ewigkeit würde er es nicht fortsetzen, was bedeutete, dass diese Familienfehde beigelegt werden musste. Verdammt, es war Jacks Aufgabe, sich um seine Mutter zu kümmern. «Jesus – Lily, du bist die störrischste Frau auf diesem Planeten.»

«Warum tust du das? Warum fluchst du? Du weißt, wie sehr ich das hasse.»

«Oh, komm schon, wir sind jüdisch. ‹Jesus› zu sagen hat doch keine Bedeutung.»

«Für viele hat es aber eine Bedeutung. Du könntest ein wenig Respekt zeigen.»

Marty holte Luft. «Schön, ich höre auf zu fluchen, und du hörst auf, das Thema zu wechseln. Langsam gehen uns die Gilberts aus, Lily. Nur noch du und Jack seid übrig, und es wird allmählich Zeit, dass ihr das Kriegsbeil begrabt. Gut, er hat jemanden anderen Glaubens geheiratet – warum ist das ein solches Problem? Du und Morey seid doch nie in die Synagoge gegangen. Warum macht es dir etwas aus, dass er eine Lutheranerin geheiratet hat?»

Lily sah ihn ungläubig an. «Du glaubst tatsächlich, dass es *darum* geht?»

«Tut es das nicht?»

«Pfft. Dein Kopf ist voller Dinge, von denen du nichts verstehst. Und du hast dir nicht die geringste Mühe gegeben, etwas über sie herauszufinden, weil du dich zu sehr in deinem Ruhestand suhlst.»

Marty knirschte mit den Zähnen, bis er sich zutraute, gefasst zu sprechen. «So nicht, Lily. Wir hatten Jack schon eine ganze Weile nicht mehr gesehen, er wimmelte Hannah dauernd ab, wenn sie ihn anrief, und dann habe ich Morey gefragt, was eigentlich los war. Er sagte, Jack hätte eine Lutheranerin geheiratet, und wir würden darüber nicht reden. Punktum! Ungefähr eine Woche später wurde Hannah ermordet, und verdammt, du kannst mir wohl nachsehen, dass alles andere für mich keine Bedeutung mehr hatte.»

Er holte tief Luft und schielte nach der Flasche Balvenie. Zehn Dollar das Gläschen, wie er überschlug. Schien eine Schande zu sein, so viel Geld zu verschwenden, nur um die ersehnte Reise ins Vergessen zu beschleunigen.

«Los doch, trink», sagte Lily. «Es ist besser, an einer kaputten Leber zu sterben als an den Löchern, die dir der Abflussreiniger, den du sonst trinkst, in den Magen brennt.»

Wenn sie meinte, ihm das zweimal sagen zu müssen, war sie auf dem Holzweg. Er schnappte sich die Flasche, füllte sein Glas und träumte von der schwarzen Leere.

Lily sah zu, wie er ausgiebig trank. «Also, willst du etwas über diese Sache mit Jack erfahren oder nicht?»

«Sicher. Warum nicht.»

Sie nickte und lehnte sich auf dem Sofa nach hinten. Sobald sie das tat, berührten ihre Füße nicht mehr den Boden, und mit den dünnen Beinchen, die über den Sofarand ausgestreckt nach vorne ragten, sah sie aus wie ein kleines altes Mädchen.

«Jack kam jeden Tag zum Mittagessen, erinnerst du dich? Das war vor diesem blöden Werbespot, als ich den Leuten noch sagen konnte, mein Sohn sei Anwalt, und mir keine Sorgen zu machen brauchte, dass sie diesen Clown im Fernsehen sehen. Und dann eines Tages, paff! Er ist wie vom Erdboden verschluckt. Kein Mittagessen, kein Anruf, kein gar nichts. Ich rufe in seinem Büro an und gerate nur an den Anrufbeantworter; ich rufe bei ihm zu Hause an und spreche auch da nur auf einen Anrufbeantworter. Morey sagte, sie hätten sich gestritten.»

«Worüber?»

«Wer weiß? Väter und Söhne streiten sich. Das kommt vor. Also halten sie sich lange genug voneinander fern, bis die dummen Sachen vergessen sind, die sie gesagt haben, als sie wütend waren, und damit ist es getan. Nur war es diesmal nicht so. Diesmal schickte Jack uns ein Foto mit der Post, und auf dem Foto sind kleine Mädchen in weißen Kleidern zu sehen und kleine Jungs in Anzügen, und mittendrin befindet sich der große Schmock höchstpersönlich, und allesamt knien sie vor einem Kreuz, an dem dieser arme tote Jude hängt.»

Marty blinzelte sie an und fragte sich, ob dieser letzte Drink endgültig sein Hirn aufgeweicht hatte, denn irgendwas war ihm zweifellos entgangen. «Wovon redest du? Was für ein Bild?»

Lily ignorierte seine Frage. «Unten auf dem Foto steht zu lesen: Jack Gilbert, Erste Kommunion, und dann der Name irgendeiner lutheranischen Kirche.»

«Was? Jack ist konvertiert?»

Sie nippte an ihrem Scotch und sagte nichts.

«Das ergibt keinen Sinn. Jack hat nicht einmal an Gott geglaubt.»

Lily sah ihn an, als sei er ein Idiot. «Das hatte nichts mit Gott zu tun. Es ging Jack einzig und allein darum, uns einen Schlag ins Gesicht zu versetzen und seiner Familie den Rücken zu kehren, nur weil er einen dummen Streit mit seinem Vater hatte. Zwei Wochen später bekommen wir dann ein Hochzeitsfoto. Derselbe Ort, dasselbe Kreuz, ein größeres Mädchen in einem größeren weißen Kleid. Noch ein Schlag ins Gesicht, und der Feigling benutzte dazu Fotos.»

Marty fuhr sich mit den Fingern durchs Haar, als könne er dadurch eine untätige Gehirnzelle stimulieren, ihm dabei behilflich zu sein, zu verstehen, was er gerade gehört hatte. Jack hatte seine Unzulänglichkeiten, und es waren nicht wenige, aber Marty hatte nie den Eindruck gehabt, dass er jemandem absichtlich wehtun konnte, am allerwenigsten seinen Eltern. Außerdem wollte es ihm nicht einleuchten, dass Jack Lily dafür bestrafen wollte, dass er sich mit Morey gestritten hatte. «Ich kann das nicht glauben.»

«Wäre auch eine Riesenüberraschung. Ich versuche es seit mehr als einem Jahr und krieg's nicht in den Kopf.»

«Du hättest Jack zur Rede stellen sollen.»

«Ich habe es dir doch gesagt: Jack wollte nicht mit mir sprechen. Morey wollte nicht mit mir sprechen. Ihr Männer, ihr veranstaltet diesen Unsinn, und wir Frauen leiden darunter und erfahren nie den Grund.»

Marty beobachtete, wie sie aus ihrem Glas trank, und war nach all den Jahren immer noch töricht genug, im Gesicht der alten Frau auch nur die Spur einer Emotion entdecken zu wollen. Er wusste, dass in ihr zweifellos Gefühle schlummerten, aber er wusste auch, dass er sie nie zu sehen bekommen würde. Sollte Lily Gilbert jemals zu weinen anfangen, würde sie wahrscheinlich nie wieder aufhören können.

«Okay, ich werde mit dem kleinen Mistkerl reden», sagte er.

«Gut.»

«Und es tut mir leid, dass er dich so verletzt hat.»

«Und diese ganze Zeit bin ich die Böse. Übrigens hat Sol heute Abend angerufen, als du das Gewächshaus zugemacht hast. Weißt du, dass du einer der Sargträger bist?»

«Ich weiß.»

Sie lächelte verhalten. «Morey hat sich seinen Sarg schon vor Jahren ausgesucht. Er ging immer ins Beerdigungsinstitut, um mit Sol Poker zu spielen, und eines Tages kommt er nach Hause und sagt: ‹Lily, ich habe mir heute meinen Sarg ausgesucht. Er ist aus Bronze und schwer, und die Sargträger werden sich die Rücken verrenken, wenn sie mich schleppen. Das wird Harvey, dem Chiropraktiker, zugute kommen. Seine Geschäfte laufen schlecht.›»

Marty schmunzelte, denn das klang wahrhaftig nach Morey. «Ich wusste gar nicht, dass er Poker spielte.»

«Er spielte nur mit Sol, weil er gegen ihn gewinnen konnte. Und manchmal noch mit diesem Individuum Ben.»

«Wer ist Ben?»

«Ein Niemand.»

«Du kannst ihn nicht leiden?»

«Ein Blödmann ist das. Ein echter Stinker.»

«Und Morey mochte ihn?»

Lily zuckte die Achseln. «Du kennst doch Morey. Er war ein hoffnungsloser Fall. Er mochte jeden, ob der's nun verdiente oder nicht. Außerdem kannten sie sich schon seit ewigen Zeiten.»

«Komisch, dass ich ihn nie kennen gelernt habe.»

«So nahe standen sie sich auch wieder nicht. Meistens gingen sie angeln. Zwei-, dreimal im Jahr, und ab und zu eine Pokerrunde.»

Marty drehte den Kopf sehr langsam, um sie anzusehen. «Morey ging *angeln*?»

«Natürlich tat er das – stell den Ton an. Schnell.» Sie rutschte vor, um die Füße auf den Boden zu setzen. Dann stützte sie die Ellbogen auf die Knie und sah gebannt auf den Bildschirm. «Sieh nur, es gibt Extra-Innings.»

Marty sah sie völlig verblüfft an. «Du magst Baseball?»

Sie griff sich die Fernbedienung und schaltete selbst den Ton ein. «Natürlich mag ich Baseball. Das sind Gentlemen, die da spielen. Die schubsen sich nicht gegenseitig um und lächeln wenigstens mal, wenn ihnen was Gutes gelungen ist.»

Er sah nachdenklich zu, wie sie sich in das Spiel vertiefte, und ihm wurde bewusst, dass er in all den Jahren der Liebe zu ihrer Tochter nur herzlich wenig über Lily erfahren hatte. Die meiste Zeit hatte er mit Morey verbracht. Es war die althergebrachte Geschlechtertrennung, die sich einstellt, wenn Familien zusammenkommen. Lily war die geheimnisvolle Person in der Küche, aber Morey war der Mann, der Freund, der Ersatzvater, den er zu lieben gelernt hatte und der ihm so vertraut geworden war.

Vom Angeln hatte er nichts gewusst, und das beunruhigte ihn. Am Ende hatte er Morey doch nicht so gut gekannt, wie er dachte.

Er ließ seine Gedanken zu einem Tag vor gut einem Jahr zurückwandern, kurz bevor sein Leben aus den Fugen geraten war. Er und Morey hatten Hannah und Lily zu einem Antiquitätenhändler fünfzig Meilen nördlich der Stadt gefahren, bei dem die Preise doppelt so hoch waren wie bei allen anderen, die näher an der Stadt lagen. Auf dem Rückweg hatten sie an einer ländlichen Tankstelle gehalten, um Eiscreme und Getränke zu kaufen.

«Marty, komm doch mal her. Sieh dir das an.» Morey stand vor einem hohen Kühlschrank, in dem Milch, Käse und andere verderbliche Lebensmittel aufbewahrt wurden. Aber sein Interesse galt einem Wasserbehälter mit einer lärmenden Sauerstoffpumpe, der dicht daneben stand. Er schüttelte den Kopf.

Marty spähte in den Tank und verzog das Gesicht beim Anblick der schwarzen Masse aus zappelnden Blutegeln. Oben auf dem Tank wanden sich die verschiedensten Würmer in Gläsern mit Sägespänen und Erde. «Ist ja ekelhaft. Was ist denn bloß los mit diesen Würmern? Wieso kriechen die weißen in Sägespäne?»

«Woher soll ich das wissen?» Morey winkte einen jungen Verkäufer herbei. «Verstößt das nicht gegen die Gesundheitsvorschriften?»

«Äh – sind Sie Kontrolleur oder so was?»

«Nein, nein, ich bin kein Kontrolleur, aber ich verfüge über gesunden Menschenverstand. Da werden Blutegel neben der Milch aufbewahrt.»

«Und Würmer», fügte Marty hinzu.

«Das sind Lebendköder», erwiderte der Ladenschwengel. «Der Tank da ist der Behälter für die Lebendköder, und oben drauf stehen die Köder, die nicht im Wasser leben.»

Morey ranzte ihn an: «Die sind aber auch lebendig. Die bewegen sich doch. Einfach widerwärtig.»

«Hm – zu uns kommen viele Angler.»

«Angeln. Pfui. Und diese Leute nennen sich auch noch Sportler. Was für eine Art Sport soll das sein? Hilflose Kreaturen auf einen Haken zu spießen, damit man sie ins Wasser werfen kann, um noch größere hilflose Kreaturen aufzuspießen?»

«Na ja, es sind doch nur Würmer und Blutegel und so was.»

«Für Sie vielleicht. Haben Sie den Spielberg-Film gesehen?»

«He, ja, Mann. Ich hab sie alle gesehen.»

«Tatsächlich. Ich bin beeindruckt. Sie haben ‹Schindlers Liste› gesehen?»

«Hm – sind Sie sicher, dass der von Spielberg ist?»

«Schon gut. Ich rede von dem mit den Dinosauriern.»

«Oh ja, ‹Jurassic Park›, klar, hab ich viermal gesehen. Die Fortsetzungen waren irgendwie schlapp, aber der erste ging richtig gut ab.»

«Dann werden Sie sich daran erinnern, dass sie eine Ziege angebunden haben, um den großen Dinosaurier anzulocken?»

«Oh ja, das war fies.»

«Und hat Ihnen die kleine Ziege leidgetan?»

«Na ja, irgendwie schon. Ich meine, die hatte doch Angst, hat gewimmert und so.»

«Ein lebender Köder. Wie diese Würmer.»

Der Verkäufer sah Morey verständnislos an.

Morey hob einen mahnenden Finger. «Hier gibt es eine wichtige Lektion zu lernen. Wissen Sie, wie die lautet? Ich werde es Ihnen sagen. Des einen Mannes Wurm ist des anderen Mannes Ziege. Denken Sie daran.»

Sie irrt sich, dachte Marty, als er von seiner Gedankenreise zurückkam. Egal, was Lily sagen mochte, egal, was sonst jemand sagte – Morey Gilbert war kein Angler gewesen.

KAPITEL 19

Die ungewöhnliche Hitze hielt auch am Morgen von Morey Gilberts Beerdigung an, und die Meteorologen sagten einen weiteren sonnigen Tag mit Temperaturen um die dreißig Grad voraus. Überall im Staat saßen die Oldtimer auf ihren Veranden, brutzelten in der Sonne und blätterten in ihren zerlesenen *Bauernalmanachen,* als handele es sich um die Schriften des Nostradamus. Sie suchten in der Geschichte Minnesotas nach einer ähnlichen Hitzewelle im April, aber sie fanden keine. Fünfzehnhundert Meilen nördlich jedoch, weit oben in Kanada, baute sich eine riesige Kaltfront auf, deren Ausläufer langsam auf den amerikanischen Mittelwesten zuschwenkten. Ein Wetterwechsel stand bevor.

Der Polizeibezirk Uptown hatte fünf zusätzliche Streifenpolizisten angefordert, um den Verkehr zu bewältigen, der sich um die Synagoge ballte, in der die Trauerfeier für Morey Gilbert stattfand. Schon um zehn Uhr morgens gab es im Inneren der Synagoge nur noch Stehplätze; um elf, als die Trauerfeier begann, hatte sich die Menge bereits nach draußen auf den Rasen ergossen, auf den Gehsteig und schließlich sogar auf die Straße. Die Zahl der Menschen ging in die Hunderte, und weder bestand Hoffnung, sie zu zerstreuen, noch gab es einen Platz, auf den man sie hätte abdrängen können. Also hatte schließlich die Straße drei Blocks weit in beiden Richtungen abgesperrt werden müssen. Nicht ein Anwohner oder Verkehrsteilnehmer beschwerte sich. Auch die Cops, die ursprünglich ungehalten reagiert hatten, weil sie abgestellt wurden, um den Verkehr zu regeln, zeigten sich beeindruckt von der Größe und dem pietätvollen Verhalten der Menge und arrangierten sich mit dem Gedanken, nicht als Ordnungshüter, sondern als Ehrengarde Zeuge zu werden, wie von einem großartigen Menschen Abschied genommen wurde. Keiner von ihnen begriff so recht, was geschah, und später konnten sie nur sagen: «Man muss einfach dabei gewesen sein.»

Drei Stunden später saßen Magozzi und Gino in einem Auto vor Lily Gilberts Haus hinter der Gärtnerei und sahen zu, wie eine kleine Armee von schwarz gekleideten Trauergästen durch die Vordertür geschleust wurde.

«Ich glaube, die halbe Stadt war auf dem Friedhof. Ich kann mir nicht vorstellen, wie um Himmels willen sie all die Leute in ihrer kleinen Hütte unterbringen will.»

«Das hier ist der Privatempfang. Nur Familie und Freunde. Jetzt kommen die Leute, die ihn am besten kannten und von denen wir was hören möchten.»

Gino seufzte und lockerte seinen Krawattenknoten. «Hast du schon mal so viel Presse bei einer Beerdigung erlebt?»

«Höchstens bei einem Politiker oder einem Rockmusiker.»

«Und ist das nicht eine traurige Aussage über den Zustand der Welt? Aber mir ist etwas durch den Kopf gegangen – hast du den Leuten zugehört, die aufgestanden sind und ihre Geschichten erzählt haben, wie Morey ihnen geholfen hat? Mann, das war doch wie ein Spaziergang durch einen Hochsicherheitstrakt. Drogendealer, Gangmitglieder – kein Schwerverbrechen, das nicht vertreten war.»

«*Ex*-Drogendealer, *Ex*-Gangmitglieder.»

Gino schnaubte abfällig. «So heißt es. Aber was ist, wenn einer von denen wieder rückfällig wird, beim guten alten Morey auftaucht, ihn um eine kleine finanzielle Unterstützung bittet und stinksauer wird, wenn der Goldesel sich weigert, Dukaten zu scheißen?»

Magozzi sah ihn an. «Weißt du, mir ist gerade eins klar geworden: Du bist ein wirklich respektvoller und beinahe sogar feiner Mensch, bis du deine Krawatte lockerst. Dann geht alles den Bach runter.»

«Na ja, möglich wäre es doch, oder?»

Magozzi ließ die Handgelenke übers Lenkrad hängen. «Dass einer von den Leuten, denen er geholfen hat, ihn noch mal heimgesucht hat? Kann sein, aber wenn das stimmt, wird es für uns verdammt schwer werden, ihn aufzustöbern. Bestimmt sind heute über tausend Leute da gewesen. Außerdem würde es die Theorie durchlöchern, dass derselbe Killer auch Rose Kleber ermordet hat, und irgendwie hänge ich an dieser Annahme.» Er beugte sich vor und blinzelte zur Windschutzscheibe hinaus. «Wer ist denn der Typ im marineblauen Anzug, der Jack Gilbert umarmt?»

«Wer immer es ist, er umarmt ihn nicht, sondern er stützt ihn. Hast du nicht gesehen, wie er am Grab schwankte und torkelte? Mann, ganz kurz habe ich gedacht, er fällt in die Grube und schüttelt seinem Vater die Hand.»

«Ja, habe ich gesehen.» Magozzi ließ sich in seinen Sitz zurücksinken und beobachtete, wie der Mann Jack stützte und dann, kaum dass er ihn stabilisiert hatte, davoneilte, als wolle er nicht in der Nähe sein, wenn Jack stürzte. Es hatte ohnehin den Anschein, als mieden alle Leute Jack Gilberts Nähe. «Ist dir aufgefallen, dass er die ganze Zeit allein ist?»

«Gilbert?»

«Ja.»

Gino zuckte die Achseln. «Wen überrascht das? Der Typ ist doch das reinste Katastrophengebiet.»

«Lily hat heute peinlich darauf geachtet, nur nicht in seine Nähe zu kommen. Ebenso Marty. Jack stand ganz alleine da, so wie nach Langers und McLarens Erzählung auch bei Hannahs Beerdigung. Man sollte doch annehmen, dass wenigstens seine Frau ihn begleitet hätte.»

«Ich habe gehört, wie ein paar Leute auf dem Weg vom Friedhof darüber sprachen. Scheint so, als sei sie drauf und dran, die Scheidung einzureichen, wenn sie es nicht schon getan hat. Die beiden haben jedenfalls nicht mehr viel füreinander übrig.»

Magozzi blieb beharrlich. «Sie hätte trotzdem kommen sollen. Es hätte sich gehört.»

Gino drehte den Kopf, um seinen Partner anzusehen. «Komm schon, Leo. Jack Gilbert ist ein versoffenes Arschloch. Jeder erntet, was er gesät hat, das weißt du doch. Also hör auf, ihn zu bedauern.»

«Tu ich doch auch nur von ferne. Wenn ich ihm näher komme, stinkt er mir gewaltig.»

«Das ist der Partner, den ich kenne und liebe.»

«Aber es ist eben dies Huhn-oder-Ei-Ding.»

«Wie bitte?»

«Nun, man fragt sich doch, ob er ein versoffenes Arschloch ist, weil man ihn ausgestoßen hat, oder ob er ausgestoßen wurde, weil er ein versoffenes Arschloch ist.»

Gino seufzte unwillig. «Ich wähle Möglichkeit Nummer zwei. Können wir jetzt reingehen?»

Magozzi wiegelte ab. «Vielleicht sollten wir noch ein paar Minuten warten, bevor wir da reinplatzen. Aus Respekt.»

«Wir haben schon reichlich Respekt gezeigt, Leo. Schließlich sind wir hier nicht die Ersten und stehen nicht mit Mikros in der Tür. Und außerdem wird niemand in einer so großen Menschenmenge Notiz von zwei äußerst attraktiven Typen in schnieken Beerdigungsanzügen nehmen.»

Obwohl ihre Überlegungen stimmig gewesen waren, dauerte es keine Viertelstunde, da zweifelte Magozzi bereits daran, ob die Teilnahme an diesem Empfang klug war. Nach ihrer Theorie war niemand, nicht einmal Morey Gilbert, zu hundert Prozent gut, und keinesfalls konnte ein Mann vierundachtzig Jahre alt werden, ohne jemandem auf die Füße zu treten. Sie hofften also aus einigen Gesprächen von Leuten, die ihn gut kannten, etwas über den Toten zu erfahren, was sie bisher noch nicht gewusst hatten. Etwas, dem es sich lohnte nachzugehen.

Aber bis jetzt hatte Magozzi nur weitere tränenreiche Nachrufe mit anhören müssen – wenn der Mann kein Heiliger gewesen war, so war er doch verdammt dicht dran –, und langsam ging ihm das auf die Nerven. Morey Gilbert hatte verteilt, was er zu verteilen hatte – Zeit, Geld, Rat, Lebensmittel, Unterkunft –, und er hatte nicht nur den Menschen geholfen, die ihm zufällig über den Weg gelaufen waren, sondern sich sogar auf die Suche nach Hilfsbedürftigen gemacht. Normal war das nicht.

Plötzlich erregte ein Tumult auf der anderen Seite des Raums seine Aufmerksamkeit. Wie eine unkontrollierte Flipperkugel taumelte Jack Gilbert von Gast zu Gast und machte damit alle Sympathie zunichte, die Magozzi noch kurz zuvor für ihn empfunden hatte. Er war der Einzige, bei dem Morey Gilberts humanitäre Bemühungen nicht gefruchtet hatten.

Magozzi verfolgte Jack mit den Augen und überlegte angestrengt. Er hatte das Gefühl, als holperte sein Gehirn über eine lange Reihe von Straßenschwellen.

Er fand Gino am Buffet, wo er sich gerade zum zweiten Mal

den Teller mit Speisen füllte, die seine wildesten kulinarischen Fantasien übertrafen.

«Ist das hier grandios, oder was?», fragte Gino gut gelaunt. «Du solltest mal von dem Nudelzeug mit den Rosinen probieren.» Er warf sich ein Fleischbällchen in den Mund. «Und, was Interessantes rausgefunden?»

«Ich glaube, wir sollten uns Jack Gilbert näher ansehen.»

Gino hob eine Augenbraue. Es war die einzig mögliche Bewegung, so voll gestopft wie sein Mund war.

«Er ist der absolut einzige Schatten, der auf Morey Gilberts Heiligenschein fällt, Gino.»

«Ja, aber er ist ein Schlappschwanz. Und ein Säufer. Und wir haben ihn beide nicht auf der Rechnung.»

«Das ist es ja gerade – wir hielten ihn für einen Verdächtigen, und als uns das nicht gefiel, haben wir keinen Gedanken mehr auf ihn verschwendet. Aber wenn er nun die Verbindung ist? Wenn er in etwas verwickelt war, weswegen sein Vater umgebracht wurde?»

Gino gönnte sich noch einen Fleischkloß und entschied, dass er auch mit vollem Mund sprechen konnte. «Was hat Jack getan?»

«Himmel, ich weiß nicht ...»

«Nein, nein, weißt du noch, was Langer und McLaren sagten? Als sie davon sprachen, dass Morey Jack bei Hannahs Beerdigung so abweisend behandelt hat. Unter Umständen war er in etwas wirklich Übles verwickelt, was Moreys moralischen Ansprüchen absolut nicht genügte, und vielleicht hat der alte Mann versucht, ihn da rauszuholen, und wurde als Dank dafür umgenietet. Er hat selbst gesagt, dass es Leute gebe, die ihn tot sehen wollten. Mag sein, er hat es ernst gemeint. Aber wie passt Rose Kleber da rein?»

Magozzi benutzte einen Zahnstocher mit Zellophanrüschen, um einen Fleischkloß auf Ginos Teller aufzuspießen. «Ich habe einen neuen Plan. Einen Mord nach dem anderen. Wenn es eine Verbindung zu Rose Kleber gibt, wird sie sich zeigen. Sprechen wir also mit Jacks geheimnisvoller Frau, überprüfen vielleicht mal seine Bücher und sehen uns an, was für Klienten er hat. So was in der Art.»

Gino nickte. «Könnte was dran sein.» Er trat etwas näher an seinen Partner heran und flüsterte in einer Wolke von Fleischkloßgeruch: «Außerdem habe ich es allmählich satt, hier rumzustehen und mir anhören zu müssen, was für ein großartiger Kerl Morey Gilbert war. Vor zwei Wochen habe ich der Humane Society zwanzig Mäuse gespendet und bin mir vorkommen wie Mister Wohltätigkeit höchstpersönlich. Morey Gilbert hat es geschafft, dass ich mich wie 'n knauseriger Mistkerl fühle. Du erinnerst dich doch an diesen Knaben Jeff Montgomery, der in der Gärtnerei arbeitet? Stellt sich raus, dass seine Eltern bei einem Autounfall ums Leben gekommen sind, kaum dass er mit der Uni angefangen hat. Also bezahlt Gilbert ihm das Studium. Kannst du das glauben?»

«Kein Wunder, dass der Junge die letzten beiden Tage nur geheult hat.» Magozzi blickte über Ginos Schulter hinweg und sah Lily in ihrem langen schwarzen Trauerkleid näher kommen. Wie schon den ganzen Tag wich ihr Marty auch jetzt nicht von der Seite und sprang für ihren nichtsnutzigen Sohn ein. Das rechnete Magozzi ihm hoch an.

Lily blieb stehen, warf einen kritischen Blick auf Magozzis leere Hände und nickte beifällig zu Ginos schamlos gefülltem Teller. «Sie haben einen guten Appetit, Detective.»

«Das Essen ist fantastisch. Ich habe gehört, dass Sie fast alles selbst zubereitet haben.»

«Das stimmt.»

«Dann finde ich, dass Sie die Gärtnerei schließen und stattdessen ein Restaurant eröffnen sollten.»

Sie lächelte nicht wirklich, aber der leichten Änderung ihres Mienenspiels konnte man entnehmen, dass selbst sie für Komplimente empfänglich war. «Ich habe heute Morgen in der Zeitung das Foto der Frau gesehen, die ermordet wurde.»

«Rose Kleber», sagte Magozzi.

«Ich dachte jedenfalls, ich sollte Ihnen sagen, dass sie mir irgendwie bekannt vorkam. Es könnte also sein, dass sie das eine oder andere Mal hier gekauft hat, aber sie war keine Stammkundin. An Stammkunden erinnere ich mich.»

«Lily?» Sol Biederman trat von hinten an sie heran und unterbrach zögernd. «Hast du Ben gesehen?»

«Welchen Ben?»

«Bitte, Lily. Ben Schuler.» Sol war augenscheinlich besorgt, aber auch ein wenig ungeduldig. «Er war nicht bei der Beerdigung, und wenn er auch nicht hier ist, muss etwas passiert sein. Sein Herz macht nicht mehr so richtig mit, verstehst du, und er geht nicht ans Telefon.»

«Er ist nicht hier, weil er in meinem Haus nicht willkommen ist, und das weiß er auch», sagte Lily schneidend.

Sol lächelte beschwichtigend, als er ihre Hand berührte. «Wie Furcht einflößend du auch sein magst, Lily, du könntest ihn nicht davon abhalten, zur Gedenkfeier für seinen alten Freund zu kommen. Ich werde mal hinüberfahren, um mich zu beruhigen, aber ich bleibe nicht lange.»

«Wenn er nicht tot ist, richte ihm aus, er ist noch immer in meinem Haus nicht willkommen», sagte Lily. Sie machte auf dem Absatz kehrt, sah, dass Jack auf sie zukam, drehte sich um und ging in entgegengesetzter Richtung davon.

Gino pfiff leise, als Sol und Lily ihrer getrennten Wege gegangen waren. «Hilf mir bloß, dass ich bei der Frau nie auf die schwarze Liste komme. Was hat sie gegen diesen Ben?»

Marty zuckte die Achseln. «Bei Lily weiß man nie. Entschuldigt mich, Jungs, ich muss zurück zu ihr.»

«Ungefähr fünfzig Leute sind im Moment bei ihr, Marty», sagte Gino. «Bleib mal locker und gönn dir ein paar Minuten. Ich habe gerade einen Fleischkloß gesehen, auf dem dein Name steht.»

Es ist schwer zuzusehen, wie einer von uns vor die Hunde geht, dachte Magozzi. Gino überschlug sich fast, um Marty in eine Unterhaltung zu verwickeln, und da Marty ein höflicher Mensch war, gab er sich allergrößte Mühe, Interesse zu heucheln. Dass er ihnen etwas vormachte, war zwar nicht zu übersehen, aber nach ungefähr zehn Minuten spürte Magozzi, dass sie dem Mann echte Qualen bereiteten.

«Wir sollten uns auf den Weg machen, Gino», sagte er, aber in dem Augenblick kam Jack Gilbert auf sie zugetorkelt, und sein Drink, der fast so rot war wie sein Gesicht, schwappte über die Brust seines weißen Hemds. Er schwang den Arm um Martys Schulter. «He, Jungs! Mordsauftrieb hier, hm?» Er wies gestikulierend mit seinem Glas über die Gästeschar und verspritzte den Punsch im hohen Bogen. «Man könnte meinen, der verdammte Papst sei gestorben.»

So plötzlich, dass alle überrascht waren, wirbelte Marty zu Jack herum, schüttelte den unliebsamen Arm ab und entriss Jack den Drink. Für einen Moment glaubte Magozzi noch eine Spur des Gorillas von damals zu entdecken. «Treib es nicht zu weit, Jack. Nicht heute.»

Jack taumelte rückwärts und hätte beinahe das Gleichgewicht verloren. «Mein Gott, Marty, nichts für ungut. Reg dich ab. Willst du einen Drink?»

Eine korpulente Frau mit kastanienbraunem Haar näherte sich und reichte Marty ein Handy. «Für Sie.» Als Marty das Gespräch angenommen hatte und zur Seite getreten war, ging sie auf Jack los. «Jack, sieh dich bloß an, torkelst besoffen durch die Gegend, verschüttest Drinks, beleidigst die Gäste … wie kannst du deiner Mutter das nur antun?»

Jacks Kopf schwankte leicht, als er versuchte, den Blick auf die Frau zu konzentrieren. «Mein Gott, Sheila, bist du es? Du siehst aus wie Dennis Rodman. Scheiße, was hast du bloß mit deinem Haar gemacht?»

Ihre Augen wurden schmal, und sie beugte sich ihm entgegen. *«Farshtinkener paskudnyak»*, zischte sie und stürmte davon.

Ginos Augen waren aufgerissen. Er wusste zwar nicht, als was die Frau Jack bezeichnet hatte, war sich aber absolut gewiss, dass der es verdient hatte. «Wissen Sie was, Mr. Gilbert? Sie sollten sich ein wenig zusammenreißen. Setzen Sie sich aufs Sofa und trinken Sie eine Tasse Kaffee.»

«Ja, das ist echt 'ne klasse Idee, Detective, aber sehen Sie, ich habe gerade meine beste Flasche Bourbon in den Punsch geschüttet, und es gibt eine jüdische Tradition, die besagt, wenn man Alkohol bei einer Beerdigung ausschenkt, muss man ihn bis zur Neige trinken, wenn man den Toten nicht entehren will.»

Gino starrte ihn sekundenlang an. Er war ziemlich sicher, dass der Mann ihn verscheißern wollte, aber wenn es um Religion ging, wusste man ja nie. Wer würde zum Beispiel glauben, dass die Katholiken manchen Leuten Asche auf die Stirn schmierten?

«Er wollte dich auf den Arm nehmen, Gino», sagte Magozzi.

«Ich weiß. Verschwinden wir hier.»

Er und Magozzi wollten sich gerade an Jack vorbeidrängen, als Martys Hand vorschoss und Gino am Arm packte. Immer noch viel Kraft in dieser Hand, dachte Gino, als Marty ihn festhielt und leise irgendeine Bestätigung ins Handy sprach, bevor er es vom Ohr nahm und die Verbindung unterbrach. «Ich denke, Sie sollten das wissen», sagte er sehr leise und sah sich dabei um, weil er sichergehen wollte, dass keiner der Gäste nahe genug war, um mitzuhören. «Das war Sol. Ben Schuler ist erschossen worden.»

Magozzis Miene straffte sich. «Er ist tot?»

Marty nickte zornig.

«Wer ist tot?», fragte Jack viel zu laut. Er taumelte ein wenig näher.

«Nicht so laut, Jack», ermahnte Marty. «Ben Schuler.»

«Mach keinen Scheiß! Armer alter Halunke. Was war es? Herzschlag?»

Marty zögerte, vielleicht in Erinnerung daran, dass Polizisten nur widerwillig Informationen mit Zivilpersonen austauschen. «Nein», sagte er schließlich. «Erschossen. Eine Kugel in den Kopf. Genau wie Morey.»

Auf diese wenigen Worte reagierte Jack Gilbert plötzlich beängstigend nüchtern, und bis auf den letzten Tropfen wich das Blut aus seinem betrunkenen roten Gesicht. «Selbstmord?»

Marty schüttelte den Kopf.

Ein merkwürdiger Ausdruck veränderte Jacks Gesicht, wie Magozzi ihn nur wenige Male in seinem Leben gesehen hatte – der Ausdruck echter Angst. «Gütiger Gott», flüsterte er.

«Haben Sie ihn gekannt?», fragte Gino.

Jack nickte. «Ja. Ich kannte ihn.» Er drehte sich um und ging davon, perfekt geradeaus.

Marty fand ihn Augenblicke später in der Küche, wo er auf den Tisch gestützt das Foto von Rose Kleber in der Morgenzeitung anstarrte. Er zitterte am ganzen Körper.

KAPITEL 20

Es gab eine Menge Wohngegenden in Minneapolis, die früher ziemlich vornehm gewesen waren, bis die Freeways große Teile der städtischen Grundstücke im Stadtbereich gefressen hatten. Ben Schulers Haus lag in einer dieser Gegenden auf einem Hügel, wo einmal hundertjährige Ulmen einem Boulevard Schatten spendeten, den die Stadt in jedem Frühling mit Blumen verschönerte. Doch im Laufe der vergangenen zwanzig Jahre hatte das Ulmensterben die meisten Bäume dahingerafft, einem neuen System für die Auffahrtrampen des Freeways waren die restlichen Ulmen zum Opfer gefallen, und jetzt blieb den Anwohnern nur noch der Ausblick auf den sechsspurigen Verkehr am Fuß des Hügels. Kaum waren sie aus dem Wagen gestiegen, konnten Magozzi und Gino hören, wie sich ein Sattelschlepper im Kriechgang die Steigung hinaufquälte.

«War auch mal schöner hier», sagte Magozzi mit einem Blick auf einen langen Riss im Putz von Ben Schulers Haus und auf die abgesackte Veranda des zweigeschossigen Backsteingebäudes nebenan. «Meine Großtante hatte ein paar Blocks von hier entfernt ein großes altes viktorianisches Haus.»

«Und warum hast du so lange gebraucht, um herzufinden?», murrte Gino. Er legte Jackett und Krawatte ab und drapierte sie über den Sitz.

«Bin seit Jahren nicht mehr hier oben gewesen. Wir sind nur ein paar Mal hergekommen, als ich so sechs oder sieben war. Sie war 'ne grauenvolle alte Schachtel. Ist nie jemandem begegnet, den sie mochte, so sagten jedenfalls meine Eltern, und da waren Familienmitglieder eingeschlossen. Weigerte sich, Englisch zu sprechen, und mein Dad weigerte sich, Italienisch zu sprechen, nur um sie auf die Palme zu bringen. Beim letzten Mal, als wir sie besuchten, hat sie mir ins Gesicht geschlagen, weil ich meine Gabel zur Hand genommen hatte, bevor sie mit dem Tischgebet fertig war.»

Ginos Lippen verkrampften zu einem Strich. Ein Kind zu schlagen war eines der wenigen Dinge, für die er kein Verständnis aufbringen konnte. «Verdammt, wie ich das hasse. Ich hoffe nur, dein Dad hat ihr ein Ding verpasst.»

«Auch wenn sie ihn noch so gereizt hätte, mein Dad würde niemals die Hand gegen eine Frau erheben.» Magozzi schmunzelte bei der Erinnerung. «Aber meine Mom hat ihr eine gepfeffert.»

Gino grinste und schickte eine Kusshand in Richtung St. Paul, wo Magozzis Eltern noch heute in dem Haus wohnten, in dem er aufgewachsen war. «Deine Mutter mochte ich schon immer.»

«Und sie mag dich. Willst du alle deine Klamotten ablegen, oder können wir jetzt reingehen?»

«Weißt du, was es kostet, einen Anzug reinigen zu lassen?»

Magozzi schüttelte den Kopf. «Keine Ahnung.»

«Mann, wie ich Singles hasse. Ich habe gerade erst ein hübsches Sümmchen hingelegt, um das Ding sauber zu kriegen, und da will ich verdammt nicht, dass es nach Mordschauplatz riecht.»

«Du hast aber deine Hosen noch an.»

«Wie ich ohne die auskommen soll, ist mir noch nicht eingefallen.» Er knallte die Wagentür zu und ging die Auffahrt hinauf.

«Sieht so aus, als wären Anant und die Kriminaltechniker vom BCA schneller gewesen als wir.»

«Kein Wunder.» Gino betrachtete den hässlichen Kombi des Gerichtsmediziners und den Van der Kriminaltechniker, der dicht dahinter geparkt war. «GPS in beiden Fahrzeugen, und uns gönnt man nicht mal 'ne heile Klimaanlage. Es gibt keine Gerechtigkeit auf der Welt.»

Jimmy Grimm trat Magozzi und Gino an der Hintertür des Hauses entgegen. «Ihr müsst diesen Kerl aufhalten», waren seine ersten Worte.

«He, gute Idee», sagte Gino. «Warum sind wir bloß nicht selbst darauf gekommen?»

Jimmy trat beiseite, damit Gino in die kleine Küche gelangen konnte. «Was ist dem denn über die Leber gelaufen?», fragte er Magozzi.

«Hauptsächlich liegt's an den hohen Preisen für die Reinigung. Und dann wurmt ihn, dass ihr GPS habt und wir nicht.» Magozzis Blick wanderte zu einer Farbstiftzeichnung auf der Kühlschranktür. Er hatte keine Idee, was sie darstellen sollte, aber anscheinend hatte bisher niemand die Kreativität des Kindes unterdrückt, denn die Farben waren gut. «Wie schlimm sieht es da drinnen aus?» Er neigte den Kopf in Richtung eines Flurs, von dem er annahm, dass er ins Schlafzimmer führte.

Jimmy blähte die Wangen auf und öffnete die Kragenschnalle seines weißen Schutzoveralls. «Wir haben ein Minimum an Blut und ein Maximum an Elend. Anant ist richtig schlecht drauf. Bei ihm läuft so eine Ehrfurcht-vor-dem-Alter-Chose ab. Das ist auch nicht gerade hilfreich. Ist das 'ne Hindu-Sache?»

«Nein, eine Sache des Anstands», sagte Gino.

«Na ja, was immer es ist, ich glaube, es steigert sich bei ihm, und ich kann euch sagen, wie dieser Widerling alte Leute ausknipst, das geht sogar mir an die Nieren. Ich komme in diese Häuser und sehe rundherum Bilder von Enkelkindern und Medizinfläschchen und Medicare-Rechnungen, und dann sehe ich die Wohnung meiner Eltern vor mir, versteht ihr? Ich meine, diese Leute standen am Ende ihres Lebens, versuchten nur durchzukommen ... es ist einfach unbegreiflich. Und dieser Fall ist bislang der schlimmste.»

Gino schüttelte den Kopf. «Kann gar nicht schlimmer sein als Rose Kleber. Ich sehe das Schild GRANDMA'S GARDEN in meinen Träumen vor mir, das und den Teller mit Keksen, die sie für ihre Enkelinnen gebacken hatte.»

Jimmy sah ihn an. «Ich glaube, er hat sich einen von diesen Keksen genommen.»

Magozzi hakte sofort ein. «Im Bericht habe ich das aber nicht gelesen.»

«Ich hab's auch nicht reingeschrieben. Reine Vermutung. Unzulässig und ohne Beweiskraft. Sie hatte sie akkurat angeordnet und mit Plastikfolie abgedeckt, aber die war an einer Seite angehoben worden, und wo ein Keks hätte liegen sollen, war eine leere Stelle. Ich habe vor meinem geistigen Auge gesehen, wie dieser Schweinehund eine alte Frau umbringt und sich auf dem Weg nach draußen einen Keks klaut, den sie gebacken hat.» Er versuchte ein schwaches Lächeln. «Das macht einen nach einer Weile fertig, oder? Und hier ist es die volle Härte. Ben Schuler wusste, was ihn erwartete, und er muss vor Angst fast verrückt geworden sein. Sieht so aus, als hätte der Killer eine Zeit lang mit ihm sein Spiel getrieben, ihn vielleicht durch die Wohnung gejagt, mit ihm geredet, ich weiß nicht. Der arme alte Mann ist durch das ganze verdammte

Schlafzimmer gekrochen und hat versucht zu entkommen. Das ist das Bild, das ich aus diesem Haus mitnehme.»

Gino sah ihn ungehalten an, weil es ihm schwer fiel, die Vorstellung auszulöschen, die Jimmy Grimm ihm soeben in den Kopf gesetzt hatte. Er machte sich stets sein eigenes Bild, wenn er den Schauplatz eines Verbrechens betrat, und der Trick bestand darin, alles in sich aufzunehmen, die Einzelheiten herauszufiltern und dann den Rest wieder zu vergessen. Es führte zu Depressionen, wenn man zu viel Zeit damit verbrachte, an den Bildern von winselnden alten Männern hängen zu bleiben, die vor einem Killer davonkrochen, es machte das Hirn zu Brei, und am Ende war man nicht mehr in der Lage, seinen Job zu tun. Grimm wusste das sehr wohl, verdammt. «Mann, Grimm, du hörst dich langsam an wie 'n Frauenfilm. Willst du umsatteln und Politesse werden, oder was?»

«Im Augenblick klingt das ganz verlockend.» Er ging den Flur hinunter. «Bleibt direkt hinter mir. Wir haben einen Zugang klar gemacht, für mehr hatten wir bisher noch keine Zeit. Anant möchte, dass ihr einen Blick auf den Tatort werft, bevor wir anfangen, Fotos zu machen, Fingerabdrücke zu nehmen und Beweismittel einzupacken.»

Altersschwache Fußbodenbretter knarrten unter ihren Füßen, als sie an einer langen Reihe von schwarzweißen Familienfotos vorübergingen, die mindestens fünfzig Jahre alt sein mussten. Auf der Hälfte des Flurs blieben Magozzi und Gino stehen und sahen zurück auf die Fotos, an denen sie vorbeigegangen waren, und auf diejenigen, die noch warteten.

Jimmy schaute über die Schulter zurück. «Wieso geht's nicht weiter? Ihr fasst doch nichts an, oder?»

«Klar, wir betatschen sämtliche Wände und verschmieren

die Abdrücke», knurrte Gino unwirsch. «Mann, Grimm, entspann dich. Was hat es mit diesen Fotos auf sich? So was Irres habe ich ja noch nie gesehen.»

Jimmy kam zu ihnen zurück. «Schrecklich, nicht? Es sind alles Abzüge ein und desselben Bildes. Insgesamt sechzig. Sein Freund ... der alte Typ, der ihn gefunden hat?»

«Sol Biederman.»

«Genau der. Er war noch hier, als ich angekommen bin. Er hat gesagt, das sei das einzige Foto, das Ben Schuler von seiner Familie besaß. Seine Eltern, er und seine kleine Schwester. Offenbar ließ er jedes Jahr einen neuen Abzug davon rahmen.»

«Hat er gesagt, warum?»

Jimmy zuckte mit den Achseln. «Sie starben im KZ, er nicht. Schuldgefühle eines Überlebenden, Andenken an die Toten, wer weiß?»

«Ben Schuler war im Konzentrationslager?», fragte Magozzi.

«Hat Biederman jedenfalls gesagt.» Jimmy Grimm sah Magozzi in die Augen. «Drei, und es könnten mehr werden.»

Anantanand Rambachan stand mitten in Ben Schulers Schlafzimmer, den Kopf gebeugt, die Handflächen hielt er unter dem Kinn zusammengepresst. Er sah eher nach einem Trauernden aus als nach einem Gerichtsmediziner, dachte Magozzi, der in der Türöffnung zögerte, weil er sich fragte, ob Anant vielleicht betete und es ein unverzeihlicher Verstoß gegen die Hindu-Etikette wäre, ihn dabei zu unterbrechen.

Gino war etwas weniger sensibel. «He, Anant, sind Sie in Trance, oder was?»

Anant lächelte schwach, als er sich ihnen zuwandte. Keine blitzenden Zähne, heute Abend nicht. «Guten Abend, Detective Rolseth, Detective Magozzi. Und um Ihre Frage zu beantworten, Detective Rolseth – nein, ich bin nicht in Trance. Hätte ich mich in einem derartigen Zustand befunden, wäre ich nicht in der Lage gewesen, Ihre Frage zu hören. Ich habe nur …» Er zog seine glatten schwarzen Brauen zusammen und runzelte die Stirn, als er die Hände öffnete, dann wieder schloss und sie schließlich an die Brust legte.

«Alles in sich aufgenommen?», fragte Gino.

«Ja. Ja, das ist ist der präzise Ausdruck, der beschreibt, was ich getan habe. Danke Ihnen.» Er winkte sie in den Raum. «Von der Tür geradeaus bis hierher, wo ich stehe, wenn ich Sie bitten darf. Sehen Sie, wo der Boden eine dunklere Färbung hat?»

Magozzi sah hinunter auf den knapp einen Meter breiten Streifen, der über den Holzfußboden lief und auf dem der Glanz des alten Firnis noch erhalten und nicht durch Sonnenlicht und Abnutzung verblasst war. «Lag hier ein Läufer?»

«Ja. Bevor wir eingetreten sind, hat Mr. Grimm ihn zur Untersuchung wegnehmen lassen, damit wir einen Zugang zu dieser schrecklichen Geschichte fanden.»

Magozzi und Gino gingen hintereinander und mit aller Vorsicht direkt in der Mitte des Streifens, den der Läufer hinterlassen hatte. Als sie den halben Weg hinter sich hatten, blieben sie stehen und blickten wortlos in die Runde, um Anants schreckliche Geschichte mit eigenen Augen zu lesen.

Das Schlafzimmer sah chaotisch aus und roch Gott sei Dank eher nach billigem Aftershave als nach etwas anderem. Was an Flaschen auf der Kommode gestanden hatte, war jetzt nur noch ein Haufen aus Glasscherben, vermischt mit ausgelaufenen Flüssigkeiten auf dem Fußboden. Ein Nachttisch neben dem Bett war umgeworfen, daneben lag eine kaputte

Lampe, deren grüner Glasschirm zersplittert war. Was von dem zerschmetterten Telefon übrig war, lag in einer entfernten Ecke, und eine verblichene Tagesdecke aus Chenille war vom Bett gerissen worden.

Die Schuhe stachen inmitten all dieser Trümmer hervor und schienen irgendwie von der Gewalttätigkeit, die hier geherrscht hatte, unberührt geblieben zu sein. Sie waren schwarz, auf Hochglanz poliert und standen in Erwartung passender Füße sorgsam aufgestellt vor einem Stuhl mit hoher Rückenlehne.

Gino stieß einen langen Seufzer aus. Er sah in den offenen Wandschrank auf einen Haufen von Kleidungsstücken, die von Bügeln gezerrt worden waren und jetzt auf dem Boden lagen. «Wo ist er? Da drinnen?»

Anant folgte seinem Blick. «Nein. Nicht mehr. Mr. Schuler befindet sich unter dem Bett.»

Magozzi schloss ganz kurz die Augen und stellte sich einen alten Mann in Todesangst vor, der sich in einem ekelhaften Katz-und-Maus-Spiel von einem unbrauchbaren Versteck zum anderen schleppte und bis zum bitteren Ende erfolglos versuchte, sein Leben zu retten. Aber er hatte sein Schicksal akzeptiert und nur instinktiv unter dem Bett Schutz gesucht, wie ein waidwundes Tier, um vor Blicken geschützt und relativ friedlich zu sterben ... sofern das überhaupt möglich war, wenn man von einem sadistischen Psychopathen mit einer Schusswaffe verfolgt wurde. «Ich sehe kein Blut. Wurde er unterm Bett erschossen?»

«Eine korrekte Annahme, Detective», sagte Anant, kniete nieder und bedeutete ihnen, dasselbe zu tun. Er zog eine Taschenlampe aus seinem Mantel und leuchtete unter das Bett. «Bitte, meine Herren, wenn Sie mögen.»

Magozzi und Gino duckten sich neben ihn und erblickten das, was von Ben Schulers Kopf übrig geblieben war. Der obere Teil seines Schädels bestand nur noch aus Blut, Gehirnmasse und Knochenfragmenten, aber sein Gesicht, gespenstisch bleich im Lichthof der Taschenlampe, war auf grausame Weise unversehrt und wie erstarrt in einer grotesken Verzerrung, als ob sich jemand mit einer Lötlampe an einem Picassobildnis zu schaffen gemacht hätte.

Gino wandte sich kurz ab. «Mein Gott ... sein *Gesicht*. Warum sieht es so aus?»

«Das ist der Gesichtsausdruck, mit dem er gestorben ist, Detective, sozusagen eingefroren in der Zeit und für uns zu enträtseln. Ich glaube, man sieht Entsetzen.» Anant schwenkte den Lichtstrahl auf Ben Schulers Kleidung: einen abgetragenen Wollblazer, das blutbespritzte Hemd darunter und eine nur zum Teil gebundene Krawatte. «Es sieht so aus, als habe er vorgehabt, irgendwo hinzugehen.»

«Morey Gilberts Beerdigung», sagte Magozzi leise. «Er wollte zur Beerdigung seines Freundes.»

Jimmy Grimm steckte seinen Kopf zur Tür herein. «Die Medien sind draußen, Leute. Alle vier Fernsehsender und beide Zeitungen. Das Theater geht los.»

KAPITEL 21

Die Nachricht von Ben Schulers Ermordung hatte sich unter den Trauernden im Haus Gilbert schnell herumgesprochen, hatte Stimmen gedämpft, Sinne geschärft und Warnungen vor dem Bösen geflüstert. Die Polizei mochte noch im Dunkeln tappen und nach der einen Gemeinsamkeit suchen, die diese Morde miteinander verband, aber jede Frau und jeder Mann in diesem Haus kannte die Wahrheit. Jemand ermordete Juden.

Nicht einer von ihnen sprach diesen schrecklichen Gedanken laut aus, aber sie blieben länger, als sie es sonst getan hätten, steckten die Köpfe zusammen und suchten in der Gruppe ein tröstliches Gefühl von Sicherheit. Es war bereits dunkel, als sie sich langsam auf den Heimweg machten, und selbst jetzt verharrten sie noch an der Tür, um letzte Beileidsbekundungen loszuwerden.

Während die Reihe kondolierender Menschen sich zur Vordertür hinaus auf den Heimweg machte, schlich sich Jack hinten hinaus und verschwand in den Schatten des Gartens.

Es gab viele Hindernisse auf dem Weg zum Geräteschuppen hinter dem Gewächshaus – scharfe Grashalme und kleine Unebenheiten auf dem Rasen – aber Jack erreichte sein Ziel mit nur wenigen Kratzern und Grasflecken. Zumindest hoffte er, dass es sich um Grasflecken handelte und er nicht auf einen Frosch gefallen war.

Er blieb an der Tür stehen, presste seinen Rücken gegen das raue Holz und lauschte. Hier draußen war es sehr dunkel und, wenn man einmal an dem heiseren Quaken der gottverdammten Frösche im hinteren Garten vorbei war, auch sehr still. Er hörte nichts anderes als seine Herzschläge und das Ratschen der Holzsplitter, die die feine Wolle seines Anzugs aufrissen, als er sich in die Hocke sinken ließ und den Kopf in die Hände nahm.

Verdammt, er musste sich zusammenreißen, sich entspannen, einen Plan machen, und dann brauchte er einen Drink.

Er fühlte sich wackelig auf den Beinen, als er schließlich hochgekommen war und die Tür aufstieß. Sie quietschte in den Angeln, und bei dem Geräusch zuckte er zusammen. Er stolperte in die Mitte des Raums und fuchtelte mit den Händen um seinen Kopf herum, bis er die Kette gefunden hatte, mit der sich die herabhängende nackte Glühbirne anschalten ließ.

Im hellen Licht sah der Schuppen so ordentlich aufgeräumt aus wie immer. Er betrachtete all die Dinge, die ihm als Kind Angst gemacht hatten: die Schaufeln mit ihren messerscharfen Kanten, die glänzenden Blätter einer Heckenschere, die spitz zulaufenden Pflanzenheber und Gartenrechen, deren Zinken im schaukelnden Licht wie Zähne schimmerten. Allesamt Monster, als Jack sechs gewesen war und zum allerersten Mal nach Eintritt der Dunkelheit den Schuppen betreten hatte.

Die Hand seines Vaters war groß … Finger, die bis über die Hälfte seines Brustkorbs reichten, ein Daumen, der über den halben Rücken griff … aber seltsam gewichtlos. Nur warm und tröstlich.

«Geh weiter, Jackie. Geh nur ganz rein.»

Ein entschlossenes Kopfschütteln. Sechsjähriger Eigensinn.

«Nein? Aha. Es sieht hier abends anders aus, was?»

Ein leichtes, ruckartiges Kopfnicken.

«Und all die Werkzeuge, die sehen ziemlich gefährlich aus, stimmt's?»

Ein weiteres Nicken, schon ein wenig tapferer, denn das, was Angst machte, war jetzt offen angesprochen.

«Ha! Du glaubst, ich würde zulassen, dass dir etwas passiert, mein Goldjunge?»

Dann waren da die starken Arme, die ihn packten und in die Höhe hoben, die ihn dicht an ein kratzendes Wollhemd pressten, das nach Schweiß und Erde und Luft roch. «Hier ist nichts, was dir wehtun könnte. Nirgends wird es je etwas geben, was dir wehtut. Das würde ich niemals zulassen. Du glaubst mir doch, oder, Jackie?»

Jack merkte nicht, dass er weinte, bis er seine eigenen haltlosen Schluchzer hörte. Er schlug die Hand vor den Mund, um das Geräusch zu dämpfen, und taumelte, benommen von dem starken Cocktail aus Bourbon und Tränen, hinüber in die Ecke, wo Säcke mit Schafkot auf einer Palette gestapelt lagen. Er brauchte zehn Minuten, bis er die schweren Säcke zur Seite gehievt hatte und die hölzerne Palette von der Wand ziehen konnte. Inzwischen waren die Tränen versiegt.

Er fand die Fuge im Zementboden auf Anhieb, griff sich einen Spatel, machte sich daran, das Stück Beton hochzustemmen, und spürte sehr bald, dass ihm vor Nervosität Schweißperlen auf die Stirn traten.

Der Plastikbeutel war dunkel von Öl, die Lappen darin waren glitschig und rochen süßlich. Das Böse, in Windeln gewickelt.

Jack sah wie gebannt hinunter auf die Waffe, die sich in seiner Hand so vertraut anfühlte, und war fasziniert davon, wie das Licht glitzernd vom Lauf reflektiert wurde. Er ließ die Trommel aufschnappen, zählte die Kugeln und wollte die

Waffe gerade einstecken, als er hörte, wie hinter ihm die Tür quietschend aufging. Ohne zu überlegen, griff er die Waffe und wirbelte herum, bis er in Schussposition dastand. Die vertraute Bewegung geschah wie von selbst.

Einer der Burschen, die in der Gärtnerei arbeiteten, stand in der Tür, Augen so groß wie Spiegeleier und den Blick wie hypnotisiert auf die Waffe gerichtet. «Oh, Gott, oh, Gott … Mr. Gilbert? Ich bin's doch, Jeff Montgomery? Bitte schießen Sie nicht.»

Jack klappte zusammen und landete auf dem Hintern. Er schloss die Augen und spürte das Zittern, das seinen Körper nach dem Adrenalinschock durchlief. Himmelherrgott, fast hätte er den Jungen erschossen. «Scheiße auch», murmelte er. Das Adrenalin war fort, der Alkohol zurück, und seine Zunge wurde wieder schwer. «Ich werde dich schon nicht erschießen. Hat dir denn niemand beigebracht, sich nicht an einen bewaffneten Mann anzuschleichen?»

«Ich … ich … ich wusste doch nicht, dass Sie eine Waffe haben? Ich habe nur das Licht gesehen und gedacht, ich schaue besser mal nach.»

Torkelnd kam Jack wieder auf die Beine. Er hatte weiche Knie und sah, dass der Junge noch immer wie angewurzelt in der Tür stand. Seine Blicke schossen hin und her. Er glich einem Kaninchen, das jede Sekunde flüchten wollte. Jack wurde bewusst, was für einen schlechten Eindruck die Situation wahrscheinlich machte.

«Hör mal, Junge. Das hier ist nicht so, wie es aussieht. Scheiße, ich hasse alle Waffen, aber hier rennt irgend ein verrückter Dreckskerl rum und schießt die Nachbarschaft zusammen, also brauche ich das Ding, verstehst du?»

«Ja Sir, klar. Äh … ich denke, ich gehe jetzt lieber?»

«Nein, nein, warte einen Moment.» Jack fuchtelte wild mit der Waffe herum, und der Junge wich in Todesangst gegen die Tür zurück. Jack blickte vom Gesicht des Jungen auf die Waffe in seiner Hand. «Oh, Mann, tut mir leid.» Er schob die Waffe in die Tasche und hob seine leeren Hände. «Hab keine Angst, Junge … Jeff, nicht wahr?»

Der Junge nickte skeptisch.

«Okay, Jeff, jetzt hör mir mal zu. Es tut mir wirklich leid, dass ich dich erschreckt habe, aber ich bin 'n bisschen betrunken und habe selbst auch ziemlich viel Angst. Deswegen habe ich zu meinem Schutz diese Waffe hier, okay. Die Sache ist nur, das ist nicht gerade legal. Kannst du mir folgen? Es ist also nicht besonders cool, wenn jemand herausfindet, dass ich sie habe. Besonders Marty. Um Gottes willen, sag kein Wort zu Marty, okay?»

«Okay, klar doch, kein Problem, Mr. Gilbert.»

«Ausgezeichnet. Wirklich ausgezeichnet.» Jack klatschte in die Hände, und der Junge machte einen Satz. «Also! Willst du mir vielleicht helfen, die Säcke wieder auf die Palette zu laden?»

«Gerne doch, Mr. Gilbert.»

Jack schenkte ihm ein wunderbares Lächeln. «Bist ein guter Junge, Jeff.»

KAPITEL 22

Nachdem der letzte Trauergast Lilys Haus verlassen hatte, fand Marty Jack zusammengesunken hinter dem Lenkrad seines Mercedes. Aus seinem silbernen Flachmann tropften die letzten kostbaren Reste Bourbon auf den samtweichen Ledersitz. Marty beugte sich zum offenen Fenster hinunter und wäre fast in Ohnmacht gefallen.

«Mein Gott, Jack, was ist das für ein Geruch?»

Jack sah nicht einmal hoch zu ihm. «Schafkot. Du solltest mal den Geräteschuppen lüften, Marty. Da stinkt es.» Er klang seltsam nüchtern für einen Mann, der wahrscheinlich seit Sonnenaufgang getrunken hatte.

«Was hattest du im Geräteschuppen zu suchen?»

«Nur ... eine Reise in die Vergangenheit, schätze ich. Pop hat mich dahin mitgenommen, als ich klein war. Ließ mich rumhängen, während er die Werkzeuge schärfte. Weißt du was? Ich glaube, ich habe ein bisschen zu viel getrunken, um diese Karre auch nur in Gang zu bringen, und ich müsste dringend unter die Dusche. Hättest du Lust, mich nach Hause zu fahren, Marty?»

«Nicht in diesem Wagen.»

Zwanzig Minuten später saßen sie in Martys 66er Chevy Malibu, das Verdeck offen, um den Gestank zu vertreiben, und fuhren westlich auf dem Freeway an der Innenstadt von Minneapolis vorbei. Es herrschte nur leichter Verkehr, die Nachtluft verströmte eine fast sexuelle Wärme, und Jack saß ungewohnt schweigsam auf dem Beifahrersitz.

Schließlich sagte Marty die Worte, von denen er gedacht

hatte, dass sie niemals über die Lippen kämen. «Okay, Jack. Fang zu reden an.»

«Kein Problem, Kumpel. Such dir ein Thema aus.»

«Beginnen wir damit, was du deiner Mutter angetan hast.»

«Wie bitte?»

«Lass bitte den Scheiß, Jack. Dich interessiert Religion nicht die Bohne, und plötzlich bist du erfüllt vom Heiligen Geist, entschließt dich, die Jarmulke abzunehmen und Christ zu werden? Blödsinn. Dieses Konfirmationsfoto und auch das von deiner Hochzeit … damit wolltest du nur deine Eltern treffen.»

«Also?»

«Also war es kindisch und boshaft und so gut wie unverzeihlich.»

Jack seufzte laut. «Bist du fertig?»

«Nein, verdammt, ich bin nicht fertig. Du hattest einen Streit mit deinem Dad. Lily wusste nicht einmal, worum es dabei ging. Also, warum hast du sie ausgeschlossen?»

«Es ist kompliziert. Und du möchtest es gar nicht wissen.»

«Doch, ich möchte es wissen. Ich möchte wissen, was zum Teufel Morey gesagt hat, dass du so um dich schlagen musstest.»

Jack richtete sich auf seinem Sitz ein wenig auf und sah Marty verblüfft an. «Weißt du was, Marty? Du bist der erste Mensch, der überhaupt annimmt, dass ich möglicherweise einen Grund für mein Verhalten hatte und nicht einfach nur ein Arschloch war.» Er sah wieder nach vorn und schüttelte den Kopf. «Mann, du kannst dir gar nicht vorstellen, was das für ein Gefühl ist.»

«Toll. Bin ich froh, dich glücklich gemacht zu haben. Und was war nun der Grund?»

«Dafür liebe ich dich wirklich, Marty.»

«Ach, Scheiße, ich kann nicht mit dir reden, wenn du so bist.»

«Na ja, das passt doch gut, Marty. Ich wollte sowieso nicht mir dir über diesen Scheiß reden. Lassen wir die Vergangenheit ruhen, Schnee von gestern, hin ist hin ...»

«Verdammt, Jack, so geht es nicht, denn Lily leidet darunter. Ganz abgesehen von dir. Du musst das regeln.»

Jack schüttelte heftig den Kopf. «Kann ich aber nicht.»

«Dann sag mir, was es ist. Vielleicht kann ich es klären.»

«Mein Gott, was bist du nur für ein arroganter Sack, und wenn man sich's überlegt, ist das lachhaft. Welchen Grund könntest du für deine Arroganz haben? Du bekommst doch nicht mal dein eigenes Leben in den Griff. Also lass es einfach. Ich werde nicht darüber reden.»

Martys Finger umklammerten das Lenkrad, als er in die enge Auffahrt einbog, um auf den Freeway nach Wayzata zu kommen. «Gut. Du willst darüber nicht sprechen? Sprechen wir also über Rose Kleber.»

Jack kreuzte die Arme über der Brust. «Ich habe sie nicht gekannt.»

«Erzähl mir keinen Unsinn, Jack. Ich habe dein Gesicht gesehen, als du auf ihr Bild in der Zeitung gestarrt hast.»

Eine Weile regte sich Jack nicht und sagte auch nichts, aber Marty spürte seine Anspannung. «Okay, okay. Ich habe sie einmal getroffen. Und? Ich treffe eine Menge Leute. Das bedeutet noch lange nicht, dass ich sie kenne. Ich glaube nicht, dass ich je ihren Nachnamen gehört habe. Es war nichts als ein Schock, das ist alles. Ich meine, drei alte Juden werden innerhalb von drei Tagen abgeknallt, und wie sich herausstellt, kenne ich sie alle.»

«Wie hast du sie kennen gelernt?»

«Gott, das weiß ich nicht. Was zum Teufel soll das? Was soll die Fragerei?»

Marty wusste, dass er ihm keine Zeit zum Nachdenken geben durfte. «Nun, es ist so, Jack, dass die Cops nach einer Verbindung zwischen den Opfern suchen, und langsam sieht es so aus, als könntest du es sein.»

«Das ist doch Quatsch. Ich wette, man kann mindestens hundert Leute finden, die alle drei gekannt haben.»

«Sie waren vertraut miteinander, nicht wahr? Morey, Ben und Rose?»

«Scheiße, wie soll ich das wissen?»

«Weil du es *weißt*, verdammt. Du hast eine Heidenangst bekommen, als du hörtest, dass Ben Schuler erschossen worden ist. Das haben Gino und Magozzi mitgekriegt. Meinst du, sie fragen sich nicht, warum? Und sie waren nicht dabei, als es dich beim Anblick von Rose Klebers Foto umgehauen hat. Verdammt, Jack, du weißt etwas über diese Morde. Warum rückst du nicht raus damit? Menschen sterben.»

Jack drehte sich zu ihm. «Was zur Hölle soll das? Gestern war es dir noch völlig gleichgültig, wer deinen eigenen Schwiegervater umgebracht hat, und heute spielst du wieder Mr. Cop. Was soll das?»

«Ach ja? Du hast da was vergessen, Jack. Gestern hast du mir mächtig zugesetzt, weil ich angeblich *nicht* versuchen würde herauszufinden, wer Morey umgebracht hat, und jetzt, da ich ein paar Fragen stelle, bist du derjenige, der nicht darüber sprechen will. Was soll *das*?»

Voller Frust schlug Jack den Kopf nach hinten gegen den Sitz und las das große grün-weiße Freeway-Schild, während sie durch eine Unterführung fuhren. «Verdammt, Marty, das war Jonquil. Du bist vorbeigefahren. Nimm die nächste Ausfahrt.»

«Du musst mit mir reden, Jack. Von alleine verschwindet dieses Problem nicht.»

Jack blieb einen Moment lang stumm, und dann, gerade als sie auf der Freeway-Ausfahrt langsamer wurden und die relative Sicherheit des städtischen Verkehrs erreichten, schloss er den Sicherheitsgurt über seinem Schoß. «Fahr rechts ab, dann drei Blocks hoch. Die Straße gabelt sich an einem Bach, da musst du dich links halten.»

Marty sah auf seine rechte Hand, die das Lenkrad umfasste. Sie sah aus wie eine Faust, und er fragte sich, was es wohl für ein Gefühl sein mochte, Jack diese Faust ins Gesicht zu schmettern. Es bedurfte seiner gesamten Willenskraft, besonnen und nicht bedrohlich zu sprechen. «Hör mir zu, Jack. Du machst einen Denkfehler. Wenn du etwas weißt, was den Cops helfen könnte, dem Morden ein Ende zu setzen, dann musst du es ihnen sagen. Denn wenn du es nicht tust und noch jemand stirbt, hättest du gleich selbst abdrücken können.»

Jack wandte sich ihm mit einem eigenartigen Lächeln zu, das an- und auszugehen schien, während sie unter den Straßenlaternen hindurchfuhren. «Das wird nicht passieren, Marty. Keine Sorge. Hast du eigentlich noch die 357er von damals?»

Marty sah Jack ungläubig an und hätte beinahe einen parkenden Wagen geschrammt. «Zum Teufel, Jack, du machst mich irre. Ich weiß nicht mehr, wer du bist.»

«Ich auch nicht. Aber was ist mit der Waffe? Hast du sie noch?»

Marty stieg in die Bremse, sodass Jack nach vorne geschleudert wurde und der Wagen mit kreischenden Reifen mitten auf der Straße zum Stehen kam. «Ja, ich habe die gottverdammte Waffe! Willst du sie ausleihen? Dir eine Kugel in den Kopf jagen und mir die Mühe ersparen?»

«Hm, Marty, ruhig doch.» Jack schüttelte die Hand, mit der er sich am Armaturenbrett abgestützt hatte. «Du hast mir fast das Handgelenk gebrochen. Gut, dass ich noch den Sicherheitsgurt angelegt habe. Wusstest du, dass neunzig Prozent aller Autounfälle auf normalen Straßen passieren? Alle denken, die Freeways sind die Schlachtfelder, aber dem ist nicht so.»

Marty schloss die Augen und lehnte die Stirn gegen das Lenkrad.

«Also, zurück zu der Waffe. Ich möchte, dass du mir einen Gefallen tust. Fahr nach Hause, hol sie, hab sie immer zur Hand und bleib für ein paar Tage bei Ma. Wirst du das tun?»

Marty drehte den Kopf, sah ihn hoffnungslos resigniert an. «Jack, du musst mir erzählen, was geschieht.»

«Menschen werden erschossen, das geschieht. Alte Menschen. Juden. Wie Ma. Behalt sie einfach im Auge, das ist alles.»

Marty seufzte und fuhr langsam an. Am Bach links, in weiten Kurven um eine baumbestandene Siedlung, und die ganze Zeit über fühlte er sich, als führe er durch einen Traum, unfähig, irgendetwas zu ändern.

«Du glaubst doch nicht wirklich, dass ich noch mehr Menschen sterben lassen würde, wenn ich etwas tun könnte, um dem Einhalt zu gebieten, oder, Marty?»

Marty brauchte nicht zu überlegen, und das überraschte ihn. «Nein. Das glaube ich nicht. Aber ich glaube, du steckst in Schwierigkeiten, und du willst dir von mir nicht helfen lassen.»

Jack lachte glucksend. «Mir kann schon seit langer Zeit niemand mehr helfen, Marty. Aber es war verdammt nett von dir, mir Hilfe anzubieten.» Er lehnte den Kopf wieder zurück und blickte hinauf zu den goldenen Unterseiten der Nachtwolken, die das ferne Licht der Stadt reflektierten. «Mann, Hannah hat diesen Wagen geliebt. Manchmal, wenn du Nachtdienst hattest, sind wir damit runter zu Porky's gefahren, um warmen Schokoladenkuchen zu essen. Danach sind wir mit offenem Verdeck um die Seen gefahren. Das waren echt schöne Zeiten.»

Marty kniff kurz seine Augen zu und dachte, wenn er sie geschlossen hielt, würden sie von der Straße abkommen, gegen einen Baum fahren, und sie würden beide sterben. Vielleicht wäre dann die Welt ein besserer Ort.

«Ihr Leben hat sich um dich gedreht, Marty, wusstest du das? Das ist der andere Grund, warum ich dich liebe. Du hast Hannah glücklich gemacht.»

Marty presste die Lippen zusammen und ließ sich an jenen dunklen Ort treiben, den er täglich aufsuchte. «Meinetwegen ist Hannah ums Leben gekommen.»

«Nein, das stimmt nicht, Marty. Mach dir keine Vorwürfe.» Jack reichte hinüber und zauste Martys Haar. Es war eine eigenartig väterliche Geste, und zum ersten Mal seit über einem Jahr hielt Marty es für möglich, weinen zu können.

Jack stand am Ende seiner von Bäumen gesäumten Auffahrt und sah zu, wie Marty wegfuhr. Er wartete, bis die Rücklichter hinter einer Kurve verschwunden waren, bevor er behutsam die Waffe aus seiner Tasche zog. Er hatte die gesamte Fahrt über Angst gehabt, dass die verdammte Knarre losginge und ihm den Schwanz wegblasen würde, denn er konnte sich um nichts in der Welt daran erinnern, ob er sie im Geräteschuppen gesichert hatte oder nicht.

Er hatte die Waffe noch in der Hand, als er ein leises *snick-snick* zwischen den Bäumen hinter sich hörte. Hirsche, dachte er, oder diese verfluchten Waschbären, aber seine Nackenhaare sträubten sich nichtsdestotrotz.

KAPITEL 23

Gino und Magozzi sahen die letzte Hälfte der Zehn-Uhr-Nachrichten in einer dunklen Nische hinten in der Sports Bar. Gino aß eine Enchilada, groß wie ein Baseballschläger und in scharfer Soße getränkt; Magozzi hatte eine Schale Hühnersuppe mit Nudeln vor sich stehen. Sein Magen war eine Katastrophe.

Auf dem Großbildschirm verfolgten sie einen fünf Minuten langen rührseligen Bericht über Morey Gilberts Beerdigung, der offensichtlich nur als reißerischer Hinweis auf das kommende Feature *St. Gilbert of Uptown* diente. Darauf folgten Außenaufnahmen von Ben Schulers Haus, die in eine Großaufnahme von Magozzi übergingen, der die gewohnt uneindeutige Stellungnahme abgab: Sie hatten keine Verdächtigen in Gewahrsam, sie gingen allen erdenklichen Hinweisen nach, und, nein, sie könnten keine definitive Verbindung zwischen den Morden an Morey Gilbert, Rose Kleber und Ben Schuler bestätigen. An dieser Stelle ertönte die schrille Stimme von Kristin Keller, der blonden Barbiepuppe von Channel Ten, aus dem Off. «Detective Magozzi! Alle drei Mordopfer waren KZ-Überlebende. Aus meiner Sicht dürfte das als eine deutliche Verbindung zu bezeichnen sein.»

«Nun sieh dir das an.» Gino fuchtelte mit der Gabel in Richtung Bildschirm. «Direkt zur Werbung, nachdem sie uns in die Eier getreten hat. Verdammt, wie ich diese Frau hasse. Weißt du, was wir machen sollten? Wir sollten sie uns eines Abends in einer dunklen Seitengasse schnappen und ihr eine Glatze rasieren. Das würde sie für eine Weile vom Bildschirm fern halten. Was mich echt umhaut, ist aber, wie sie so schnell herausgefunden haben, dass Schuler im KZ war.»

«Wahrscheinlich Nachbarn», sagte Magozzi und tauchte den Löffel in seine Suppe. «Jimmy hat gesagt, dass die Kamerateams dreißig Minuten lang an alle Türen geklopft haben, bevor wir rauskamen.»

«Malcherson wird das Interview nicht gefallen.»

Magozzi legte den Löffel zur Seite. «Hast du vielleicht 'n paar Magentabletten?»

Es war fast elf Uhr, als Gino und Magozzi sich die Treppen zur City Hall hinaufschleppten. Ihre Anzüge waren zerknautscht, ihre Krawatten gelockert, und Reste von Lily Gilberts Kochkünsten und der Enchilada verzierten Ginos ehemals weißes Hemd. Der breite Korridor, der zum Morddezernat führte, war verlassen, das Licht gedämpft, und im Gebäude war es so still, dass sie Johnny McLarens Stimme hören konnten, bevor sie die Bürotür öffneten.

Er telefonierte von Glorias Platz, weil er unter der Müllhalde auf seinem Schreibtisch das Telefon nicht finden konnte. Er grinste und winkte ihnen zu, und sie folgten seinem Daumen zum hinteren Teil des Raums, wo Langer die letzten Fleischstückchen von einem Hühnerflügel zupfte.

«Boah», sagte Gino. «Langer isst wieder gegrillte Hühnerflügel. Das ist das Ende der Welt.» Er sah hinunter auf die abgenagten Knochen, die säuberlich auf eine Serviette gestapelt waren. «Ich dachte, du wärst Vegetarier.»

«War ich auch bis gestern Abend. Ich liebe diese Dinger. Möchtest du einen?» Er tippte auf die fettige weiße Tüte, die auf seiner Schreibunterlage stand.

«Nein danke. Was macht ihr beide so spät noch hier?»

Langer tupfte sich die Mundwinkel mit einer Serviette ab. «Überseetelefonate mit ein paar Polizisten, die wir tagsüber nicht erreichen konnten. Stellt euch vor, McLaren versucht gerade, einen Typen in Johannesburg zu erreichen.»

McLaren legte auf und kam zu seinem eigenen Schreibtisch zurück. «Wenn wir das nächste Mal eine Flaute bei der Mordkommission haben, sollten wir unsere Sachen packen und nach Südafrika fliegen. Jedes Mal, wenn ich mit den Jungs sprechen will, sind sie wieder wegen eines neuen Mordfalls unterwegs.» Er klatschte einen Nachrichtenzettel auf Langers Tisch. «Und den hier rufst du an, denn ich weiß nicht, wie ich einen Namen ohne Vokale aussprechen soll. Als ich nach dem Kerl fragte, wurde einfach aufgelegt.»

«Was läuft hier eigentlich?», fragte Magozzi. «Was soll das mit den Überseetelefonaten?»

McLaren machte ein langes Gesicht. «Willst du mich auf den Arm nehmen? Habt ihr die Sechs-Uhr-Nachrichten nicht gesehen? Oh, Mann ...» Er warf die Hände in die Höhe. «Da geben wir eine Mörderpressekonferenz, und ihr verpasst sie. Malcherson hat uns diesmal tatsächlich reden lassen, und ich war ganz groß, auch wenn es sich nach Eigenlob anhört. Das war ich doch, Langer?»

Langer sah Magozzi an und verdrehte die Augen. «Er hat das Madrasjackett angehabt.»

Magozzi schnitt eine Grimasse.

«Sie haben versucht, uns auflaufen zu lassen, klar», McLaren ließ die Augenbrauen wackeln, «besonders dieser bescheuerte Typ mit der Dauerwelle, der die Spätnachrichten moderiert. Aber wir waren Felsen in der Brandung. Cool, hart, wie es sich für Helden gehört. Ich habe ein Video ...»

«Verdammt, was ist passiert?», fragte Gino und griff mit einer Hand tief in die Tüte mit den Hühnerflügeln. «Ein Durchbruch bei dem Typ an den Gleisen?»

«Das kannst du wohl sagen.» McLaren grinste. «Scheint so, als wäre die 45er, mit dem Arlen Fischer beinahe der Arm abgeschossen wurde, ein heißes Eisen. Bei Interpol haben sie einen ganzen Haufen Treffer für die Waffe. Lasst mich mal sehen, da waren Johannesburg, London, Paris, Prag ... und noch zwei andere Städte.»

«Mailand und Genf», half Langer ihm aus.

«Genau. Jedenfalls hat Channel Three eine Quelle beim FBI, die auf die Verbindung zu Interpol gekommen ist, und die Presse hat verrückt gespielt. Internationale Verschwörung in unseren Landesgrenzen ... die Sensationsgeschichte.»

«Und was denkt ihr?»

Langer zuckte die Achseln. «Interpol hatte alle Fälle als Auftragsmorde eingeschätzt. Sie haben sechs Morde, verteilt über fünfzehn Jahre – sieben, wenn man Arlen Fischer mitzählt, und es sieht so aus, als wäre es immer derselbe Killer mit derselben Waffe. Taucht auf und ist wieder weg, keine Zeugen, keine Spuren, jeweils ein einziger Kopfschuss.»

«Aber Arlen Fischer wurde nicht in den Kopf geschossen», erinnerte ihn Magozzi.

«Das ist das Beste an der Sache. Es besteht natürlich die Möglichkeit, dass eine Waffe ohne den dazugehörigen Killer durch die Welt geistert – vielleicht hat er sie nach dem letzten Auftrag weggeworfen und sie landete hier bei uns in den Händen von jemand anderem –, aber bei Interpol hofft man, dass es sich um denselben Killer handelt und der Mord an Arlen Fischer persönlich motiviert war. In der Regel foltern Auftragsmörder Fremde nicht.»

Magozzi nickte. «Also hat er Fischer gekannt.»

«Das ist die Theorie. Dass sich die Wege Fischers und seines Mörders irgendwann gekreuzt haben. Und wenn wir diese Verbindung herausbekommen, können wir diesem Kerl vielleicht auch einen Namen zuordnen.»

«Mann, Leute», sagte Magozzi mit einem Lächeln. «Ihr werdet einen internationalen Auftragskiller schnappen.»

«Wäre das nicht ein Fest?» McLaren grinste. «Aber das Schlimme an der Sache ist, dass wir auf Wunsch von Interpol das FBI einbeziehen sollen. Die sind echt spitz auf diesen Kerl. Chief Malcherson hält sie uns vom Leib, bis wir bei den sechs Opfern in Übersee überprüft haben, ob wir sie mit Fischer in Verbindung bringen können. Und wo wir gerade dabei sind», McLaren reichte Langer den Notizzettel mit der Telefonnummer, «hier hätten wir Mr. Konsonant. Ich rufe ihn nicht an, habe ich dir ja gesagt.»

«Er spricht wahrscheinlich Englisch, McLaren.»

«Das hilft mir auch nicht weiter, wenn ich ihn gar nicht erst ans Telefon bekomme, weil ich seinen Namen nicht aussprechen kann.»

«Schon gut, schon gut.» Langer nahm den Zettel und reichte McLaren dafür einen anderen. «Dann übernimmst du eben Paris. Ich könnte schwören, dass die Leute nur deswegen so tun, als könnten sie kein Englisch, weil sie uns ärgern wollen.»

Gino lästerte: «Als ob McLaren Französisch könnte.»

Langer sah ihn grinsend an. «McLaren spricht es fließend.»

«Niemals.»

«Nur die romanischen Sprachen», sagte McLaren. «Die habe ich ganz gut drauf, aber die slawischen Mundarten sind sauschwer.»

Er trottete zu seinem Schreibtisch und machte sich daran, eine lange Zahlenreihe in die Tasten zu tippen. Gino und Magozzi sahen ihm staunend zu, als er in einer Sprache zu brabbeln begann, von der sie nicht ein Wort verstanden.

«Unglaublich», murmelte Gino. «Und die ganze Zeit habe ich gedacht, McLaren habe nur ein hübsches Gesicht zu bieten.»

«Was macht ihr eigentlich hier?», fragte Langer.

Gino und Magozzi reagierten mit ähnlich düsteren Mienen. Sie waren müde, entmutigt und darüber hinaus auch ein wenig ängstlich, da sie beide das Gefühl hatten, die Dinge seien dabei, ihnen aus den Händen zu gleiten. «Wir haben noch einen Senioren verloren», sagte Magozzi.

Langers Kinnlade klappte nach unten. «Du machst Witze.»

«Ich wünschte, es wäre so», sagte Magozzi bitter. «Achtundsiebzig, in seinem eigenen Haus erschossen, auch eine Tätowierung.»

Langer atmete gequält aus und blickte kopfschüttelnd zur Seite. «Was geht da draußen nur vor?»

«Die Quasselköpfe vom Fernsehen stellen inzwischen dieselbe Frage», knurrte Gino. «Ihr hattet die Sechs-Uhr-Sendung, uns haben sie die um zehn überlassen. Haben uns ziemlich durch den Wolf gedreht.»

«Ich werde jetzt die Anrufe erledigen», sagte Magozzi zu Gino, als er seinen Schreibtisch ansteuerte. Gino nickte, aber blieb noch bei Langer zurück.

«Wer ist euer Opfer?», fragte Langer.

«Typ namens Ben Schuler. Schon mal von ihm gehört?»

Langer schüttelte den Kopf. «Glaube nicht.»

«Na ja, anscheinend kannten er und Morey einander recht gut.»

«Da habt ihr euren Zusammenhang.»

«Womöglich die erste Andeutung, aber nur, was Schuler und Gilbert betrifft. Rose Kleber ist noch außen vor. Wir haben uns gestern mit ihrer Familie unterhalten und nach einer Verbindung zwischen ihr und Morey Gilbert gesucht, aber nichts gefunden. Jetzt fragt Leo bei der Familie nach, ob sie Ben Schuler gekannt hat. Wäre gut, wenn wir sie auf diese Weise alle unter einen Hut bringen könnten.» Er warf einen Blick zu Magozzi hinüber. Der hielt den Telefonhörer am Ohr, schüttelte aber den Kopf und streckte einen Daumen nach unten. «Oder es klappt nicht.»

Magozzi legte auf und zog einen Bürostuhl auf Rädern an Langers Schreibtisch. Er wirkte bei weitem nicht so deprimiert, wie Gino es für angemessen gehalten hätte. «Rose Klebers Familie hat noch nie von Ben Schuler gehört.»

«Ja, das habe ich mitgekriegt.» Gino war ein unglücklicher Mann.

«Aber ich habe überlegt, es ist doch merkwürdig, dass wir es momentan mit einer Reihe von Morden zu tun haben, und dann stellt sich heraus, dass dem Mord, an dem Langer und McLaren arbeiten, eine Reihe von Morden vorausgegangen ist ...»

«Halt dich bloß zurück», ermahnte ihn Gino. «Wir reißen uns den Arsch auf, um drei Mordfälle in einen Zusammenhang zu bringen, und du willst noch einen dazuholen? Komm schon, Leo, wir haben das geprüft und den Gedanken gleich am ersten Tag in den Müll geworfen. Die Morde waren einfach zu verschieden, und die Opfer nicht minder.»

«Alle waren alt, Gino, drei von ihnen wohnten in derselben Gegend, wenn man Arlen Fischer mitzählt.»

Langer sah Magozzi an, das Kinn in die Hand gestützt.

«Bei den Waffen keine Übereinstimmung. Bei den Opferprofilen keine Übereinstimmung. Eure waren Juden, KZ-Überlebende, unserer war Lutheraner.»

Magozzi zog eine Grimasse und kratzte sich im Nacken. «Ja, das weiß ich doch. Auf den ersten Blick hat man es mit vier alten Leuten zu tun, die innerhalb weniger Tage exekutiert wurden und nur ein paar Meilen voneinander entfernt wohnten, aber wenn man in die Einzelheiten geht, bricht alles zusammen. Die Fälle sind so ähnlich, wie sie unterschiedlich sind.»

Langer sah ihn zweifelnd an. «Bei den Ungereimtheiten könnten wir es niemals rechtfertigen, im Tandem dran zu arbeiten.»

«Ja, das weiß ich. Lasst uns aber die Kommunikationskanäle offen halten, okay?»

Gino hatte eine Schlaubergermiene aufgesetzt, die einen das Grausen lehren konnte. Er klopfte mit einem feisten Zeigefinger gegen seine Lippen. «Wisst ihr, wenn ich so drüber nachdenke, gefällt mir eine Idee sehr gut. Jack Gilbert, Chef einer Gang internationaler Meuchelmörder.»

Langer lachte laut. «Jack Gilbert? Du machst Witze!»

«Ach, ich weiß nicht. Irgendwas stimmt mit dem Kerl nicht. Als er hörte, dass Ben Schuler erschossen worden war, wich das Blut so schnell aus seinem Gesicht, dass ich dachte, er kippt gleich um.»

«Vielleicht hat er ihn ja gekannt.»

«Hat er auch gesagt, aber da war mehr als das. Du hättest ihn sehen sollen, Langer. Jack Gilbert hatte Todesangst.»

KAPITEL 24

Als Marty sein Haus betrat, kam er sich vor wie ein unbefugter Eindringling. Er war nur zwei Tage fort gewesen, und schon wirkte die Küche fremd und ungewohnt – wie ein Ort, an dem jemand anders wohnte.

Du solltest das Haus verkaufen. Dir eine Eigentumswohnung nehmen. Oder bei Lily und mir einziehen. Wir könnten ohnehin in der Gärtnerei Hilfe gebrauchen.

Das kann ich nicht, Morey. Ich gehöre hierher.

Nein. Du und Hannah gehörten hierher. Ihr beide. Jetzt musst du einen Ort finden, an den du ohne sie gehörst.

Es ist noch nicht vorbei.

Es ist vorbei. Die Bestie, die meine Tochter ermordet hat, ist tot. So soll es sein. Ich danke Gott dafür. In meinem Herzen tanze ich um sein Grab. Jetzt können wir wieder leben.

Das war vor Monaten und Monaten gewesen. Er hatte Morey nicht lebend wiedergesehen.

Die 357er lag noch immer im Wäschekorb, vergraben unter den spakigen, nass geduschten Kleidungsstücken, die er hineingeworfen hatte, als Jeff Montgomery gekommen war, um ihm mitzuteilen, dass Morey tot war.

Er ging hinunter ins Kellergeschoss und verbrachte eine halbe Stunde damit, die Waffe zu überprüfen, zu reinigen und zu ölen, bis sie in einem Zustand war, dass man sie tragen und benutzen konnte. Es war keine Dienstwaffe, und sie passte nicht in das Gürtelhalfter, das er während mehr als der Hälfte seiner fünfzehn Jahre bei der Polizei an der Hüfte getragen hatte. Daher steckte er sie in seine Jacketttasche.

Er hatte nie vorgehabt, diese Waffe mit sich herumzutragen. Er hatte sie zu einem bestimmten Zweck und ausschließlich zu diesem gekauft, und das Ding im Halfter zu tragen, gehörte nicht zum Plan. Tote Männer brauchten keine Halfter.

Aber er konnte nicht mit einer 357er, die in seiner Jacketttasche hüpfte, den ganzen Tag lang hinter Lily herschleichen. Er glaubte nicht, dass er die Waffe wirklich brauchte oder dass die alte Dame auf seinen Schutz angewiesen war. Er war halbwegs überzeugt, dass Jack bereits mit einem großen Schritt den Grat zwischen Zurechnungsfähigkeit und Wahnsinn überquert hatte und sich einbildete, überall böse Geister zu sehen, aber es würde nicht schaden, ihn für eine Weile bei Laune zu halten, bis er herausgefunden hatte, was tatsächlich gespielt wurde.

Er verstaute das Reinigungsgerät und das Öl in der Werkzeugtasche und überlegte, wie er es anstellen könnte, einen Ausflug zur Waffenhandlung zu machen, um ein Halfter zu kaufen, ohne Lily deswegen allein zu lassen und ohne ihr Angst zu machen, indem er Jacks Paranoia Glaubwürdigkeit verlieh. Das Dilemma erschien ihm unlösbar, und er beschloss, sich erst am nächsten Morgen damit auseinander zu setzen.

Er trug den Korb mit den ruinierten Kleidungsstücken und Schuhen nach draußen an den Straßenrand, damit er von der Müllabfuhr mitgenommen wurde, und ging dann in das große Schlafzimmer nach hinten, um zu packen. Er hatte schon fast alles getragen, was er am Morgen seines misslungenen Selbstmordversuchs hastig in eine Tragetasche gestopft hatte. Wenn er nun wirklich beabsichtigte, für eine Weile in Lilys Nähe zu bleiben, dann sollte er diese Aufgabe ernst nehmen, und konnte sie nicht jeden Tag einmal allein lassen, um wegen frischer Sachen nach Hause zu fahren.

Der Wandschrank roch nach Hannah. Es war nur eine leichte Zitrusnote, und doch hätte es ihn beinahe umgehauen, als er die Falttüren öffnete. Er stand da, die großen Hände hilflos links und rechts hinunterhängend, die massigen Schultern hochgezogen und nach vorn eingeknickt, als hätte man ihm gerade einen heftigen Schlag in die Magengrube versetzt. Er hielt den Blick starr auf raschelnde Seide und weiche Baumwolle gerichtet, die von dem Luftzug bewegt wurden, der beim Öffnen der Türen entstanden war. Traurige leere Hüllen in zarten Farben, die der Körper seiner Frau einmal ausgefüllt hatte. Der Mann, der sie getötet hatte, inzwischen auch schon seit sieben Monaten tot, tötete ihn jeden Tag. Wieder und wieder.

Sie trug das lange, hauchdünne weiße Kleid, in dem sie zu schweben schien, wenn sie ging. Er hatte es erst am selben Tag im Schaufenster gesehen, wo es leblos an einer Puppe hing und sich danach zu sehnen schien, von Hannahs schlanken Kurven in Form gebracht zu werden. Sie hatte ihr altes schwarzes Kostüm schon fast angezogen, als er das Kleid ins Schlafzimmer trug, über seinen muskulösen Armen drapiert wie ein Altartuch aus feiner Gaze. Sie musste weinen, als sie es anzog, worüber Marty lächelte. Hannah musste immer weinen, wenn sie glücklich war.

An jenem Abend feierten sie das Leben. Nachdem sie es sieben Jahre lang versucht hatten, war Hannah schwanger.

«Nenn es nicht so», forderte sie ihn auf.

«Warum denn nicht?»

«Weil ich das Wort nicht mag. Es klingt nicht schön. Wer würde so ein hässlich klingendes Wort benutzen, um einen so

wundervollen Zustand zu beschreiben? Ich habe beschlossen, dass ich nicht schwanger bin. Sondern guter Hoffnung auf ein Kind.»

«Sehr biblisch.»

Ihr Lachen klang wie Musik im fast leeren Parkhaus. Sie hatten nach dem Abendessen sehr lange im Restaurant verweilt, und nun lauerten überall Schatten. Einer davon sprang hinter einem Pfeiler hervor und packte Hannah von hinten. Er presste die bösartig blitzende Klinge eines sägeförmig gezackten Messers gegen ihre weiße Kehle.

Er war clever gewesen, dieser verzweifelte, schlaksige Bursche mit dem irren Blick, dem fettigen blonden Haar und den Einstichnarben auf beiden Armen. Er hatte zuerst Hannah gepackt, denn er wusste, dass er damit Marty sofort kaltstellte.

Aber Marty war ein Cop. Ein Rauschgiftfahnder, verdammt noch mal. Er hatte jeden Tag seines Lebens mit solchen Leuten zu tun. Er wusste, was sie wollten. Er wusste, wie man mit ihnen umzugehen hatte.

«Ganz ruhig, Junge. Ich habe fast fünfzig Dollar in meiner Brieftasche. Viel ist es nicht, aber mehr habe ich nicht, und es gehört alles dir. Lass sie los.»

«Zuerst das Geld. Wirf es hier rüber.»

«Kein Problem. Ich muss nur an meine Innentasche, okay? Siehst du? Ich mache ganz langsam, werfe das Geld auf den Boden, und dann drehen wir uns um und gehen einfach davon. Geht das für dich in Ordnung?»

Der Junge hatte blaue Augen, die vor schier unstillbarer Gier funkelten. Für einen kurzen Augenblick, nur einen ganz kurzen Augenblick, dachte Marty, dass er womöglich einen Fehler machte. Die Augen des Jungen waren zu blau, blickten zu intensiv, waren zu sehr fixiert. Heroin hatte diese Wirkung nicht, ebenso wenig Crack. Ihm schoss durch den Sinn, dass er vielleicht etwas viel Schlimmeres genommen hatte, eine von diesen neuen tödlichen Mischungen, die in ausgebrannten Hirnen zu Atomexplosionen führten.

Er öffnete ganz langsam das Revers seines eleganten Jacketts, um die Innentasche zu zeigen, unter deren Seide sich die viereckige Form einer Brieftasche abzeichnete. Aber er hatte etwas vergessen. Herrgott noch mal, er hatte das Messer an Hannahs Kehle gesehen und vergessen, was er eigentlich hätte wissen müssen. Er hatte vergessen, dem Jungen etwas von der Waffe zu sagen, die er tragen musste, ob er nun im Dienst war oder nicht. Er sah das Entsetzen und die Furcht in zu sehr glänzenden Augen und dann das Messer aufblitzen, als es sich in den Hals grub. Er sah, wie Hannahs Leben in einem solchen Schwall Blut aus ihr strömte, wie er ihn nie für möglich gehalten hätte.

Er hielt Hannah in den Armen, während sich ihr weißes Kleid rot färbte, drückte hektisch die Tasten seines Handys und informierte das Revier. Dann warf er das Handy beiseite und schaukelte sanft seine Frau. Die klaffende Wunde in ihrem Hals war so tief, dass ihr die Stimme genommen war, aber es gelang ihr, die Hände auf den Bauch zu legen und ihm mit den Augen die Frage zu stellen.

«Es ist okay, Hannah», beruhigte er sie, und als könnte er verhindern, dass das Leben entwich, presste er eine Hand so fest auf ihren Hals, wie er sich traute. «Dem Baby geht es gut. Dem Baby geht es gut.»

Das sagte er ihr wieder und immer wieder, bis ihre Augen erloschen und ihre Hand leblos auf den Betonboden rutschte.

Der Krankenwagen kam nach fünf Minuten. Er war nur drei Minuten zu spät.

Marty hatte nicht gehört, wie der Junge davonlief. Aber an das Gesicht konnte er sich erinnern.

Bewegungslos stand er lange Momente vor dem Schrank, atmete und kehrte langsam zurück. Die Bilder jenes Abends waren immer bei ihm. Jeden Tag rief er sie sich vor Augen. Aber niemals war die Erinnerung ganz vollständig gewesen, waren die Bilder so grausam und lebendig gewesen wie jetzt. Er hatte immer gewusst, dass er sich eines Tages wieder an das gesamte entsetzliche Geschehen erinnern würde, und er hatte mit der Gewissheit gelebt, dass er dann endlich in der Lage sein würde abzudrücken.

Es nahm ihm den Atem, als ihm bewusst wurde, dass er sich geirrt hatte. Er hatte eine Waffe in der Tasche und verspürte keine Neigung, sie zu betätigen. Er hatte das Schlimmste gesehen, was sein Erinnerungsvermögen anzubieten hatte, und jetzt spürte er wunderbarerweise, dass er es loslassen konnte.

Lily saß mit einem Buch auf dem Schoß auf ihrem Stuhl, als er wieder ins Haus kam. Sie hatte sich in einen lila Frotteemantel gehüllt und trank Wasser aus einem bunt gestreiften Glas. Sie klopfte auf die Armlehne des Sofas neben ihrem Stuhl. «Setz dich einen Augenblick. Du warst lange weg. Ich habe mir schon Sorgen gemacht.»

Marty setzte sich aufs Sofa und sank in die Kissen zurück, die im Laufe der Jahre von geliebten Menschen weichgesessen waren.

«Minneapolis ist nicht mehr so sicher, dass man sich jederzeit auf der Straße herumtreiben kann. Du brauchst dir natürlich keine Sorgen zu machen, mit der Waffe in der Tasche.»

Marty schmunzelte. Lily entging aber auch gar nichts.

«Aber Waffen sind gefährlich. Sie könnte losgehen, und du könntest dich aus Versehen selbst erschießen.»

«Ich werde mich nicht selbst erschießen, Lily.»

Lily legte den Kopf zur Seite und betrachtete ihn. «Gut zu hören, Marty. Dann habe ich mir all die letzten Monate umsonst Sorgen gemacht.»

Marty sah in hellblaue alterslose Augen und fragte sich, was geschehen würde, wenn jemand in dieser Familie einmal die Wahrheit sagen würde. «Ich habe daran gedacht», sagte er, um das Terrain zu sondieren.

«Du scheinst weiterhin daran zu denken, wenn du eine Waffe trägst.»

Das mit der Wahrheit schien sich gut anzulassen. Marty entschied sich, es noch mal zu versuchen. «Jack hat mich gebeten, nach Hause zu fahren und sie zu holen. Er macht sich Sorgen wegen der Morde und möchte, dass ich ein Auge auf dich habe.»

Lily trank einen Schluck Wasser, ohne ihn anzusehen. «Das hat er gesagt?»

«Hat er.»

«Hm. Also habe ich jetzt einen Leibwächter? Du ziehst hier ein und bleibst für immer? Das ist ein sehr großer Koffer, den du da mitgebracht hast.»

Marty lächelte ein wenig müde und sah hinunter auf den alten Tweed-Samsonite, den Hannah und er sich für ihre Flitterwochen gekauft hatten. «Ich werde bleiben, bis die Polizei herausgefunden hat, wer hier mordet.»

Sie setzte ihr Glas sehr behutsam auf dem Tisch ab und schob sich aus ihrem Stuhl in die Höhe. «Dann kannst du ihn genauso gut auch auspacken.»

Marty hängte gerade sein letztes Paar Khakihosen in den Schlafzimmerschrank, als er ein leises Klopfen an der Tür hörte. Ohne auf Antwort zu warten, trat Lily mit einem Stapel penibel zusammengelegter Kleidungsstücke ein und setzte ihn auf dem Bett ab.

Er blickte unsicher auf die blendend weißen Boxershorts, die oben auf dem Stapel lagen. «Gehören die mir?»

«Ich habe sie den ganzen Tag in Bleiche einweichen müssen. Hast du schon mal was von Bleiche gehört?»

Er ging zum Bett und hob die Boxershorts hoch. Sie hatten vorne rasiermesserscharfe Bügelfalten. «Du hast meine Unterwäsche gebügelt?»

Sie zuckte die Achseln. «Leben wir im Urwald? Natürlich habe ich sie gebügelt.» Sie tippelte zum Wandschrank und untersuchte die Khakihosen, die er gerade erst aufgehängt hatte. «So kann man doch keine Hosen aufhängen», sagte sie, zog ein Paar nach dem anderen vom Bügel und legte sie an der Bügelfalte entlang neu zusammen.

Als sie damit fertig war, drehte sie sich zu Marty um, der auf dem Bett saß und ihr mit einem traurigen Lächeln zusah.

«Was?»

«Das hat Hannah auch immer gemacht.»

Lily presste die Lippen aufeinander, sah weg und nickte. «Wir laufen alle mit Löchern in den Herzen umher.» Sie drehte sich um und sah ihm in die Augen. «Aber wir laufen noch.»

«Manchmal bin ich mir nicht sicher, warum wir das tun. Warum machen wir weiter, obwohl alles so schlimm wird?» Er schaute auf die verblasste bläuliche Tätowierung auf ihrem Arm. «Es muss doch Zeiten gegeben haben, in denen du dich gefragt hast, ob es das wert ist.»

Sie machte die Schultern unter dem bauschigen lila Mantel gerade und musterte ihn mit festem Blick. «Nicht ein einziges Mal. Nicht einen Moment lang. Das Leben ist es immer wert.»

Lange nachdem die Tür hinter ihr ins Schloss gefallen war, blieb Marty auf dem Bett sitzen, ein wenig beschämt durch diese winzige alte Frau, die so viel stärker war als er.

Schließlich ging er hinüber zu dem alten Rollpult in der Ecke, zog den Stuhl vor und setzte sich. Die oberste Schublade war so gut wie leer, außer einem Schreibblock und einer Packung Kugelschreiber. Mit großer Sorgfalt richtete er den Block mitten auf der Tischfläche aus, wählte einen Kugelschreiber, blieb einfach sitzen und wartete. Schließlich bewegte sich seine Hand fast wie selbsttätig, griff nach dem Kugelschreiber und zeichnete einen Kreis, von dem Linien in alle Richtungen ausgingen, wie die Strahlen einer Sonne. In die Mitte dieser Sonne schrieb er «JACK».

Eine Stunde später lehnte er sich zurück und rieb sich die brennenden Augen. Zum ersten Mal seit langer Zeit hatte er ein größeres Bedürfnis nach Kaffee als nach Scotch. Er hatte drei Blatt Papier mit Anmerkungen und Fragen gefüllt, und es schossen ihm weiterhin wahllos die Gedanken durch den Kopf und verlangten, aufs Papier übertragen zu werden.

Genau dies tat er für gewöhnlich, wenn er an einem besonders komplizierten Fall arbeitete. Die vertraute Tätigkeit erinnerte ihn an so manchen späten Abend, wenn Hannah ganz still in sein Büro geschlichen kam, ihm die Arme über die Schultern gelegt und ihn sanft dafür gescholten hatte, dass er sie im großen kalten Bett allein ließ. Er spürte beinahe das Gewicht ihrer weichen Arme, roch den Zitronenduft der Seife, mit der sie ihr Gesicht wusch, und fühlte, wie ihr seidiges Haar seinen Nacken kitzelte.

Ein verblüfftes Lächeln formte sich langsam auf seinen Lippen. Ein ganzes Jahr lang war seine einzige Erinnerung an Hannah die an ihren Tod gewesen. Jetzt konnte er sich zum ersten Mal an einen Teil ihres Lebens erinnern.

Es geht mir langsam besser, dachte er und schlug eine neue Seite auf.

KAPITEL 25

Die Sonne ging gerade über dem Steilufer des Flusses auf, als Magozzi und Gino den Mississippi auf der Lake Street Bridge überquerten. Die rosafarbenen und goldenen Streifen am Himmel wurden von der dunklen Oberfläche des Wassers reflektiert, wo sie sich kräuselten wie schimmernde Bänder aus perlendem Champagner.

«Mann, wie ich mir wünschte, das auf eine Leinwand bringen zu können», murmelte Magozzi. «Sieh nur das Wasser, Gino. Wie schön es ist.»

Gino grunzte nur. Er hatte an diesem Morgen bedenkliche Tränensäcke unter den Augen, und sein kurz gestutztes Blondhaar sah ungehalten aus. «Du kannst mich mal mit deinem ‹schön›. So würdest du nicht reden, wenn du meine Nacht hinter dir hättest. Der Unfall hatte sich über eine Schachtel Kinderzerealien hergemacht, die mit den verschiedenfarbigen Tieren, und hat dann fast drei Stunden lang Regenbögen gekotzt. Sah genau aus wie das Wasser da unten.»

«Der Kleine ist doch bestimmt noch zu jung, um so ein Zeug zu essen, oder?»

«Der Kleine wird die Dinger niemals essen, wenn es nach Angela geht. Es war mein Geheimvorrat. Kennst du diese Gummibanddinger, mit denen man Schränke kindersicher macht?»

«Nein.»

«Na ja, sie funktionieren nicht, es sei denn, der Unfall ist ein Genie.»

«Du musst aufhören, ihn so zu nennen. Er bekommt sonst noch einen Komplex.»

«In sein kleines, süßes, sabberndes Gesicht würde ich ihm das nie sagen. Mann, habe ich einen Hunger. Und würdest du mir bitte erzählen, warum der Verkehr um sechs Uhr morgens mitten auf dieser Brücke total zum Stillstand gekommen ist?»

Der legendäre Wasserlauf, über dem sie in der Schwebe gehalten wurden, war die geographische Trennlinie zwischen Minneapolis und seiner Zwillingsstadt, und nachdem Magozzi an diesem Morgen eine Wiederholung von Kristin Kellers Fernsehbericht gesehen hatte, war ihm klar geworden, warum Malcherson eine winzige Imbissstube in St. Paul als Ort für die morgendliche Krisenbesprechung gewählt hatte. Wie man nämlich hörte, lagen die Medienleute bereits an der City Hall in Minneapolis im Hinterhalt. St. Paul hingegen war der letzte Ort, an dem sie nach ihnen suchen würden.

«Oh, Mann, nun sieh dir das an», murrte Gino und stieg aus. «Da hinten auf der Brücke rennen Leute rum. Setz die Sirene aufs Dach, ich werde da vorn 'n bisschen Dampf machen.» Er stapfte zwischen den Reihen stehender Autos davon, und Magozzi sprach ein stummes Gebet für all die Verkehrsteilnehmer, die zwischen Gino und sein Frühstück geraten waren.

Nach weniger als fünf Minuten war er zurück und rutschte auf den Sitz. Er lächelte verschmitzt: «Das war echt cool.»

Magozzi musterte ihn von der Seite. «Du hast Federn auf dem Hemd.»

«Hä? Wie kommt das?»

«Du hast doch keinen Vogel verspeist, oder?»

«Nein. Da war nur eine von diesen selbstmörderischen Entenmüttern, die ihre Küken über die Brücke geführt hat, als hätte sie hier das Wegerecht. Ahnst du eigentlich, wie schnell diese kleinen gelben Viecher rennen können? War 'ne Höllenarbeit, sie alle einzufangen. Ein Typ hatte 'ne leere Bierkiste in seinem Truck, und da haben wir das Federvieh drin verstaut. Er nimmt sie jetzt mit auf die andere Seite. Müsste gleich weitergehen.»

Basil's Broiler war ein schummriger, schmieriger Imbiss für Nachteulen, aber nach den unbesetzten Hockern am Tresen und den leeren Tischen zu urteilen, hatten sich die meisten von ihnen schon nach Hause und ins Bett geschleppt. Die einzige Person am Tresen war ein junger Bursche mit Stachelfrisur und einer unglaublichen Menge von Metall, das in seinen Ohren, Augenbrauen, Lippen und Nase klimperte. Er sah kurz auf, als Magozzi und Gino eintraten, starrte jedoch gleich darauf wieder in seine Kaffeetasse.

«Siehst du den Jungen?», flüsterte Gino, als sie außer Hörweite waren. «Ich sage dir, so was passiert, wenn du deinem Kind erlaubst, einen Ohrring zu tragen. Die fangen mit einem niedlichen kleinen Goldknopf an, danach kommt ein Ring, zwei Ringe, und eh du dich versiehst, sieht ihr Gesicht aus wie 'n Schrottplatz.

«Hat Helen die Ohren durchstochen?»

«Nur über meine Leiche.»

Sie entdeckten Malcherson an einem Tisch in der hintersten Ecke. Er hatte einen Schreibblock, zwei Handys und einen dieser ekelhaften roten Schnellhefter des Morddezernats vor sich liegen.

Er sah auf, als sie näher kamen, und nickte einmal. «Guten Morgen, Detectives.»

«Guten Morgen, Chief», erwiderten sie unisono und klangen wie Schuljungen, die ihren gestrengen Rektor begrüßten.

«Sie sind spät.»

«Entenmutter und ihre Küken auf der Brücke», erläuterte Gino und verdiente sich ein seltenes Schmunzeln von Malcherson. Jeder, der auch nur einen einzigen Frühling in Minnesota verlebt hatte, kannte die Enten, die die Straßen überquerten, den Freeway-Verkehr zum Stillstand brachten, und die entnervten Autofahrer, die einander am liebsten erschossen hätten, sich aber von einem Moment zum anderen in eine beglückte Schar von Tierschützern verwandelten.

«Ich nehme an, Sie konnten sie sicher über die Straße lotsen.»

«Ja, Sir.»

«Gut.» Er bedeutete ihnen, sich zu setzen, und schob ihnen eine metallene Kaffeekanne entgegen. «Es gibt keine Speisekarte. Es gibt keine Kellnerin. Es gibt aber in der Küche einen ungeschlachten Klotz, der versprochen hat, uns dreimal Frühstück zu servieren. Ich habe jedoch keine Ahnung, woraus es bestehen könnte.»

«Es ist bestimmt toll», sagte Gino. «Viegs hat mir von diesem Laden erzählt. Sie bereiten alles in Lammöl zu.»

Malcherson seufzte. «Wie … ungewöhnlich.»

Gino schenkte sich eine Tasse Kaffee ein, schlürfte laut einen ersten Schluck und studierte leicht verdutzt den Anzug des Chiefs. Malcherson trug an diesem Morgen den taubengrauen Zweireiher und dazu eine blassblaue Krawatte.

Frag nicht, befahl sich Malcherson selbst und gab vor, nichts zu bemerken. Aber schließlich hielt er es nicht mehr aus. «Also schön, Rolseth, was haben Sie für Probleme mit meiner Kleidung?»

«Also, das ist ohne Frage einer meiner Lieblingsanzüge, Sir, aber … es ist keiner von Ihren Mörderanzügen.»

«Verstehe. Ich besitze also Mörderanzüge. Und welche wären das?»

«Sie wissen schon. Die aggressiven. Ganz klar schon mal der schwarze, der anthrazitfarbene, und sogar der mit den Nadelstreifen zählt dazu, wenn Sie nach einer ruhigen Phase wieder jagdhungrig sind. Dieser ist jedoch irgendwie optimistisch. Hoffnungsvoll. Sie tragen den taubengrauen Zweireiher eigentlich nur, wenn wir was über die Bühne bringen.»

Malcherson seufzte müde. «Ich finde es seltsam, dass ein Mann, der Essensreste auf einem 40-Dollar-Sportsakko trägt, so viel Interesse für die Psychologie meiner Garderobenauswahl aufbringt.»

«Na ja, irgendwie sind Sie mein Mode-Idol, Chief.»

Malchersons Augen hatten dieselbe Farbe wie sein Anzug. Er wandte sich Magozzi zu. Es war einfach noch zu früh am Morgen, um auch nur zu versuchen, sich mit Rolseth zu unterhalten. «Seit den Spätnachrichten gestern Abend werde ich mit Anrufen bombardiert. Ich dachte, wir wollten versuchen, die Information über die Tätowierungen zurückzuhalten.»

«Nun, das war grundsätzlich eine sehr gute Idee, aber Kristin Keller und ihre Lakaien redeten schon mit den Nachbarn, bevor wir den Reißverschluss an Ben Schulers Leichensack zugezogen hatten», sagte Gino. «Außerdem wussten wir von Anfang an, dass wir dieses Detail nicht lange unter Verschluss halten konnten. Jeder, der die Opfer kannte, wusste, dass sie im KZ gewesen waren. Jeder, der sie mal mit kurzen Ärmeln gesehen hat, hätte auch die Tätowierungen bemerken müssen, und genau das kommt als Erstes heraus, wenn die Medienleute anfangen, mit Freunden und Nachbarn zu sprechen.»

Malcherson signalisierte mit einer leichten Kopfbewegung seine Zustimmung. «Leider wahr. Aber jetzt geraten wir unter Druck. Seit gestern Abend weiß die ganze Stadt, dass wir drei KZ-Überlebende haben, die ohne ersichtlichen Grund ermordet worden sind, und in allen Sendungen, die ich heute Morgen schon gesehen habe – einschließlich CNN –, wurde entweder unterstellt, dass es sich um ein antisemitisches Hassverbrechen handelt, oder es wurde sogar unverblümt ausgesprochen.»

Gino schüttelte heftig den Kopf. «Das haben wir ausgeschlossen, Sir. Diverse Gründe sprechen dagegen. Außerdem kannten sich zwei dieser drei Leute, und nach unserem Gefühl waren sie in etwas verwickelt, das sie das Leben gekostet hat.»

Malcherson lächelte Gino an, was diesem einen ziemlichen Schrecken einjagte. «Ich kann es kaum erwarten. Erläutern Sie mir doch bitte, Detective Rolseth, in welche Art ruchloser Aktivitäten diese Senioren hätten verwickelt sein können, um ins Visier eines Mörders zu geraten?»

«Nun ... wir haben bisher noch keinen richtigen Ansatzpunkt ...»

Ein Knall unterbrach ihn, der wie ein Gewehrschuss klang, aber es war nur der ungeschlachte Klotz gewesen, der die Schwingtüren zur Küche mit dem Stiefel aufgetreten hatte. Je näher er ihrem Tisch kam, desto höher musste Magozzi das Kinn heben, um in das zerklüftete, vernarbte Gesicht des Mannes zu sehen. Mindestens zwei Meter groß, dachte er, mit der aufgepumpten Muskulatur eines ehemaligen Sträflings, der ständig die Trainingsbank auf dem Gefängnishof genutzt hatte. Er entlud das riesige Tablett, das er trug, und setzte jedem einen großzügig gefüllten Teller vor: Eier, Würstchen, Bratkartoffeln und weiche Brötchen, dampfend und hoch aufgetürmt.

Gino leckte sich die Lippen beim Anblick des Festessens, das vor ihm stand, und blickte dann zu dem Mann auf, von dessen Größe er offenbar nicht im geringsten eingeschüchtert war. «Mein Gott, Kumpel, stammen die Narben in deinem Gesicht alle von Messerstichen?»

Malcherson und Magozzi erstarrten. Gino war bester Dinge und unbekümmert.

«Yeah», kam die Antwort wie ein Donnergrollen. «Typen sind über mich hergefallen mit selbst gebastelten Messern.»

«Wie unangenehm. Drinnen?»

«Ja. Und du?»

Gino spießte ein Akkordeon aus Kartoffelscheiben auf und stopfte sie sich in den Mund. «Noch nicht. Bisher bin ich bei der gegnerischen Mannschaft … mein Gott, diese Bratkartoffeln sind eine Offenbarung. Leo, versuch mal die Kartoffeln und dann mach dem Mann einen Heiratsantrag.»

Der ungeschlachte Klotz strahlte, und Malcherson nahm das als Zeichen dafür, dass er sie nicht allesamt umbringen würde. Also blickte er auf seine Gabel, kostete von einer Kartoffel und machte ein erstauntes Gesicht. «Du meine Güte! Frischer Rosmarin. Wunderbar.»

«Danke. Hier in der Gegend bemerkt keiner den Rosmarin. Möchten Sie Ketchup?»

In stillschweigender Übereinkunft sprach keiner von ihnen in den nächsten Minuten, während sie aßen. Magozzi und Malcherson schafften beide nicht mehr als ein Drittel ihrer Portion und schoben gleichzeitig ihre Teller von sich.

«Esst ihr das nicht mehr?», fragte Gino, der gerade das letzte widerspenstige Stück Wurst über seinen leeren Teller jagte. «Wäre doch eine Schande, wenn das umkommen müsste. Außerdem wäre es bestimmt besser, den Koch nicht zu beleidigen.»

«Gutes Argument.» Malcherson gab seinem Teller einen Stoß in Ginos Richtung und sah dann auf die Uhr. «Wenn Sie beide wirklich glauben, dass Morey Gilbert, Rose Kleber und Ben Schuler über ihre gemeinsame Erfahrung als KZ-Überlebende hinaus noch durch etwas anderes verbunden waren, nehme ich an, dass sie deren Unterlagen, Telefonrechnungen, Bankauszüge und dergleichen überprüfen.»

Nun ja, das tun wir, dachte Magozzi, wenn auch nicht auf ganz ordnungsgemäßen Wegen. «Darum kümmern wir uns, Sir.»

«Tatsächlich? Und wie kümmern Sie sich darum? Bis jetzt ist kein Antrag auf einen Durchsuchungsbeschluss über meinen Schreibtisch gegangen ...» Er hielt abrupt inne. «Schon gut. Ich möchte keine Antwort hören.»

Malcherson wusste sehr wohl Bescheid über Magozzis fortdauernde Beziehung zu Grace MacBride, die sich in jede angeblich sichere Datenbank hacken konnte. Er wusste auch, dass sein bester Detective – ein Mann, der im Dienst niemals seine Krawatte lockern würde, weil das gegen die Bekleidungsvorschriften verstieß – eine Besorgnis erregende Ungeduld gegenüber Gesetzen zur Sicherung der Privatsphäre, Bürgerrechten und gegenüber Verfahrensweisen innerhalb des Dezernats entwickelt hatte, wenn er meinte, Menschenleben stünden auf dem Spiel. Vollziehungsbescheide brauchten Zeit. Unterlagen, Akten und Strafregister zu überprüfen brauchte Zeit, und die Versuchung, eine Abkürzung zu nehmen, war für einen Cop besonders groß, wenn er glaubte, gegen die Uhr zu kämpfen, um einen Mörder zu schnappen. Malcherson verstand diese Versuchung so gut wie jeder andere, aber er wusste auch, dass es schwer war aufzuhören, wenn man erst einmal angefangen hatte, die Regeln zu brechen. Aber es gab fast nichts auf dieser Welt, das gefährlicher war als ein Gesetzeshüter, der meinte, über dem Gesetz zu stehen. «Detective Magozzi …»

«Wir geben uns alle Mühe, in dieser Sache schnell voranzukommen, Chief», unterbrach ihn Magozzi. «Wir wissen ja nicht, ob es da draußen noch mehr Menschen gibt, auf die es der Mörder abgesehen hat.»

«Ist mir durchaus klar.»

«Alte, wehrlose, verängstigte Menschen», warf Gino ein, obwohl er den Mund voll Ei hatte. «Kekse backende Großmütter wie Rose Kleber.»

«Detective Magozzi», wiederholte Malcherson in einem Ton, der seine beiden Detectives verstummen ließ. «Wenn Sie vorhaben sollten, Grace MacBride und ihre Partner zu bitten, das Programm laufen zu lassen, das bei unseren ungelösten Fällen so erfolgreich Links gefunden hat, dann erinnern Sie die Leute bitte daran, sich nur zu Informationen Zugriff zu verschaffen, die Allgemeingut sind.»

«Dafür werde ich sorgen, Sir. Aber wir warten nicht einfach darauf, dass sich etwas aus den Unterlagen ergibt. Wie wir in unserem Bericht geschrieben haben, glauben wir, dass Jack Gilbert etwas weiß, und wir werden ihn noch heute in die Mangel nehmen.»

«Dazu wünsche ich Ihnen alles Glück dieser Welt. Für Presse und Öffentlichkeit sieht es so aus, als habe der Killer es auf eine ganz spezifische demographische Zielgruppe abgesehen, und diese Menschen geraten langsam in Panik.» Er faltete die Hände und blickte auf seine glänzende goldene Armbanduhr. «Erinnern Sie sich an die unheilvollen Voraussagen, die von der Presse gemacht wurden, als das neue Waffengesetz durchgebracht wurde?»

Gino schnaubte verächtlich. «Aber ja. Sie haben die Zukunft schwarz gemalt. Millionen Bürger von Minnesota, die sich bewaffnen und gegenseitig auf den Straßen niederschießen. Und was war? Kein Wort habe ich in den Nachrichten gehört, als schon nach kurzer Zeit so gut wie kaum mehr ein Antrag auf den neuen Waffenschein gestellt wurde.»

Malcherson wandte den Blick zu Gino. «Allein gestern gab es dreihundertdreiundsiebzig neue Anträge. Das war im Hennepin County. In unserem County, meine Herren. Dreihundert dieser Anträge wurden von Leuten gestellt, die über fünfundsechzig Jahre alt sind.»

«Heilige Scheiße … Sir.»

Ginos unflätige Ausdrucksweise ließ Malcherson zusammenfahren. «Das war, bevor über den Mord an Ben Schuler berichtet wurde. Ich nehme an, dass die Zahl heute noch steigen dürfte, zumal wir ja inzwischen nationale Aufmerksamkeit erlangt haben. CNN hat es gestern Abend groß herausgestellt, die anderen Networks werden es zu den Abendnachrichten haben, und das, meine Herren, wird die Volksseele wirklich zum Kochen bringen.»

Gino warf die Hände in die Höhe. «Was ist bloß los mit diesen Leuten? Wenn ich ein Reporter wäre, der die Agenturmeldungen nach Themen durchkämmt, die von nationalem Interesse sind, würde ich mich sofort auf die Geschichte von dem alten Mann stürzen, den man gequält und an ein Eisenbahngleis gebunden hat.»

Malcherson seufzte. «Der Mord war nur ein Einzelfall. Sensationell, ja, aber für Sensationslüsterne gibt es in diesem Land täglich Dutzende von Morden. Hingegen bearbeiten Sie drei Morde, und wenn auch niemand laut von ‹Serienmörder› spricht, denken tun sie es alle. Das allein schon reicht, um landesweit Aufmerksamkeit zu wecken. Schürt man noch das Entsetzen über unbegreifliche Morde an Überlebenden der Todeslager, kann man sicher sein, die Blicke des ganzen Landes auf sich zu ziehen.»

Magozzi verspürte ein Kitzeln tief in seinem Kopf, als würden kleine Gehirnzellen aufstehen und mit den Armen fuchteln, um seine Aufmerksamkeit auf sich zu lenken. Er schloss die Augen und runzelte angestrengt die Stirn. Konzentriert.

«Was ist denn, Detective?», fragte Malcherson.

Magozzi öffnete die Augen und sah den Chief an. «Ich weiß es nicht. Aber es wird mir schon einfallen.»

KAPITEL 26

Als Magozzi und Gino Chief Malcherson in der Imbissstube zurückließen, war die Sonne bereits hoch in einen dunstigen, fast weißen Himmel gewandert. Die Luft war schwül und drückend, und die Quecksilbersäule kratzte bereits an der 20-Grad-Marke. Als sie auf der 394 nach Westen fuhren, konnten sie sehen, wie sich der Dunst am Horizont zusammenballte und den Himmel aufwühlte.

«Da kommt sie», bemerkte Gino, der von seinem zwecklosen Gefummel an den Knöpfen der unbrauchbaren Klimaanlage aufsah. «Die kanadische Kaltfront lässt sich nicht mehr aufhalten, und wenn das Baby hier ankommt, erleben wir den Zusammenprall der Titanen.»

«Sie haben gesagt, irgendwann heute Abend», sagte Magozzi. «Für den ganzen Bundesstaat gilt Tornadowarnung.»

«Wie irre ist das bloß? Vor zwei Wochen habe ich noch zehn Zentimeter Schnee von der Auffahrt geschaufelt, und jetzt sieden wir in unserem eigenen Schweiß und suchen den Himmel nach Trichterwolken ab.»

«Willkommen in Minnesota.»

Zwanzig Minuten später lenkte Magozzi ihr Fahrzeug auf kurvigen Straßen mit schönen Ausblicken durch eine bewaldete Siedlung, die sich alle Mühe gab, wie eine Minnesota-Wildnis auszusehen. Sie besaß zwar die entsprechenden Elemente – reiche Bestände alter Bäume, sprudelnde Bäche, die von der Schneeschmelze und dem Frühlingsregen gespeist wurden –, aber die Natur hatte ihre Hand hier nicht im Spiel, sondern die kommunale Planungsbehörde.

Es gab weder Unterholz noch heruntergefallenes Reisig zwischen den Bäumen, keine geknickten Äste, die davon kündeten, dass vor kurzem noch ein Sturm durchgezogen war, und wenn ein Blatt es gewagt hatte, im vergangenen Herbst auf die unmarkierte Asphaltstraße zu fallen, war es schon seit langem weggekehrt worden.

In diesem Teil von Wayzata gab es keine Grundstücke. Hier nannte man «Ländereien» sein Eigen, und nur ab und zu konnte man einen kurzen Blick auf eines der weitläufigen Landhäuser erhaschen, die weit zurückgesetzt von der Straße standen und zudem durch strategische Finessen der Landschaftsgärtner abgeschirmt waren.

Gino blickte aus dem Fenster und machte ein zutiefst argwöhnisches Gesicht. «Okay, hier stimmt etwas nicht. Es gibt keine Schlaglöcher in dieser Straße. Himmel noch mal, wir haben Frühling in Minnesota. Dazu gehören einfach Schlaglöcher. Und der verdammte Asphalt sieht aus wie blank poliert. Hast du dir das Haus auf dem Hügel reingezogen, an dem wir gerade vorbeigefahren sind?»

Magozzi schüttelte den Kopf und nahm den Blick nicht von der Straße, weil er eine Haarnadelkurve nehmen musste, die dem natürlichen Verlauf eines offenbar höchst verwirrten Bachs folgte. «Es muss noch einen anderen Weg zu Jack Gilberts Haus geben. Völlig unmöglich, dass er betrunken auf dieser Straße fahren kann.»

«Ich weiß nicht. Wäre vielleicht sogar hilfreich, betrunken zu sein. Mann, das Ding windet sich wie mein Dünndarm.»

«Sehr appetitlicher Vergleich, Gino.»

«Danke. Irgendwie gefallen mir die vielen Kurven, und man findet sie eben nur noch in so schnieken Siedlungen. Macht mich stinksauer, dass die Verkehrsbehörde all unsere

Straßen begradigt, als könnte keiner von uns ein Lenkrad halten. Der ganze verdammte Bundesstaat sieht langsam aus wie ein großes hässliches Gitternetz … Oh-ooh. Was haben wir denn da?»

Magozzi hatte das erste Warnlicht schon am Rand der Kurve aufblitzen sehen, die vor ihnen lag, und daher langsam abgebremst. Je näher sie kamen, desto mehr Fahrzeuge sahen sie, auf deren Dächern die Lichtbalken blinkten. Zu sehen waren vier Streifenwagen aus Wayzata, ein Krankenwagen, Wagen privater Sicherheitsdienste, das Einsatzfahrzeug der Feuerwehr, das immer als Erstes auf den Weg geschickt wurde, und – am allerschlimmsten – zwei Satelliten-Übertragungswagen lokaler Fernsehstationen.

Magozzi fuhr dicht an einen Streifenwagen heran, der quer über der Straße stand. «Was wettest du, dass das Haus da oben Gilbert gehört?»

Gino klang nervös. «Gottverdammt. Wir hätten ihn gestern Abend festnageln sollen. Ich werde mich selbst hassen, wenn der besoffene Mistkerl tot ist.»

Ein großer und schneidiger blonder Streifenpolizist, der aussah wie ein Model aus *Gentlemen's Quarterly*, trat an die Fahrerseite. «Morddezernat Minneapolis. Detectives Magozzi und Rolseth. Ist das hier das Gilbert-Haus?»

«Ja, Sir. Aber einen Mord hat es hier nicht gegeben.»

Erleichtert seufzten Gino und Magozzi im Duett.

«Freut uns zu hören, Officer. Was ist passiert? Wir haben gehofft, Jack Gilbert zu erwischen, um ihm ein paar Fragen zu einem Fall in Minneapolis zu stellen, den wir bearbeiten. Er ist doch nicht verletzt, oder?»

Der Polizist warf einen Blick nach hinten über die Phalanx der Fahrzeuge. «Ich glaube nicht. Jedenfalls nicht äußerlich. Die Mediziner sehen ihn sich gerade an, aber er ist ziemlich fertig. Sagt, dass jemand versucht hat, ihn umzubringen.»

Gino und Magozzi tauschten einen Blick aus. «Wir müssen mit ihm sprechen, Officer. Gibt's da ein Problem?»

«Kann ich mir nicht vorstellen, Detective, aber Sie sollten vielleicht zuerst mit Chief Boyd sprechen, um sich darüber zu informieren, was hier geschehen ist. Gilberts Version ist ein bisschen wirr. Warten Sie einen Augenblick, ich hole Ihnen den Chief.»

Sie hatten kaum genug Zeit, aus dem Auto zu steigen, als Wayzatas Police Chief auch schon zu ihnen kam und sich vorstellte. Er sah womöglich noch besser aus als sein Streifenpolizist, war aber ein paar Jahre älter. Magozzi kam zu dem Schluss, dass man gut aussehen musste, um in Wayzata zu leben.

«Es ist mir eine echte Freude, Sie beide kennen zu lernen, Detectives.» Chief Boyd ließ eine beeindruckende Doppelreihe perlweißer Zähne aufblitzen. «Sie haben im vergangenen Herbst geradezu erstaunliche Arbeit bei dem Monkeewrench-Fall geleistet. Und jetzt bearbeiten Sie die Uptown-Morde, nicht wahr? Ich habe gelesen, dass Gilberts Dad eines der Opfer war.»

«Das ist richtig», sagte Gino. «Wir waren auf dem Weg, uns mit Jack Gilbert zu unterhalten, um noch ein paar Dinge zu klären, als wir in Ihre Parade gerieten. Sie haben hier ein stattliches Aufgebot beisammen, Chief. Was ist denn passiert?»

«Gestern Abend oder heute Morgen?»

Gino zog die Augenbrauen hoch. «Gestern Abend?»

«Da ging es los. Gegen elf Uhr wählte Gilbert in Panik die Neun-eins-eins. Er sagte, es befänden sich Eindringlinge auf seinem Grundstück, und wir schickten zwei Wagen, um nach dem Rechten zu sehen. Meine Leute haben das Grundstück ziemlich gründlich durchsucht, konnten aber nichts finden. Um Ihnen die Wahrheit zu sagen, die Jungs taten es als falschen Alarm ab. Mr. Gilbert war …» Er sprach aus Höflichkeit nicht weiter.

«Sternhagelvoll?», bot Gino an, und Chief Boyd lächelte fast kleinlaut, als müsse er sich entschuldigen.

«Na ja, er war gerade von der Beerdigung seines Vaters heimgekommen», sagte er und bewirkte, dass Gino sich wie ein herzloser Mistkerl vorkam. «Und ich glaube, er macht eine ziemlich schwere Zeit durch. Wir hatten einige Probleme mit ihm, haben ihn ab und zu auf der Straße angehalten und dafür gesorgt, dass er heil nach Hause gekommen ist.»

Gino sah Magozzi an. «Hier will ich auch wohnen.»

«Heute Morgen dann», fuhr der Chief fort, «erreichten uns Anrufe von fast allen Anwohnern in Hörweite von Gilberts Haus. Es seien Schüsse gefallen. Jack Gilbert war der Hysterie nahe und fuchtelte mit einer Waffe herum, als wir hier eintrafen. Der Garten und der Wagen seiner Frau hatten eine Menge Kugeln abgekriegt.»

«Mein Gott», murmelte Gino. «Jemand hat tatsächlich versucht, ihn umzubringen.»

«Nun, da sind wir gar nicht so sicher. Es ist viel Schaden angerichtet worden, und es liegt auch viel Messing in der Gegend rum, aber bisher ist es alles nur Kaliber neun Millimeter. Auch die Projektile. Wir haben ein paar davon aus der Garagenverkleidung und aus einigen Baumstämmen rausgeholt.»

«Und das bedeutet?», fragte Magozzi. Der Chief reagierte mit einem einseitigen Achselzucken, das beinahe unbeholfen wirkte.

«Die Waffe, die Mr. Gilbert in der Hand hielt, war eine Smith & Wesson, Kaliber 9 Millimeter, noch warm, und er informierte uns geradeheraus, dass er das gesamte Magazin leer geschossen habe, um den zu treffen, der seiner Meinung nach auf ihn schoss. Wir werden natürlich alles ins Labor schicken, nur für den Fall, dass da draußen zwei Männer mit zwei verschiedenen Neun-Millimeter-Pistolen in die Gegend geballert haben.»

Magozzi musterte ihn einen Moment lang. «Sie glauben gar nicht, dass es einen zweiten Schützen gegeben hat, oder?»

Chief Boyd sah auf den blank polierten Asphalt unter seinen blank polierten Stiefeln hinunter und seufzte. «Wissen Sie, Jack Gilbert wohnt hier seit zehn Jahren – solange ich hier Chief bin – und war schon immer ein wenig … exzentrisch. Aber im Großen und Ganzen ein höllisch netter Kerl. Aber dann, vor einem Jahr oder so, schien er mehr und mehr die Kontrolle über sich zu verlieren. Viel Alkohol, viele Beschwerden von den Nachbarn, und wie ich schon sagte, wir mussten ihn mehr als einmal von der Straße holen. Einmal fuhr ich auf dem Weg zum Mittagessen die Hauptstraße entlang, und wen sehe ich? Mr. Gilbert, der auf dem Gehsteig an den Schaufenstern vorüberspaziert und außer seinem Bademantel nichts anhat. In Rekordzeit habe ich ihn in meinen Wagen verfrachtet, und als ich ihn fragte, was zum Teufel er sich dabei gedacht habe, nur im Bademantel durch die Innenstadt zu stolzieren, sah er an sich hinunter und sagte: «Ach, du heilige Scheiße.» Ich schwöre bei Gott, dem Mann war nicht klar gewesen, dass er sich nicht angezogen hatte. Hätte ihn fast eingesperrt, damit das Gericht ein psychiatrisches Gutachten angeordnet und er Hilfe bekommen hätte.»

«Damit hätten Sie ihm vielleicht einen Gefallen getan», sagte Gino.

Chief Boyd lachte leise. «Leider halten es die Bewohner unserer Gemeinde nicht für einen Gefallen, wenn Polizisten sie in Gewahrsam nehmen, wie gut gemeint es auch sein mag. Ich kann Ihnen sagen, in diesem Job habe ich mehr mit Politik zu tun, als ich es je wollte.»

Magozzi nickte verständnisvoll. «Uns geht es in der Stadt zuweilen genauso. Wenn ein Streifenpolizist einen Richter mit 0,1 Promille erwischt, na ja, dann wird er sich fragen, ob es nicht auf ihn zurückfällt, wenn er das nächste Mal einen Fall vor diesen Richter bringt. Traurig, aber wahr.»

Der Chief ließ den Blick zu einer Ansammlung penibel beschnittener Bäume wandern. «Mein Officer sagt mir, dass Sie Gilbert befragen wollen. Er ist ziemlich verstört. Ich hoffe, Sie werden mir jetzt nicht sagen, dass er ein Verdächtiger in den Uptown-Morden ist.»

Magozzi schmunzelte. «Sie mögen ihn, nicht wahr?»

«Ich glaube schon. Ich empfinde Sympathie für ihn. Er scheint mir zu den guten Menschen zu gehören und ist irgendwann mal vom Weg abgekommen.»

«Nun, wir betrachten ihn im Moment nicht als Verdächtigen, aber wir glauben, dass er Informationen zurückhält, die uns helfen könnten. Wir möchten uns deswegen mit ihm unterhalten.»

Sie fanden Jack Gilbert in sich zusammengesackt hinten im Krankenwagen. Er trug Shorts und ein Polohemd und ließ die bloßen Beine über die Kante baumeln. Er bot das genaue Bild dessen, was er war – ein schwerer Alkoholiker, der eine ausgiebige Sauftour hinter sich hatte. Trübe und verquollene Augen, fahle Haut und eine so schlaffe Mundpartie, dass man den Eindruck hatte, sie sei dabei zu schmelzen. Auf seiner Stirn trug er ein Klammerpflaster, und er presste sich eine Kühlpackung an die Wange. Er sah auf, als sie sich näherten, und prostete ihnen mit einer Flasche Wasser zu.

«Hallo, Leute. Willkommen im Grünen. Etwas außerhalb Ihres Zuständigkeitsbereichs, oder?»

«Wie geht es Ihnen, Mr. Gilbert?», fragte Gino.

«Ganz gut. Hier oben eine kleine Platzwunde, an der Seite ein bisschen Auaweh.» Er schüttelte die Kühlpackung. «Bin wahrscheinlich gegen einen verdammten Baum gelaufen, kann mich nicht wirklich erinnern. Ansonsten fühle ich mich spitzenmäßig.»

Magozzi trat ein bisschen näher heran, bis Gino und er Gilbert flankierten. «Fahren Sie ins Krankenhaus?»

«Nein. Ich habe nur gedacht, wenn ich schon 'nen Tausender zahlen muss, um diese Karre hierherzuholen, habe ich wohl auch das Recht, 'ne Weile drinzusitzen.»

«Möchten Sie uns sagen, was geschehen ist?»

«Ich habe gesehen, wie Sie mit dem Chief sprachen. Hat der es Ihnen nicht erzählt?»

«Der Chief war nicht dabei, Sie schon», sagte Gino.

Jack seufzte, nahm die Kühlpackung weg und streckte ihnen die Wange entgegen. «Wie sieht es aus?»

Gino beugte sich vor und kniff die Augen zusammen. «Leicht geschwollen. Ein wenig rot, aber nicht so schlimm. Woher haben Sie die Smith & Wesson, Jack?»

«Hui. Gar kein Vorspiel?»

«Heute nicht. Dafür vergrößert sich die Zahl der Opfer zu schnell.»

Jack hielt Ginos Blick eine Weile stand, während seine Gehirnzellen schleppend arbeiteten, und zuckte dann mit den

Achseln. «Pop hatte sie schon ewig. Weiß nicht, wo er sie herhatte, aber ich wusste, wo er sie aufbewahrte. Habe sie gestern Abend mit nach Hause genommen.»

«Nachdem Sie gehört hatten, dass Ben Schuler umgebracht worden war. Das hat Ihnen höllische Angst gemacht, nicht wahr, Jack?»

Ein abwehrendes Blitzen in seinen Augen. «Da können Sie drauf wetten. Für den Fall, dass es Ihnen entgangen sein sollte, es werden Juden kaltgemacht, Detective, und zufällig bin ich auch einer.»

Magozzi lehnte sich mit der Schulter an die Krankenwagentür und sagte besonnen: «Einer von mehreren Tausend in den Cities. Wie kommen Sie darauf, dass man es auf Sie abgesehen haben könnte? Erstens sind Sie zu jung, und zweitens sind alle Morde in Uptown geschehen. Von da ist es ein weiter Weg nach Wayzata.»

«Ach, kommen Sie. Erst erwischt es Pop und dann einen seiner besten Freunde. Das ist doch ein bisschen zu nah an der eigenen Haustür, oder?»

Magozzi hob eine Schulter, um Einverständnis zu signalisieren. «Okay, das gestehe ich Ihnen zu.»

«Ist auch gottverdammt richtig, dass Sie es mir zugestehen, denn irgendein Arschloch hat heute Morgen versucht, mich in meiner eigenen Auffahrt zu erschießen.»

«Sie haben uns nie die Liste gefaxt, Jack», sagte Gino.

«Welche Liste?»

«Als wir uns zum ersten Mal begegnet sind, haben Sie gesagt, Sie würden uns eine Liste all der Leute faxen, die Ihnen nach dem Leben trachten. Ich glaube, Sie haben von ungefähr hundert gesprochen.»

«Du meine Güte, das war nur ein Witz.»

«Tatsächlich?»

Jack hob die Kühlpackung wieder an die Wange. «Worauf wollen Sie hinaus?»

Magozzi zuckte die Achseln. «Nun, in Ihrem Beruf bekommen Sie es doch zwangsläufig ab und zu mit nicht ganz koscheren Typen zu tun. Vielleicht haben Sie die Grenze überschritten und sind irgendwo hineingeraten, wo mit harten Bandagen gekämpft wird.»

Jack schnaubte verächtlich. «Und dann? Habe ich angefangen, die Leute in meiner Umgebung umzulegen? Mann, Sie haben wohl zu viele Filme mit De Niro gesehen.»

«He. Das soll es alles schon gegeben haben.»

«Ihr Vater ist ein wirklich aufrechter Mann gewesen», warf Gino ein. «Ich möchte wetten, dass es ihm nicht gefallen hätte, wenn sein Sohn auf das Niveau von Abschaum gesunken wäre. Und ich möchte auch wetten, dass er Sie schneller fallen gelassen hätte, als ein Hund sich das Wasser aus dem Fell schüttelt. Damit wäre auch die Entfremdung erklärt.»

Jack wollte seinen Ohren nicht trauen. «Ich fasse es einfach nicht. Sind Sie deswegen heute Morgen hier rausgekommen? Sie glauben, etwas, das *ich* getan habe, ist der Grund dafür, dass Menschen umgebracht werden? Ich bin ein verschissener Schadenersatzanwalt. Meine Klienten sind Leute, die im Supermarkt auf ausgelaufener Gurkenmarinade ausrutschen, und keine John-Gotti-Typen, verdammt noch mal.»

Gino breitete die Hände aus. «Sie sind der Joker in diesem Spiel, Jack. Sie stecken irgendwie mit drin, und wir werden Sie so lange in die Mangel nehmen, bis wir herausfinden, was zum Teufel Sie angestellt haben.»

Jack warf die Hände in die Luft. «Seien Sie mir willkommen. Ich habe nichts zu verbergen.» Er rutschte vorsichtig vom Krankenwagen und humpelte in Richtung Auffahrt davon.

Magozzi schaute auf den Teil des Geländes, den man von der Straße aus einsehen konnte. Die Sicht auf das Haus wurde vollständig von einem dicht bewaldeten Hügel blockiert, auf dem es von Polizisten aus Wayzata wimmelte. «Vielleicht sind wir auf der falschen Fährte», sagte er.

«Wäre nicht das erste Mal. Wir sollten es jetzt auf die freundliche Tour angehen, was sagst du?»

«So läuft der Hase.»

Sie holten Jack an der Stelle ein, wo die Polizisten mit ihren Taschenlampen im Schatten unter den hohen Kiefern suchten.

«Sie humpeln ja, Jack», sagte Gino. «Haben Sie auch Ihr Bein verletzt?»

«Sie können mich mal.»

«He, ich gebe mir Mühe.»

Jack lächelte ein wenig. «Im Mühegeben sind Sie 'n Versager.»

«Hier ist es also passiert?», fragte Magozzi.

«Nein, oben am Haus, aber wer weiß, von wo der Kerl geschossen hat.»

Sie gingen die gepflasterte Auffahrt hinauf, bis sie hinter einer Kurve zum ersten Mal das weitläufige Haus sahen, das Jack sich gebaut hatte, und den Schauplatz vor der Garage.

«Mein Gott», murmelte Gino. «Was für ein Chaos.»

Die Auffahrt war übersät von Borkenstücken und kleinen Zweigen. Es sah aus, als wäre ein Baum explodiert. Der luxuriöse Mercedes-Geländewagen, der nahe an der Garage parkte, war durchsiebt von Einschusslöchern, und die meisten Scheiben waren entweder ganz zersplittert oder beschädigt.

Die große Scheibe der Heckklappe war zerborsten und in winzigen Teilen zu Boden gefallen, wo die kleinen Splitter aus Sicherheitsglas auf den Pflastersteinen glitzerten.

Sie beachteten das Absperrband und blieben weniger als einen Meter vor dem Fahrzeug stehen. Einer der Officer aus Wayzata saß drinnen, löste mit der Pinzette etwas aus dem Armaturenbrett und ließ es in einen Plastikbeutel fallen.

«Hier stand ich», sagte Jack. «Ich wollte gerade die Heckklappe öffnen, als ich den Schuss hörte und spürte, wie etwas an meinem Ohr vorbeizischte. Entschuldigen Sie bitte meine Ausdrucksweise, aber ich hätte mir vor Angst fast in die Hosen geschissen. Also habe ich meine Waffe aus der Tasche gezogen und zurückgeschossen.»

Magozzi schaute nach rechts zwischen den Bäumen hindurch. Ein paar Zweige baumelten an Borkenstreifen. «Der Schuss kam aus dieser Richtung?»

«Da bin ich ziemlich sicher.»

«Nur einer?»

«Ich weiß nicht. Inzwischen sorgte ich ja auch für Lärm.»

Magozzi nickte. «Okay, das klingt einleuchtend, aber wenn Ihr Killer sich seitlich aufgehalten hat, verstehe ich die Einschusslöcher in der Heckklappe nicht so recht.»

Jack blickte finster auf die Einschusslöcher. «Die könnte ich verursacht haben.»

«Ja?»

«Kann sein. Ich habe um mich geschossen. Mein Gott, ich hatte keine Ahnung, wo der Kerl steckte.»

«Prima gemacht», kommentierte Gino trocken. «Sie hätten die halbe Nachbarschaft umlegen können.»

Es sprach für Jack, dass er blass wurde.

«Sie sehen ziemlich kaputt aus, Jack. Wir sollten reingehen, uns hinsetzen und uns ganz entspannt unterhalten», schlug Magozzi vor. Aber Jack schüttelte nur den Kopf.

«Reingehen kann ich nicht. Habe letzte Nacht im Umkleidehaus am Pool geschlafen, nachdem Becky mich rausgeworfen hat, und es ist so sicher wie das Amen in der Kirche, dass sie mich nach dem hier nicht wieder reinlässt. Aber ich will sowieso nicht rein. Ich rufe mir ein Taxi und lass mich zur Gärtnerei fahren, wo mein Auto steht. Vielleicht kampiere ich eine Weile im Club.»

«Wir fahren in die Richtung. Sie können gerne mit uns kommen, wenn Sie mögen.»

Jack beäugte ihn argwöhnisch. «Stehe ich unter Arrest?»

«Weil man auf Sie geschossen hat?», fragte Gino. «Himmel hilf, Jack, wir bieten Ihnen eine Mitfahrgelegenheit an. Wollen Sie, oder wollen Sie nicht?»

«Ja, ich glaube schon. Ich habe unten im Krankenwagen eine Tasche.»

«Die sollten wir schnell holen, bevor die damit wegfahren.» Gino fand Magozzis Blick und neigte seinen Kopf fast unmerklich in Richtung des Hauses.

Magozzi schaute hinter sich und sah eine schlanke Frau im Schatten der Türöffnung stehen. Sie hatte die Arme über der Brust verschränkt. «Ich bin in ein paar Minuten bei euch.»

Becky Gilbert war ebenso wie die Gegend, in der sie wohnte, ein bisschen zu perfekt, um natürlich zu sein. Ihr hübsches gebräuntes Gesicht war glatt und eigenartig straff wie Stoff, der zu stramm über einen Stickrahmen gespannt war. Sie hatte den geschmeidigen und austrainierten Körper einer Frau, die ihre Mitgliedschaft in einem Fitnessclub sehr ernst nimmt, und ihr weißes Tennisdress sah aus, als sei es maßgeschneidert, um ihre Figur zu unterstreichen. Diamanten funkelten an ihrem Handgelenk – wahrscheinlich die einzige Frau auf der Welt, die tatsächlich Tennisarmbänder trug, wenn sie Tennis spielte, dachte Magozzi.

Ihre Augen funkelten vor Zorn, als Magozzi näher kam. «Mrs. Gilbert?»

«Ja. Und wer sind Sie?»

«Detective Magozzi, Minneapolis Police Department. Morddezernat.»

Über seine Schulter hinweg warf sie wütende Blicke auf Jack, der die Auffahrt hinunterging. «Noch ist er nicht tot.»

«Sie klingen enttäuscht.»

Sie seufzte frustriert und zwang sich zu einem gequälten Lächeln. «Ich bin nicht enttäuscht, Detective. Ich bin einfach nur wütend. Die Polizei war die halbe Nacht hier und hat nach Jacks imaginärem Verbrecher gesucht. Und jetzt dieses Spektakel.»

«Also glauben Sie nicht, dass jemand versucht, ihn zu töten?»

«Natürlich nicht. Jack hat im letzten Jahr allerhand verbrannte Erde hinterlassen, aber nichts war so schlimm, dass man ihn etwa deswegen umbringen würde.»

«Fällt Ihnen etwa Ungewöhnliches ein, das in letzter Zeit passiert ist?»

«Zum Beispiel?»

«Oh, ich weiß nicht, fremde Autos in der Nähe, nächtliches Klopfen an der Tür, Anrufe, bei denen wieder aufgelegt wird, oder Drohanrufe, solche Dinge.»

«Nichts dergleichen.» Neugierig neigte Becky sich zur Seite. «Morddezernat. Geht es um seinen Vater?»

«Ja. Wir mussten Jack noch einige Fragen stellen.»

Becky Gilberts offener Zorn auf ihren Ehemann schien zu verrauchen, aber die Verbitterung wollte nicht aus ihrem Blick weichen. «Das war eine schreckliche Sache.»

«Hat Jack mit Ihnen über den Mord an seinem Vater gesprochen?», fragte Magozzi.

Sie schüttelte den Kopf. «Jack hat nie über seinen Vater gesprochen, Punkt. Als wir uns kennen lernten, haben die beiden schon nicht mehr miteinander gesprochen. Ich hatte den Eindruck, es sei ein heikles Thema, und daher habe ich es nie angesprochen.»

Magozzi betrachtete diese Frau, die so offensichtlich in diesen Vorort gehörte und ebenso eindeutig auch hier leben wollte, und kam auf den Gedanken, dass sie am Ende gar nicht so respektvoll gegenüber den Gefühlen ihres Mannes gewesen war, sondern dass sie mit einem älteren jüdischen Ehepaar, das in Uptown wohnte, nichts hatte anfangen können.

«Wissen Sie, was den Bruch zwischen Jack und seinem Vater verursacht hat?»

«Ich habe keine Ahnung, Detective. Er hat sich entschlossen, diese Information nicht mit mir zu teilen.»

Und du hast ihn nie gefragt, dachte Magozzi.

Er hatte die halbe Auffahrt hinter sich, als Chief Boyd ihn mit seinem freundlichen Lächeln abfing.

«Detective Magozzi. Haben Sie etwas erfahren, das vielleicht im Zusammenhang mit Ihren Fällen in Uptown steht?»

«Nichts, es sei denn die Ballistiker finden etwas. Wir würden uns freuen, wenn Sie uns gleich benachrichtigen, sobald Sie Ergebnisse haben, Chief.»

«Da kann ich Ihnen einen größeren Gefallen tun. Wir haben

nur sehr selten Arbeit für die Leute im Labor, und ich vermute, dass Sie dort etwas mehr Einfluss haben als wir.» Er hielt einen großen versiegelten Beutel in die Höhe, dem ein kleines Plastiketui mit einem Protokollzettel beigefügt war, auf dem die Kette der verantwortlichen Verwahrung vermerkt wird. «Eine Smith & Wesson, 9 Millimeter, elf Patronenhülsen und neun Projektile. Ich hatte gehofft, Sie würden das für uns untersuchen lassen.»

Magozzi grinste ihn an. «Und ich hatte gehofft, Sie würden mich darum bitten. Erspart mir die Mühe, Sie danach zu fragen.» Er zog das Protokollblatt heraus, strich es auf seinem Knie glatt und unterschrieb.

«Wenn ich mich recht erinnere, wurde die ältere Frau in Uptown doch mit einer 9-Millimeter erschossen», sagte Chief Boyd wie beiläufig.

Und Ben Schuler ebenfalls, dachte Magozzi, aber es gab keinen Grund, diese Information jetzt schon auf den Tisch zu legen. «Das stimmt.»

«Also werden Sie schon sehr bald einige Antworten zu der Waffe in diesem Beutel bekommen.»

Magozzi streckte den Oberkörper und sah ihn an. «Es gibt da draußen eine Menge 9-Millimeter-Waffen, Chief Boyd.»

«Das weiß ich wohl. Und mir liegt viel daran zu hören, dass mit derjenigen, die wir Mr. Gilbert abgenommen haben, niemand getötet worden ist.»

«Sobald mir ein Ergebnis vorliegt, werde ich mich bei Ihnen persönlich melden. Es müsste eigentlich heute noch was werden.»

Sie gingen gemeinsam hinunter zur Straße, wo Magozzi stehen blieb und zu den Satelliten-Übertragungswagen der Nachrichtensender hinüberschaute. Als die Reporter und Kameraleute, die verstreut um die Wagen standen, Chief Boyd und Magozzi sahen, formierten sie sich zu einem Schwarm: Kameras liefen, Mikrofone wurden geschwenkt, Reporter schrien laut ihre Fragen hinaus. Die Masse bewegte sich auf die Straßenkante zu und kam unvermittelt zum Stehen, als sei der Bordstein die Chinesische Mauer.

Magozzi sah hinüber zu dem Chief, der den Presseleuten freundlich zuwinkte. «Haben Sie da unten einen unsichtbaren Zaun? Eins von diesen elektrischen Dingern, die man gegen Hunde einsetzt?»

Der Chief winkte weiter wie eine bekiffte Highschool-Ballkönigin. «Wieso um Himmels willen sollten wir einen solchen Zaun benötigen?»

«Weiß ich auch nicht. In der Stadt jedenfalls walzen die Medienleute alles platt, was sich ihnen in den Weg stellt. Ich musste selbst schon ein paar Mal ausreißen.»

Der Chief lachte. «Die Straße ist öffentliches Eigentum. Diese Leute haben dasselbe Recht wie jeder andere auch, sich dort aufzuhalten. Aber sobald sie den Bordstein betreten, begehen sie Hausfriedensbruch und kommen ins Gefängnis.»

Magozzi schnaubte. «Ja, recht so.»

«Wir haben alle gewarnt, als sie auftauchten, aber diese wirklich attraktive junge Frau von Channel Ten – vielleicht ein bisschen aufdringlich – die hat sich an meine Fersen geheftet, als ich Jacks Auffahrt hinaufging.»

«Das müsste Kristin Keller sein, Moderatorin und Samuraischwert in meinem Fleisch.»

«Mag sein. Ich sehe mir nur selten Nachrichtensendungen an. Na jedenfalls, kaum hatten wir ihr Handschellen angelegt und sie in unseren Wagen verfrachtet, haben die anderen sich schnell verzogen.»

Verblüfft sah Magozzi ihn an. «Sie haben Kristin Keller festgenommen?»

«Sieht so aus.»

Magozzi gab sich Mühe, professionell zu bleiben, aber das bekam er nicht fertig. Ein schadenfrohes Grinsen leuchtete über sein Gesicht. «Chief Boyd, Sie sind der Mann.»

«Das habe ich denen auch gesagt.»

KAPITEL 27

Grace MacBride saß in ihrem Büro bei sich zu Hause: eine schmale Kammer mit Holzdielen, die mehr Ähnlichkeit mit einem Korridorende als mit einem richtigen Raum hatte. Diverse Computer standen auf einem breiten Bord in Höhe des Arbeitstisches, das sich über die ganze Länge der Wand erstreckte, und sie rollte auf ihrem Bürostuhl von einem Rechner zum andern, betrachtete die Monitore, las Befehlszeilen und verfluchte die Flut nutzloser Informationen, von denen sämtliche Public-Domain-Websites überschwemmt wurden. Es war leichter, sich in eine beliebige geschützte Website zu hacken, als sich durch den Wust zu arbeiten, der die gängigen Suchmaschinen verstopfte, und es wurde Zeit, dass sie mit der leichteren Übung begann, denn das hier dauerte viel zu lange.

Sie hatte gestern als Erstes Morey Gilberts und Rose Klebers Namen in das neue Programm eingegeben und nach Magozzis Anruf abends Ben Schulers Namen hinzugefügt, aber nach stundenlangem Stöbern in allen legal zugänglichen Datenbanken hatte das Programm als einzige Verbindung zwischen den dreien die Tendenz herausgefunden, im selben Lebensmittelladen einzukaufen. Wie alle anderen Menschen in der Nachbarschaft auch. Sie zog die Möglichkeit in Betracht, dass keine außergewöhnliche Verbindung zu finden sein würde – aber Magozzi und Gino dachten anders, und deren Instinkt vertraute sie.

Sie blickte finster auf den Ausdruck der unbedeutenden Enthüllung über den Lebensmittelladen, die das Programm eines Sternchens für wert erachtet hatte, zerknüllte das Papier und warf es zur Seite. «Das ist reiner Unsinn», sagte sie laut.

Grace hatte seit Monaten versucht, sich an das Gesetz zu halten, und nur dann die Firewalls ernsthaft gesperrter Sites überlistet, wenn es absolut und definitiv nötig war. Dieser zaghafte Versuch, im Internet dem Äquivalent eines rechtschaffenen Lebenswegs nachzugehen, war eine stumme Verbeugung aus Respekt und Dankbarkeit Magozzi und den anderen Polizisten gegenüber, die den realen jahrelangen Horror beendet hatten, wenn auch nicht die fortdauernden psychischen Nachwirkungen. Auf der anderen Seite, überlegte sie, waren es Polizisten von anderem Schlag gewesen, die sie überhaupt in Lebensgefahr gebracht hatten, und wenn sie Magozzis verbissene Gesetzestreue respektierte, erwies sie dann nicht auch der Haltung jener Polizisten ihren Respekt?

Es dauerte nur wenige Augenblicke, das Betriebssystem eines Computers neu zu konfigurieren und die Suchparameter für die Bank- und Telefondaten der drei Opfer zu initiieren. Die Sites von Banken und Telefongesellschaften waren für Grace Freiwild. Die Mistkerle verkauften jede Einzelheit aus dem Leben ihrer Kunden an den Höchstbietenden und gaben sich selbstgerecht als Hüter der Privatsphäre, wenn die Polizei um Informationen bat. Es wollte ihr nicht einleuchten, dass die Polizei einen Beschluss brauchte, die Telemarketer aber nicht, und daher hackte sie sich regelmäßig und voller Schadenfreude in diese Sites. Außerdem wusste Magozzi verdammt gut, dass sie zu diesem Mittel greifen würde, wenn er sie um Hilfe bat, ob darüber nun ausdrücklich gesprochen wurde oder nicht.

Bei den anderen Sites, zu denen sie sich Zugang verschaffen wollte – Steuerbehörde, Kreditkarteninstitute und FBI –, war die Rechtfertigung prekärer, aber das verlangsamte nicht das Tempo, mit dem sie zu dem großen IBM rollte und gut gelaunt die Finger über ihre Tastatur tanzen ließ. Sie war noch immer sauer auf das FBI, und manchmal hackte sie sich einfach aus reiner Bosheit in deren Sites. Aber diesmal war es etwas anderes. Sie tat es für Magozzi. Sie würde es ihm natürlich nicht erzählen. Es gab keinen Grund, den Mann damit zu quälen, dass er persönlich von Computerkriminalität Kenntnis hatte.

Das Telefon klingelte in dem Moment, als ihr Drucker kleine Tintentropfen in Form von Sternchen auszuspucken begann. Grace nahm ab und schmunzelte, als sie im Hintergrund Countrymusic und heiseres Gelächter hörte. «He, Annie. Was tust du denn schon morgens in einer Bar?»

Eine warme Stimme antwortete ihr schleppend und honigsüß. «Ich bin in keiner Bar, sondern in einer Cantina, und hier haben sie die besten *huevos rancheros* der Stadt.»

«Hört sich aber an wie eine Bar.»

«Liebes, hier unten hört sich sogar die öffentliche Leihbücherei an wie eine Bar. Die Leute wissen das Leben zu genießen. Grace, du musst deinen jämmerlich mageren Hintern dringend hier runterschaffen. Du wirst es nicht glauben. Ich blicke auf einen Raum voller Männer in Stiefeln und mit wahrhaftig echten Cowboyhüten, und weißt du was?»

Grace' Grinsen wurde breiter. «Ich wage nicht zu fragen.»

«Diese eingeborenen Jungs ziehen einem den Stuhl zurecht, lüften zur Begrüßung den Hut und sind überhaupt so aufmerksam, dass es dich vom höchsten Hocker haut. Und das Allerbeste ist, dass ich die dickste Frau in Arizona bin.»

«Darauf musst du ja sehr stolz sein.»

«Für Männer, die barocke Frauen mögen, bin ich das einzige Angebot im Regal. Was zum Teufel habe ich so lange in Minnesota gesucht? Da oben war ich nur ein Flusspferd unter vielen bei der Tanzgruppe in *Fantasia,* hier unten bin ich die große, üppige Pfingstrose in einer Reihe von verhärmten Gänseblümchen. Mein Gott, wie ich den Südwesten liebe, aber ich vermisse dein Gesicht. Zum Teufel, ich vermisse sogar Harley und Roadrunner.»

«Ich vermisse dich auch, Annie. Du könntest ein bisschen öfter anrufen.»

«Ich mache noch was viel Besseres. Ich komme dieses Wochenende angeflogen. Ich habe gestern Abend mit Harley gesprochen. Er sagt, das Wohnmobil müsste dieser Tage fahrbereit sein.»

«Du willst den Trip mitmachen?»

Annies Lachen kam aus tiefster Kehle. «Würde ihn niemals verpassen. Außerdem werden wir die Gelegenheit haben, das durchzugehen, was ich hier unten bisher zusammensammeln konnte. Du hast Magozzi doch gesagt, dass du fährst, oder?»

«Ich hab's ihm gesagt.»

«Hat er geweint?»

«Eigentlich ... habe ich ihm nur von Arizona erzählt.»

Einen Augenblick lang konnte Grace am anderen Ende der Leitung nur einen schnulzigen Cowboysänger hören, der klagte, sein Herz am Busbahnhof von Tulsa verloren zu haben. «Du kleine Schlange», sagte Annie schließlich. «Du darfst den armen Mann doch nicht derart an der Nase herumführen. Wir haben bereits zusagt, bei dem Fall der vermissten Kinder in Texas zu helfen, und Harley sagt, die Anfragen häufen sich. Wir werden lange unterwegs sein, Grace. Du musst es ihm sagen ... es sei denn, du denkst daran, da oben zu bleiben, den Mann zu heiraten und dir ein Haus ohne Gitterstäbe vor den Fenstern zu suchen, damit deine Kinder nicht wie Tiere im Zoo aufwachsen.»

«Sei bitte nicht albern, Annie. Eine solche Beziehung haben Magozzi und ich ganz und gar nicht.»

«Erzähl mir keinen Unsinn. Jedes Mal, wenn ihr beide euch anseht, habt ihr Sex, und miteinander zu schlafen ist nichts als eine Formalität, zu der ihr noch nicht gekommen seid.»

Grace blieb zwei Sekunden lang stumm, und das war ein großer Fehler.

«Mein Gott», sagte Annie. «Du denkst tatsächlich drüber nach, stimmt's?»

«Ich denke in letzter Zeit über vieles nach. Aber ich komme mit nach Arizona.»

Nach dem Telefongespräch mit Annie fand Grace Charlie, der besser war als jedes Barometer, im Flur, wo er mit der Nase zur Untergeschosstür saß und deren Knauf fixierte.

Das Wetter wird schlecht, dachte Grace.

Annie legte auf und trommelte mit den Fingernägeln auf die Bar aus ungehobeltem Eichenholz. Ihre Nägel waren heute strahlend wie Immergrün, denn nicht vielen Frauen auf der Welt stand diese Farbe, und Annie fiel gern auf. Außerdem wollte sie ihre Kontaktlinsen im Ton des Immergrüns tragen, und die Vorstellung, dass ihre Fingernägel nicht zu ihren Augen passten, war unerträglich.

Es war eine Mühe der eigenen Art gewesen, sich auf die Farbe des Tages vorzubereiten; daran bestand kein Zweifel. Sie hatte morgens gleich als Erstes in den Friseursalon eilen müssen, um ihren Henna gefärbten Bob schwarz tönen zu lassen, denn der Tag, an dem Annie Belinsky rote Haarsträhnen zu ihrem immergrünen Seidenkimono trug, würde nie, niemals kommen. Als sie sich jetzt in der Cantina umsah und dreißig männliche Augenpaare schmachtend ihren Blick erwiderten, entschied sie, dass sich die Mühe gelohnt hatte. Wie in aller Welt berufstätige Frauen mit Familien es schafften, sich ansehnlich zurechtzumachen, blieb jenseits ihrer Vorstellungskraft.

Sie lächelte – mit einer winzigen Spur Verruchtheit – und nahm mit einem Wackeln ihres breiten, in Seide gehüllten Hinterns vollständig Besitz vom Barhocker. Sie hätte schwören können, dreißig sehnsuchtsvolle Seufzer gehört zu haben.

Natürlich wurden ein paar der Männer von ihren Frauen begleitet, und Annie hatte den Verdacht, dass einige einen Anschlag auf ihr Leben vorbereiteten. Zeitschriften wie Fernsehen hatten diese Frauen unentwegt belehrt, dass absolut nichts auch nur entfernt Attraktives oder Elegantes daran war, übergewichtig zu sein, und viele von ihnen verbrachten wahrscheinlich eine Menge Zeit mit Aerobic-Kursen und dem Abzählen von Kalorien, um niemals in die Schwergewichtsklasse zu geraten. Die meisten Frauen waren braun gebrannt und schlank und sahen in ihren knallengen Jeans und den winzig kleinen T-Shirts durchtrainiert und sportlich aus. Annies Äußeres jedoch – ihr offenes Kokettieren mit jedem Zentimeter Übermaß, als sei er pures Gold – brachte sie aus der Fassung und machte sie sauer, da Männer, die normalerweise nach Barbiepuppen im Bikini lechzten, sich plötzlich wegen einer dicken Frau in Alarmbereitschaft befanden.

Annie hätte den missgelaunten Frauen erzählen können, dass Männer nicht ausschließlich auf einen speziellen Körpertypus reagierten – ihrer Meinung nach hatten schwule Modeschöpfer diesen Mythos verbrochen –, sondern darauf ansprachen, wie eine Frau ihren Körper, ihre Augen und ihre Stimme *einsetzte*. Und darauf verstand sich Annie.

«Miss Belinsky?»

Gütiger Herr im Himmel, sie hatte ihn nicht kommen hören, und Annie entging selten etwas. Er war hinter ihr aufgetaucht und hatte sie mit seinem urigen, schleppenden Cowboy-Singsang überrascht, sodass sie fast vom Barhocker gekippt wäre. Der Akzent war tiefster Süden, so wie Annies, und süß wie Sirup, klang aber eigentlich nur bei Frauen gut. Wenn man ein Mann war und mit seiner Stimme Eindruck machen wollte, musste man aus Cowboy-Land stammen.

«Hallo, Mr. Stellan. Sie sind einer der wenigen Männer, denen es je gelungen ist, mich zu überraschen.»

Er stand da, hielt seinen Cowboyhut respektvoll vor der Brust und sah genauso aus wie Gary Cooper in seinen frühen Filmen – außer seinen Augen, die Leidenschaft verrieten. «Miss Belinsky, ich wende jede mir zur Verfügung stehende Methode an, um mich in Ihrem Gedächtnis zu verankern.»

Annie schenkte ihm ein winziges undurchschaubares Lächeln, mit dem sie die schlagfertige Erwiderung belohnte. Nicht dass der Mann eine Chance bei ihr gehabt hätte. Selbstverständlich nicht. Er sah gut aus, hatte die richtige Stimme und die richtigen Manieren, aber er war letzten Endes nur ein Immobilienmakler. Mit einem Immobilienmakler zu schlafen wäre ein Ausrutscher in die Mittelmäßigkeit gewesen – fast so schlimm, wie mit einem Anwalt zu schlafen. «Also, sagen Sie, Mr. Stellan. Haben wir die Hacienda?»

«In der Tat ist sie die Ihre, Ma'am, Vertragsbedingungen und Mietpreis ganz nach Ihren Wünschen.» Er legte ihr einen

Mietvertrag zur Unterschrift auf die Bar. «Die Besitzer haben sich ein wenig gesträubt, das Tierhaltungsverbot aufzuheben, bis ich ihnen versichert habe, dass es sich um einen Polizeihund handelt und so. Er ist doch kein bissiger Hund, oder?»

Annie berührte ihren Mundwinkel mit einem leuchtend grün lackierten Fingernagel. «Nein. Es handelt sich definitiv nicht um einen scharf abgerichteten Hund.» Sie unterschrieb den Mietvertrag mit einem schwungvollen Schriftzug.

«Nun, das ist auf jeden Fall eine gute Nachricht. Ich hatte befürchtet, dass es sich um einen Spürhund handelt, da Sie doch hier sind, um dem Chief zu helfen, seine Tochter zu finden.»

Annie schmunzelte bei dem Gedanken, dass Grace' Hund etwas anderem nachspürte als Grace, was fast so komisch war wie die Vorstellung von Charlie als bissigem Wachhund. «Sie sind ein gut informierter Mann, Mr. Stellan. Ich kann mich nicht erinnern, erwähnt zu haben, dass wir mit Ihrem ausgezeichneten Police Department zusammenarbeiten werden.»

«Ach, kommen Sie, das wusste doch jedermann in der Stadt drei Minuten nach Ihrem Auftauchen. Unser Ort ist sehr klein, Miss Belinsky.»

Ein sehr provinzieller Ort, dachte Annie, als sie wenig später auf dem Gehsteig zum Büro des Chiefs schlenderte und die Blicke spürte, die ihr folgten. Wenn eine kleine, ältere und korpulente Frau in einem Kleid bewirken konnte, dass sich so viele Menschen nach ihr umdrehten, dann würden die Einheimischen garantiert einen Schlag bekommen, wenn ihnen Harley auf der Straße begegnete.

Chief Savadra war bislang die einzige Ausnahme, und kaum hatte er sie mit seinem gewohnten traurigen Morgenlächeln bedacht, fühlte sie sich entspannt und frei, sie selbst zu sein. Er war zweifellos der hässlichste Mann in der Stadt, mit seinem groben, vom Wetter gegerbten Gesicht und einem drahtigen Körper, der zu keinem Zeitpunkt zu wissen schien, wohin die meisten seiner Teile ausreißen wollten. Aber es war etwas Besonderes an ihm, das Annie von der ersten Minute an gefallen hatte.

«Wie ich höre, haben Sie die Hacienda bekommen.»

Annie ging direkt zum Wasserspender, den sie am zweiten Tag hatte anliefern lassen. «Ich schwöre Ihnen, in dieser Stadt verbreiten sich Nachrichten schneller, als ich gehen kann.»

«Wie ich höre, gehen Sie doch überhaupt nicht, Miss Annie. Sie schweben.»

Miss Annie. Das gefiel ihr. Erinnerte sie an Mississippi. Es gefiel ihr besonders, weil kein Flirten dahintersteckte; nur eine freundliche Neckerei. «Warten Sie nur ab, bis diese Stadt die anderen drei zu Gesicht bekommt. Ich bin die Unauffällige.»

Chief Savadra lehnte sich auf seinem knarrenden Holzstuhl zurück und sah zu, wie sie Akten in ihre Mappe packte. «Ich dachte, Sie fliegen erst Freitag.»

«Ich habe alles getan, was ich konnte, bevor die Computer kommen. Und da ich jetzt auch den Vertrag für die Hacienda unterschrieben habe, kann ich ein bisschen früher zurück.»

«Sie vermissen Ihre Leute.»

Annie warf ihm einen Seitenblick zu. «Ich hätte es nicht erwartet, wenigstens nicht so sehr, aber es stimmt. Sagen Sie es nur nicht weiter.»

Der Chief schmunzelte. «Ich werde nächste Woche mal rausfahren, nachsehen, ob der Strom angestellt ist, und dafür sorgen, dass Wasser im Pool ist, bevor Sie zurückkommen.»

«Danke, aber Joe Stellan hat ein paar Leute beauftragt, sich darum zu kümmern.»

«Trotzdem sehe ich mich mal um, halte den Leuten meine Dienstmarke unter die Nase und lehre sie ein wenig Gottesfurcht.»

Annie lächelte. «Das ist nett von Ihnen.»

«Machen Sie Witze? Nie im Leben werde ich in der Lage sein, Ihnen allen zu vergelten, was Sie für mich tun. Ich begreife nur nicht, warum Sie es tun. Was veranlasst eine Gruppe von Menschen, durchs halbe Land zu reisen, um Technologie zu verschenken, die wahrscheinlich eine Million Dollar wert ist?»

«Das ist eine ziemlich lange Geschichte.»

«Ich freue mich darauf, sie zu hören.»

KAPITEL 28

Gino blieb stumm, bis sie Wayzata hinter sich gelassen hatten und auf dem Freeway waren, denn er hatte Angst, dass Jack Gilbert hinten aus dem Auto sprang, wenn sie ihm bei einer Geschwindigkeit unter 120 Stundenkilometern erneut Fragen stellten. Er beugte sich sogar vor, um einen Blick auf den Tacho zu werfen, bevor er seinen Sicherheitsgurt löste und sich zu Jack umdrehte.

«Okay, Jack. Ich werde Ihnen noch eine Chance geben, das Richtige zu tun. Wer will Sie Ihrer Meinung nach umbringen?»

Jack lehnte den Kopf lässig an den Sitz. «Ich wusste doch, dass Sie so etwas vorhaben. ‹Wir bieten Ihnen eine Mitfahrgelegenheit an›! Sie wollten mich ohne Zeugen in dieses Mistding von Scheißkarre ohne Klimaanlage verfrachten, um was aus mir rauszuquetschen.»

Gino gelang ein verdutzter Gesichtsausdruck. «Na so was, Jack. Ich bin etwas überrascht. Also, wenn ich meine, dass mich jemand auf Teufel komm heraus unter die Erde bringen will, dann würde ich mich doch scheckig freuen, wenn zwei Polizisten mich durch die Gegend kutschieren und für meine Sicherheit sorgen. Und wissen Sie noch was? Ich würde den beiden alles erzählen, was ich weiß, und ihnen auf jede erdenkliche Weise behilflich sein, damit sie die Chance bekommen, den Kerl zu schnappen, bevor er mich schnappt. Aber das tun Sie nicht. Sie sitzen dahinten stumm und feindselig, mit versiegelten Lippen, und ich muss Ihnen sagen, Jack, ich kann mir nur einen Grund für dieses Verhalten vorstellen, und der ist, dass Sie der Schütze sind, nach dem wir suchen. Vielleicht haben Sie die Zirkusnummer da oben ja nur abgezogen, um uns in die Irre zu führen.»

«Mann, Detective, jetzt machen Sie mal halblang. Ich bin kein hirnloser Rotzlümmel, den Sie im 7-Eleven einkassiert haben, weil er ein paar Twinkies hat mitgehen lassen, und ich brauche Ihre dämlichen Fragen nicht zu beantworten. Verflucht, glauben Sie doch, was Sie wollen. Mich kümmert das einen Scheiß.»

Magozzi schielte kurz nach rechts und stellte erfreut fest, dass Ginos Waffe noch im Halfter steckte. Trotzdem war es an der Zeit, dass er eingriff. «Wir wollen Ihnen helfen, Jack», sagte er besonnen. «Versetzen Sie sich für einen Moment in unsere Lage. Wir möchten Sie ganz bestimmt nicht verdächtigen, Ihren Vater erschossen zu haben, aber wir sind todsicher, dass Sie etwas wissen, was erklärt, warum diese Leute umgebracht wurden, und wir wollen wissen, warum Sie glauben, dass der Mörder auch hinter Ihnen her ist.»

«Wie kommen Sie darauf, dass es sich um ein und dieselbe Person handelt?»

«Weil Sie es glauben.»

Das ließ Jack für einen Moment verstummen. «Also schön», seufzte er schließlich. «Das ist kompletter Unsinn, Detectives. Ich habe absolut keine Ahnung, nicht den geringsten Schimmer, wer meinen Vater, Ben oder diese Frau Rose getötet hat, und ich weiß auch nicht, wer heute Morgen auf mich geschossen hat. Meinen Sie nicht, ich würde es Ihnen sagen, wenn ich es wüsste, schon um meinen Arsch zu retten?»

Gino zuckte die Achseln. «Vielleicht, vielleicht aber auch nicht. Wer weiß? Vielleicht versuchen Sie ja auch, den Arsch von jemand anderem zu retten?»

Jack lachte laut. «Das hört sich gut an, Detective. Jack Gilbert, der Held. Ich sollte Sie anheuern, für mich PR zu machen. Kann nicht einer mal 'n Fenster runterkurbeln? Hier hinten riecht es nach Grillfleisch.»

Magozzi fuhr mehr als eine halbe Meile in eisigem Schweigen, bevor er schließlich sagte: «Ich habe nicht unterstellt, dass Sie wissen, wer der Mörder ist, Jack. Ich habe gesagt, dass Sie etwas darüber wissen, warum diese Leute umgebracht worden sind. Das ist ein großer Unterschied.»

Jack fing Magozzis Blick im Rückspiegel auf, aber er entgegnete nichts.

Auf halbem Weg zurück in die Cities hielten sie auf Jacks Bitte hin, weil er angeblich auf die Toilette musste, aber als sie auf eine Tankstelle fuhren, stieg er aus dem Wagen und schwenkte gleich nach links zu einem Spirituosenladen.

Magozzi schüttelte den Kopf. «Also, das macht sich gut. Detectives leisten Zubringerdienste zum Schnapsladen. Das werde ich unbedingt in unseren Bericht aufnehmen.»

«Der gottverdammte Scheißkerl hat uns verarscht», knurrte Gino.

«Nicht zu bestreiten.»

«Ich hasse Anwälte. Hasse sie wie die Pest. Wie war eigentlich seine Frau? Hat sie was rausgerückt?»

«Ich glaube nicht, dass diese Frau irgendjemandem irgendwann irgendetwas geben würde. Sie war eiskalt. Minnesotakalt. Sie wusste nicht, warum Jack und sein Dad sich gestritten haben, und soweit ich es beurteilen kann, hat es sie auch nie genügend interessiert, um mal nachzufragen.»

Gino lehnte den Kopf zurück. «Sag mir bitte, dass wir genug haben, um ihn wegen Behinderung laufender Ermittlungen in den Knast zu schicken.»

«Haben wir aber nicht.»

«Mist, und wie gehen wir jetzt vor? Er wird uns jedenfalls nichts erzählen.»

«Vielleicht kann uns Pullman weiterhelfen.»

Auf dem Parkplatz der Gärtnerei waren die beiden vorderen Reihen besetzt, und eine überraschend große Zahl von Kunden bevölkerte den Ausstellungsbereich im Freien. Die Leute zogen flache Holzwagen hinter sich her, auf denen Grünpflanzen und Blumen sprossen.

«Sieht so aus, als würde das Blumengeschäft blühen», sagte Magozzi.

Jack war bereits auf seinem Sitz nach vorn gerutscht, so dringend wollte er aussteigen. «Wir haben achtundzwanzig Grad. In dieser Jahreszeit stehen für jedes Grad Celsius, um das die Temperatur über zwanzig steigt, zwei zusätzliche Autos auf dem Parkplatz.»

«Im Ernst?»

«Im Ernst. Halten Sie an und lassen Sie mich raus, okay?»

Magozzi sah ihn im Rückspiegel. Zwei Sekunden in der Nähe seiner Mutter, und alle Großspurigkeit war verschwunden. «Immer mit der Ruhe. Ich suche einen Parkplatz.»

Gino blickte finster zum Seitenfenster hinaus, noch immer kochend vor Wut, dass er mit seinen Versuchen, Informationen aus Jack herauszubekommen, so kläglich gescheitert war. «Wer sind all diese Leute? Haben die keine Arbeit? Und warum können die nicht zwischen zwei Linien parken? Jedes dieser verdammten Autos besetzt mindestens zwei Plätze.»

Magozzi bog in dem Moment auf einen Stellplatz vor dem großen Gewächshaus ein, als Marty und Lily zur Tür herauskamen. Sie zogen beladene Rollwagen zum Pick-up eines Kunden. Marty erkannte ihren Wagen sofort, warf ihnen einen fragenden Blick zu und winkte zögernd. Er wirkte noch erstaunter, als er sah, dass Jack aus dem Auto stieg und geradewegs auf sein Mercedes-Kabrio zusteuerte, das hinten auf dem Grundstück parkte.

«So was! Er hat sich nicht mal verabschiedet.»

«Mieser Hund», schimpfte Gino.

Sie warteten im Wagen und beobachteten, wie Marty unter Lilys Aufsicht Paletten auf den Pick-up lud.

«Pullman sieht heute besser aus», merkte Magozzi an.

«Schwere Arbeit unter Aufsicht einer Frau. Das stärkt den Charakter, wie meine Schwiegermutter meint. Zumindest ist sie mir mit dem Spruch letztes Wochenende gekommen, als sie mich auf eine Leiter gescheucht hat, damit ich die Dachrinnen säubern konnte. Sieht aus wie 'n kleines Kind in diesem Overall, oder?»

«Wer? Lily?»

«Ja. Geh'n wir rein und bearbeiten sie ein bisschen. Könnte ja sein, dass sie leichter zu knacken ist als ihr Sohn.»

Magozzi protestierte. «Die verspeist dich zum Frühstück.»

«Ich weiß. Du kümmerst dich um sie, und ich rede mit Marty.»

Sie folgten Marty und Lily ins Gewächshaus und warteten höflich, bis ein Kunde an der Kasse bezahlt hatte und gegangen war. Es waren noch mehr Kunden im Gewächshaus, aber sie befanden sich allesamt außer Hörweite. Magozzi wollte an die Kasse treten, aber Jack platzte dazwischen, bevor er auch nur ein Wort sagen konnte.

«Ich brauche meine Schlüssel.» Er sah kurz seine Mutter an und dann Marty. «Wo sind die?»

Marty blickte emotionslos auf Jacks Bluterguss im Gesicht und das Pflaster auf seiner Stirn. «Bist du mit deiner großen Klappe an den Falschen geraten, Jack?»

«Bin gegen einen Baum gerannt.»

«Sieht dir ähnlich.»

«Habe nur versucht, vor der Person zu fliehen, die auf mich geschossen hat.»

Lilys Blick schnellte zu ihrem Sohn, und zum ersten Mal spürte Magozzi, dass in dieser Frau auch eine Mutter verborgen war. «Wer hat versucht, dich zu erschießen?», fauchte sie.

Jack fing fast zu zittern an. Seit sehr langer Zeit hatte seine Mutter ihn nicht mehr direkt angesprochen. «Ich weiß nicht.»

Und jetzt richtete sich die alte Frau auf. Ihr Blick wurde wieder hart.

Scheiße, dachte Magozzi. *Sie weiß auch etwas.*

Marty starrte Jack an, und sein Gesicht spiegelte ein Wirrwarr an Gefühlen. Wut, Abscheu, Frust und vielleicht auch ein wenig Angst. Aber hinter alledem war auch Besorgnis zu erkennen. Es überraschte Magozzi, dass Marty Pullman augenscheinlich etwas an Jack gelegen war.

«Was wisst ihr von dieser Sache?», fragte Marty Gino.

Gino musterte eine Frau in lilafarbenen Caprihosen, die sich mit ihrem Einkaufswagen der Kasse näherte. «Machen wir einen Spaziergang. Ich erzähle dir, was wir haben.»

«Schlüssel», verlangte Jack abermals, als sie gehen wollten.

Marty drehte sich um und deutete mit dem Finger auf Jack. «Keine Schlüssel. Du bleibst hier.» Er sah Lily in die Augen, als er hinzufügte: «Den ganzen Tag, die ganze Nacht, von jetzt an, bis ich was anderes sage.»

Jack und Lily sahen ihn fassungslos an wie verdutzte Kinder.

«Ich meine das ernst», warnte Marty, bevor er und Gino zur Tür hinausgingen.

Jack öffnete den Mund, um etwas einzuwenden, als die Frau in den lilafarbenen Caprihosen ihm auf die Schulter tippte. «Entschuldigen Sie bitte, Sir. Können Sie mir sagen, ob das hier der richtige Dünger für Rhododendron ist?»

Fast ohne zu überlegen drehte sich Jack um und schaute auf den grünen Plastikbehälter, den sie ihm entgegenstreckte. «Aber nein. Für Rhododendron brauchen Sie etwas Säurehaltigeres. Der müsste auf demselben Regal liegen, auf dem Sie diesen gefunden haben.»

«Tatsächlich? Könnten Sie es mir bitte zeigen? Es gab so viele verschiedene Sorten von Dünger ...»

Jack zwickte sich an der Nase, während er von einem Universum ins andere schlüpfte. «Okay. Klar. Sicher, das kann ich Ihnen zeigen.»

«Hört sich an, als verstünde er was von diesem Geschäft», sagte Magozzi zu Lily.

«Das sollte er auch. Schließlich ist er damit aufgewachsen», sagte sie geistesabwesend und sah ihrem Sohn hinterher, der an einer ganzen Horde von Kunden vorbeiging, die ihre Wagen an einem Angebotstisch mit Fleißigen Lieschen randvoll luden. «Also erzählen Sie mir von dieser Schießerei. Wer hat auf Jack geschossen?»

«Vielleicht sollten Sie Jack danach fragen.»

«Ich frage Sie.»

Magozzi seufzte. «Jack meint, dass jemand heute Morgen in seiner Auffahrt auf ihn geschossen hat. Er hat zurückgeschossen.»

Lily wandte langsam den Kopf, um ihn anzusehen. «Er *meint* das? Ist er nicht sicher?»

Magozzi zuckte die Achseln. «Er ja. Wir aber nicht. Zumindest noch nicht. Es gab eine Menge Projektile und Patronenhülsen, aber es könnte sein, dass sie alle aus Jacks Waffe stammen. Das lassen wir gerade überprüfen.»

Lily bedachte ihn mit einem ihrer Yoda-Blicke durch ihre dicken Brillengläser. «Jack besitzt keine Waffe. Er hasst Waffen.»

«Er sagt, es war Moreys, die er letzte Nacht mit nach Hause genommen hat, nachdem er gehört hatte, dass Ben Schuler erschossen worden ist.» Magozzi betrachtete aufmerksam ihr Gesicht, als er fragte: «Wussten Sie, dass Morey eine Waffe besaß?»

Ihr Blick blieb fest. «Wenn er eine besaß, hat er mir davon nichts gesagt.» Magozzi stützte sich mit den Unterarmen auf den Tresen, wodurch er sich auf Augenhöhe mit ihr befand. «Hören Sie, Mrs. Gilbert», sagte er leise. «Wir glauben, dass Jack etwas über diese Morde weiß – auch über den an Ihrem Mann.»

Jetzt flackerte etwas in Lilys Blick.

«Beim Trauerempfang gestern wäre er beinahe umgekippt, als er hörte, dass Ben Schuler erschossen wurde. Aber nicht nur, weil es ihm ein Schock versetzt hat. Nein, vor Todesangst, und wir glauben, weil er wusste, dass er der Nächste sein würde. Er weiß etwas, Mrs. Gilbert, und wir können ihm nicht helfen, bis wir es nicht auch wissen.»

«Sie möchten, dass ich mit ihm rede», sagte sie geradeheraus.

Magozzi richtete sich wieder auf und breitete die Hände aus. «Mit uns will er nicht reden. Vielleicht spricht er ja mit seiner Mutter.»

Draußen hockten Gino und Marty auf der vorderen Stoßstange eines Autos und tranken Mineralwasser, das Marty aus einer Kühltruhe nahe am Eingang geholt hatte. «Im Moment ist er alles, was wir haben», sagte Gino, «und er rückt mit gar nichts raus. Wenn ich zu bestimmen hätte, würde ich ihn zu ein paar freundlichen Knastbrüdern in eine Zelle sperren, bis er sich entscheidet zu reden, aber Magozzi hat damit ein moralisches Problem. Also habe ich gedacht, weil du zur Familie gehörst, könntest du ungestraft davonkommen, wenn du die Scheiße aus ihm rausprügelst.»

Marty wollte schon schmunzeln, besann sich dann aber eines Besseren und schüttelte den Kopf. «Ich habe gestern Abend alles versucht, Gino, und ich war nicht zimperlich. Ich weiß, dass er mit irgendwas zurückhält. Es ist komisch, aber ich habe das Gefühl, er meint, einen verdammt guten Grund dafür zu haben. Aber ich versuch's noch mal. Später heute Abend, nachdem Lily wieder ins Haus gegangen ist.»

«Du willst ihn wirklich hier behalten?»

«Wenn ihn tatsächlich jemand umbringen will, ist er hier wahrscheinlich sicherer als irgendwo sonst.»

«Wie kommst du darauf? Morey war hier nicht besonders sicher», betonte Gino.

Marty drehte sich um und sah ihn offen an. «Weil ich auch hier bleibe und eine Waffe trage. Gestern hat Jack mich gebeten, nach Hause zu fahren und meine Waffe zu holen. Er hat sich Sorgen gemacht wegen Lily. Ich glaube, er hat wirklich Angst, Gino.»

Gino nickte. «Das glauben wir auch. Aber es könnte sein, dass er seinen Garten ganz allein zerschossen hat, Marty. Aber das wissen wir nicht, bevor wir die Ergebnisse von der Ballistik bekommen haben, und vielleicht noch nicht einmal dann. Wenn bewiesen ist, dass es noch eine andere Waffe gab als die, mit der Jack herumgefuchtelt hat, können wir einen Wagen bei euch postieren.»

Sie hörten zu reden auf, als sie sahen, dass Jack über den Parkplatz auf sie zugeeilt kam.

«Wo zum Teufel sind die Tiny Tims, Marty? Die sollten auf demselben Tisch stehen wie die Goldenen Königinnen, und ich habe eine Kundin, die einen Aufstand macht, weil sie keine finden kann.»

Marty rieb sich die Stirn und versuchte von Mord auf Pflanzen umzuschalten. «Ich habe nicht die geringste Ahnung, wovon du redest, Jack.»

«Ich rede von verdammten Tomaten, verstehst du? Also, wo sind sie?»

«Oh. Ich glaube, ich habe ein paar drüben beim kleinen Gewächshaus in den Schatten gestellt.»

Fassungslos starrte Jack ihn an. «Du hast Tomaten in den Schatten gestellt?»

«Nehme ich an. Wenn die Dinger da drüben Tomaten sind.» Er streckte einen Daumen nach rechts, und Jack blickte in dieselbe Richtung.

«Oh, mein Gott.» Er wollte davoneilen, drehte sich aber um und kam zu Gino. «Ich glaube, ich habe vergessen, mich fürs Mitnehmen zu bedanken, Detective.»

«Das stimmt.»

Jack nickte, schob die Hände in die Hosentaschen und blickte zur Seite. «Und da wäre noch was.»

«Ja?»

«Manchmal bin ich ein ziemliches Arschloch.»

«Meinen Sie?»

«Trotz allem sind Sie und Ihr Partner sehr anständig zu mir

gewesen. Ich wünschte, ich könnte Ihnen helfen.» Er hob den Blick, um Gino in die Augen zu sehen. «Das ist mein Ernst.»

Gino machte ein unglückliches Gesicht, als er ihn davongehen sah. «Verdammt. Jetzt bin ich in einem echten Gewissenskonflikt.»

Marty lachte. «Jack bringt jeden in Verwirrung.»

KAPITEL 29

In dem Augenblick, als Gino die Tür zum Morddezernat aufstieß, fielen sie über ihn her. Wie ein Rudel geifernder Welpen bestürmten ihn Langer, McLaren, Gloria und Peterson. Ein weniger gestandener Mann, dachte er, hätte es vielleicht mit der Angst bekommen. «Lars, was machst du denn hier?», fragte er Detective Peterson. «Ich dachte, sie hätten dich zum Rauschgift abgeschoben, bis Tinker aus dem Urlaub zurückkommt.»

Peterson war dünn wie ein Strich und hatte nur wenig mehr Farbe im Gesicht als die meisten der Leichen, die sie in den vergangenen Tagen gesehen hatten. «Nur für gestern. Und weißt du, wie ich den Tag verbracht habe? Habe in der Methadonklinik gesessen und darauf gewartet, dass Große-Fresse-Ray auftaucht. Gott weiß, was ich mir da geholt habe ...»

Gloria stieß Peterson mit einem sanften Stups ihrer Hüfte beiseite, der ihn fast umgeworfen hatte. «Bla bla bla, komm schon, Rolseth, spuck's aus.»

«Was?»

«Machst du Witze?», fragte McLaren. Er trug ein blauweißes Hahnentrittjackett, das als Sehtest durchging. «Ihr seid schon den ganzen Morgen in den Nachrichten, und ihr habt euch nicht mal telefonisch gemeldet. Also, was ist bei Gilberts Haus passiert? Und wo steckt Magozzi?»

«Leo liefert ein paar Sachen in der Ballistik ab, und bei Gilbert ist gar nichts passiert.»

«Keine Toten?»

«Keine Toten. Sieht so aus, als hätte Gilbert den Wagen seiner Frau erschossen, als er ein ganzes Magazin auf einen Phantommörder geleert hat. Viel mehr war nicht.»

Peterson ließ die knochigen Schultern unter seinem weißen Hemd hängen. Traurig blickte er auf seinen leeren Schreibtisch, wahrscheinlich träumte er von Mordfällen, der blutrünstige Mistkerl. «Hörte sich in den Nachrichten an wie die Sache in Waco.»

Gloria drehte eine Pirouette in flatternder Regenbogenseide, und die Perlen an den Enden ihrer Rastazöpfe klapperten dazu. «Ich habe euch Dummköpfen doch gesagt, dass nichts dran war. In Wayzata brauchst du nur ein Bic anzuschnipsen, und schon sind alle aus dem Häuschen. Peterson, du hast ungefähr drei Minuten, dich beim Rauschgift abzumelden, bevor Harrison geht, sonst gehörst du ganz zu denen.»

«Oh, Scheiße.» Peterson bahnte sich den Weg zur Tür.

«Ihr seid also nicht weitergekommen?», fragte Langer, als sie alle wieder zu ihren Schreibtischen wanderten.

«Frag lieber nicht. Noch zwanzig Schritte vorwärts, und wir sind wieder auf Los. Und wie steht's mit eurem Fall?»

Langer schüttelte den Kopf und deutete mit dem Finger auf einen dicken Haufen von Ausdrucken am Rand seines Schreibtisches. «Das sind unsere Informationen über die sechs Interpol-Opfer. Zum größten Teil furchtbar langweilig, normale Leute, die ein normales Leben lebten.»

«Aber Interpol spricht von Auftragsmorden, oder?»

«Ja, das sagen sie, aber diese Menschen sind die untypischsten Opfer, die mir je untergekommen sind.»

«Genau wie die Leute, die hier umgelegt wurden.»

Langer zog eine Augenbraue in die Höhe. «Klingt gut.

Aber wir haben immer noch keine Verbindung zu Fischer entdecken können, außer natürlich der Waffe.»

«Und die Leute vom FBI machen Malcherson Feuer unterm Hintern», sagte McLaren übellaunig. «Die halten uns doch für einen Haufen Dorftrottel, die Kuhscheiße erst dann erkennen, wenn sie mittendrin stehen. Sie werden uns kurzerhand unseren Fall wegnehmen, ihn in der Mittagsstunde lösen und den Ruhm einheimsen. Langer und ich werden wahrscheinlich ab morgen Verkehrsunterricht in irgend 'ner Grundschule geben.»

«Hm.» Gino machte den kläglichen Versuch, sein Hemd in die Hose zu stecken. «Was sagt denn Malcherson?»

Langer zuckte die Achseln. «Wir haben bis heute Abend, um irgendetwas zu finden, danach lässt er sie ran. Und um dir die Wahrheit zu sagen, ich bin gar nicht sicher, ob die Idee so schlecht ist. Wir stecken in der Sackgasse.»

Gino schüttelte den Kopf. «Wenn sie übernehmen wollen, dann haben sie etwas, das ihr nicht habt.»

«Wahrscheinlich.»

Magozzi stürmte ins Büro wie eine steife Brise und hastete den Gang entlang. Er hatte sein Handy am Ohr und hörte konzentriert zu. Im Vorübergehen begrüßte er die anderen mit einem Winken, mit dem Daumen bedeutete er Gino, nach hinten zu ihren Schreibtischen zu kommen.

Während Magozzi sein Gespräch zu Ende führte, kramte Gino in seiner Schreibtischschublade nach etwas Essbarem. Er untersuchte gerade ein schmieriges, staubbedecktes Hustenbonbon und überlegte, ob es noch genießbar war, als Magozzi «Danke, Dave» in sein Handy sagte und es zuklappte.

«Dave? Wie Ballistik-Dave?»

«Genau der. Er hatte Neuigkeiten. Rose Kleber und Ben Schuler wurden mit derselben 9-Millimeter erschossen.»

«Oh, yippy-yeah, unsere erste nachweisbare Verbindung, und bitte, lieber Gott, sag mir, dass es dieselbe 9-Millimeter war, die man Jack Gilbert in Wayzata abgenommen hat, damit ich seinen Arsch in den Knast verfrachten kann.»

«Tut mir leid. Dave hat einen Schusstest gemacht. Es war nicht Jacks Waffe.»

«Mist.»

«Er hat außerdem alle Projektile von Gilberts Haus unterm Mikroskop gehabt. Sie stammen allesamt aus Jacks Waffe bis auf eins.»

«Oha.» Gino lehnte sich zurück und faltete die Hände über dem Bauch. «Also hat wirklich jemand versucht, ihn umzubringen.»

Magozzi nickte. «Dieses eine Projektil haben sie innen aus dem Himmel des Geländewagens seiner Frau ausgegraben, ungefähr zwei Zentimeter entfernt von der Heckklappe. Jack hat gesagt, dass er an der Klappe stand, erinnerst du dich? Und *das* Projektil kam aus derselben Waffe, die auch Kleber und Schuler getötet hat.»

Gino dachte zwei Sekunden darüber nach, sagte «Verflucht noch mal!», stand auf und schnappte sich seine Handschellen vom Schreibtisch.

«Was hast du vor?»

«Ich fahre los, um Gilbert festzunehmen, das habe ich vor.»

«Mit welcher Begründung? Weil auf ihn geschossen wurde?»

«Unentbehrlicher Zeuge, Schutzhaft, Trunkenheit in der Öffentlichkeit, was weiß ich. Ich will ihn hinter Gittern sehen.

Dieser gottverdammt blöde Arsch hat gewusst, dass es so kommen würde, was bedeutet, er hat auch gewusst, *warum* und vielleicht sogar, wer der Mordschütze ist. Und sagt er es uns? Nein. Er sitzt rum und hält den Mund, während andere Leute umgebracht werden. Verflucht, warum sind diese Handschellenclips immer so weit hinten, dass ich an die Scheißdinger nicht rankomme ...?»

«Gino. Reg dich ab.»

Gino schnaubte voller Wut und sah seinen Partner an. «Was?»

«Wir können ihn nicht festnehmen.»

«Bitte.»

«Er ist kein Zeuge im eigentlichen Sinn. Schutzhaft ist eine freiwillige Sache, und was die Trunkenheit in der Öffentlichkeit betrifft ...»

«Ja, ja, ich verstehe schon.» Gino ließ sich zutiefst enttäuscht auf seinen Stuhl fallen. «Wir könnten aber hinfahren und ihn noch mal verhören. Vielleicht sollten wir uns unterwegs einen elektrischen Kuhstock besorgen, denn ohne Ansporn wird der Kerl uns gar nichts sagen.»

«Ruf Marty an. Sag ihm, was wir wissen, gib ihm noch ein bisschen mehr Munition. Und bitte ihn, Lily zu informieren. Ich habe ihr heute Morgen schon einen kleinen Anstoß gegeben. Vielleicht können die beiden ihn ja zusammen knacken.»

Gino griff nach dem Telefon. «Wir müssen einen Streifenwagen vor der Gärtnerei postieren, wenn Jack weiterhin dort bleibt.»

«Ja. Kümmere du dich darum. Ich werde Chief Boyd in Wayzata anrufen, damit er vorsichtshalber auch einen Streifenwagen zum Schutz von Jacks Frau bereitstellt.»

Magozzis Handy piepte, als er das Gespräch mit Chief Boyd beendete. «He, Grace.»

«Ruf mich bitte im Festnetz zurück. Ich hasse Handys.»

Er machte ein verdutztes Gesicht, als sie so abrupt auflegte, rief sie aber von seinem Schreibtisch aus zurück. «Warum hast du nicht gleich unter meiner Büronummer angerufen, wenn du Handys so sehr hasst?»

«Weil ich dann erst bei Gloria gelandet wäre, deswegen. Gloria hasst mich.»

«Was redest du denn da? Das tut sie absolut nicht.»

Grace lachte los, war aber im Handumdrehen wieder ernst. «Das Programm hat ein paar Sachen ausgespuckt. Mag sein, dass sie unwichtig sind. Ich bin mir nicht sicher.»

«Ich weiß jedenfalls mit absoluter Sicherheit, dass Gloria dich nicht hasst.»

Gino sah mit hochgezogenen Augenbrauen von seinem Telefongespräch auf, aber Magozzi beachtete ihn nicht.

«Mein Gott, Magozzi, wichtiger als diese Geschichte ist es zweifellos», sagte Grace ungeduldig. «Hör zu, über die regulären Kanäle habe ich für deine drei Opfer keine Übereinstimmungen gefunden, was Geldausgaben betrifft. Daher habe ich die Suchparameter etwas erweitert.»

«Du liebe Güte, was genau bedeutet das?»

«Ich habe für alle drei sämtliche Daten abgerufen. Bankauszüge, Kreditkarten, Investmentportfolios, Steuererstattungen …»

Magozzi ließ den Kopf in die Hände sinken und hielt sich die Augen zu, während das Ausmaß von Grace' Computerkriminalität immer größer wurde.

«Magozzi, bist du noch da?»

«Ich bin hier. Vielleicht wäre es ein guter Zeitpunkt zu erwähnen, dass Chief Malcherson mich gebeten hat, dich daran zu erinnern, dir nur Zugang zu den Informationen zu verschaffen, die Allgemeingut sind.»

«Okay. Hier ist deine Information aus dem Bereich Allgemeingut. Morey Gilbert und Rose Kleber haben in demselben Lebensmittelladen eingekauft.»

«Das ist es?»

«Das ist es.»

«Oh.»

«Sieh es mal so, Magozzi: Du hast bereits an den zwei Tatorten ganz legal Zugang zu den meisten Informationen. Du musst nur noch jedes einzelne Stück Papier aus Rose Klebers und Ben Schulers Häusern prüfen und sie alle miteinander vergleichen. In zwei Wochen weißt du, was ich jetzt weiß.»

«Okay, Grace. Du hast mich überzeugt. Ich hör dir zu.»

«Alle drei Opfer – Morey Gilbert, Rose Kleber und Ben Schuler – haben viel Geld für Flugtickets ausgegeben. Sobald ich diese Verbindung zwischen ihnen entdeckt hatte, habe ich ihre Daten in die Datenbanken der Fluggesellschaften reingehängt und herausgefunden, dass sie oft zusammen verreist sind. Ich meine, wirklich oft. Dieselbe Maschine, Plätze nebeneinander, dieselben Zielorte, dieselben Daten.»

«Was für Reisen? Meinst du Urlaubsreisen? Trips für Senioren, so was?»

«Das glaube ich nicht.»

«Und wo sind sie hingeflogen?»

Magozzi setzte sich und hörte einen Moment lang zu. Er runzelte die Stirn, aber entspannte sich wieder. «Warte eine Sekunde. Ich muss das Telefon wechseln. Leg nicht auf. Bin gleich wieder da, okay?»

Gino sah auf, als Magozzi von seinem Stuhl sprang, und presste den Telefonhörer an seine Brust. «Was gibt's?»

«Vielleicht eine ganze Menge», antwortete Magozzi über die Schulter hinweg, während er geradewegs auf Langers Schreibtisch zueilte.

Gino sprach ein paar Worte ins Telefon, legte auf und hastete hinter ihm her.

Magozzi stieß wie ein Raubvogel auf den verblüfften Langer hinab, griff sich dessen Telefon und drückte auf den rot blinkenden Knopf. «Grace, bist du noch da? Bleib dran ... Langer, gib mir das Blatt mit den Interpol-Morden.»

Gino entging nicht die Aufregung, die in der Stimme seines Partners mitschwang, und er sah die Anspannung in dessen Gesicht. Er machte einen Schritt nach vorn, um über Magozzis Schulter zu sehen, als der sich zum Schreibtisch beugte und über dem Blatt Papier, das Langer ihm eben zugeschoben hatte, einen Kugelschreiber bereithielt.

«Okay, Grace. Sag sie mir bitte noch mal.» Sein Kuli glitt über das Blatt Papier. Gino und Langer beobachteten Magozzi beim Schreiben.

«Was geht hier vor?», flüsterte McLaren und rollte mit seinem Stuhl von seinem Schreibtisch dicht an Magozzi heran. Langer zuckte die Achseln, daher sah McLaren wie die anderen zu, wie Magozzi schrieb. Bei jedem Strich zogen sich die roten Augenbrauen enger zusammen.

Er malte Kreise um die Städte der Interpol-Morde – London, Mailand, dann Genf und die restlichen –, und neben jeden Kreis schrieb er in Druckbuchstaben «MRB» sowie eine Zahlenreihe. «Ich hab's», sagte er in den Hörer. «Danke, Grace. Ich werde deswegen noch mal auf dich zurückkommen müssen.»

Gino deutete mit seinem Wurstfinger auf das, was Magozzi geschrieben hatte. «Was soll das? Was heißt MRB?»

Magozzi nahm den Kuli und tippte nacheinander auf die Buchstaben. «Morey. Rose. Ben. Grace hat einige Flüge gefunden, die unsere Opfer gemeinsam unternommen haben. Sie hat die Zielorte runtergerattert, und die kamen mir bekannt vor.» Mit einem Nicken deutete er auf das Blatt Papier. «Das sind die Reisen. Die Zahlen sind die Daten. MRB erreichten und verließen diese Städte jeweils innerhalb von vierundzwanzig Stunden bei jedem der Interpol-Morde.»

Eine Weile sprach niemand. Gino rieb sich die Stirn, als wolle er sein Gehirn massieren. «Das ist ja wohl ein Wahnsinnszufall, oder?»

«Würde ich auch sagen. Besonders bei der Kürze der Reisen. Wer fliegt denn für anderthalb Tage nach Paris?»

«Geschäftsreisende?», schlug Langer vor.

Magozzis Lippen wurden schmal. «Wenn ihr Geschäft das Auftragsmorden ist. Diese Leute haben sechs Reisen in sechs Städte unternommen und das an genau den Tagen, an denen eure Interpol-Morde geschahen.»

Gino legte sein ganzes Gesicht in Falten. «Das ist wirklich seltsam.»

«Es ist schon mehr als seltsam. Für mich sieht es so aus, als seien wir vom Zufall zum Indizienbeweis gesprungen.»

McLaren sah ihn ungläubig an. «Hörst du eigentlich, was du da sagst, Magozzi? Dass wir es mit einem Ring geriatrischer Meuchelmörder zu tun haben, die in Uptown wohnen? Das ist sogar für meinen Geschmack zu abwegig. Nicht mal an Hollywood könntest du das verkaufen.»

Magozzi sah Gino an, der mit finsterster Miene jede seiner Gehirnzellen zur Arbeit anspornte. «Ich höre dir zu, Leo, und du weißt, dass ich immer dabei bin, wenn es um gewagte Theorien geht, aber Sankt Gilbert, der in Europa Leute abmurkst? Oma Kleber, die in ihren ausgetretenen kleinen orthopädischen Schuhen übers Kopfsteinpflaster trippelt, nachdem sie jemandem das Lebenslicht ausgeblasen hat? Ich meine, wovon reden wir hier? Dass diese Leute fünfundsechzig werden und beschließen, ihre magere Rente damit aufzubessern, dass sie sich als Killer verdingen?»

Langer sprach bedächtig. «Morey Gilbert wäre dazu nicht fähig gewesen. Du kanntest ihn nicht, Magozzi.»

«Vielleicht kannte ihn niemand.»

«Es muss eine andere Erklärung geben», beharrte Langer.

«Und wir werden danach suchen. Aber komm schon, Langer, du kannst die Augen nicht vor dem Offensichtlichen verschließen, nur weil du nicht möchtest, dass es wahr ist.»

Langer wiederholte in Gedanken den Satz, denn er war eine perfekte Zusammenfassung dessen, was er das vergangene Jahr über getan hatte – die Augen verschlossen, das Geheimnis gehütet, versucht so zu tun, als sei es nicht geschehen, weil er sich verzweifelt wünschte, dass es so wäre.

McLaren ließ nicht locker. «Langer hat Recht. Ich weiß nicht, was mit den anderen beiden ist, aber ich kannte Morey Gilbert, und der Mann verlor die Fassung, wenn er einen Käfer sterben sah. Völlig unmöglich, dass er jemanden hätte umbringen können. Außerdem, nur weil sie in diesen Städten gewesen sind, müssen sie nicht gleich jemanden ermordet haben. Angenommen, ich reise Freitag nach Chicago. Wie groß sind eurer Meinung nach die Chancen, dass freitags abends in Chicago jemand umgebracht wird? Aber das bedeutet beileibe nicht, dass ich der Täter bin.»

Magozzi lächelte vorsichtig, um McLaren zu besänftigen,

der offenbar mehr an Morey gehangen hatte, als ihm klar war. «Vielleicht nicht eine Reise und ein Mord, aber sechs? Wir müssen dem nachgehen, McLaren.»

Das nahm McLaren den Wind aus den Segeln, wenn auch nur für einen Augenblick. «Das ist verrückt.» Hilflos bewegte er die Arme auf und ab. «Es ergibt einfach keinen Sinn. Die Interpol-Morde reichen wie lange zurück, fünfzehn Jahre? Das heißt, die Leute waren über siebzig, als sie den Ersten abgeknallt haben. Wer wartet darauf, so alt zu werden, bevor er zum Auftragskiller wird?»

«Vielleicht war es nicht ihr erster Mord, McLaren», sagte Magozzi, und alle verstummten. «Grace sagt, dass sie vor jenem Jahr eine Menge anderer Reisen unternommen haben und seither noch viele mehr. Manche nach Übersee, einige im Inland, andere nach Mexiko und Kanada – alles Kurztrips, zwei sogar in weniger als vierundzwanzig Stunden. Grace faxt uns, was sie bisher herausgefunden hat, und dann telefonieren wir rum, ob sich diese Reisen ebenfalls mit Morden in Verbindung bringen lassen.»

«Himmel», sagte Gino. «Wie viele Reisen gibt es denn noch?»

«Außer den Interpol-Städten?» Magozzi atmete hörbar aus. «Über ein Dutzend Reisen im letzten Jahrzehnt, die alle drei gemeinsam unternommen haben. Grace sucht noch weiter. Computeraufzeichnungen reichen nur eine gewisse Zeit zurück, und deswegen werden wir wohl die vollständige Anzahl nie erfahren.»

Langer lehnte sich zurück und sah erschöpft an die Decke. «Ich weiß nicht. Keiner von denen war reich. Wo ist das Geld?»

Magozzi zuckte die Achseln. «Im Ausland, Konten in der

Schweiz, in Rose Klebers Garten vergraben, wer weiß? Dass wir es nicht gefunden haben, bedeutet noch lange nicht, dass es nicht existiert.»

«Okay, schön.» McLaren verschränkte gereizt die Arme. «Ich spiele dein albernes Spiel mit. Du meinst, Morey und seine Freunde waren Mörder, weil sie in denselben Städten waren, in denen sich unsere Interpol-Morde ereignet haben. Nun, die Interpol-Opfer wurden alle mit derselben 45er getötet, mit dem auch auf Arlen Fischer geschossen wurde. Das bedeutet, eure Opfer haben unser Opfer umgebracht. Und sie haben ihn nicht nur umgebracht, sondern auch noch gefoltert.»

«Dieser Teil leuchtet sogar ein», sagte Gino. «Interpol glaubt, dass der Mord an Fischer eine persönliche Sache war, und diese Leute wohnten jahrelang in derselben Gegend. Es besteht also eine sehr gute Chance, dass Fischer zumindest einem von ihnen irgendwann einmal über den Weg lief. Wir haben die Gilberts gefragt, ob sie ihn kannten, darüber hinaus haben wir den Gedanken nicht weiter verfolgt. Ich kenne keinen einzigen Menschen, der nicht irgendwann mindestens einen seiner Nachbarn umbringen wollte, und machen wir uns nichts vor: Wenn man überall auf der Welt für Geld Menschen umbringt, muss man schon ein wenig soziopathisch sein. Was würde einen solchen Menschen davon abhalten, eine persönliche Rechnung mit jemandem zu begleichen, auf den er eine Stinkwut hat?»

McLaren versetzte dem Fußboden einen Tritt und rollte seinen Stuhl zurück zum Schreibtisch. Er stützte das Kinn in beide Hände. «Ich hasse das. Ich hasse es total. Ich mochte Morey Gilbert wirklich sehr.»

Langer lächelte ihm traurig zu. «Das taten alle.»

KAPITEL 30

«Ich fühle mich, als hätte mir jemand eine Ladung Mauersteine auf den Kopf gekippt», sagte Gino, die Ellbogen auf den Schreibtisch gestützt, und rieb sich den blonden Bürstenschnitt, als sei das tatsächlich geschehen.

«Ich weiß, was du meinst», erwiderte Magozzi. Es hatte zu viel Information gegeben, und dazu aus einer völlig anderen Richtung, als er erwartet hatte. Vor zwei Jahren hatte ein Wirbelsturm das ländliche Minnesota heimgesucht. Ein Farmer sah das Unwetter kommen, sprang vom Traktor und rannte zu seinem Schutzkeller. Er raste übers Feld und warf einen Blick zurück auf den Tornado, der immer näher kam, als er mit voller Wucht gegen die Seite des Pick-ups prallte, mit dem seine Frau aufs Feld hinausgefahren war, um ihn zu holen. Er war auf der Stelle tot, so auf den bedrohlichen Tornado fixiert, dass er das Auto nicht gesehen hatte.

Genauso kam sich Magozzi vor. Auf der Jagd nach dem Killer seiner Opfer wurde er mit voller Wucht auf die Tatsache gestoßen, dass seine Opfer Killer waren. Er hatte den Laster nicht kommen sehen, der ihn über den Haufen fuhr.

Im Raum des Morddezernats war es still. Alle waren zum Mittagessen gegangen. Gloria hatte das Telefon umgestellt, damit die Anrufe in der Zentrale aufliefen. So konnte sie mit den Kollegen essen gehen, angeblich, um Gino und Magozzi etwas Ruhe zu gönnen, wahrscheinlich aber, weil sie den Unglücklichen Informationen entlocken wollte.

«Du hast doch dafür gesorgt, dass ein Wagen zum Schutz von Jack Gilbert abkommandiert ist, oder?»

«Becker war in der Nähe. Er ist jetzt bei der Gärtnerei. Marty ist bewaffnet und lässt Lily und Jack keine Sekunde aus den Augen. Er hat Jack gesagt, dass er ihn auf der Stelle erschießt, wenn er versucht abzuhauen. Also wird auf Becker wahrscheinlich keine schwierige Verfolgungsjagd zukommen.»

«Was hat Marty sonst noch gesagt?»

«Dass er Jack mit allen Tricks bearbeitet, seit wir weggefahren sind. Rausbekommen hat er aber nichts. Er will die Gärtnerei früh schließen, Jack betrunken machen und die Wahrheit aus ihm rausprügeln, wenn sonst nichts hilft.»

«Wir haben alles unter Kontrolle?»

«Mehr geht nicht. Wir haben einen Ex-Polizisten an Ort und Stelle, einen Streifenwagen in Lauerstellung und einen übersichtlichen Schauplatz. Und weißt du was? Wir machen uns hier kaputt, und das blöde Arschloch sitzt da und kriegt das Maul nicht auf, während irgend so ein Psychopath ihn aufspürt und ins Fadenkreuz nimmt. Aber vielleicht ist das gar nicht so schlecht. Ich würde das zwar nie vorsätzlich arrangieren, aber möglicherweise können wir unseren Mann nur so schnappen.»

Magozzi hob die Augenbrauen. «Einen Lebendköder?»

Gino zuckte die Achseln. «Nicht auf unser Betreiben. Aber wir sind bereit. Echt sauer bin ich jedenfalls darüber, dass wir gerade Langers und McLarens Fall gelöst haben, weil ihr Opfer von unseren Opfern umgebracht worden ist. Wahrscheinlich prosten sie sich jetzt beim Mittagessen zu, während wir hier sitzen und rauszufinden versuchen, wer unsere Mörder ermordet hat. Es ist, als wollte man Nebel mit den Fingern fangen.»

Magozzi rieb sich den Nacken und sah auf seinen leeren

Schreibblock. «Es muss hier sein. Ich habe das Gefühl, dass es die ganze Zeit direkt vor unserer Nase liegt und wir es nur noch nicht entdeckt haben.»

Magozzis und Ginos Schreibtische standen immer zusammengeschoben einander gegenüber. Das erleichterte zum einen den Austausch von Papierkram, zum anderen hatte Gino einmal verkündet, dass sich Gedanken in gerader Linie von der Stirn aus im Raum verbreiteten und Magozzi so in der Lage sein würde, alles aufzufangen, was er vergessen hatte, laut auszusprechen. Es war das Erschreckendste, was Magozzi seinen Partner je hatte sagen hören.

Sie hatten ungefähr zwei Minuten schweigend dagesessen, als Gino fragte: «Was machst du eigentlich?»

Magozzi sah von seinem Block auf. «Dasselbe wie du. Ich mache mir Notizen, ordne sie und plane unseren nächsten Schritt.»

«Und was ist dabei rausgekommen?»

Magozzi sah hinunter auf das sinnlose Gekritzel, das ihm beim Nachdenken half. «Zwei Sonnenblumen und ein Schmetterling. Und bei dir?»

Gino hielt ein Blatt in die Höhe, auf dem eine große, unidentifizierbare Strichzeichnung zu sehen war. «Pferd.» Er drehte das Blatt um und betrachtete es missmutig. «Weißt du, wir sollten männlichere Sachen kritzeln, wenn es schon sein muss. Pistolen, Autos, solchen Scheiß. Das hier sieht albern aus.»

«In den Schredder damit.»

«Gute Idee.» Gino warf sein Blatt Papier in den Schredderkorb und blickte auf eine leere Seite. «Ich glaube, mein Gehirn weigert sich mitzumachen. Ich will es mir ausmalen, aber ich sehe nur ein Rudel von Greisen mit Halftern an ihren kleinen knochigen Hüften. Ich gehe am Einkaufstag für Senioren nie wieder auf den Markt. Die Geschichte schafft mich irgendwie.»

«Es sind bisher nur Indizien, Gino.»

«Mag ja sein. Aber weißt du was, Leo? Ich habe das Gefühl, es stimmt.»

Magozzi nickte. «Ja. Geht mir auch so. Aber es bleibt verdammt unglaublich.»

Gino rieb sich nachdenklich das Kinn. «Ich konnte nicht einmal jemanden finden, der meine Dachrinnen reinigt – wie soll man da einen Auftragskiller auftreiben? Und welcher Verein würde eine Greisentruppe beschäftigen? Bobs Morddiscounter?»

«Du glaubst, sie haben für eine Agentur gearbeitet?»

«Ich kann mir nicht vorstellen, dass zwei Opas und eine kleine Oma in Kaschemmen herumhängen, wo solche Sachen diskret abgesprochen werden. Außerdem waren sie für selbständige Attentäter gut ausgelastet und die Morde sind gekonnt gemacht. Hundertprozentige Profis.» Er seufzte anhaltend. «So ungern ich es auch sage, aber das ist nicht unsere Kragenweite.»

«Dann sag es nicht.»

«Es ist deren Spiel, Leo. Sie waren schon heiß auf die Interpol-Morde. Wenn wir wirklich davon ausgehen, dass wir es mit einem Team von Mördern zu tun haben, dann müssen wir den Fall dem FBI übergeben.»

Magozzi malte die Blütenblätter seiner Sonnenblume aus. «Das ist es ja. Wir wissen es nicht. Zumindest nicht mit Sicherheit. Wenn wir sie zu früh einschalten, machen sie uns den Fall kaputt.»

«Wenn wir sie nicht einschalten und sich herausstellt, dass

diese Leute Auftragsmörder waren, kommen wir in Teufels Küche.»

«Nein, kommen wir nicht. Es ist nicht unser Job, zu beweisen, dass Morey Gilbert und seine Gruppe Killer waren. Es ist unser Job, herauszufinden, wer *sie* getötet hat. Vergiss das nicht. Wir haben zudem eine Menge Gründe, die Auftragskiller-Theorie zu bezweifeln, und nur einen Anhaltspunkt, sie zu untermauern – die Reisen nach Übersee. Diese Dreiergeschichte bereitet mir wirklich Kopfzerbrechen. Drei Killer für einen Mord? So etwas habe ich noch nie gehört.»

Gino warf seinen Bleistift auf die Tischplatte. «Je länger man darüber nachdenkt, desto weniger leuchtet es ein. Wir haben gerade eine halbe Stunde damit verbracht, McLaren und Langer davon zu überzeugen, dass unsere drei Alten Killer waren, und jetzt verbringen wir eine halbe Stunde damit, uns selbst davon zu überzeugen, dass sie es nicht waren.»

Magozzi lächelte. «Ein verteufeltes Karussell, stimmt's?»

«Schätze ich auch.» Gino griff über den Schreibtisch und zog die Akte zum Mord an Arlen Fischer zu sich, die Langer ihnen gegeben hatte, bevor er gegangen war. «Das hier macht mich völlig fertig. Klar, jeder will irgendwann mal irgendjemanden umbringen, aber womit hat Arlen Fischer einen solchen Tod verdient? In der Gärtnerei einen Blumentopf umgeworfen? Oma Klebers Autotür eine Beule verpasst? Mann, das war doch brutal.» Er warf Magozzi ein Hochglanzfoto über die Schreibtische hinweg entgegen. «Hast du dir diese Fotos angesehen? Sie haben den armen Kerl mit Stacheldraht an die Gleise gebunden, Herrgott noch mal! Wir haben doch von Vorsatz gesprochen, oder? Das Zeug kann man nicht einfach im Laden an der Ecke kaufen. Die haben es sich lange vorher besorgt. Folter war Teil ihres Plans.»

Magozzi richtete das Hochglanzfoto vor sich aus und starrte darauf. Er verbannte alle unnötigen Gedanken aus seinem Kopf, sodass der eine Gedanke, der sich seit dem Frühstück mit Malcherson unterschwellig formiert hatte, langsam ins Bewusstsein vordringen konnte. Möglich, dass dieser Gedanke schon seit Beginn der Ermittlungen vorhanden gewesen war. Sein Verstand hatte abgespeichert, wogegen sich sein Bewusstsein noch sperrte, eine traurige und unschöne Erkenntnis, die im Dunkeln verborgen lag, bis es Zeit wurde, sich zu zeigen.

Und dieser Zeitpunkt war gekommen.

«Mein Gott, Gino. Das ist es.»

Gino stand langsam auf und sah hinüber auf das verkehrt herum liegende Foto, um zu verstehen, was Magozzi sah. «Was? Verdammt noch mal, *was* denn?»

Magozzi sah ihn so niedergeschlagen an, wie Gino ihn noch nie erlebt hatte. «Stacheldraht. Züge. Konzentrationslager. Sie waren Juden, Gino. Überlebende des Holocaust.»

Gino ließ seinen massigen Körper in Zeitlupe wieder auf den Stuhl sinken und behielt Magozzi im Auge.

«Sie waren keine Auftragskiller», sagte Magozzi traurig. «Ich wette zehn Cent gegen meine Marke, dass Morey, Rose Kleber, Ben Schuler Nazis umgebracht haben, Nazis, die davongekommen waren. Und diesen hier» – er stieß mit einem Finger auf Arlen Fischers Foto – «den kannten sie persönlich.»

Gino blickte wieder auf das Foto, drehte seinen Stuhl zur Seite und starrte eine Weile auf die Wand. «Angela hat mich einmal überredet, mir eine Sendung im öffentlichen Fernsehen anzusehen. Jemand machte Interviews mit Juden. Überlebende aus den Konzentrationslagern. Eine Gruppe von alten Männern und Frauen, die von den Nazi redeten, die sie nach dem Krieg gejagt und umgelegt hatten. Keine offiziellen Sachen wie von diesem Simon Wie-heißt-er-noch …»

«Wiesenthal?»

«Ja. Genau der. Aber so etwas war es eben nicht. Dies waren Gruppen im Untergrund, kleine Todesschwadronen, und sie sagten, es gebe viele von ihnen.»

«Hast du ihnen geglaubt?», fragte Magozzi.

«Ich weiß nicht. Zuerst dachte ich, es wäre nur sensationslüsterner Mist, den sie zwischen die Eigenwerbung schalten, um die Zuschauer bei der Stange zu halten. Aber diese Leute hatten Listen mit den Namen derer, die sie angeblich umgebracht hatten, und sie wussten Einzelheiten über ungelöste Fälle, die von den lokalen Dienststellen zurückgehalten worden waren. Als die Sendung vorbei war, standen mir die Nackenhaare zu Berge.»

KAPITEL 31

Als Langer und McLaren vom Mittagessen zurückkamen, setzten sich Magozzi und Gino mit ihnen zusammen und legten ihnen ihre Überlegungen dar.

Langer merkte, dass er sich schwer tat – vielleicht, weil er Jude war, vielleicht aber auch, weil es so verdammt einleuchtend war, dass er es nicht wegdiskutieren konnte. Die Vorstellung von Morey Gilbert als Auftragskiller hatte genügend Lücken, um in ihm die Hoffnung zu wecken, dass sie nicht wahr wäre. Morey als Nazi-Killer schloss die meisten dieser Lücken.

Während der ersten dreißig Jahre seines Lebens hatte Langer aufmerksam den Geschichten gelauscht, die seine Mutter nie erzählte, hatte versucht, die leeren Orte zu sehen, die in ihren Blicken lebten, und sich gewünscht, dass sie ihm die schrecklichen Geheimnisse anvertrauen möge, die sie in sich trug. Alzheimer hatte schließlich ihre Zunge gelöst und seinen Wunsch erfüllt. In ihren letzten Monaten der sporadischen und zeitreisenden Erinnerungen vergaß sie, dass er ihr Sohn war, und entsann sich stattdessen des Grauens ihrer elf Monate in Dachau vor sechzig Jahren.

Überlege dir gut, was du dir wünschst.

Die Krankheit hatte zum endgültigen Schlag ausgeholt und sämtliche Erinnerungen außer denen an Dachau ausgelöscht. Ihr Verstand verbrachte seine letzten funktionsfähigen Augenblicke auf einer schmalen Pritsche aus splitterndem Holz und in stinkender Fäulnis, die den Geist zersetzte. Auf dem Stuhl an ihrem Bett konnte Langer nur noch weinen.

Morey Gilbert, Rose Kleber und Ben Schuler hatten diese Erfahrung mit ihr geteilt und ihr Schweigen bewahrt wie sie, aber vielleicht besaßen Gerechtigkeit und Moral für sie andere Parameter.

Er warf einen Blick hinüber zu McLaren, der mit verschränkten Armen an seinem Schreibtisch saß. Sein Gesicht wirkte verschlossen, wütend und traurig zugleich. Auftragsmörder, Nazi-Killer, für ihn war das am Ende kein großer Unterschied. McLaren hatte Morey Gilbert vergöttert. Der Gedanke, dass er aus welchem Grund auch immer jemanden getötet hatte, war ihm unbegreiflich.

Aber Langer glaubte es jetzt. Er verstand sogar, was die Gejagten veranlassen konnte, zu Jägern zu werden, hatte es in dem Moment verstanden, als er mit seiner Mutter Dachau durchlebte. Und es wurde ihm plötzlich bewusst, dass diese Fähigkeit zu verstehen wahrscheinlich sein Untergang gewesen war.

Er sah zu Magozzi auf. «Wenn ihr Recht habt, dann müssen McLaren und ich, um unseren Fall abzuschließen, nun beweisen, dass ein Mann, den wir sehr mochten, Arlen Fischer getötet hat.»

«So ungefähr sieht's aus. Und Gino und ich brauchen diese Aufklärung ebenfalls, weil das, worin Morey und seine Freunde verwickelt waren, uns sicherlich Hinweise darauf gibt, wer sie getötet hat.»

«Irgendwie bearbeiten wir jetzt also denselben Fall.»

«Der Meinung sind wir auch.»

McLaren hing über seinem Tisch, den Kopf in seine Arme gebettet. Als er ihn hob, kam er Magozzi vor wie ein Junge im Kindergarten, der nicht aus seinem Mittagsschläfchen aufwachen mochte. «Ich weiß nicht, was ich mit alldem anfangen soll», sagte er. «Mein halbes Leben habe ich damit verbracht, die bösen Buben zu fangen, und ganz plötzlich kann ich nicht mehr sagen, wer eigentlich wer ist. Für mich war Morey Gilbert ein Idol.»

«Das war er für viele», erinnerte ihn Langer. «Er hat eine Menge Leben gerettet, Johnny.»

«Genau. Unter der Woche rettete er Leben, an den Wochenenden zog er los und brachte Menschen um. Damit habe ich ein kleines Problem. Wie viele Menschenleben muss man retten, um das Konto auszugleichen, das auf der anderen Seite einen Mord aufweist? Und das Schlimmste ist, ein Teil von mir sagt, okay, wenn es das war, was er getan hat, ich kann's verstehen. Er war in Auschwitz, Herrgott noch mal! Wer weiß, was er dort durchmachen musste? Vielleicht würde ich mich genauso verhalten. Und dann kommt der andere Teil in mir – der Detective vom Morddezernat – und kann einfach nicht glauben, was der erste Teil gedacht hat.»

«Im Moment musst du all das beiseite schieben, McLaren», sagte Gino. «Wir empfinden alle ähnlich wie du, aber wir müssen aufhören, uns um tote Mörder Gedanken zu machen, und stattdessen an den lebendigen Mörder denken. Der läuft nämlich noch irgendwo da draußen rum.»

McLaren seufzte und richtete sich dann auf. «Okay. Ich verstehe. Wie gehen wir weiter vor?»

Gloria hatte im Mittelgang gestanden und ihn mit ihrer großen schwarzen Gestalt ausgefüllt, aber zum ersten Mal in ihrem Leben hatte sie zugehört, ohne einen Kommentar abzugeben. McLaren, der bedauernswerte kleine Wicht, hatte sie überrascht. Erstens wirkte er zutiefst unglücklich, was auf echte Gefühle schließen ließ, und zweitens hatte er laut über seine Gefühle gesprochen und sich dadurch eine Blöße gegeben. Er hat ein so trauriges kleines Gesicht, wenn er niedergeschlagen ist, dachte sie. Sah gar nicht mehr so aus wie ein Kobold in einem Bilderbuch. Sie schlich sich leise zurück zum Empfangstresen, als Magozzi begann, den Schlachtplan zu entwerfen.

«Uns bleiben, soweit ich sehe, drei Möglichkeiten», sagte er. «Entweder waren Morey Gilbert, Rose Kleber und Ben Schuler Nazi-Killer, Auftragskiller oder vollkommen unschuldige Opfer eines Psychopathen aus unserer Gegend, der KZ-Überlebende abmurkst, und die Reisen waren nichts als merkwürdige Zufälle.»

«Verdammt, Magozzi, hör auf, uns zum Narren zu halten», sagte McLaren. «Du hast inzwischen jeden von uns überzeugt, dass sie Nazis umgebracht haben. Warum gehen wir nicht davon aus?»

«Weil wir es mit einem Killer zu tun haben, der momentan in den Cities sein Unwesen treibt. Unsere vordringliche Aufgabe ist es, ihn zu identifizieren und aufzuhalten, bevor er noch jemanden tötet. Wenn das Nazi-Killer-Szenario zutrifft, suchen wir nach einem Familienmitglied, das mit angesehen hat, wie unsere alten Leute einen seiner Verwandten ermordeten, oder vielleicht nach jemandem, hinter dem sie her waren, den sie aber nicht erwischt haben, und der ihnen jetzt zuvorkommen will.»

«Du meinst, zum Beispiel ein alter Nazi?»

«Warum nicht? Wir haben auf der einen Seite alte Leute, die morden, warum also nicht auch auf der anderen?»

Langer schloss die Augen und dachte, dass sie sich im Kreis drehten, immer wieder. Es hörte einfach nicht auf.

«Aber wenn sie Auftragsmörder waren», warf Gino ein, «sollten wir nach einer Verbindung zur Mafia suchen. Sind es jedoch die Serientaten eines Psychopathen, müssen wir ganz andere Steine umdrehen.»

«Das stimmt.» Magozzi nickte. «Und da wir weder über die Zeit noch die Mittel verfügen, allen drei Möglichkeiten gleichzeitig nachzugehen, müssen wir unbedingt sicherstellen, dass wir den richtigen Kurs eingeschlagen haben, bevor wir uns mit allen zur Verfügung stehenden Mitteln darauf konzentrieren. Sonst geht uns dieser Typ durch die Lappen. Da uns allen die Nazi-Verbindung plausibel erscheint, nehmen wir sie zuerst in Angriff. Wir müssen sie bestätigen oder widerlegen, und ich denke, es bleiben uns nur ein paar Stunden, um das eine oder das andere herauszufinden, denn dieser Junge hat bis jetzt einmal am Tag getötet, und es könnte sein, dass er uns bis zu den Zehn-Uhr-Nachrichten eine weitere Leiche liefert.»

«Und wie sollen wir das fertig bringen», fragte McLaren.

«Gino und ich fahren mit den Akten rüber zu Grace MacBride. Ich habe ihr das Nazi-Szenario gegeben, und sie meinte, sie könne uns dabei helfen. Unterdessen haben wir noch zwei Tatorte, die auf Spuren untersucht werden müssen – die von Rose Kleber und Ben Schuler.»

«Die Kriminaltechnik war schon dort.»

«Ja, aber zu der Zeit waren unsere Leichen noch Opfer und keine potenziellen Mörder. Ihr werdet die Schauplätze aus einem völlig anderen Blickwinkel untersuchen müssen. Teilt euch, durchforstet den Dienstplan nach ein paar Springern, dann nimmt sich jeder von euch mit einem Team die Häuser vor und stellt alles auf den Kopf. In erster Linie wollen wir die 45er, aber irgendwelche Aufzeichnungen könnten uns auch helfen.»

«Ach, komm», höhnte McLaren. «Egal, wen sie umgebracht haben, sie würden doch niemals Aufzeichnungen hinterlassen, die ihnen später gefährlich werden könnten.»

«Nicht wenn sie Profis waren», warf Langer leise ein, «aber wenn sie Nazis umgebracht haben, vielleicht. Es wäre ihr Vermächtnis.» Er sah zu Gino und Magozzi auf. «Wir sollten auch die Gärtnerei durchsuchen.»

Gino nickte. «Ja, wir haben darüber mit dem zuständigen Staatsanwalt gesprochen, als ihr zum Mittag wart. Kleber und Schuler sind noch immer gesicherte Tatorte, und wir können dort überall rumkrabbeln, aber mit dem Gilbert-Tatort ist es etwas anderes. Genau genommen hatten wir keinen echten Tatort, und was wir hatten – das Gewächshaus und der Bereich dort herum – wurde freigegeben, nachdem die Jungs von der Spurensicherung damit durch waren. Wir brauchen also einen Durchsuchungsbeschluss, und bei der Beweislage wird er uns den niemals ausstellen.»

«Wir könnten Lily fragen», schlug McLaren vor.

Gino schnaubte entrüstet. «Genau. He, Mrs. Gilbert, wir glauben, Ihr Mann war ein Massenmörder. Haben Sie was dagegen, wenn wir uns umsehen?»

McLaren verzog sein Gesicht zu einer frustrierten Grimasse. «Wenn die einzigen Beweise in der Gärtnerei zu finden sind, sind wir ohnehin angeschmiert.»

Magozzi seufzte. «Wir versuchen es erst an den beiden anderen Orten, bevor wir unsere Zeit damit vergeuden, berechtigte Gründe für einen Durchsuchungsbeschluss zusammenzusuchen. Wenn wir mit leeren Händen wiederkommen, wenden wir uns an Malcherson, ob er nicht irgendwelche Strippen ziehen kann.»

Gino sprang von der Schreibtischkante, auf der er gesessen hatte. «Wir sollten in die Gänge kommen.»

Magozzi hob einen Finger. «Es gibt noch eins, was ihr wissen solltet. Wir haben etwas mit Jack Gilbert laufen. Es hat sich nämlich rausgestellt, dass tatsächlich heute Morgen in Wayzata jemand auf ihn geschossen hat, und die Waffe war dieselbe, mit der Rose Kleber und Ben Schuler getötet wurden.»

Langer blinzelte und horchte auf. «Moment mal. Jemand versucht, Jack Gilbert umzubringen? Das ergibt doch keinen Sinn … es sei denn, du meinst, er steckt in dieser Sache mit drin.»

«Familiengeschäft?», schlug McLaren vor.

Gino schüttelte den Kopf. «Hört sich nicht überzeugend an, nicht mal für mich, und ich hasse diesen Kerl. Aber auf jeden Fall weiß er etwas, mit dem er nicht rauskommt – vielleicht sogar, wer der Killer ist. Das macht ihn zur Zielscheibe. Marty sorgt dafür, dass er in der Gärtnerei bleibt, und für alle Fälle haben wir auch einen Streifenwagen dort postiert.»

McLarens Augenbrauen bildeten kleine rote Berge. «Mein Gott. Ihr stellt dem Kerl eine Falle, und der Köder ist Jack Gilbert.»

«Sag das bloß nicht laut. Wir haben nichts dergleichen getan. Um seinen wertlosen Hintern zu retten, hätten wir Gilbert blitzschnell hinter Gitter gebracht, aber wir können ihm nichts anhängen. Jetzt haben wir Marty als Personenschützer vor Ort und eine Streife ganz in der Nähe. Mehr können wir nicht tun. Wenn sich rausstellt, dass der Kerl ihm wieder an den Kragen will, machen wir das Beste aus einer schlechten Situation.»

KAPITEL 32

Es war fast zwei Uhr, als Gino und Magozzi am Bordstein vor Grace MacBrides Haus hielten. Das Thermometer im Auto – das ironischerweise ausgezeichnet funktionierte, während die Klimaanlage ihren Geist aufgegeben hatte – zeigte dreißig Grad an. Die Luft war atemlos still und dick, und von Ginos Stirn troff der Schweiß, als sie vom Wagen zur Haustür gingen.

«Mann, um durch diese Brühe zu kommen, muss man ja beinahe brustschwimmen. Ich fühle mich wie ein Schneemann, den man im Treibhaus zusammen mit den Weihnachtssternen eingeschlossen hat.»

Charlie stürzte sich auf Gino, als Grace die Vordertür öffnete. Er sprang nicht nur an ihm hoch und leckte sein Gesicht, er winselte sogar und schleckte ihn so heftig ab, dass er ihn beinahe rückwärts von den Stufen gedrängt hätte.

Magozzi verschränkte die Arme über der Brust und betrachtete das ärgerliche Schauspiel. Der verdammte Hund machte sich zum Narren und wedelte so wild mit seinem abgenagten Stummelschwanz, dass er seine beiden Hinterläufe nicht gleichzeitig auf dem Boden halten konnte.

«Charlie, Charlie, mein Alter.» Gino lachte und schloss den verrückten Hund in die Arme, als wäre er ein Mensch.

Grace stand in der offenen Tür, das Haar zu einem Pferdeschwanz zurückgebunden. Wie immer trug sie ein schwarzes T-Shirt und Jeans. Die Derringer steckte in einem Knöchelhalfter, und ein Mehlfleck zierte ihr missmutiges Gesicht. «Charlie, komm rein!»

Charlie rührte sich nicht. Also hob Gino ihn hoch und trug ihn nach drinnen.

«Das war ja ekelhaft», sagte Magozzi.

«Hüte deine Zunge. Das war reine, vierbeinige Zuneigung. Dieser Hund liebt mich über alles.»

«Eben das stört mich ja», sagte Grace leicht gereizt, schloss die Tür und aktivierte die Alarmanlage.

«Denkst du, es stört nur dich?» Magozzi gab sich alle Mühe, nicht gekränkt auszusehen. «Zwei Wochen hat es gedauert, bis dieser Hund aus seinem Versteck gekommen ist und mich an der Tür begrüßt hat. Und schon beim ersten Mal, als Gino hier auftauchte, warf er ihn vor Begeisterung fast um.»

«Ich sondere eben Hundepheromone ab», sagte Gino.

Wie zur Entschuldigung drückte Charlie sich jetzt an Magozzis Bein. «Lump», schimpfte Magozzi mit ihm und schaffte es, fast eine volle Sekunde durchzuhalten, bevor er sich auf ein Knie niederließ und sich freudig damit zufrieden gab, nur als Zweiter begrüßt zu werden.

Grace stand kopfschüttelnd da, die Hände in den Hüften. «Was ist es nur mit Männern und Hunden?»

«Ähnliche Moral?», fragte Gino und wurde dafür mit einem ganz leisen Lächeln belohnt, bevor Grace wieder aufs Geschäft umschaltete und Magozzi die Hand entgegenstreckte.

«Hast du Arlen Fischers Bilder mitgebracht?»

«Hier.» Magozzi kam hoch und reichte ihr einen dünnen Schnellhefter. «Tatortfoto von den Gleisen und ein Foto aus dem Leichenschauhaus.»

Grace öffnete den Hefter und warf einen schnellen Blick hinein. «Die müssten eigentlich reichen, aber ihr seid euch darüber im Klaren, dass es ein Schuss ins Blaue ist? Auch wenn Arlen Fischer Nazi war, muss es keine Fotodokumentation im Netz geben. Es existieren zum Beispiel nicht viele Fotos von Lagerwachen in niedrigen Dienstgraden, weil sie eben nicht die großen Tiere waren, nach denen die Leute gesucht haben, die Kriegsverbrecher entlarven wollten. Wenn er aber Offizier gewesen ist, hätten wir eine Chance.»

Magozzi reichte ihr eine weitere Akte. «Ich habe Fotos von den Opfern in Übersee mitgebracht, die uns Interpol gefaxt hat, aber die Qualität ist miserabel. Es waren von vornherein nur Fotokopien, und du hattest ja gesagt, du wolltest Originale.»

Grace warf einen Blick auf die Fotos und rümpfte die Nase. Magozzi fand, dass er noch nie ein niedlicheres Gesicht gesehen hatte. «Also fangen wir mit Fischer an, und wenn wir keine Treffer bekommen, kann ich es mit den Fotokopien versuchen. Das Programm ist langsam. Ich werde es gleich starten.»

Sie folgten ihr bis zur Tür ihres Büros, gingen aber nicht hinein. Charlie und Magozzi hatten des Öfteren gesehen, wie sie mit hoher Geschwindigkeit auf ihrem Stuhl von einem Ende des Raums zum anderen rollte, um an mehr als einem Computer zu arbeiten, und sie waren klug genug, ihr nicht in die Quere zu kommen. Gino mied ohnehin kleine Räume mit Computern, weil er davon überzeugt war, dass die Geräte eine Strahlung abgaben, die schädliche Auswirkungen auf ihm besonders teure Körperteile haben könnten.

Grace setzte sich vor einen großen Computer, der Gino besonders gefährlich vorkam, und stellte verwirrende Dinge mit einer Maus an, die er gerade noch identifizieren konnte; danach aber mit einer anderen Maschine, die ihm gar nichts sagte. «Was ist denn das? Sieht aus wie 'ne winzige Mangel.»

«Was in aller Welt ist eine Mangel?», fragte Grace, ohne den Blick zu heben.

«Sie wissen doch. Eine von diesen Bügelmaschinen. An einem Ende schiebt man zerknitterte Sachen rein, und am anderen kommen sie platt gebügelt wieder raus. Laken und Tischdecken und so Zeug. Ist irgendwie cool, muss ich schon sagen.»

«Das ist ein Scanner, Gino», informierte ihn Magozzi.

«Und was ist ein Scanner?»

Grace schickte einen kurzen Blick zu ihnen hinüber. «Wollt ihr beide wissen, was ich hier mache, oder nicht?»

«Ohne Frage», sagte Gino.

«Ich habe gerade Arlen Fischers Foto in das neue Gesichts-Erkennungsprogramm gescannt, an dem ich arbeite.»

«So eins haben wir doch auch», sagte Gino mit einem Seitenblick auf Magozzi. «Haben wir nicht auch so eins?»

«Kann ich mir nicht vorstellen.»

Grace verdrehte die Augen und tippte weiter. «Wenn ihr eins hättet, was nicht der Fall ist, dann wäre es die Flintstone-Version. Manche von den Erkennungsprogrammen ziehen ihre Informationen ausschließlich aus einer einzigen Datenbank – wie zum Beispiel die Anlagen auf einigen Flughäfen. Sie verfügen dort über eine Datenbank mit Fotos bekannter Terroristen, Verbrecher und sonstiger Personen, die gesucht werden. Die Maschine macht ein Digitalfoto desjenigen, der die Sicherheitslinie überquert, und gleicht es mit allen Fotos in der Datenbank ab.»

Gino war ziemlich beeindruckt. «Ich verstehe. Das Programm ist wie ein Augenzeuge und die Datenbank wie unsere Verbrecherkartei. Es sieht sich alle Fotos an und pickt den bösen Buben heraus.»

«Genau.»

«Also, das klingt ja ziemlich einfach.»

«Das wäre es auch, wenn wir eine Datenbank mit Fotos von jedem einzelnen Nazi hätten, aber die gibt es nicht. Was wir haben, sind Hunderte unterschiedlicher Websites mit Archivfotos *einiger* Nazis. Es bliebe uns nichts anderes übrig, als jede Site – eine nach der anderen – zu besuchen, jedes Foto – eins nach dem anderen – runterzuziehen und schließlich all diese Fotos in das Erkennungsprogramm zu speisen, das die Vergleiche mit Arlen Fischers Bild vollzieht. Mit dieser Art Suche könnten Sie Ihr ganzes Leben verbringen.»

Gino seufzte. «Ich hätte meinen Pyjama mitbringen sollen.»

«Gott sei Dank nicht nötig», sagte Grace, die emsig weiter tippte. «Statt also die Fotos aus dem Netz zu ziehen und sie individuell in das Erkennungsprogramm einzuspeichern, habe ich ein Programm entwickelt, das ins Netz einsteigt und die Suche dort durchführt. Es ist noch immer langsam – ich kann es nur auf zehn Sites gleichzeitig dirigieren –, aber doch viel schneller als die alte Methode. Ich werde jetzt Fischers Foto durch die Sites aller Gruppen laufen lassen, die sich dem Kampf gegen Nazis verschrieben haben, denn dort haben wir die größten Chancen, einen frühen Treffer zu landen – die haben mehr Fotos aus jener Zeit archiviert als die historischen Sites.»

Magozzi machte ein skeptisches Gesicht. «Fischer war damals sehr viel jünger.»

«Das macht nichts. Die Haut wird schlaff, das Kinn sinkt nach unten, die Leute werden fetter, dünner, lassen kosmetische Operationen machen, was auch immer – aber der Knochenbau bleibt im Wesentlichen gleich. Das Programm ist auf fünfunddreißig entscheidende Punkte der Gesichtsstruktur fokussiert. Selbst wenn jemand beispielsweise seine Kiefer- und Backenknochen hat umformen lassen, bleiben noch über zwanzig Identifikationsmerkmale, auf die sich das Programm stürzt. Es irrt nie.»

«Nie?»

«Es sei denn, jemand steckt seinen Kopf in eine von Ihren Mangeln und lässt sich danach alles neu aufbauen.»

Gino schmunzelte und versetzte Magozzi einen leichten Stoß mit dem Ellbogen. «Die Frau ist schnell.»

«Wie ein Häschen», stimmte Magozzi zu.

«Es ist noch ziemlich primitiv», räumte Grace ein. «Aber irgendwann wird es möglich sein, ein Schulfoto von seinem Schwarm aus der fünften Klasse in den Scanner zu legen, auf einen Knopf zu drücken, und wenn es irgendwo im Netz ein Foto von der Hübschen gibt, wird das Programm es finden.»

Grace rollte zu einem anderen Computer und streckte die Hand aus. «Gib mir die Fotokopien der Opfer in Übersee. Während wir warten, starte ich das Standard-Suchprogramm.»

Ginos Magen machte ein Geräusch, das nach einem Vulkanausbruch klang. «Ich biete Ihnen meinen erstgeborenen Sohn im Austausch für einen Cracker.»

Grace schaute hoch. «Den Unfall?»

Gino überlegte einen Moment. «Ich gebe Ihnen ein *Bild* meines erstgeborenen Sohns für einen Cracker.»

Grace scheuchte sie beide mit einer Handbewegung weg. «Gebt mir fünf Minuten, damit ich hier ungestört arbeiten kann, dann besorge ich Ihnen einen Cracker. Setzt euch so lange ins Esszimmer.»

Gino, Magozzi und Charlie setzten sich an den Esszimmertisch, während Grace ihre Arbeit beendete.

Gino musste immer wieder auf den Hund sehen, der am Kopfende des Tisches auf einem Stuhl saß. «Mann, der sitzt tatsächlich wie ein Mensch auf dem Stuhl. Irgendwie ist mir das unheimlich.»

Charlie drehte den Kopf und sah ihn an.

«Scheiße. Versteht der Hund etwa Englisch?»

«Wieso nicht? McLaren versteht auch Französisch.»

Ginos Magen ließ ein weiteres Protestgrollen vernehmen. Er lehnte sich zur Seite, um durch den Flur in die Küche zu spähen. «Vielleicht könnte ich rübergehen und stöbern, bis ich ein Stück Brot finde.»

«Die Schränke sind alle vermint.»

«Oh.»

Magozzi verdrehte die Augen. «War 'n Witz, Gino.»

«Ich hab's aber geglaubt. Ihr Haus ist noch immer so fest abgeschlossen wie ein Puff.»

«Viele Leute haben Alarmanlagen.»

«Die meisten von ihnen laufen aber zu Hause nicht mit einer Waffe im Knöchelhalfter rum.»

«Sie bessert sich, Gino.»

«Das sagst du immer wieder, aber ich sehe nichts davon.»

«Sie hat mir einen Stuhl gekauft.»

Ginos Augenbrauen formten ein Spitzdach. «Du meinst, für hier? Deinen ganz eigenen Stuhl?» Er blickte über die Schulter ins Wohnzimmer. «Wo ist er?»

«Draußen.»

«Und das sagt dir nichts?»

«Du verstehst nicht.»

Grace ging über den Flur und begann in der Küche zu rumoren. Kurz darauf balancierte sie vier Teller in das Esszimmer. Auf dreien davon lag glitzerndes Grünzeug, das von großen schneeweißen Hummerstücken gekrönt war. Der vierte war angefüllt mit Trockenfutter unter einer dampfenden Soße mit Fleischstücken, und das Ganze roch wie der köstlichste Auflauf aller Zeiten.

Gino warf einen viel sagenden Blick darauf. «Riecht toll», sagte er und reagierte leicht enttäuscht, als Grace den Teller Charlie vorsetzte. «Meine Güte, Grace, das nenne ich einen Cracker.»

«Ich habe gedacht, dass ihr bei alledem, was heute geschehen ist, wohl kaum Zeit zum Lunch hattet. Wir können doch eine Kleinigkeit essen, während wir darauf warten, dass das Programm etwas ausspuckt.»

Gino sah auf den großzügig bemessenen Berg Hummer auf seinem Teller und hätte beinahe geweint. «Das ist das verdammt netteste …», war alles, was er herausbekam, bevor die Gabel seinen Mund gefunden hatte. Als er aufgegessen hatte, tupfte er die Mundwinkel mit einer Serviette ab. «Grace MacBride, eins möchte ich Ihnen sagen. Abgesehen von Angelas Marinara war das zweifellos das Beste, was ich in meinem Leben gegessen habe.»

«Vielen Dank, Gino.»

«Und mir gefällt auch, wie Sie die Teller mit diesem Grünzeug dekoriert haben.»

«Das ist keine Dekoration, sondern auch zum Essen da.»

«Im Ernst?» Gino stocherte argwöhnisch in der grünen Beilage. «Was sind denn diese kleinen runden Dinger, die wie Würmer aussehen?»

«Essen Sie eins davon.» Grace deutete mit ihrer Gabel auf seinen Teller. «Dann sag ich's Ihnen.»

Gino betrachtete forschend die grüne Wiese auf seinem Teller, spießte mit der Gabel eine dieser gruseligen kleinen grünen Spiralen auf und schob sie sich ganz vorsichtig in den Mund. Zögernd kaute er ein paar Mal und genehmigte sich gleich eine weitere Gabel voll. Wie gut es Gino schmeckte, ließ sich daran ablesen, wie oft er kaute. Steak wurde dreimal gekaut, Pasta zweimal, Nachtisch einmal, aber Magozzi hätte schwören können, dass er alles unzerkaut runtergeschluckt hatte. «Mann, das Zeug ist echt Spitze.»

Grace sah zufrieden zu, Magozzi hingegen wirkte verschreckt. «Ich glaube nicht, dass ich dich je etwas Grünes habe essen sehen.»

Gino wirkte gekränkt. «Ich esse ab und an was Grünes.»

«Zum Beispiel?»

«Limoneneis am Stil.» Er grinste Grace an. «Okay. Was ist das für'n Zeug? Ich muss mir dringend was davon besorgen.»

«Farnsprossen in einer Champagnervinaigrette mit Comte-Käse.»

Gino nickte. «Das erklärt vieles. Ich würde Leos Schuhe essen, wenn jemand Champagner drüber ausgießt. Es gibt einfach keine kulinarischen Abwege, auf die ich mich nicht führen ließe.» Er stieß sich etwas vom Tisch ab, faltete die Hände über dem herausgestrecken Bauch und sah Grace an. «Sie werden eines Tages einem Glückspilz von Mann eine wunderbare Ehefrau sein.»

Grace fixierte ihn kurz. «So etwas Sexistisches habe ich noch nie gehört. Sie wissen doch, dass ich bewaffnet bin, oder?»

Gino grinste. «Das war nur meine kleine Einleitung, um Aufmerksamkeit zu wecken.»

«Okay. Sie haben meine Aufmerksamkeit. Wie geht es jetzt weiter?»

«Na ja, ich habe mich gefragt, was wohl Ihre Absichten sein mögen.»

Grace' blaue Augen wurden etwas größer, was eine erstaunliche Veränderung in dem Gesicht bewirkte, das normalerweise keine Gefühlsregung zeigte. «Wie bitte?»

«Gegenüber meinem Kumpel hier. Ich würde gern hören, was Sie für Absichten haben. Sehen Sie? Ich bin überhaupt nicht sexistisch. Normalerweise wird nämlich dem Mann diese Frage gestellt.»

Magozzi vergrub den Kopf in den Händen. «Oh, bitte nicht.»

Grace' Augen nahmen wieder normale Größe an. Gino hatte das fast Unmögliche geschafft und sie auf dem falschen Fuß erwischt, aber sie hatte schnell ihre Fassung wiedergewonnen. «Und Sie würden das als Ihre Angelegenheit betrachten, weil …?»

«Weil er mein Partner und mein bester Freund ist und weil Partner und Freunde aufeinander Acht geben sollten. Darüber hinaus treffen Sie beide sich seit fast einem halben Jahr, und ich nehme stark an, dass keiner von Ihnen bisher die Sprache darauf gebracht hat, worauf das alles hinauslaufen soll und ob es überhaupt etwas bringen kann.»

Magozzi hob den Kopf. Peinlich berührt, aber auch zornig sagte er: «Verdammt, Gino, halt endlich die Klappe.»

«Ich tue dir einen Gefallen, Leo. Du würdest dasselbe für mich tun.»

«In einer Million Jahren nicht.»

Ein schwacher Glockenton war aus dem Büro zu hören. Grace starrte Gino mit jener ausdruckslosen und ungerührten

Miene an, die ihn schon gestört hatte, als er dieser Frau zum ersten Mal begegnet war. Er vermochte sie absolut nicht zu durchschauen, und das machte ihn argwöhnisch. Als der Glockenton erneut ertönte, stand sie von ihrem Stuhl auf. «Ich kümmere mich darum. In der Küche stehen Nachtisch und Kaffee, Magozzi. Wenn du sie bitte holen würdest. Meinetwegen darfst du Gino gern den Kuchen ins Gesicht werfen.»

Ein paar Minuten später hatte Gino bereits die ganze Rätselhaftigkeit von Grace MacBride vergessen und bestaunte mit großen Augen eine Sahnetorte mit schimmerndem Schokoguss. «Du liebe Güte, Magozzi, schneide das verdammte Ding schon an. Ich sterbe gleich.»

«Du hast Glück, dass ich sie dir *nicht* ins Gesicht geworfen habe. Was hatte das zu bedeuten?»

«Das war Fürsorge.»

«Schluss damit. Grace hat Recht. Es ist nicht deine Angelegenheit.»

«Was Dämlicheres habe ich von dir noch nie gehört.»

Jetzt sah Magozzi ihn ungläubig an, und Gino hatte keine Mühe, seinen Gesichtsausdruck zu deuten. Er hob die Hände, um Kapitulation zu signalisieren. «Schon gut, schon gut. Vielleicht bin ich ein bisschen zu weit gegangen. Ich entschuldige mich und möchte es wieder gutmachen. Aber schneiden wir erst mal die Torte an und stoßen wir auf unsere Versöhnung mit Sahne und Schokolade an.»

Grace kam herein und warf einen Ausdruck auf Ginos Tortenteller. Er zweifelte nicht daran, dass es Absicht war. «Wir haben zwei Treffer, der erste bei einem der Interpol-Opfer. Charles Swift, Maurer im Ruhestand, wurde in Paris ermordet, zeitgleich mit einer der Reisen, die eure Opfer zusammen unternommen haben. Sein richtiger Name war Charles

Franck.» Sie wies auf eine Stelle unten auf der Seite. «In Nürnberg verurteilt; verbüßte fünfzehn Jahre wegen Kriegsverbrechen.»

Stumm lasen Gino und Magozzi den entsprechenden Absatz mehrere Male durch.

«Irgendwas zu den anderen?», fragte Magozzi schließlich.

Grace schüttelte den Kopf. «Dieser Mann war gefasst worden. Damit war er im System, und als er seinen Namen änderte, nachdem er die Strafe abgesessen hatte, musste er es ganz legal tun, daher waren die Urkunden leicht zu finden. Wenn die anderen auch Nazis waren, dann lebten sie wahrscheinlich unter sehr guten Deckmänteln.»

Gino sog durch den Mundwinkel Luft ein. «Ich habe zu Langer gesagt, wenn das FBI diesen Fall übernehmen will, dann wissen sie etwas, was wir nicht haben. Ich möchte wetten, es waren die Infos über diesen Swift. Echt gute Arbeit, Grace.»

«Versuchen Sie nicht, sich bei mir anzubiedern, Gino.» Sie legte einen anderen Ausdruck auf den Tisch, worauf ein altes Schwarzweißfoto zu sehen war, das mehrere Männer in der unverkennbaren SS-Uniform zeigte. Eines der Gesichter hatte Grace eingekreist. «Das ist Heinrich Verlag, ein ganz übler Mann in Auschwitz, auch bekannt als Arlen Fischer, sechzig Jahre jünger und fünfundsiebzig Kilo leichter.»

Magozzi sah auf das Bild hinunter. Langsam fügten sich die Puzzleteile zusammen. «Morey Gilbert war in Auschwitz. Ben Schuler ebenfalls.»

Dies war die Bestätigung, die sie sich erhofft, vor der sie sich aber gleichzeitig auch gefürchtet hatten, und Grace sah die widersprüchlichen Gefühle in ihren Gesichtern. «Ich werde Polizisten niemals verstehen», klagte sie. «Ihr kommt auf der Suche nach Informationen her, ich beschaffe euch genau das, worum ihr mich gebeten habt, und jetzt seid ihr deprimiert. Eure Senioren waren Nazi-Killer. Das habt ihr doch vermutet, oder?»

Gino nickte verdrossen. «Ja, haben wir. Aber heimlich hofften wir doch, dass sie niemanden getötet haben. Dass wir es stattdessen mit einem ganz normalen psychopathischen Serienkiller zu tun hätten, der sie einen nach dem anderen ins Jenseits geschickt hat.»

Resigniert zog Magozzi die Mundwinkel nach unten. «Es waren nette Leute, Grace. Ben Schuler war ein einsamer alter Mann, der zu Halloween Zehn-Dollar-Scheine an Straßenjungs verteilte. Du müsstest hören, was seine Nachbarn über ihn zu sagen haben. Rose Kleber war eine süße alte Oma, die ihre Familie liebte, ihre Katze und ihren Garten. Und Morey Gilbert hat an einem Tag mehr Gutes für seine Mitmenschen getan, als ich es in meinem ganzen Leben fertig bringen werde. Wenn wir beweisen, dass sie kaltblütige Killer waren, wird all das vergessen sein.»

Grace seufzte gereizt. «Du weißt so gut wie ich, dass Menschen nicht immer so sind, wie sie erscheinen, Magozzi. Außerdem haben sie keine Unschuldigen getötet. Die Bösen waren die Nazis.»

Die Art, wie sie es sagte, überraschte ihn – so geradeheraus, pragmatisch, wie eine beiläufige Rechtfertigung der Selbstjustiz. Das warf ein Licht auf den großen Unterschied zwischen ihnen beiden, und Magozzi spürte, wie sich Argwohn in sein Herz schleichen wollte. «Weißt du, was das Schlimmste an den Bösen ist, Grace? Was sie aus den Guten machen.»

Kurz darauf, als sie gingen, berührte Grace in der Tür

Ginos Arm und hielt ihn zurück, während Magozzi schon auf dem Weg zum Wagen war. «Ich gebe mir Mühe, Gino», sagte sie sehr leise und folgte Magozzi mit ihren Blicken.

Gino war sich nicht hundertprozentig sicher, ob er genau verstanden hatte, was sie meinte, aber als sie ihm in die Augen sah, bekam er einen flüchtigen Eindruck dessen, was Magozzi sah – diese gehetzte, schmale, außergewöhnliche Frau, die Wasser trat, so schnell sie eben konnte. Das machte ihn sehr traurig.

Langer rief auf Ginos Handy an, als sie in den Wagen stiegen. «Wir haben im Haus von Schuler was gefunden.»

KAPITEL 33

Chief Malcherson stand mit Langer und McLaren an dem langen Tisch im Raum der Mordkommission, als Gino und Magozzi hereinkamen. Gino war hellauf begeistert, dass der Chief jetzt seinen anthrazitfarbenen Zweireiher und dazu eine flammend rote Krawatte trug.

«Spitze, Chief», jubelte er. «Sie sind extra nach Hause gefahren, um sich in einen Mörderanzug zu werfen. Cool.»

Malcherson sah ihn an. «Ich bin nicht nach Hause gefahren, um ‹mich in einen Mörderanzug zu werfen›. Ich habe den anderen leider mit Kaffee bekleckert.»

Gino hörte nicht auf zu grinsen, denn das war kompletter Blödsinn. Malcherson bekleckerte sich nicht. Niemals. «Wissen Sie, nur wenige Männer können einen grauen Zweiteiler mit dieser Krawatte kombinieren, ohne wie ein Tambourmajor auszusehen, aber bei Ihnen haut es hin.»

«Recht herzlichen Dank.» Malcherson trat vom Tisch zurück, damit Gino und Magozzi näher kommen konnten. «Langer und McLaren haben mich ins Bild gesetzt, worauf Sie mit der Ermittlung hinauswollen. Es sieht so aus, als hätte Langer die Bestätigung gefunden, die Sie in Ben Schulers Haus suchten.»

Magozzi betrachtete die sechzig identischen Fotos von Ben Schulers Familie, die auf dem Tisch ausgebreitet lagen. «Die Fotos haben wir gesehen, als wir im Haus waren, sie kamen uns befremdlich vor. Jimmy Grimm meinte, es könnte eine Form des Andenkens an seine Angehörigen sein, die alle in den Lagern gestorben waren. Nur er überlebte.»

Gino machte ein skeptisches Gesicht. «Ich verstehe nicht, warum diese Bilder die Bestätigung dafür sein sollen, dass Schuler und die anderen Nazis getötet haben.»

Langer nahm ein Bild vom Tisch und öffnete langsam den Rahmen, während er sprach. «Ich fand es auch irgendwie befremdlich, deshalb habe ich einen der Rahmen geöffnet, einfach weil die Leute manchmal etwas in Bilderrahmen verstecken. Dies ist der erste, den ich geöffnet habe.» Er zog das Foto hinter dem Pappdeckel hervor und drehte es um. Auf der Rückseite stand in klein gekritzelten Buchstaben etwas geschrieben. «Den Namen habe ich nicht erkannt, aber Ort und Datum sofort.»

Magozzi warf einen Blick auf die Schrift. «Mailand, Italien, 17. Juli 1992.» Sein Blick huschte zu Langer. «Ist an dem Datum der Interpol-Mord in Mailand geschehen?»

Langer nickte. «Bis jetzt haben wir die Rückseiten von sechs weiteren Fotos überprüft, und alle sind nach demselben Muster beschriftet: ein Name, ein Ort und ein Datum. Es gibt eine Übereinstimmung mit der Interpol-Liste, alle anderen stehen auf der von Grace MacBride gefaxten Liste der inländischen Trips, die Gilbert, Kleber und Schuler gemeinsam unternommen haben. Wenn wir die lokalen Polizeidienststellen anrufen und das jeweilige Datum weitergeben, stoßen wir vermutlich auf bisher ungelöste Mordfälle.»

Magozzi ließ den Blick über die Bilder schweifen, und hinter jedem sah er eine Leiche. «Mein Gott», flüsterte er. «Diese Bilder dienen nicht dem Angedenken. Sie sind Trophäen. Eine für jeden Nazi, den sie umgebracht haben. Wir haben es hier mit sechzig Leichen zu tun.»

«Einundsechzig», sagte Langer. «Er hat nicht mehr die Zeit gefunden, auch für Arlen Fischer eins aufzuhängen.»

Malcherson nahm eines der Fotos zur Hand und betrachtete die Gesichter der Menschen, die schon länger als ein halbes Jahrhundert tot waren. «Keine Trophäen, Detective Magozzi. Es waren Opfergaben an seine Familie», sagte er leise. «Jedes Jahr ein Toter.»

Gino seufzte und schob die Hände in die Taschen. «Mann, ich habe so manchen Wahnsinn erlebt, aber die Geschichte schlägt alles. Diese Leute haben sechzig Jahre lang gemordet.» Er sah hinüber zu McLaren, der die Rahmen öffnete, die Fotos herauszog und sie dann in anscheinend chronologischer Folge auf den Tisch legte. Er hatte nichts gesagt, seit sie den Raum betreten hatten, aber er sah nicht mehr so niedergeschlagen aus. Nur konzentriert und ein wenig wütend, was begrüßenswert war. Niedergeschlagene Polizisten waren ziemlich nutzlos. «Hast du in Rose Klebers Haus etwas gefunden, McLaren?»

«Aber ja. So ungefähr tausend Fotos von ihren Enkelkindern, jede einzelne Grußpostkarte, die sie je bekommen hat, du weißt schon, typisch Großmutter. Nichts wie das hier und auch keine Waffe. Zwei von unseren Leuten sind noch drüben. Ich bin zurückgekommen, als Langer anrief.»

«Wir haben auch etwas von Grace mitgebracht», sagte Magozzi.

Er legte den Ausdruck mit dem Foto der SS-Offiziere auf den Tisch, zeigte ihnen Arlen Fischer als jungen Mann namens Heinrich Verlag und erzählte ihnen die ganze Geschichte.

Langer nahm das Foto zur Hand und betrachtete es genauer. «Fischer war ein großer Fang – besonders für Morey oder Ben Schuler, nehme ich an, da sie beide in Auschwitz waren, zusammen mit dieser Bestie.»

«Ja», sagte Gino, «und ich möchte nicht wissen, was er ihnen angetan hat, um einen solchen Tod zu verdienen.»

«Ich verstehe nur eins nicht», fuhr Langer fort. «Jahrzehntelang hat er direkt unter ihren Augen gelebt. Warum haben sie so lange gewartet, bis sie ihn umgebracht haben?»

Magozzi zuckte die Achseln. «Möglicherweise hatten sie ihn gerade erst gefunden. Wir wissen noch nicht, wie sie diesen Leuten auf die Spur gekommen sind, aber offenbar waren sie Wiesenthal und den restlichen Gruppen voraus, die nach NS-Verbrechern fahnden – Fischer stand seit den fünfziger Jahren auf der Suchliste. Oder es war nur ein glücklicher Zufall. Fischer war so was wie ein Einsiedler, wenn ihr euch erinnert. Die lutherische Kirche besuchte er regelmäßig, aber es dürfte eher unwahrscheinlich sein, dass er im Laufe der Jahre dort auf Morey Gilbert oder Ben Schuler getroffen ist. Vielleicht hat er vor ein paar Wochen einen Spaziergang gemacht, und einer von ihnen hat ihn im Vorbeifahren erkannt. Wir werden es nie erfahren.»

Gino nickte. «Also fahren Morey Gilbert und der Rest am Sonntagabend zu Fischers Haus. Sie haben genau geplant, was sie ihm antun wollen, und sogar eine Bahre auf Rädern mitgebracht. Fischer setzt sich zur Wehr oder versucht davonzurennen. Was auch geschah, einer ist in Panik geraten und hat geschossen. Und Fischer droht zu verbluten, bevor sie ihn zu den Eisenbahngleisen schaffen können.»

«Also schnappen sie sich den Tischläufer vom Couchtisch und benutzen ihn zum Abbinden», sagte Langer.

«Genau. Dann bringen sie Fischer zu den Eisenbahngleisen, führen ihren Plan aus, und bereits ein paar Stunden später ist Gilbert tot. Am nächsten Tag wird Rose Kleber umgebracht, Schuler an dem darauf. Ich kann mir vorstellen, dass jemand, der Fischer nahe stand, gesehen hat, was sich ereignete, und sich dann aufgemacht hat, für ausgleichende Gerechtigkeit zu sorgen.»

McLaren schüttelte den Kopf. «Alles passt, bis auf den letzten Teil. Es gab niemanden, der Fischer nahe stand, keine Ehefrau, keine Kinder, keine Freunde, soweit wir feststellen können, und ich kann mir wirklich nicht vorstellen, dass die alte Haushälterin hinter ein paar Mördern hertapert, um Vergeltung zu üben.»

«Dann müssen wir hinter Fischer noch weiter zurückgehen», sagte Magozzi. «Könnte sein, dass jemand sie schon seit einer Weile beschattet – vielleicht ein Verwandter eines der früheren Opfer – und geschossen hat, als Morey an dem Abend spät nach Hause gekommen ist. Wir müssen in den Städten anrufen, die auf den Fotos notiert sind, und herausfinden, ob sich den einzelnen Daten Morde zuordnen lassen. Danach nehmen wir die betroffenen Familien unter die Lupe.»

Sie traten näher an den Tisch heran und gingen McLaren zur Hand. Gino schüttelte den Kopf, während er Rahmen öffnete. «In all diesen Städten anzurufen, Süßholz mit den Leuten in den lokalen Dienststellen zu raspeln, die Familien aufzustöbern – das könnte ewig dauern.»

«Ich weiß», sagte Magozzi. «Wo steckt eigentlich Peterson?»

«Verdammt», knurrte McLaren und eilte zum nächsten Schreibtisch und Telefon. «Er ist mit zu Rose Klebers Haus gefahren, um bei der Durchsuchung zu helfen. Ich werde ihn holen.»

«Das mache ich», sagte Malcherson leise von der Tür her, sodass McLaren zusammenfuhr. Er hatte ganz vergessen, dass der Chief noch da war. «Sie müssen sich wieder an die Arbeit machen, mit der Sie begonnen haben.»

Eben das war das Beste an Malcherson, dachte Gino. Er sprang ein und kümmerte sich um Kleinigkeiten, wenn die Belastung groß wurde, weil er darauf vertraute, dass seine Detectives ihre Arbeit machten, und wusste, wann es an der Zeit war, sich zurückzuhalten und sie ans Werk zu lassen. Er schickte dem Chief einen kleinen respektvollen Gruß hinterher, als dieser hinausging.

Fünf Minuten später hatten sie sämtliche Fotos chronologisch geordnet, ohne sonderlich auf die Städte zu achten, außer sie kamen ihnen bekannt vor wie die auf der Interpol-Liste oder etwa Brainerd in Minnesota, ein Verbrechensschauplatz vom vergangenen Jahr, bei dessen Erwähnung es Gino kalt den Rücken hinunterlief, weil er als Kind dort in einem Pfadfinderlager gewesen war. Fünf Minuten später kam Peterson hereingestürmt, das ansonsten käsige Gesicht hochrot.

McLaren sah ihn verblüfft an. «Wie hast du es bloß so schnell geschafft?»

«Bin immerzu über hundert in der Stadt gefahren. Ich glaube, ich kriege gleich einen Herzschlag. Ich hatte die ganze Zeit Malcherson an der Strippe, und der hat mir Dampf gemacht. Gebt mir jemanden, den ich anrufen soll.»

Magozzi reichte ihm ein Foto. «Wir fangen mit den neuesten Daten an und arbeiten uns zurück. Du weißt, was zu tun ist?»

«Die lokalen Dienststellen anrufen, einen Mord für unser Datum herausfinden, die Familien aufspüren.»

«Richtig. Aber denk dran, der Name auf dem Foto wird wahrscheinlich nicht mit dem Namen des Opfers übereinstimmen. Wenn diese Typen Nazis waren, lebten sie unter einem anderen Namen.»

«Verstanden.» Peterson griff sich das Foto und ging zu seinem Schreibtisch.

«Du heilige Scheiße, Leo, sieh dir das mal an.» Gino schob ihm ein Foto unter die Nase. «1425 Locust Point, Minneapolis, 14. April 1994. Weißt du, wer das ist? Das ist der Klempner, den sie durchsiebt haben. Der ungelöste Fall, den ich Sonntag mit zu dir gebracht hatte. Weißt du noch?»

«Valensky?»

«Muss es sein. Der Name ist anders, aber wenn es nicht noch einen Mord im selben Haus und am selben Tag gab, von dem mir niemand etwas gesagt hat, dann ist es unser Mann.» Er hielt kurz inne und betrachtete alle Bilder. «Ich wette, wir werden eine Menge ungelöster Fälle für eine Menge verschiedener Dienststellen aufklären, bevor wir mit dem Chaos da durch sind.»

McLaren drückte sich vom Schreibtisch in die Höhe. Sein normalerweise freundliches Gesicht war zornig. «Okay, jetzt reicht es. Der gottverdammte Mistkerl macht mich stinksauer. Die ganze Zeit will Morey Gilbert mir und Langer weismachen, dass er Gottvater im Overall ist, und gleichzeitig ist er in unserer Stadt unterwegs und bringt die Leute um.»

«Er hatte Gründe, die wir wahrscheinlich niemals verstehen werden, Johnny.»

McLaren sah seinen Partner an, als habe der den Verstand verloren. «Unsere Stadt, Langer. Wenn jemand ein Problem mit Menschen in unserer Stadt hat, dann kommt er zu uns, und wir kümmern uns darum. So funktioniert es und nicht anders.»

Langer sah die Selbstsicherheit in Johnny McLarens Gesicht und erinnerte sich an die Zeit, als die Dinge für ihn ebenso klar gewesen waren. *Mörder sind schlecht, und Mörder zu fangen ist gut*. So einfach. So schwarz und weiß. Die Probleme tauchten erst auf, wenn man anfing, die Grauzonen näher zu untersuchen. In diesem Moment wurde ihm klar, dass McLaren von ihnen beiden der bessere Polizist war.

«Machen wir uns an die Arbeit», sagte Magozzi, sammelte die neuesten Fotos zusammen und verteilte sie. Sein Telefon klingelte, kaum dass er seinen Schreibtisch erreicht hatte.

Dave aus der Ballistik hatte so eine quäkende Stimme, dass man ihn sofort erkannte. Jetzt klang er zudem angespannt und gestresst. «Ich weiß vor lauter Arbeit nicht, wo mir der Kopf steht, Leo, aber es gibt etwas, das du und Gino sofort wissen solltet.»

Magozzi bedeutete Gino, auf derselben Leitung mitzuhören. «Okay, Dave, wir hören.»

«Ich hatte gerade die Möglichkeit, die Smith & Wesson von Jack Gilbert durch das System zu schicken, und es gibt einen Treffer. Mit derselben Waffe ist letztes Jahr in Brainerd der Besitzer einer Ferienpension getötet worden. Ich schicke euch in diesem Moment ein Fax.»

«Okay, Dave, danke.»

«Moment mal eben. Da ist noch was. Ist Langer da? Oder McLaren?»

«Beide hier, aber beide telefonieren.»

«Dann gib es doch bitte weiter, ja? Sag ihnen, dass es mir wirklich leidtut und ich nicht weiß, wie es passieren konnte, aber diese Woche geht es hier zu wie auf einem verdammten Rummelplatz – also diese 45er in ihrem Arlen-Fischer-Fall?»

«Richtig. Die bei den Interpol-Morden benutzt worden ist.»

«Ja, das ist noch nicht alles. Es wurde noch eine weitere Übereinstimmung entdeckt, doch der Bericht ist in diesem ganzen Wust von Papieren verloren gegangen. Habe ihn erst vor drei Minuten gesehen und euch ebenfalls gefaxt. Sag den beiden, dass Eddie Starr mit ihrer 45er erschossen wurde.»

Magozzi kramte den Namen aus seinem guten Gedächtnis. «Derselbe Eddie Starr, der Marty Pullmans Frau getötet hat?»

An seinem Schreibtisch, kaum mehr als einen Meter entfernt, schnellte Langers Kopf hoch, und sein Gesicht wurde blass.

«Genau der», sagte Dave. «Marty Pullmans Frau, Morey Gilberts Tochter, mein Gott, Leute. Was ist bloß los mit der Familie?»

«Wir werden uns wegen dieser Sache noch mal bei dir melden.»

McLaren blickte herüber. Er hatte den Hörer zwischen Schulter und Kopf eingeklemmt. «Ich hänge in einer Warteschleife mit Dosenmusik. Worum ging's denn?»

«Ballistik-Dave sagt, mit der Waffe, die man heute Morgen in Wayzata Jack Gilbert abgenommen hat, ist letztes Jahr in Brainerd ein Mann getötet worden.»

«Der Brainerd-Typ auf der Rückseite von unserem Bild?»

«Weiß man noch nicht», sagte Gino. «Aber eure 45er wird gerade noch interessanter. Mit derselben Waffe wurde nämlich auch der junge Eddie Starr erschossen, der Hannah Pullman umgebracht hat.»

Das Telefon rutschte McLaren von der Schulter auf den Schoß. «Du willst mich verscheißern.» Er sah hinüber zu Langer, der zwar noch telefonierte, aber wie gebannt Gino anstarrte.

«Darf ich Sie zurückrufen, Sergeant?», fragte Langer höflich und legte auf, ohne die Antwort abzuwarten.

«Sieht aus, als hätten wir gerade noch einen ungelösten Fall von der Liste gestrichen», sagte Gino. «Und die traurige Wahrheit ist, dass die Erklärung einleuchtet. Morey Gilbert hatte schon seit Jahren mit dieser Waffe Leute umgebracht. Warum nicht auch den Bengel, der seine Tochter getötet hatte?»

«Ich frage mich nur, wie er ihn vor uns gefunden hat», sagte McLaren.

«Machst du Witze? Morey hat Nazis aufgestöbert, die seit sechzig Jahren gesucht wurden. Das mit Eddie Starr ist wahrscheinlich für ihn nur ein Spaziergang gewesen. Außerdem war er dir ja nur eine Stunde voraus. Starr hatte doch noch 'ne gesunde Gesichtsfarbe, als du ihn gefunden hast, oder?»

McLaren nickte. «Hübsch rosa.»

«Was willst du mehr? Leo, was sagst du dazu, dass mit Jacks Waffe der Typ in Brainerd abgeknallt wurde?»

Magozzi zuckte die Achseln. «Er hat gesagt, dass er die Waffe aus dem Haus seines Vaters hat, und nachdem wir einen Blick auf die Vergangenheit seines Vaters werfen konnten, neige ich dazu, ihm zu glauben.»

«Ich auch», sagte Gino. «Ich werde mir jetzt Brainerd an die Strippe holen, da wir neben allem anderen noch die Ballistikergebnisse haben. Außerdem ist der Fall taufrisch. Langer, hast du was von den Jungs in L.A. herausbekommen? … Mann, Langer, du siehst ja gar nicht gut aus.»

Langer lächelte Gino nur matt an, stand auf und verließ in aller Eile den Büroraum.

«Was ist denn los mit ihm?»

Achselzuckend sagte McLaren: «Gestern hatte er einen

Grippeanfall. Muss wohl 'n Rückfall sein.» Er drückte auf die Taste, mit der man ein Gespräch beendet, dann sofort auf die Wahlwiederholung. «Ich werde diese Spinner wieder anrufen und sagen, ich sei vom FBI. Vielleicht lassen sie mich diesmal nicht in der Warteschleife verhungern.»

«Zeig's ihnen», sagte Magozzi.

KAPITEL 34

Marty hatte nicht einmal verschnaufen können, seit Gino und Magozzi Jack am Morgen bei ihm abgesetzt hatten. Die Polizei mochte glauben, dass Jack in Wayzata auf Gespenster geschossen hatte, aber Marty hatte jenes eigenartige Gefühl im Magen, das er von der Polizeiarbeit kannte, wenn etwas schief zu laufen drohte. Er hatte Tim und Jeff seine Aufgaben in der Gärtnerei übertragen und verbrachte seine Zeit damit, Jack auf den Fersen zu bleiben. Seine Waffe steckte in der Gesäßtasche seiner Jeans, und er ließ sein Hemd darüberhängen, um die Kunden nicht zu verschrecken.

Lily hatte wie gewöhnlich alles verkompliziert. Sie weigerte sich zwar, mit ihrem Sohn zu sprechen, aber augenscheinlich wollte sie nicht, dass er umgebracht wurde. In dem Augenblick, als Magozzi und Rolseth weggefahren waren, hatte sie sich einen halben Meter entfernt von Jack postiert und war seither nicht von seiner Seite gewichen. Den Sohn am Bändel, die Mutter in der Gefahrenzone.

Einmal balancierte Marty schon auf den Fußballen, um loszusprinten und sich für den Fall vor die beiden zu werfen, dass die Lady in den Strohsandalen ihren Blumenkorb fallen ließ und sich übergangslos in einen irren Mordschützen verwandelte. Zwei Aspekte an diesem Augenblick hatten ihn überrascht: Erstens sah er wieder alles mit den Augen eines Polizisten und ahnte überall mögliche Gefahren, zweitens schaffte er es noch immer, auf den Fußballen zu balancieren. Soweit er sich erinnern konnte, war er im letzten Jahr noch nicht einmal in der Lage gewesen, auf dem platten Fuß das

Gleichgewicht zu halten. Bei dem Gedanken musste er laut loslachen, und Lily und Jack hatten beide aufgeblickt und ihn befremdet angesehen, wahrscheinlich weil er dieser Tage nur selten lachte, oder noch wahrscheinlicher beunruhigte es sie ein wenig, von einem lachenden Revolverhelden verfolgt zu werden. Also war er wieder in seine versteinerte Haltung verfallen. Dazu brauchte er sich nur zu entsinnen, wie verdammt heikel die Situation war und dass die beiden Menschen, die er so aufmerksam bewachte, der Grund dafür waren. Jack hätte sich in Schutzhaft befinden und den Polizisten alles erzählen müssen, was er wusste, und Lily hätte ihn dazu veranlassen sollen. Die beiden müssten sich eher umeinander kümmern, als sich in jeder Hinsicht auf ihn zu verlassen. Was für eine Strapaze! Vor drei Tagen noch hatte er sich im volltrunkenen Stupor eine Waffe in den Mund gesteckt, jetzt war er ein Pseudo-Polizist, ein Pseudo-Leibwächter und der am schwersten arbeitende Mann im Pflanzenhandel.

Und verdammt, dachte er und hätte fast wieder gelacht, es war beinahe ein gutes Gefühl.

Aber in diesen Stunden hatte er mehr Polizist gespielt, als wirklich einer zu sein. Als Gino kurz vor zwei Uhr nachmittags anrief, um ihn darüber zu informieren, dass tatsächlich jemand am Morgen auf Jack geschossen hatte, war das ganze Pseudo-Dies-und-das vergessen, und Marty dachte wieder wie der Mann, der er vor kurzem noch gewesen war.

Eigentlich sollte er nicht wie ein Wachhund an der Leine auf dem Gelände der Gärtnerei hinter Lily und Jack hertrotten. Er sollte die Wahrheit aus Jack herausprügeln, herausfinden, wer Morey getötet hatte, den Job erledigen, für den er ausgebildet war, und vor allen Dingen sollte er die verfluchte Gärtnerei schließen.

«Was meinst du damit, du willst die Gärtnerei schließen?», fragten Lily und Jack wie aus einem Mund.

Sie standen alle vor dem Gewächshaus und luden Pflanzen von einer Palette auf den Außentisch. Trotz des schwülen Wetters war die Gärtnerei überlaufen, und die Pflanzen wurden ihnen fast so schnell aus den Händen gerissen, wie sie sie auf dem Tisch ausstellen konnten. Jeff und Tim standen an den Außenkassen, und vor beiden hatten sich lange Schlangen gebildet.

Marty sprach leise. «Der ballistische Bericht zu den Projektilen, die vor Jacks Haus gefunden wurden, ist gekommen. Dieselbe Person, die Rose Kleber und Ben Schuler getötet hat, hat auch auf Jack geschossen. Für den Fall, dass dieses Arschloch es wieder versucht, werden wir die Kunden aus der Schusslinie bringen und den Laden dichtmachen. Außerdem werdet ihr von jetzt an haargenau das tun, was ich sage.»

Er wartete darauf, dass einer von beiden protestierte, aber es kam nichts.

«Ich werde anfangen, die Kunden hier wegzubringen», sagte Jack schließlich.

«Nein, das wirst du nicht. Kommt mit mir.»

Marty führte sie zu einer Bank am Eingang des Gewächshauses, ließ sie sich setzen und stellte sich wie ein Koloss mit dem Rücken zu ihnen auf, den Parkplatz im Auge.

Lily verhielt sich drei Minuten lang fügsam, nach Martys Erfahrung ein absoluter Rekord. «Um Himmels willen, Martin, erwartest du von uns, dass wir den ganzen Tag hier sitzen?», fragte sie schließlich.

Er drehte sich nicht einmal um. «Gino schickt einen Wagen. Wenn der hier ist, geht Jack zurück ins Haus und bleibt mit dem Officer dort. Hast du gehört, Jack?»

«Ich habe verstanden.»

Officer Becker kam ein paar Minuten später auf den Parkplatz gefahren, stieg aus dem Wagen und stellte sich Marty vor. Er war jung, blond und hatte ein naives, offenes Gesicht. Aber das täuschte. Tony Becker war im vergangenen Herbst bei der Monkeewrench-Schießerei dabei gewesen. Dieses Erlebnis hatte ihn über Nacht abgehärtet, sodass er äußerst wachsam und stets auf der Hut war. Marty gefiel, wie er sich aufmerksam umsah und seine Augen überall hatte.

«Das ist Jack Gilbert», stellte Marty kurz vor. «Er ist die Zielscheibe. Nehmen Sie ihn mit ins Haus und bleiben Sie auf jeden Fall bei ihm.»

Nachdem sie gegangen waren, rief Marty Tim und Jeff zu sich. «Wir schließen die Gärtnerei. Ich möchte, dass ihr beide alle Kunden hinausschafft.»

«Sie schließen die Gärtnerei?», fragte Jeff Montgomery.

«Du hast es erfasst.»

Die beiden jungen Burschen sahen über die Schulter zurück zu Lily, die leicht nickte.

«Okay.» Tim Matson hob die breiten Schultern und warf einen Blick nach hinten auf die Schlangen vor den Kassen. «Wir fertigen nur eben die Leute da ab ...»

«Nein. Wir schließen sofort. In dieser Minute. Entschuldigt euch, sagt ihnen, es handelt sich um einen Notfall in der Familie, schafft sie hier weg. Und dann möchte ich, dass auch ihr beide verschwindet. Kümmert euch nicht um die Abrechnung und nicht um die Kassenbelege, sondern geht einfach.»

Marty wusste, dass er ihnen Angst machte – sie sahen aus wie zwei verschüchterte Teddys, mit weit aufgerissenen Augen und plötzlich sehr besorgt –, aber genau das hatte er bezweckt: zwei verängstigte Burschen, die sich schnellstens davonmachten, zurück nach Hause und in Sicherheit.

«Gibt es ein Problem, Mr. Pullman?», fragte Jeff. «Wenn es so ist, könnten wir vielleicht bleiben und Ihnen helfen?»

«Ihr könnt nicht bleiben», sagte Lily, die noch auf der Bank saß. «Es kann sein, dass jemand versucht, Jack zu erschießen. Ich möchte nicht, dass ihr hier bleibt. Ich möchte, dass ihr in Sicherheit seid.»

Tim und Jeff sahen sie ungläubig an und versuchten zu fassen, was sie da hörten. Marty wusste, dass sie an Morey dachten, der erst vor ein paar Tagen erschossen worden war, und sich fragten, wie und ob das alles zusammenpasste und was für ein Ungeheuer es wohl sein mochte, das es darauf anlegte, die Familie zu zerstören, die so gut zu ihnen gewesen war. Er machte sich auf ein Sperrfeuer von Fragen gefasst, aber wie sich herausstellte, hatte er sie beide unterschätzt und vergessen, dass sie fast schon Männer waren und der Beschützerinstinkt früh erwacht und alles andere zur Seite drängt. Jedenfalls richteten sich beide auf und warfen sich in die Brust.

Jeff, der Marty schon seit Tagen damit verrückt machte, dass er jeden Satz mit einem Fragezeichen beendete, sah plötzlich wie ein Mann aus und nicht mehr wie ein Junge. Der Blick seiner blauen Augen war fest, seine Miene entschlossen. «Ist der Polizist deswegen gekommen?»

Marty nickte.

«Ein einziger Mann, um alles hier zu beschützen? Lassen Sie uns hier bleiben, Mr. Pullman. Lassen Sie uns helfen.»

Toll, dachte Marty, genau das, was ich brauche. Zwei Jungs, die die Helden spielen. «Hör zu, ich weiß das Angebot zu schätzen, aber wir glauben eigentlich nicht, dass etwas passieren wird. Wir sind nur übervorsichtig. Officer Becker und ich haben alles unter Kontrolle. Wenn wir uns zusätzlich zu allen anderen Problemen noch um euch beide kümmern müssten, wäre es eher eine Belastung. Wenn ihr also wirklich helfen wollt, schafft die Kunden hier weg – sofort – und seht zu, dass ihr nach Hause verschwindet.»

Tim, dessen schwarzes Haar schweißnass war, ging zur Bank und setzte sich neben Lily. «Sie sollten auch nicht hier bleiben, Mrs. Gilbert. Wenn wir gehen müssen, möchte ich, dass Sie mit uns kommen.»

Lily lächelte Tim an und tätschelte seine Hand. «Ihr seid gute Jungs. Hört auf, euch zu sorgen. Morgen bringen wir Jack an einen sicheren Ort, dann ist alles wieder normal.»

Marty sah sie an, als Tim und Jeff die Kunden verabschiedeten. «Wie sollen wir das machen?»

«Was?»

«Jack an einen sicheren Ort bringen.»

«Ganz einfach. Du wirst ihn dazu überreden.»

«Dafür hast du nicht genug Scotch vorrätig.»

«Paah, ich habe eine ganze Kiste im Keller.»

KAPITEL 35

Tim und Jeff brauchten eine halbe Stunde, um alle Kunden zum Verlassen der Gewächshäuser und des Geländes der Gärtnerei zu überreden. Sie hatten das sehr gut gemacht, sehr professionell, dachte Marty, hatten die Ausrede vom Notfall in der Familie benutzt und mit derartigen Trauermienen vorgebracht, dass bei den Kunden jede Verärgerung im Keim erstickt worden war. «Tut uns sehr leid, das hören zu müssen», wurde ihnen immer wieder geantwortet, während die Leute gehorsam zu ihren Autos gingen. Die meisten wussten wahrscheinlich von Moreys Ermordung am Sonntag, und die Vorstellung, dass über diese Familie noch mehr Unglück hereingebrochen sein könnte, wirkte ernüchternd. Erstaunlich viele fragten, ob sie etwas tun könnten. Das war nicht nur Minnesota-Freundlichkeit, sondern die individuelle Freundlichkeit dieser Menschen, und Marty wurde wieder daran erinnert, dass, verglichen mit dem Guten, das die Menschen in die Waagschale zu werfen hatten, das Schlechte ein nur verschwindend geringes Gewicht hatte. Wenn man sein Leben als Polizist und die meisten seiner Tage auf der dunklen Seite verbrachte, war es wohltuend, an dieses willkommene Ungleichgewicht erinnert zu werden.

Bis zur allerletzten Minute versuchten Tim und Jeff noch zu bleiben. Sie boten an, die Nacht über auf dem Gelände die Runde zu machen. Auch wenn sie keinen Angriff abwehren könnten, so doch immerhin Warnsignale geben. Der Gedanke, dass diese beiden Kids im Dunkeln über das Gelände patrouillierten, verursachte Marty Gänsehaut, denn das Gefühl, es könnte etwas passieren, wurde von Minute zu Minute stärker.

Es ist das Wetter, dachte er, als er das Tor schloss, nachdem er die Jungs endlich in ihre Schrottautos gesetzt und zur Ausfahrt hinausgescheucht hatte. Noch konnte man die großen Wolken nicht sehen – nur einen weißen Dunstschleier, der wie ein schmieriger Film über der Sonne lag. Aber man spürte sie schwer im Brustkorb, so wie die Bleischürze, die einem beim Zahnarzt vor dem Röntgen umgelegt wurde. Die Luft war dick und schwer zu atmen, und die Blätter hingen schlaff an Bäumen und Büschen herab.

Marty schaute sich ein letztes Mal auf dem Parkplatz um, sah nur seinen Malibu, Jacks Mercedes sowie Beckers Streifenwagen und ging dann zufrieden um das große Gewächshaus herum zu den Anzuchtbeeten.

Lily Gilbert hatte seit jeher die geraden Linien gehasst, mit denen die Menschen seit ewigen Zeiten ihre Welt einteilten. Gerade Linien waren herrisch und unversöhnlich, Vorboten der Tyrannei. Reihen von Getreide, Reihen von Gebäuden und schlussendlich Reihen von Menschen, die stumm, reglos und furchtsam Aufstellung genommen hatten.

Der vordere Teil der Gärtnerei war so angeordnet – das Hauptgewächshaus ausgerichtet an der Straße, die Hecke ausgerichtet am Gehsteig, weiße Linien auf dem Parkplatz, die den Autos vorschrieben, wo sie zu stehen hatten. Lily hatte sich damit abgefunden, denn so war die Gärtnerei angelegt, als sie sie gekauft hatten. Aber hinten, wo Töpfe und Pflanzen von den Vorbesitzern in Reih und Glied wie untertänige Diener aufgestellt worden waren, da hatte Lily die Ordnung der geraden Linien zerstört und ein fröhliches Chaos geschaffen.

Wege aus kleinen weißen Kieselsteinen schlängelten sich wie schläfrige Trunkenbolde zwischen eingetopften Bäumchen und blühenden Sträuchern entlang und schlugen Bögen um die Beete mit winterharten Zuchtpflanzen – die «Mutterbeete», wie Morey sie genannt hatte, in denen die Samen einer einzigen Blume Hunderte von Sämlingen hervorbrachten, die im nächsten Frühling verkauft wurden. Im Hochsommer drängten sich um einige der Gehwege kleine Wälder aus Ziergräsern, die die Kinder überragten, welche sich kichernd unter die schwankenden, samenbeschwerten Blütenstände duckten, wenn sie den gewundenen Pfaden durch das herrlich ungeordnete Naturlabyrinth folgten, das Lilys Abscheu gegen gerade Linien und rechte Winkel geschaffen hatte.

Sie erwartete Marty auf einer Bank, die von Töpfen mit Flieder umgeben war. Sie hatte ein paar der Sträucher zum Blühen gebracht, damit die Kunden die Farbe sehen konnten, aber die meisten hatten noch keine Blüten, sondern waren gewöhnlich aussehende Pflanzen mit unauffälligen Blättern. Sie nannte sie Bauernpflanzen und war von heimlicher Freude erfüllt, wenn sich in jedem Frühling zwei kurze Wochen lang noch die unscheinbarsten von ihnen prunkvoll und herrschaftlich herausputzten.

Für einen Mann seiner Größe bewegte sich Marty leichtfüßig, aber in der Gärtnerei war es so still, dass Lily das Knirschen seiner Schuhe auf dem Kies schon lange gehört hatte, bevor sie sein Gewicht auf der Bank neben sich spürte.

«Ich werde versuchen, Jack zu überreden, für ein paar Tage ins Hotel zu ziehen», sagte Marty.

«Gut. Ich kann etwas Urlaub gebrauchen. Und du auch. Miete eine Suite mit Küche.»

«Ich hätte es lieber, wenn du Abstand zu Jack halten würdest, bis das hier vorbei ist, Lily.»

Sie wandte sich ihm zu. Meistens bewegte sich Lily so schnell, dass es unmöglich war, in ihr eine alte Frau zu sehen. Aber die Belastungen dieser Woche hatten ihr zugesetzt, und er bemerkte, dass das Alter die Illusion der Stärke von ihrem Gesicht gewischt hatte. Zum ersten Mal überhaupt erschien sie ihm wie ein sterbliches Wesen, schwach wie alle anderen auch. «Jack zieht ins Hotel, ich ziehe ins Hotel.»

Marty lächelte. «Du bist also wieder Mutter.»

«Wenn du ein Kind hast, selbst wenn es Schmock ist, bist du immer Mutter, egal was geschieht. Das ist keine freiwillige Angelegenheit.»

Marty stellte sich Lily und Jack eingeschlossen in einem Hotelzimmer vor, ein Polizist vor der Tür. Das Bild gefiel ihm.

«Schlecht am Hotel ist nur, dass es dir gut getan hat, hier bei uns zu sein, Martin. Möchtest du erfahren, wieso ich das weiß?»

«Nein.»

«Ich weiß das, weil du inzwischen wieder wie ein normaler Mensch trinkst. Vielleicht ein kleines Gläschen am Abend, und das war's.»

«Ich kann nicht trinken und denken.»

«Und was denkst du?»

«Ich will herausbekommen, wer Morey erschossen hat.» Er drehte sich zu ihr und sah sie herausfordernd an. «Du etwa nicht?»

Sie presste die Lippen so fest zusammen, dass sie kaum mehr zu erkennen waren.

«Weißt du, es ist schon komisch, Lily. Meistens, wenn jemand ermordet wird, liegt die Familie der Polizei ständig in den Ohren, ruft ewig an, taucht auf dem Revier auf, erkundigt sich, wie die Ermittlungen laufen, ob es schon einen Verdächtigen gibt …»

«Wie du und Morey es getan habt, als Hannah umgebracht worden ist», sagte sie mit einem eigenartig kalten Unterton.

Marty schloss sekundenlang die Augen. «Du bist nie mit uns gekommen. Du hast nie gefragt. Es war, als ob Morey und ich ganz allein damit zu tun hätten. Und jetzt machst du dasselbe. Morey ist seit drei Tagen tot, und nicht ein einziges Mal hast du das geringste Interesse daran bekundet, wer ihn wohl getötet haben mag. Ich verstehe das einfach nicht.»

Lily füllte sich die Lungen mit der feuchtschwülen Luft und sah auf den Flieder, nicht auf ihn. «Lass mich dir etwas sagen, Martin. Ob es Krebs war oder der Krieg oder ein Mann mit einem Messer oder einer Schusswaffe, für mich gilt, tot ist tot. Tot ist das Ende. Es ist jetzt sieben Monate her, seit der Mann, der Hannah ermordet hat, getötet wurde. Jetzt sag mir doch, ob dein Leben so viel besser ist, seit er unter der Erde liegt. Für mich ist nämlich nichts besser geworden. Diese Person war ein Nichts. Begrab noch zehntausend mehr, die so sind wie er, und trotzdem» – sie tippte sich auf die Brust – «bleibt es hier drinnen leer.»

Marty stützte die Ellbogen auf die Knie und ließ den Kopf in die Hände sinken. «Ich bin jedenfalls froh, dass er tot ist», flüsterte er.

Lily schüttelte den Kopf. «Ihr Männer. Ihr wollt immer wissen, wer diese oder jene schreckliche Tat begangen hat, damit ihr den Täter finden und dafür bezahlen lassen könnt. So ist es für Männer schon immer gewesen, Auge um Auge, als würde das irgendetwas ändern.»

Jack war auf dem besten Weg, sich einen gehörigen Schwips anzutrinken, als Marty und Lily zum Haus hinauf kamen. Das Wetter und das Gewicht ihres Gesprächs lasteten auf ihnen und verlangsamten ihre Schritte.

Er saß am Küchentisch, eine Flasche Glenlivet in der einen, ein Glas in der anderen Hand, und versorgte Officer Becker mit unerwünschten juristischen Ratschlägen. Der junge Polizist hatte seitlich Aufstellung genommen, sodass er seinen Schutzbefohlenen, die Fenster und die Tür im Auge hatte. Marty nahm an, dass er ihn und Lily schon bemerkt hatte, bevor sie in die Nähe des Hause gekommen waren.

«Marty, alter Freund, bin ich froh, dass du hier bist. Tony ist ein mordsmäßig netter Typ, aber ein bisschen steif, wenn du weißt, was ich meine. Und er macht mich nervös, hopst rum und späht ständig aus dem Fenster.»

«Das ist sein Job, Jack. Dir dein armseliges Leben zu retten.»

Jack kicherte. «Dafür ist es ein bisschen zu spät.»

«Wir ziehen alle in ein Hotel. Gleich nach dem Abendessen.»

Jack hob das Glas. «Was immer du sagst, Marty. Aber bis dahin nimm dir ein Glas, und ich sorge dafür, dass du die Welt in einem rosigeren Licht siehst.»

Auch dafür dürfte es ein wenig zu spät sein, dachte Marty. Er sah, wie Lily einen strengen Blick in Jacks Richtung schickte, der ihren Sohn veranlasste, sich ins Wohnzimmer zu stehlen, Becker dicht hinter ihm.

Sie aßen reichlich Salate und Aufschnitt, alles von aufmerksamen Freunden und Nachbarn vorbeigebracht. «Begräbniskost», nannte es Lily und füllte einen Teller, den sie Officer Becker aufdrängen wollte, während Marty einen für Jack bereitete, von dem der wahrscheinlich keinen Bissen essen würde.

Nach dem Abendessen ging Marty nach oben, duschte, zog sich an und begann, ein paar Kleidungsstücke in seine Tasche zu packen. In der Abgeschlossenheit eines Hotels und mit einem Officer vor der Tür würden Jack und Lily sicher sein. Es gab für ihn keinen vernünftigen Grund, mit ihnen zu gehen – außer diesem plötzlichen Gefühl, dass er zu ihnen gehörte. Sie waren seine Familie, mochte sie auch noch so gestört sein. Sie war alles, was er hatte; ja, alles, was er je gehabt hatte.

Er ging an den Wandschrank, um sein Lieblingshemd zu holen – ein kurzärmeliges weißes Leinenhemd, das ihm Hannah letztes Jahr zum Geburtstag geschenkt hatte –, aber es rutschte vom Bügel und fiel zu Boden. Als er sich bückte, um es aufzuheben, fiel sein Blick auf eine alte rote metallene Anglerkiste, die in der hinteren Ecke versteckt war.

«Ich fasse es nicht», murmelte er und zog die Box hervor. Dabei erinnerte er sich an seine Zweifel, als Lily ihm erzählt hatte, dass Morey zusammen mit Ben Schuler auf Angelausflüge gegangen war. Er ließ die Haspe aufschnappen, öffnete den Deckel und blickte auf eine Ansammlung von Ködern, Haken und Schwimmern, alle noch in verschlossenen Plastikpackungen und säuberlich in die Fächer der oberen Ablage geordnet. Marty verstand nicht viel vom Angeln, aber er wusste, dass man die Köder aus der Plastikverpackung holen musste, bevor man sie benutzen konnte. Jedenfalls war dies nicht die Gerätekiste eines echten Anglers.

Marty erwischte sich beim Schmunzeln. Im Grunde seines Herzen hat er genau gewusst, dass Morey bei seiner Wertschätzung alles Lebendigen niemals in der Lage gewesen wäre, einen lebenden Wurm auf einen Haken zu spießen, aber Lilys unmissverständliche Behauptung hatte beunruhigende Zweifel in ihm aufkeimen lassen. Was er jetzt vor sich sah, schien zu beweisen, dass Morey ohne Abstriche der Mann gewesen war, für den er ihn gehalten hatte. Er mochte vielleicht mit Ben Schuler auf einem Anleger oder in einem Boot gesessen haben, aber Marty hätte sein Leben darauf verwettet, dass er niemals eine Angelschnur ausgeworfen hatte. Ja, er hatte wahrscheinlich sogar die Elritzen befreit, wenn Ben mal wegschaute.

Er hob die obere Ablage an ihrem Griff an und blickte neugierig auf das, was darunter lag – ein durchsichtiger Frühstücksbeutel und darin ein Reisepass.

Morey Gilbert lächelte ihm von einem Foto auf der inneren Umschlagseite entgegen. Nicht der junge Morey, der in den späten vierziger Jahren nach Amerika gekommen war, sondern Morey, wie Marty ihn gekannt hatte. Er prüfte, wann der Pass ausgestellt worden war – vor acht Jahren – und blätterte in dem Dokument. Bei jedem Einreisestempel verfinsterte sich sein Gesicht mehr, und schließlich schob er den Pass in seine Tasche.

Auf dem Boden der Kiste befand sich noch ein schmutziges Stoffbündel. Marty zupfte am Stoff und stolperte rückwärts, als das Ding herausfiel. Das Herz schlug ihm bis zum Hals, und er sah Morey vor sich, der an seiner Haustür stand und eine Papiertüte in der Hand hielt. Es war genau einen Monat nach Hannahs Ermordung gewesen.

Das hier ist für dich, Martin.

Was ist das?

Jacks Erbe, als er noch mein Sohn war. Er wollte es nicht. Jetzt gehört es dir.

Ich nehme doch nicht Jacks Erbe an, Morey ... um Gottes willen. Wo hast du die her?

Sehr schön, nicht wahr? Government Model 45-A Colt. Spezialgriff, mit Perlmutt eingelegt. Ist über sechzig Jahre alt. Ich habe sie einem toten Nazi abgenommen, der wahrscheinlich einen amerikanischen Offizier getötet hat, um sie zu bekommen. Er ist mein wertvollster Besitz, Martin. Und mein Vermächtnis.

Marty saß auf dem Schlafzimmerfußboden, atmete tief durch und starrte auf die 45er mit Perlmuttgriff, die widersinnigerweise ganz unten in einer Anglerkiste lag. Er hatte nicht erwartet, die Waffe jemals wieder zu Gesicht zu bekommen.

Ihm wurde erst bewusst, dass er nach der Pistole gegriffen hatte, als er das glatte Perlmutt in der Handfläche spürte. Die Beschaffenheit, das Gewicht, die kleine Vertiefung in der Abzugskrümmung – alles war dasselbe. Genauso, wie es beim letzten Mal gewesen war.

Er roch Urin in dem Raum, Rauch und den unverwechselbar beißenden Geruch, der entstand, wenn jemand sich den Tod kochte. Eine Ratte lief ihm über den Weg, blieb stehen, sah ihn an und machte sich gemächlich davon. Er sah, wie sich sein Schatten auf der Wand bewegte, auf die er zuging, und das lange strähnige Haar dieser nichtswürdigen Kreatur verdunkelte, der immer weiter in sich zusammensackte, während er sich langsam eine Nadel in den Arm schob.

Und dann sah er die Augen, die er nie vergessen würde, die blassen sehnigen Hände, die Hannahs Kehle aufgeschlitzt hatten, und dann die Pistole, die er langsam auf Augenhöhe gehoben hatte und der wie ein anklagender Zeigefinger auf Eddie Starrs Stirn zielte. Ein Feuerstoß schien aus der Mündung zu zucken, als er abdrückte, aber das erschreckte ihn nicht. Er stand nur da, lange Minuten, und sah mit leeren Augen, wie das rote Blut die Wand hinunterrann.

Am nächsten Morgen war Marty in die Gärtnerei gegangen und hatte Morey die Waffe zurückgegeben. Sie sei zu wertvoll, hatte er gesagt, zu sehr Bestandteil der Familiengeschichte. Er könne sie nicht behalten. Am Nachmittag desselben Tages hatte er die 357er gekauft und seinen Selbstmord geplant.

Er war jetzt ruhig, vielleicht ruhiger als seit Monaten. Er wickelte die Pistole sorgfältig ein, legte sie wieder in die Anglerkiste und schob diese zurück in die Ecke des Schranks, wo er sie gefunden hatte. Irgendwann in den vergangenen drei Tagen hatte er für sich entschieden, noch eine Familie zu besitzen, Verpflichtungen zu haben und, was erstaunlich war, weiterleben zu wollen.

Also würde er die Waffe der Polizei übergeben, sich stellen und den Preis für das zahlen, was er getan hatte, denn so und nicht anders hatte es zu sein.

Aber noch nicht sofort.

KAPITEL 36

Um fünf Uhr nachmittags konnte Magozzi sehen, wie sich in der Ferne die Gewitterwolken auftürmten, als hätte jemand einen Beutel Wattebäusche über dem westlichen Horizont ausgeschüttet. Langer war nach seiner überstürzten Flucht aus dem Büro ein paar Minuten später zurückgekehrt, noch immer ein wenig blass, aber doch gekräftigt, und seither hatten sie alle ununterbrochen am Telefon gehangen.

Sie hatten sich ungelöste Mordfälle bestätigen lassen, die zu den Datumsangaben auf den zwanzig jüngsten Fotos aus dem Haus von Schuler passten, und die örtlichen Dienststellen darauf angesetzt, Familienmitglieder aufzuspüren. Aber jetzt steckten sie in einer Sackgasse. Ältere Akten der Strafverfolgungsbehörden lagerten irgendwo in einem Lagerhaus in staubigen Kartons, und die meisten der Detectives, die daran gearbeitet hatten, befanden sich längst im Ruhestand.

Magozzi war nicht sonderlich beunruhigt. Seiner Einschätzung nach hätten rachsüchtige Familienmitglieder, die Vergeltung für einen Angehörigen suchten, den Morey, Rose und Ben getötet hatten, ohnehin nicht so lange gewartet. Wenn es sich überhaupt um Familienmitglieder handelte. Eine Garantie für diese Vermutung gab es nicht. Doch möglicherweise bewegten sie sich auf einem Gleis, das nirgendwohin führte, und das machte ihm Sorgen.

Vor zehn Minuten war er jedoch auf etwas Interessantes gestoßen, und nun trommelte er ungeduldig mit den Fingern auf dem Schreibtisch, weil er darauf wartete, dass endlich sein Telefon klingelte.

«So ein Elend», schimpfte Gino und knallte den Hörer auf den Apparat. «Der Sheriff von Brainerd ist schon seit zwei Stunden nicht mehr im Büro, und möchtest du wissen, warum nicht? Er hängt zusammen mit so gut wie allen Officers aus seinem County auf einem zugefrorenen See rum, wo sie versuchen, irgend so einen verdammten Hirsch zu retten, der im Eis eingebrochen ist.»

Magozzi sah hinaus auf die Stadt, die in der Hitze des Tages schmorte. «Bei denen gibt es Eis?»

«Machst du Witze? In Brainerd ist es April. Die haben noch einen ganzen Monat lang Eis. Sie liegen nördlich der Warmfront und kriegen nichts von unserer Hitze ab. Weißt du, woran mich das erinnert? Hänsel und Gretel.»

«Verstehe ich nicht.»

«Also komm, das ist doch klar. Die alte Hexe hält die Kinder eine Weile fest, um sie zu mästen, bevor sie sie verspeist. Genau das machen diese Typen auch. Retten einen Hirsch, um ihn im nächsten Herbst abzuknallen und zu Würstchen zu verarbeiten. Inzwischen sitze ich hier, habe sechzig Morde aufzuklären und muss Däumchen drehen, während die den Lebensretter für ein Stück Wild spielen ...»

Magozzis Telefon klingelte und setzte Ginos Tirade ein Ende. Er hörte eine Minute lang zu und presste dann den Hörer an die Brust. «Beendet alle eure Gespräche. Vielleicht haben wir den Durchbruch.»

Ein paar Minuten später waren Langer, McLaren und Peterson auf ihren Stühlen herangerollt, um zu hören, was Magozzi zu sagen hatte.

«Laut der Liste von Grace haben Morey Gilbert, Rose Kleber und Ben Schuler vor einigen Jahren einen Trip nach Kalispell, Montana, unternommen, aber auf keinem der Bilder bei

Schuler war eine Tötung in Montana verzeichnet. Ich habe dort angerufen, nur um sicherzugehen. Es gab tatsächlich keinen Mord an dem Tag, als unser Trio dort war, aber es gab eine Schießerei. Irgendein alter Spinner, der zusammen mit seinem erwachsenen Sohn im Wald lebt – offenbar sind sie Survivalisten oder so was –, taucht im Krankenhaus auf mit 'ner 45er-Kugel im Bein. Er konnte den Polizisten nicht mehr sagen, als dass ein schwarzer Pick-up vor der Hütte vorgefahren kam und jemand das Feuer auf ihn und seinen Sohn eröffnete, während sie auf der Veranda saßen. Beide hatten weder Automarke noch Kennzeichen erkannt.»

Gino überlegte. «Oder vielleicht doch, und sie haben es nur der Polizei nicht verraten. Ich kann mir keinen von diesen Survivalisten vorstellen, die auf die Polizei warten, bevor sie sich um ihre Angelegenheiten kümmern. Diese Typen hassen uns doch.»

McLaren pfiff leise. «Wow. Vielleicht haben sie einen am Leben gelassen.»

«Ist schon möglich. Der Alte hatte das richtige Alter. Aber das Beste kommt noch: Als der Sheriff zu denen rausfuhr und niemanden antraf, hat er sich mit einem Nachbarn unterhalten. Sieht so aus, als wären der Alte und sein Sohn vor zwei Wochen in ihrem Wohnmobil abgehauen, angeblich nach Vegas, aber der Nachbar hielt das für seltsam, denn sie hatten seit mehr als zwanzig Jahren ihre Behausung nicht verlassen, und soweit er wusste, waren sie auch keine Spieler.»

Langer stand vom Stuhl auf. «Hast du ein Kennzeichen bekommen?»

«Und auch die Namen.» Magozzi reichte ihm einen Zettel. «Langer, warum nimmst du dir nicht Vegas vor? Lass nach dem Kennzeichen fahnden und versuch, jemandem da unten Honig um den Bart zu schmieren, damit sie die Campingplätze abgrasen. McLaren, du bringst die Fahndung hier bei uns in Gang, und wir anderen nehmen uns die Gelben Seiten vor und teilen dann die Campingplätze in den Cities unter uns auf.»

Der Sheriff aus Brainerd erwischte Gino zwischen zwei Anrufen bei Campingplätzen und ließ ihn eine geschlagene Viertelstunde nicht wieder los.

«Die gute Nachricht», sagte Gino zu Magozzi, nachdem er aufgelegt hatte, «lautet, der Hirsch ist gerettet.»

«Da fällt mir ein Stein vom Herzen.»

«Die schlechte Nachricht ist, dass der Sheriff vor Freude aus dem Häuschen war, als er hörte, dass wir einen Hinweis darauf haben könnten, wer den Besitzer der Ferienpension getötet hat, und zu Tode betrübt war, als ich ihm sagen musste, dass die Verdächtigen tot sind. Er wollte ihnen nämlich höchstpersönlich den Hals umdrehen.»

«Er kannte das Opfer?»

«Ja. Hart arbeitender Salz-der-Erde-Typ. Der alte Mann hatte eine Frau und zwei Söhne, einer in der Highschool, der andere Student in Kalifornien. Sechs Monate nachdem es ihn erwischte, war die Ferienpension pleite, und die Frau hat sich umgebracht.»

«Guter Gott.»

«Es kommt noch schlimmer. Der Student kam bei einem Autounfall auf dem Weg zum Begräbnis seiner Mutter um.»

Magozzi starrte ihn an. «Denkst du dir das aus?»

«Das wäre schön. Na, jedenfalls hatte der Junge von der Highschool danach eine Art Nervenzusammenbruch und ist nach Deutschland gegangen, um bei Verwandten seines Vaters zu leben und zu sehen, ob es ein neues Leben für ihn gab.»

«Deutschland?»

«Richtig. Passt zu der Nazi-Geschichte. Der Sheriff sucht die Akte raus und wird uns alles faxen.» Gino seufzte und schob sein Notizbuch zur Seite. «Aber weißt du was? Vielleicht war der Alte ja ein ganz übler Kerl, und die Welt ist besser dran ohne ihn. Aber seine Frau und die Kinder? Was haben die verbrochen? Da fragt man sich doch, ob Morey und seine Truppe je darüber nachgedacht haben, welches Unheil sie anrichteten.»

Magozzi dachte an sechzig Bilder, sechzig Gruppen von Kindern, die vielleicht nicht gewusst hatten, dass ihr Dad Nazi gewesen war – sondern nur, dass er ihr Dad war.

«Hast du erfahren, wie man den überlebenden Sohn erreichen kann?»

«Viel besser noch. Der Junge hat gestern den Sheriff angerufen. Nach all den schlimmen Ereignissen haben sie sich angefreundet und sind bis heute in Verbindung. Er hat mir die Nummer gegeben. Meinst du, ich soll anrufen?»

«Ich denke schon. Nur um sicherzugehen, dass er noch drüben ist und wir ihn von der Liste streichen können.»

Gino griff nach dem Hörer. «Oh, happy day.»

Draußen türmten sich die Gewitterwolken inzwischen sogar noch höher auf, wurden dunkler, kamen näher. Langer stand von seinem Schreibtisch auf und schaltete das Licht an.

KAPITEL 37

Es fiel Marty schwer, das Zimmer zu verlassen, in dem Hannah als Kind geschlafen hatte. Obwohl nichts von ihr in diesem Zimmer geblieben war, hatte er doch die Wände betrachten können und den Türknauf und das alte Strukturglas der Fenster und dabei gewusst, dass sie dieselben Dinge tausendmal gesehen hatte und dass sie überall, wo er seinen Fuß hinsetzte, bereits vor ihm gegangen war. Nachdem er Moreys 45er in die Anglerkiste zurückgelegt hatte, konnte er Hannahs Anwesenheit nicht mehr spüren. Es war beinahe so, als hätte sie das Zimmer für immer verlassen, nachdem sie die Waffe erblickt und deren Vergangenheit verstanden hatte.

Mit gekreuzten Beinen saß er danach noch lange auf dem Fußboden und gab sich dem Gefühl der Leere hin, während es draußen dunkel wurde. Er musste das Licht anschalten, um seine Tasche fertig zu packen. Bevor er die Treppe hinunterging, schaltete er es wieder aus und ließ ein dunkles Zimmer hinter sich.

Lily saß allein im Wohnzimmer. Im Licht einer Tischlampe wirkte ihr Gesicht wie erstarrt. Sie sah sich ein Baseballspiel an, hatte den Ton aber abgestellt. Eine Wetterwarnung lief über den unteren Rand des Bildschirms, neben einer Miniaturkarte des Bundesstaats. Fast jedes County war orange eingefärbt.

«Wo sind Jack und Becker?», fragte er.

«Sie sind zum Gewächshaus gegangen. Jack hat seine Tasche da draußen gelassen.»

«Wie lange ist das her?»

«Gleich nachdem du nach oben gegangen bist.»

Marty warf einen Blick auf seine Uhr und runzelte die Stirn. Er versuchte sich zu erinnern, wann er nach oben gegangen war, um zu duschen und zu packen.

«Sie sind jetzt ungefähr eine Stunde draußen», sagte sie zu ihm. «Du hast sehr lange gebraucht, Martin ... Wo willst du jetzt hin?»

«Nach draußen, um Jack zu holen. Ich will mich ein paar Minuten mit ihm unterhalten, bevor wir losfahren.»

«Sprich doch im Auto mit ihm oder im Hotel.»

«Versteh mich nicht falsch, Lily, aber wenn er etwas darüber weiß, wer Morey erschossen hat, dann wird er in deiner Anwesenheit nicht darüber reden. Kann ich mir jedenfalls nicht vorstellen.»

Lily schnaubte. «Dir gegenüber hat er auch nicht gerade ein großes Mundwerk bewiesen, oder?»

«Ich glaube, dass ich inzwischen etwas stärkere Druckmittel habe.»

Das weckte ihre Aufmerksamkeit. «Die hast du unter der Dusche gefunden?»

«Schließ die Türen hinter mir ab.»

«Sei nicht albern. Auf mich hat niemand geschossen. Ich bin der gute Mensch in dieser Familie.»

Marty schmunzelte. Er konnte nicht anders. Das war sicher ihre Absicht gewesen. «Ich meine es ernst, Lily. Die Hintertür habe ich schon abgeschlossen, und ich werde draußen an der Vordertür warten, bis ich höre, dass du den Schlüssel im Schloss umdrehst. Und pack eine Reisetasche, während ich draußen bin.»

Lily seufzte ärgerlich und stand auf, um ihm zur Tür zu folgen. «Gepackt habe ich längst. Innerhalb von fünf Minuten.

Ein Wunder, dass ihr Männer überhaupt was erledigt kriegt, so lahm wie ihr seid.»

Kaum war er vor die Tür getreten, spürte Marty, wie sich die Schweißperlen auf seiner Haut sammelten. Es war noch immer so heiß und drückend, dass einem die Luft wegblieb. Im Westen hatten sich die Wolken verdunkelt und verursachten eine jener vorzeitigen Abenddämmerungen in unheimlichem Graugrün, die einem Sommergewitter vorausgehen und die die wahren Farben so verfälschen wie eine billige Sonnenbrille mit gelben Gläsern. Der gewundene Kiespfad, der vom Haus aus zwischen den hinteren Anzuchtbeeten hindurchführte, wirkte in diesem seltsamen Licht schattig, grau und glanzlos.

Er hatte Morey geholfen, den Kies abzuladen, hatte den kleinen Bagger gefahren, die Ladungen aufgeschüttet und aufgepasst, dass der Bagger nicht nach hinten kippte, wenn er die Schaufel hob. Der Kies war ungewöhnlich und von höchst ausgefallener Qualität, Lastwagen hatten ihn aus einer Grube nahe der kanadischen Grenze angeliefert, in der Quarz, Achat und andere Mineralien das Gestein in glitzernden rosa, lila und gelben Streifen äderten. Er war beinahe in Ohnmacht gefallen, als Morey ihm gesagt hatte, was er dafür bezahlt hatte.

Aber die billigen Kieselsteine sind alle grau, Martin, und unsere alte Dame hasst grau. Das rührt vom Lager her, glaube ich. Dort war alles grau, und nichts funkelte. Siehst du, wie diese Kieselsteine in der Sonne funkeln? Das wird ihr gefallen. Das wird sie glücklich machen.

Es war das einzige Mal, dass Morey je über ihre Zeit in Auschwitz gesprochen hatte, und Marty sah es als Privileg an, davon gehört zu haben. Ein noch größeres Privileg schien es ihm zu sein, dass er nun wusste, warum bunt glitzernde Steine den Gartenweg bedeckten. Hannah fand keinen großen Gefallen daran, weil es ihrer Meinung nach unnatürlich aussah, obwohl es doch das Gegenteil war. Jack fand es einfach nur protzig. Aber Marty kannte die Geschichte und behielt sie für sich wie ein Geschenk. Lily harkte den Pfad fast jeden Tag.

Er hatte die Beziehung zwischen Morey und Lily nie wirklich verstanden. Wenn es Liebe war, dann war es auf jeden Fall eine andere Art Liebe als die, die er mit Hannah gefunden hatte. Er versuchte sich zu erinnern, ob er je gesehen hatte, dass die beiden sich küssten, umarmten oder einander auch nur an den Händen berührten, aber er konnte sich an dergleichen nicht entsinnen. Und doch gab es diese kleinen Gefälligkeiten zwischen ihnen – der bunte Kies für Lily; die sonderbaren Gewürzgurken, die sie jeden Morgen ihres Lebens für Morey machte, der sie als Einziger essen mochte.

Er fand Jack und Officer Becker im fensterlosen Büro hinter dem Eintopfschuppen. Die Lampe auf dem Schreibtisch brannte und warf lange Schatten an die Wände, ließ aber die Ecken in absoluter Dunkelheit.

Jack lümmelte auf dem rissigen Kunstledersofa, das vor eine Wand geschoben war. Sein Gesicht war rot, und er wirkte benommen von der Sonne und vom Schnaps, das allgegenwärtige Glas hielt er in der Hand. Becker stand in der Öffnung der Außentür, halb im Gebäude, halb im Freien, sodass die ersten dicken Regentropfen auf seine uniformierten Schultern platschten. Die Innentür, die zum Schuppen führte, war geschlossen und verriegelt.

«He, Marty!» Jack tatschte auf das Kissen neben sich, sodass der Kunststoff knirschte. «Komm her und mach's dir bequem.» Vom Fußboden neben dem Sofa brachte er ein weiteres Glas zum Vorschein und noch eine Flasche von Moreys Balvenie, die er offenbar im Haus hatte mitgehen lassen.

Officer Becker trat zur Seite, damit Marty vorbeigehen konnte. «Detective Rolseth hat mir gesagt, Sie würden eine Waffe tragen, Sir. Stimmt das?»

Marty nickte, hob den Saum seines weißen Leinenhemds und enthüllte die 357er, die ziemlich unbequem im Hosenbund steckte.

«Nicht gerade das beste Halfter, Sir.»

«Was Sie nicht sagen. Sie haben Ihren Schichtwechsel verpasst.»

Der junge Polizist sprach, ohne ihn anzusehen, und seine Blicke suchten unaufhörlich die immer dunkler werdenden Schatten auf dem Gelände ab. «Ich dachte, ich sorge erst mal dafür, dass Sie Ihr Hotel sicher erreichen, bevor ich meine Ablösung rufe.»

Marty nickte zufrieden. Ihm gefiel es, wie Becker sich einsetzte und seine Aufgabe ernst nahm. «Es freut mich, Sie noch weiter bei uns zu haben.»

«Danke, Sir. Sind alle so weit?»

Marty sah hinüber zu Jack, der seinem Drink mehr Aufmerksamkeit schenkte als ihrem Gespräch. «Ich würde gern einen Moment unter vier Augen mit Jack sprechen, wenn Sie nichts dagegen haben.»

Becker schien darüber nicht besonders glücklich zu sein und senkte die Stimme. «Um Ihnen die Wahrheit zu sagen, Mr. Pullman, nach dem Nachmittag mit Mr. Gilbert habe ich mich schon darauf gefreut, ihn in ein sicheres Hotelzimmer einzuschließen und einen Mann vor der Tür zu postieren. Er flitzt ständig durch die Gegend, und für einen Mann, der heute Morgen knapp einer Kugel entgangen ist, benimmt er sich weitaus sorgloser, als es angebracht wäre.»

«Entspann dich, Supercop», lallte Jack vom Sofa her. Anscheinend hatte er besser zugehört, als Marty dachte. «Dieser Kerl mag kein Publikum. Erschießt alte Frauen, wenn sie allein in ihrem Haus sind, oder versteckt sich hinter Bäumen und schießt aus dem Hinterhalt, dieses feige Schwein.»

Becker, der wahrscheinlich nicht viel mehr wusste, als dass jemand auf Jack geschossen hatte, sah Marty fragend an. Der nickte.

«Das ist bisher die Geschichte.»

«Na schön. Ich entferne mich von dem Gebäude, damit Sie, meine Herren, unter sich sind, aber ich werde die Tür nicht aus den Augen lassen.»

«Danke, Becker.» Marty sah zu, wie sich der Polizist zwischen den Reihen eingetopfter Lebensbäume entfernte, bis er nur noch einem Schatten glich. Wenigstens würde er nicht nass werden, denn obgleich die ersten Regentropfen den Eindruck erweckt hatten, es könnte zu einem Wolkenbruch kommen, war der Regen fast so schnell vorüber gewesen, wie er begonnen hatte.

Er schloss die Tür, ging an den Schreibtisch und setzte sich auf den Stuhl. Mit einem Kopfschütteln reagierte er auf das Glas, das Jack ihm entgegenstreckte und dabei so schräg hielt, dass der kostbare Scotch auf den Boden schwappte. «Nein, danke.»

Jack zuckte die Achseln und trank dann selbst davon, obwohl er sein eigenes Glas in der anderen Hand hielt.

«Hast du Becky angerufen, um ihr zu sagen, wo du bist?»

«Becky, meine Frau?»

«Eben die meine ich.»

«Mensch, Marty, da könnte ich auch gleich Mr. Filcher von der Schlachterei anrufen und ihm sagen, wo ich bin. Der würde auch nur antworten, dass es ihn einen Scheiß interessiert. Aber wenn du wirklich möchtest, dass ich jemanden anrufe, um mir das anzuhören, dann nehme ich den Schlachter.»

«Du redest ziemlichen Unsinn.»

«Kann schon sein. Eine halbe Flasche Scotch bewirkt das zuweilen. So wie ich es sehe, bin ich in ungefähr zehn Minuten an Alkoholvergiftung krepiert, und es wird überflüssig sein, mich zu erschießen.»

«Das ist nicht komisch.»

«Und wie es das ist. Sei kein Trauerkloß. Die Sache ist doch, Becky hat mich schon gestern Abend mit erhobenem Mittelfinger verabschiedet – und das war vor der Schießerei. Sayonara, verpiss dich, ich sehe dich vor Gericht. Wollte mich noch nicht mal mehr ins Haus lassen. Also habe im Poolhaus geschlafen und mich mit dem Gartenschlauch abgeduscht.»

Marty atmete laut aus und griff nach einem der halb gefüllten Gläser, mit denen Jack jonglierte. «Tut mir leid.»

«Kein Problem. Ich habe das Haus sowieso gehasst. Beckys schwuler Innenarchitekt hat das große Bad mit Froschmotiven ausgestattet. Kannst du dir das vorstellen? Es ist so, als ob du versuchst, mitten in einer Budweiser-Werbung zu scheißen.» Er leerte sein Glas und füllte wieder nach. «Soll ich dir auch nachschenken?»

«Nein. Ich möchte, dass du mir sagst, warum Morey nach London geflogen ist.»

Jack sah ihn an. «Wie bitte?»

«Oder nach Prag. Oder Mailand. Oder Paris.» Er warf ihm Moreys Reisepass zu, und Jack fuhr hoch, als das Dokument auf seinem Schoß landete.

«Was zum Teufel ist das?»

«Das ist Moreys Pass. Ich habe ihn in einer Anglerkiste in einem Wandschrank gefunden.»

«Dad hatte einen Reisepass?» Jack schlug ihn auf und kniff die Augen zusammen. «Mein Gott, ist das klein gedruckt ... Heißt das hier Paris oder Prag? Die verdammten Franzmänner können nicht mal einen Stempel benutzen, ohne alles zu verschmieren ...»

«Es heißt Paris. Er war einen Tag lang dort. Und an allen anderen Orten auch nicht viel länger. Seit wann war Morey ein Weltreisender?»

Jack trank weiter, während er im Pass blätterte. «Mann, er war in *Johannesburg*?»

«Willst du mir sagen, dass du von diesen Reisen nichts gewusst hast?»

«Von diesen hier?» Jack warf den Pass auf das Kissen neben Marty. «Nichts. Habe ich nichts von gewusst. Wär's das? Können wir jetzt hier raus? Bei geschlossener Tür ist es höllisch heiß hier drinnen.»

«Warum sollte Morey seinen Pass in einer Anglerkiste verstecken? Warum sollte er einen Haufen Reisen nach Übersee machen, aber gleich am nächsten Tag wieder zurückfliegen? Scheiße, was hat er an all den Orten getrieben, Jack?»

«Ich wusste es. Ich *wusste*, dass es passieren würde. Man kann den Mann vom Polizisten trennen, aber niemals den Polizisten vom Mann, und jetzt kommst du mit all dieser Detective-Scheiße. Also, was jetzt, Marty? Spielen wir wieder Verhör? Möchtest du rüber in den Geräteschuppen gehen? Da hängt eine Glühbirne von der Decke. Die könntest du hin und her schaukeln lassen, so richtig wie im Kino ...»

Marty schloss die Augen und trank spontan einen Schluck.

«Ich habe gedacht, wir könnten uns das ganze Theater sparen, und du sagst mir einfach die Wahrheit, Jack. Ich weiß, dass es in dieser Familie nicht üblich ist – vielleicht in keiner Familie –, aber neulich Abend habe ich's bei Lily versucht, und es ging ganz gut.»

Jack kicherte. «Oh ja? Welche Wahrheit hast du ihr denn gestanden?»

Marty sah ihm in die Augen. «Dass ich daran gedacht habe, mich umzubringen.»

Jacks Glas erreichte nicht seine Lippen. «Mein Gott, Marty. Wegen Hannah?»

«Nicht nur.»

Das schien Jack mehr zu überraschen als alles andere. «Warum denn sonst, um Himmels willen?»

Marty nahm noch einen Schluck, stellte das Glas auf dem Schreibtisch ab und schob es mit einem Finger zur Seite. Der Alkohol war immer noch verführerisch. Aber das Gefängnis würde es ihm schon austreiben, dachte er und lächelte bitter. «Das ist nun wirklich ein großes Geheimnis, Jack. Quid pro quo. Wahrheit gegen Wahrheit.»

Jack stellte sein Glas auf den Fußboden, beugte sich vor und stützte die Ellbogen auf den Knien ab. «Ich hätte für dich da sein sollen. Ich habe dich im Stich gelassen, Mann. Ich habe in den letzten Jahren bestimmt hundert Sachen angehäuft, die ich bereue, und auf der Liste steht das an der Spitze.»

«Die Wahrheit, Jack. Was weißt du darüber, wer deinen Vater umgebracht hat?»

Jack lächelte ihn an, ohne sich zu bewegen. «Marty, die Wahrheit ist nicht immer das, als was sie gepriesen wird, verstehst du.»

«Wer immer es getan hat, bringt noch andere Leute um, Jack. Du musst uns helfen.»

«Nein. Er ist fertig. Nur ich bin noch übrig.»

«Zum Teufel, woher weißt du das?»

Jack sah tief in sein Glas, atmete durch und blies die Luft heftig wieder aus. «Ich glaube, ich muss ganz von vorne anfangen.»

Manchmal feuerte man ganze Breitseiten von Fragen ab, hämmerte nonstop auf sein Gegenüber ein, aber bei jedem Verhör kam der Augenblick, in dem man zu fragen aufhörte und einfach schwieg. Marty ließ die Hände still auf den Lehnen seines Stuhls ruhen, behielt Jack im Blick und wartete.

«Es fällt mir verdammt schwer, dir das anzutun, Marty. Ich weiß doch, was der alte Mistkerl dir bedeutet hat.»

«Er war ein guter Mensch, Jack.»

«Das wird hier genau wie bei Elvis.»

«Ich kann dir nicht folgen.»

«Na ja, erinnerst du dich, wie es war, als man herausfand, dass der King drogensüchtig war? Ich meine, da war dieser Typ, der einzig wahre König, und als was stellt er sich heraus? Als fettleibiger, Pillen schmeißender Junkie. Mann, das Idol stürzte vom Sockel und erschütterte mein ganzes Weltbild. Bist du bereit für so was?»

«Jack ...»

«Pop hat mir zum ersten Mal an meinem neunten Geburtstag eine Waffe in die Hand gedrückt. Hast du das gewusst? Du musst bereit sein, sagte er, und von da an hat er mich jeden Sonnabend morgens mit zum Anoka Gun Club genommen, wo wir auf Zielscheiben geschossen haben. Ma dachte, wir gingen zu McDonald's, um was fürs Vater-Sohn-Verhältnis zu tun, und ich durfte ihr nicht die Wahrheit sagen. Es war grauenhaft langweilig. Ich hasse Waffen. Aber ich war ein dummer kleiner Junge. Solange ich mit Pop zusammen war, fand ich es toll.» Er nahm wieder sein Glas zur Hand und lehnte sich in die Kissen zurück. Er trank einen großen Schluck und lächelte. «Ich bin ein wirklich guter Schütze, Marty. Aber nicht zu vergleichen mit Pop.»

Marty musterte Jacks weiße Beine, die aus den Shorts ragten, den kleinen Schmerbauch, die von der Sonne verbrannten Geheimratsecken über der Stirn. Während die Vorstellung von Jack als einem guten Schützen ihm höllische Angst machte, war das Bild einer Waffe in der liebevollen und sanften Hand seines Schwiegervaters vollkommen abwegig. «Läuft das auf irgendwas hinaus, Jack?»

«Aber sicher.» Sein Kopf pendelte ein wenig, als Jack versuchte, sich auf Marty zu konzentrieren. «Du möchtest wissen, wer Pop hätte umbringen wollen, stimmt's? Denn er war doch so ein großartiger Kerl, liebte alle und wurde von allen geliebt … Scheiße. Marty. Ich habe die letzten Jahre damit verbracht, mein Leben zu zerstören, damit ich niemandem etwas erzählen musste, und jetzt verlangst du von mir, dass ich es einfach ausspucke.»

Marty hörte in der Ferne ein Donnergrollen. «Was immer es ist, die Polizisten werden es sich am Ende doch zusammenreimen.»

Jack kicherte. «Diese Komiker werden es nie im Leben rauskriegen, und wenn doch, würden sie es ohnehin nicht glauben.»

«Was rauskriegen?»

Jack bemühte sich, nachzudenken und gleichzeitig Marty nicht aus dem Blick zu verlieren. Fast hätte ihn das überfordert. «Dass jemand ihnen auf die Schliche gekommen ist. Nur waren es nicht die Polizisten. Aber man kann mit so einer Sache nicht ewig davonkommen, ohne jemanden stinksauer zu machen, stimmt's?»

«Mit was für einer Sache?»

«Verdammt, Marty, nun denk doch mal mit, bitte! Leute umzubringen natürlich. Ich würde mal denken, zwei im Jahr und das über einen langen Zeitraum.»

Marty zuckte mit keiner Wimper. «Du erzählst Scheiße, Jack.»

Jack nickte, bei seinem Zustand eine gefährliche Bewegung. «Okay. Das tu ich oft genug. Aber diesmal nicht. Diesmal geht es um Tatsachen.» Er beugte sich nach vorn, um die Flasche Balvenie vom Fußboden aufzuheben, und füllte sein Glas randvoll. Als der Donnerschlag ganz in der Nähe ertönte, verschüttete er ein wenig. «Ungefähr sechs Monate vor Hannahs Tod hat mich Pop an einem Wochenende mit rauf nach Brainerd genommen – sagte, er würde mit mir angeln gehen, damit ich mal 'ne Weile aus dem Büro rauskomme. Als wir bei diesem großen alten Anglerheim ankamen, fuhren noch zwei andere Autos vor, und Ben Schuler stieg aus dem einen und Rose Kleber aus dem anderen.»

Martys Augenbrauen hoben sich fragend. «Also kanntest du sie doch.»

«Habe sie da zum ersten und auch zum letzten Mal gesehen. Süße, kleine, alte, weißhaarige Lady in einem Kleid mit lila Blumen und dazu so große klobige Schuhe, und ich habe mich gefragt, was zum Teufel sie da zu suchen hatte, beim Angeln mit zwei so alten Knaben wie Pop und Ben. Habe ihren Namen damals nicht erfahren, und Pop nannte sie nur eine Freundin. Wir gehen also ins Haus, und ich denke mir, vielleicht zum Einchecken oder so. Weil aber am See irgendein Wettangeln läuft, ist niemand zu sehen bis auf diesen alten Knilch am Anmeldetresen, und was dann passiert, ist, dass Pop eine Waffe aus seiner Jacketttasche zieht, über den Tresen langt und dem Kerl eine Kugel in den Kopf schießt.» Er schloss die Augen und atmete einen Augenblick, während Martys Unterkiefer nach unten fiel und sein Herz hämmerte, als wollte es seinen Brustkorb sprengen. «Kann sein, dass ich geschrien habe, aber ich kann mich nicht erinnern. Als Nächstes kriege ich mit, dass Pop die Waffe an Ben weiterreicht, und der alte Mistkerl geht um den Tresen herum und schießt auf den Alten, der auf dem Boden liegt. Dann reicht er die Waffe an unsere süße kleine Oma, und die verpasst ihm ganz eiskalt auch noch ein paar Kugeln. Blut und anderes Zeug spritzt ihr übers Kleid und diese schwarzen Schuhe. Komisch, an was man sich erinnert, oder?» Traurig und irgendwie gequält lächelte er Marty an.

Plötzlich war Martys Kehle knochentrocken, und einen Augenblick lang staunte er darüber und wunderte sich auch, dass seine Stimme brach, als er schließlich fragte: «Wer war er? Wer war der Mann, den sie erschossen haben?»

Jack zuckte die Achseln. «Nur noch so ein Nazi, wie all die anderen auch. Und weißt du, was als Nächstes passierte?»

Marty starrte ihn an und schüttelte wie benommen den Kopf.

«Na ja, Marty, mein Alter, als Rose fertig war, reichte sie mir die Waffe.»

KAPITEL 38

Jeff Montgomery schwitzte unter der schwarzen Regenjacke, die er über dunklen Jeans trug. Es war unbequem, aber notwendig. Bevor die Nacht vorüber war, würde die Kaltfront mit Wucht auf die heiße Luftmasse stoßen, ein Sturm losheulen, die Temperatur um mindestens zehn Grad fallen, und es würde in Strömen regnen. Jeder kluge Minnesota-Junge wusste, wann es Zeit war, eine Regenjacke zu tragen.

Er persönlich wünschte sich, dass die Kaltfront vorankam. Der heißeste April seit Menschengedenken, sagten die Leute. Obwohl ihm die Hitze selbst nichts ausmachte, litten doch die Pflanzen, die kühleres Wetter mochten. Zudem endete eine Hitzewelle dieser Art oft mit einem Hagelschauer, und daran mochte er überhaupt nicht denken. Es war schon schlimm genug, morgen zur Arbeit zu kommen und mit dem Schlamm fertig zu werden; der Gedanke an Hagelschäden bei den zarten jungen Pflanzen bereitete ihm fast Magenschmerzen.

Es war schon komisch, dachte er – dass er sich um Pflanzen Sorgen machte, wo er noch vor wenigen Monaten eine Vogelmiere nicht von einer Hortensie hätte unterscheiden können. Technische Wissenschaften hatte das Studienziel geheißen. Sein Vater hatte es ihm sein Leben lang eingetrichtert. Aber dann waren seine Eltern gestorben und mit ihnen der Traum vom College im Osten. Er hatte ein paar Kurse an der University of Minnesota belegt und angefangen, für Morey und Lily Gilbert zu arbeiten.

Mrs. Gilbert hatte ihm mehr über Pflanzen beigebracht, als

er an der Uni über andere Dinge gelernt hatte. Schnell stellte er fest, dass er Neigung und Talent dazu hatte, und bevor er so recht wusste, wie ihm geschah, war er süchtig danach.

Er liebte es, mit Erde zu arbeiten, sie in den kleinen Röhrchen auf Nährsubstanzgehalt zu prüfen, zu entscheiden, welche Zusätze in welcher Menge für welche Sämlinge nötig waren, die er zum Keimen bringen wollte. Er nahm an, dass sich bei dieser Arbeit sein technisches Talent bemerkbar machte. Aber er liebte es auch, die Erde in seinen Händen und unter seinen Fingernägeln zu spüren, den Morgentau in einer Tulpenblüte zu sehen und zu beobachten, wie an den Black-Mountain-Fichten, die er mit seinem eigenen Messer sauber zurückgeschnitten hatte, neue Triebe sprossen. Wenn ihm nach getaner Arbeit ein Wunsch gewährt worden wäre, hätte er sich entschieden, für immer in dieser Gärtnerei zu arbeiten, von Mrs. Gilbert zu lernen und sich eventuell in das Geschäft einzukaufen, wenn er etwas Geld aufbringen konnte.

Komisch, wie die Dinge sich fügten, wie das Entsetzen und der Schock über den Tod seiner Eltern ihn unwissentlich an den Ort und zu dem Leben geführt hatten, für das er bestimmt war.

Die Straßen um die Gärtnerei waren jetzt absolut leer. Die Leute in der Nachbarschaft saßen wahrscheinlich wie gebannt vor ihren Fernsehern, warteten auf Tornados und darauf, dass die aufgeregten Meteorologen ihnen sagten, wann sie Schutz suchen sollten. Alle außer ihm natürlich. Er konnte es sich nicht leisten, vor dem bisschen schlechten Wetter Reißaus zu nehmen, denn er befand sich auf einer Mission, und manchmal waren Missionen sehr gefährlich.

Er hatte den Block um die Gärtnerei bereits dreimal umrundet und alles so vorgefunden, wie es sein sollte. Keine bewaffneten Gestalten, die in den Büschen kauerten, der einzelne Streifenwagen, der am Nachmittag vorgefahren war, weiterhin auf seinem ursprünglichen Parkplatz und, am allerwichtigsten, Mrs. Gilbert noch immer sicher im Haus.

Ein fernes Donnergrollen ließ ihn leicht zusammenzucken, und er verbarg ein nervöses Kichern hinter vorgehaltener Hand. Der Himmel wurde von Minute zu Minute schwärzer, und im Westen zuckten Blitzgespinste von Wolke zu Wolke, gefolgt von bedrohlichem Donnern, und luden die Luft mit elektrischer Spannung auf. Mein Gott, was für ein Spaß. Der sanftmütige und stille Jeff Montgomery schlich umher, obwohl es fast dunkel war, spähte um sich und durchbohrte mit seinen Blicken noch die finstersten Schatten, genoss den Kitzel möglicher Gefahr.

Als er die Hecke der Gärtnerei erreicht hatte, drückte er sich an das Blattwerk und bewegte sich langsam und verstohlen, Zentimeter für Zentimeter, an dem natürlichen Schutzschirm entlang. Er wandte den Kopf in alle Richtungen, hielt mit wachsamem Auge Ausschau nach Verdächtigem und blieb in Deckung. Er konnte es sich nicht erlauben, gesehen zu werden – wenn Mr. Pullman oder der Officer ihn entdeckten, wäre alles vorbei, und sie würden ihn nach Hause schicken. Es konnte auch passieren, dass sie ihn aus Versehen erschossen. Er musste sehr, sehr vorsichtig sein.

In diesem Augenblick kam es ihm ganz und gar nicht abwegig vor, an all das zu denken, was die Gilberts für ihn getan hatten – sie hatten ihm das Doppelte dessen gezahlt, was andere Gärtnereien ihren Hilfskräften zahlten, waren für die Kurse an der Uni aufgekommen, ja, hatten ihm sogar bei der Miete ausgeholfen, wenn er am Ersten des Monats mal knapp bei Kasse gewesen war. Er wusste, dass sie es nicht erwartete, aber irgendwann würde er Mrs. Gilbert alles bis auf den letzten Penny zurückzahlen. Es war das Mindeste, was er tun konnte.

Er spürte eine heimliche Freude, als ihm bewusst wurde, dass er sich jetzt auf dem Gelände der Gärtnerei befand und ihn, bis jetzt jedenfalls, niemand entdeckt hatte – *ausgemacht* hatte, wie er sich korrigierte. Teufel, er war ja richtig gut. Vielleicht sollte er zu studieren aufhören und zur CIA gehen.

Als Marty Pullman sich das letzte Mal so gefühlt hatte – als hätte jemand einen Schalter umgelegt und sein Gehirn abgestellt –, hatte er auf dem kalten Beton der Auffahrt zum Parkplatz gesessen und auf seine tote Frau geschaut.

Die Gefühle, die ihn an jenem Abend überwältigt hatten, kämpften wieder um ihren Platz in der Reihe – Fassungslosigkeit, Empörung, Schock und schließlich eine unendliche Traurigkeit. Jack hatte Recht mit diesem blöden Elvis-Vergleich, denn seine Welt war in ihren Grundfesten erschüttert und auf den Kopf gestellt. Wie kommt man darüber hinweg, dass jemand, den man verehrt, ja, vergöttert hat, weil er so viel besser war, als man jemals hoffen konnte, selbst zu sein, dass dieser Mann genauso viele Fehler gehabt hatte wie man selbst. Im Zweifel sogar ein paar mehr, dachte er, wenn man es rein zahlenmäßig betrachtete. Wie um sich von dem Schock abzulenken, hatte er den albernen Versuch unternommen, zu schätzen, wie viele Menschen Morey wohl in all den Jahren umgebracht hatte, währenddessen er seinen Schwiegersohn, den Polizisten, jeden Sonntag zum Abendessen zu Gast hatte. Als Entrüstung in ihm aufstieg, ebenso wie das Gefühl, verraten worden zu sein, hätte er beinahe laut gelacht. War es wirklich ein so großer Unterschied, ob man Nazis ermordete oder den Mörder der eigenen Frau?

Kein Wunder, dass du ihn so geliebt hast. Ihr wart zwei von derselben Sorte.

Jack war während der vergangenen Minuten stumm geblieben. Vielleicht hatte er Marty Zeit geben wollen, zu verdauen, was er ihm bis dahin eröffnet hatte, vielleicht wartete er aber nur auf die große Frage, die zu stellen Marty sich fast fürchtete. Rose Kleber war also an der Reihe gewesen, auf den alten Mann zu schießen, der bereits auf dem Boden hinter dem Empfangstresen des Anglerheims lag, und danach hatte sie die Waffe an Jack weitergereicht.

Was hast du gemacht, Jack? Verflucht, was hast du gemacht?

Jack kicherte betrunken, und Marty merkte, dass er die Frage laut ausgesprochen hatte. «Übergeben habe ich mich. Habe auf den Boden gekotzt, auf die Waffe und auf die Hand der alten Lady. Mann, war die sauer. Aber nicht so sauer wie Pop. Er forderte mich immer wieder auf, zu schießen, ‹Erschieß den Nazi-Hund›, rief er wörtlich, und mir dämmerte zum ersten Mal, was da ablief. Wenn der Mann eine SS-Uniform angehabt und jemanden gefoltert hätte, vielleicht hätte ich es dann getan. Ich schätze, ich werde es nie wissen. Aber ich sah keinen Nazi vor mir. Ich sah nur diesen alten, fürchterlich zugerichteten und toten Mann.»

«Du hast nicht auf ihn geschossen.»

«Um Himmels willen, Marty, natürlich nicht. Für wen hältst du mich?»

«Ich weiß nicht, Jack. Du überraschst mich immer wieder.»

«Die ganze verdammte Familie steckt voller Überraschungen, hm?», sagte Jack bitter. «Jedenfalls hat Pop mir auf dem Nachhauseweg erzählt, was sie die ganzen Jahre über getan hatten, viele Dinge über Auschwitz, die ich lieber nie erfahren hätte, und dass es verdammt noch mal meine Pflicht als sein Sohn sei, sein Vermächtnis, dieses ‹Werk› zu vollenden, wenn er sterben sollte, bevor es getan sei.»

«Und was hast du gesagt?»

Jack sah ihn über den Rand seines Glases an. «Ich habe ihm gesagt, dass ich nicht mehr sein Sohn sein wollte und auch kein Jude mehr. Dann habe ich dafür gesorgt, dass ich es nicht mehr war.»

Marty nickte, denn er erinnerte sich an das Konfirmationsfoto und das Hochzeitsfoto und auch daran, dass Jack von einem Tag auf den anderen der Familie fern geblieben war. Jetzt verstand er die provozierenden Handlungen, die Lily als Schläge ins Gesicht bezeichnet hatte. «Du hättest mit Lily darüber sprechen sollen, Jack.»

Jack grinste und trank gleichzeitig. «Zweischneidiges Schwert, diese Sache. Dreischneidig sogar. Ich wusste doch nicht, ob sie auch mit drinsteckte …»

«Mein Gott, Jack, wie konntest du das nur denken?»

Jack starrte ihn ungläubig an. «Mann, Marty, ich hätte es mir auch niemals von meinem Vater vorstellen können, und du siehst ja, was zum Vorschein gekommen ist. Ich habe nie wirklich geglaubt, dass Ma so etwas hätte tun können, aber ich habe mich gefragt: Wie lebt man mehr als fünfzig Jahre mit einem Menschen zusammen und bekommt nicht mit, dass so etwas vor sich geht? Und ob sie nun mitgemacht hat oder nur davon wusste …» Er zuckte unschlüssig die Achseln. «Ich konnte mich dem nicht stellen. Ich wollte nichts davon wissen. Und wenn sie wie durch ein Wunder über die Jahre erfolgreich von ihm genarrt worden war wie ich auch, dann würde ich einen Teufel tun und ihr das Herz brechen, indem ich ihr die Wahrheit sagte. Also hielt ich mich von beiden fern und sagte nichts. Gleichzeitig fragte ich mich ständig, ob Pop weiterhin Menschen umbrachte, während ich dasaß, nichts tat und mir dämliche Sprüche einfallen ließ wie: ‹Ach komm, Jack, mach dir keine Gedanken, das sind doch nur Nazis, die es nicht anders verdient haben.› Ich habe überlegt, ob ich damit leben könnte, meinen eigenen Vater anzuzeigen und dadurch das Leben meiner Mutter zu zerstören, oder ob ich damit leben könnte, es nicht zu tun ... Verdammt.» Er holte Luft, und dann trank er. «Ich kann dir aber sagen – der Alkohol hat geholfen.»

Auf der anderen Seite der verriegelten Tür, die zum Eintopfschuppen führte, lehnte sich Lily gegen das splitternde Holz und hörte zu, die Augen geschlossen, das Gesicht vor Kummer verzerrt. «Sei verflucht, Morey Gilbert», flüsterte sie, drehte sich um und ging weg.

«Du hättest zu Hannah und mir kommen sollen», sagte Marty.

«Soll das ein Witz sein? Ich hätte niemals in Hannahs Nähe kommen dürfen, denn sie hätte es in Sekundenschnelle aus mir herausgeholt, das weißt du auch. Und es hätte sie umgebracht, Marty, das über ihren Vater herauszufinden. Sie hat den Mann doch angebetet.»

«Fast so sehr wie du», sagte Marty. Lehnte sich auf dem Stuhl zurück und betrachtete Jack, den Säufer, den Schmock, das rücksichtslose, verantwortungslose schwarze Schaf, den Mann, der alles geopfert hatte, um die Menschen zu schonen, die er liebte. Innerlich weinte Marty um ihn und konnte sich nur mit Mühe darauf konzentrieren, was er noch erfahren musste. «Du hast gesagt, der Mörder sei fertig bis auf dich, Jack. Woher weißt du das?»

«Ach ja, das. Ich hatte den Verdacht, war mir aber nicht völlig sicher, bis der Typ auf mich geschossen hat. Pop und die anderen haben viele Leute umgebracht – darauf war er ziemlich stolz –, aber ich war nur einmal mit dabei.»

«Im Anglerheim in Brainerd.»

«Richtig. Hinter dem Empfangstresen war oben ein großer Speicher. Ich weiß noch, dass Pop mich am Arm hinauszerrte, dass mich alle anschrien und ich nach oben sah und einen Schatten bemerkte, der sich hinter einem der großen hölzernen Pfosten bewegte. Jemand hat uns gesehen, Marty, und wie man so schön sagt: Was immer du tust, es fällt auf dich zurück.»

Marty schloss kurz die Augen und konzentrierte sich darauf, seine Gefühle abzublocken, so wie er es im Dienst getan hatte. Später, wenn der Mörder gefasst und Jack in Sicherheit war, würde er die Erinnerung an all das hervorholen, was er heute Abend erfahren hatte, und sich zugestehen, darauf zu reagieren. Aber jetzt waren Gefühle ein Luxus, den er sich nicht erlauben konnte. Es überraschte ihn ein wenig, dass es ihm so schnell und so gut gelang. Vielleicht hatte Jack auch darin Recht gehabt. Einmal Polizist, immer Polizist.

«Okay, Jack, ich sage dir, was wir machen.» Er zog sein Handy aus der Tasche und suchte im Verzeichnis nach Gino Rolseths Nummer. «Wir werden Magozzi und Rolseth hierher bestellen, und du wirst ihnen alles erzählen, was du mir erzählt hast, damit sie ihre Arbeit machen und diesen Kerl schnappen können, denn ich werde dich nicht allein lassen, bis er hinter Gittern sitzt. Und ich schätze es nicht, im Zielbereich zu sein.»

«Nein?» Jack versuchte, die Augenbrauen in die Höhe zu ziehen. «Ich dachte, du wärst ein Selbstmordkandidat.»

«Na ja, die Dinge ändern sich, Jack. Mann, und wie sie sich ändern.»

Als Gino sich meldete, erklärte Marty ihm, wo sie waren, dass Jack bereit sei zu reden und dass er sie auf eine Spur bringen könnte. In dem Moment, als er das Gespräch beendete, ertönte ein ungeheures Krachen, weil ganz in der Nähe ein Blitz eingeschlagen hatte. Marty sprang auf, und dann setzte das Unwetter mit aller Macht ein. Regen prasselte aufs Dach, der Sturm hämmerte gegen die Tür. Als sie aufflog und gegen die Wand prallte, wirbelte Marty herum, die 357er bereits in der Hand und auf die Türöffnung gerichtet.

Ein völlig durchnässter Jeff Montgomery stand da mit weit aufgerissenen blauen Augen, und an ihm vorbei peitschte der Regen ins Büro.

Jack blickte auf den armen Jungen und vermutete, dass er jetzt wohl auf jeden Fall kündigen würde. So weit aufgerissen hatte er die Augen des Jungen zuletzt gesehen, als *er* es gewesen war, der im Geräteschuppen eine Waffe auf Jeff gerichtet hatte. Zu viele Waffen in dieser Familie, stellte er fest.

«Verdammt noch mal, Jeff», herrschte Marty ihn an. «Ich habe dir doch gesagt, du sollst heute Abend nicht mehr herkommen!» Marty war zornig, aber der klatschnasse Junge sah so kläglich aus, dass die Wut ein wenig verrauchte. «Ach, was soll's, komm rein. Hast du Becker gesehen?»

«Äh ... ja, Sir.» Jeff trat einen Schritt näher, aber seine Blicke folgten Martys Waffe, als der sie wieder in seinen Hosenbund schob und das Hemd darüberfallen ließ.

«Also ruf ihn rein, bevor er weggeschwemmt wird.»

«Ich fürchte, das kann ich nicht machen, Mr. Pullman», sagte er, kam noch einen Schritt weiter herein und schloss die Tür hinter sich.

Dann zog er eine Waffe unter seiner schwarzen Regenjacke hervor und richtete sie auf Martys Brust.

KAPITEL 39

In der City Hall kündigte sich das lang erwartete Gewitter an. Donner grollte in nicht allzu großer Ferne, und bedrohlich wirkende, sich vielfach gabelnde Blitze schossen von einer aufgetürmten schwarzen Wolke zur anderen. Ein paar Minuten später prasselten die ersten dicken Regentropfen gegen die Fenster des Morddezernats.

Nach einer Stunde an den Telefonen hatten sie das Wohnmobil aus Montana immer noch nicht aufgespürt. Weder hier noch in Las Vegas hatte die Fahndung etwas ergeben, und auch auf den Campingplätzen in der Umgebung, die Gino auf seiner Hälfte der Liste abgehakt hatte, war man nicht fündig geworden. Ihm gefiel der Typ aus Montana immer besser, und zwar hauptsächlich deswegen, weil sie ihn nicht finden konnten. Gino stand von seinem Schreibtisch auf und reckte sich. Dann machte er einen Spaziergang durch den Büroraum, während Magozzi seinen letzten Anruf beendete.

Der kleine Fernseher auf dem Aktenschrank lief nur selten. Auch bei abgestelltem Ton lenkten die wechselnden Bilder den Blick auf sich und machten, laut Malcherson, das Hirn meschugge.

Nicht dass er in diesem Bereich groß Hilfe brauchte, dachte Gino und schaltete das Gerät ein. Seine grauen Zellen waren ohnehin nur noch Brei. Außerdem fand er, wenn ein Tornado auf sie zusteuerte, sollten sie rechtzeitig darüber Bescheid wissen, damit sie umherfliegenden Glassplittern ausweichen konnten. Er schaltete den Ton ab, aber innerhalb von Sekunden waren alle Blicke auf den Bildschirm gerichtet, um die animierten Meteorologen von Channel Ten dabei zu beobachten, wie sie vor einer computerisierten Karte tanzten, auf der überall kleine Cartoontrichter kreiselten.

Langer deckte die Sprechmuschel seines Telefons mit einer Hand ab. «Kommt auch was auf uns zu?»

Gino schaltete durch alle Kanäle und fand überall nur Wetter. «Armageddon, wie's nach der Karte aussieht.» Er stellte sich dicht vor den Bildschirm und musste die Augen zusammenkneifen, um die Warnungen lesen zu können, die am unteren Bildrand auf einem roten Band durchliefen. «Zu Touchdowns des Tornados ist es schon in Morris und Cyrus gekommen, jetzt nimmt er Kurs auf St. Peter ... bei uns noch nichts.»

Er ließ den Fernseher laufen und ging zu seinem Schreibtisch zurück, um Angela anzurufen und sich zu vergewissern, dass sie auf das Wetter achtete. Außerdem wollte er sie für den Fall, dass sie es vergessen hatte, noch daran erinnern, wo sie im Keller Schutz finden konnte. «Weißt du noch, unter der Treppe, wenn es notwendig werden sollte.»

«Da ist kein Platz, Gino. Mom und Dad sind schon unten.»

Gino sah zum Fenster hinaus. Es regnete stark und donnerte und blitzte heftig, aber mehr nicht. «Jetzt schon?»

«Beim ersten Donnerschlag sind sie runter. Und haben eine Flasche Wodka mitgenommen.»

«Oh, Mann.»

Als er das Gespräch beendet hatte, legte auch Magozzi gerade auf. «Erzähl mir nicht, dass du Angela jetzt schon in den Keller geschickt hast.»

Gino schüttelte den Kopf. «Meine Schwiegereltern sitzen unter der Treppe, saufen sich einen an und machen wer weiß was. Ist wahrscheinlich besser für die Kids, einen Tornado zu sehen als das, was die Alten da unten veranstalten.»

Magozzi sah aus dem Fenster. «Sind wir denn gefährdet?»

«Nein. Aber die beiden haben zu lange in Arizona gewohnt. Wetter gibt es da nicht. Absolut keins. Deswegen haben sie vergessen, wie es ist. Ich habe endlich diesen Jungen aus der Ferienpension in Brainerd erreicht, der nach Deutschland gezogen ist. Thomas Haczynski – bitte nennen Sie mich Tommy, Sir. Der höflichste Bengel, mit dem ich je gesprochen habe, außer den beiden, die in der Gärtnerei arbeiten, und das ist auch das Beste, was ich über diesen Fall sagen kann, dass wir zur Abwechslung ein paar anständige Jungs kennen gelernt haben. Gibt mir Hoffnung für die Menschheit. Aber auch traurig, denn er ist noch ziemlich durcheinander. Als ich ihm gesagt habe, dass wir vielleicht eine Spur des Täters haben, der seinen Vater getötet hat, hat er sich bedankt, dass ich ihn deswegen angerufen habe, und gleich schrecklich zu heulen angefangen. Musste seinem Onkel das Telefon geben.»

«Und was hat der gesagt?»

«Habe keinen Schimmer. Etwas auf Deutsch, glaube ich. Mann, wie ich diese Verzögerung bei Gesprächen nach Übersee hasse, man spricht zum Schluss sogar übereinander.»

Magozzi seufzte bekümmert. «Okay. Also ist mit der Waffe, von der Jack gesagt hat, dass sie seinem Dad gehörte, letztes Jahr in Brainerd der Besitzer einer Ferienpension getötet worden, vermutlich ein Nazi ...»

«Genau.»

«... aber die Ehefrau des Nazis hat Selbstmord begangen, ein Sohn starb bei einem Autounfall und der andere, mit dem du gerade gesprochen hast, befindet sich irgendwo in Deutschland.»

«München.»

«Scheiße.»

Frustriert warf Gino einen Bleistift auf die Schreibtischplatte. «Also bleibt uns nur der Typ in Montana, den unsere Freunde Morey, Rose und Ben umbringen wollten. Und weißt du was? Dass der es sein könnte, leuchtet mir ein. Liegt doch verdammt nahe, dass einer, dem man ins Bein geschossen hat, auf den Gedanken kommt, dass es jemand ernsthaft auf ihn abgesehen hat. Also beschließt er, ihn lieber selbst umzulegen, bevor der es wieder versucht. Außerdem sind der Kerl in Montana und sein Sohn Survivalisten. Wenn es für solche Sachen ein Täterprofil gibt, passen die beiden bestimmt wie die Faust aufs Auge.»

«Tut mir leid, Männer», sagte Langer von der anderen Seite des Gangs und schwenkte seinen Telefonhörer, bevor er wieder auflegte. «Die Jungs aus Montana sind nicht mehr im Rennen. Die Wohnwagen-Ranch Happy-Go-Lucky in Vegas hat das Wohnmobil identifiziert und bestätigt, dass es seit fast zwei Wochen dort steht. Ich habe nach den Besitzern gefragt, und der Manager sagte, sie stünden während unseres Gesprächs vor ihm und er habe bereits ihre Führerscheine überprüft. Sagte, soweit er wisse, hätten sie den Wohnwagenpark nicht ein einziges Mal verlassen – sitzen einfach nur rum und trinken den ganzen Tag lang Bier.»

«Bei uns geht's auch nicht voran.» Peterson kam vom Faxgerät zurück. Er warf ein Blatt Papier auf Magozzis Schreibtisch. «Das sind alle Morde aus den letzten zehn Jahren, zumindest diejenigen, die auf den Fotos aus Ben Schulers Haus aufgeführt sind. Wenn sich Angehörige dieser Opfer auf die Jagd nach Morey Gilbert und seiner kleinen Bande gemacht haben, dann in Rollstühlen und mit Sauerstoffmasken. Die meisten von ihnen sind über siebzig, die Hälfte von ihnen ist tot oder erholt sich von Bypass-Operationen, Chemotherapien oder sonstigen Albträumen – verdammt, Altwerden ist ein Fluch. Die wenigen, die körperlich in der Lage gewesen wären, einen mehrfachen Mord zu planen und auszuführen, haben wasserdichte Alibis für die Tatzeiten der Morde an Gilbert, Rose Kleber und Ben Schuler.»

Gino sah hinüber zu McLarens Schreibtisch. Der junge Detective hatte sich das rote Haar so gerauft, dass es steil zu Berge stand, und er sprach mit Nachdruck ins Telefon. «Sieht so aus, als hätte McLaren was am Wickel.»

«Der redet mit seinem Börsenmakler. Uns sind die Morde ausgegangen, es sei denn, ihr wollt, dass wir weiter zurückgehen als zehn Jahre.»

«Um Himmels willen, nein.» Magozzi ließ sich in seinen Stuhl sinken und kniff sich in den Nasenrücken. «Wir haben schon fast den ganzen Tag verschwendet. Tut mir leid. Ich habe uns auf die falsche Fährte geführt.»

«Uns die Familien näher anzusehen war eine gute Idee», sagte Gino zu ihm. «Und eine andere Spur hatten wir nicht. Die Frage ist nur, wie wir jetzt weitermachen. Die Verdächtigen sind uns nämlich auch ausgegangen.»

Peterson reichte ihm einen dicken Schnellhefter. «Hier ist das Fax vom Sheriff in Brainerd. Vielleicht hilft uns das weiter.»

Gino warf den Hefter beiseite. «Unwahrscheinlich. Der einzige Überlebende der Familie ist in Deutschland. Ich habe heute erst mit ihm gesprochen.»

Hilflos bewegte Peterson die Arme auf und ab. «Und was jetzt?»

Magozzi sah aus müden Augen zu ihm auf. Peterson war frustriert. Das waren sie alle. Frustriert, müde und hungrig, wie er deutlich merkte, als sein Magen knurrte. Es wurde

Zeit, für heute aufzuhören. Sie waren jedem Hinweis nachgegangen, jeder Theorie, hatten sie alle als untauglich aufgeben müssen, und nun schien sich keine neue Perspektive zu ergeben. Dies zu akzeptieren hieß einzuräumen, dass ihnen nichts anderes übrig blieb, als auf den Händen zu sitzen und abzuwarten, dass der Killer wieder zuschlug. Der böseste Albtraum eines Mordkommissars – wenn die Lösung eines Falls davon abhing, dass eine weitere Leiche auftauchte. Jack Gilbert war ein nahe liegendes Opfer, und sie ließen ihn bewachen, aber was, wenn er nicht der Einzige war? Was, wenn der Mörder Jack ausließ und sich dem Nächsten auf seiner Liste zuwandte? Zu diesem Zeitpunkt blieb ihnen einzig die Hoffnung, dass sie durch das, was Jack Gilbert wusste, einem brauchbaren Verdächtigen auf die Spur kämen. Und dass es Marty gelingen würde, ihn zum Sprechen zu bringen.

An seinem Schreibtisch knallte McLaren wütend den Hörer auf den Apparat. «Wisst ihr, was dieser Mistkerl gemacht hat? Kommt mir mit 'ner Nachschussaufforderung für ein paar Scheißaktien aus Uruguay. Den Arsch habe ich gefeuert. Was läuft so?»

«Absolut nichts», sagte Gino missmutig. «Es hat alles nichts gebracht. Wir stehen wieder am Anfang.»

«Und was machen wir? Warten, dass der Typ wieder auf Jack Gilbert schießt?»

«Gilbert ist in Sicherheit», sagte Magozzi. «Ich habe vor kurzem erst mit Becker gesprochen. Er hat ein Auge auf Jack, und anscheinend ziehen sie heute Abend allesamt in ein Hotel, um Becker die Arbeit etwas zu erleichtern. Ich mache mir mehr Sorgen, dass unser Killer sich ein Opfer vornimmt, von dem wir noch nichts wissen.»

Ginos Handy rumorte in seiner Tasche. «Das ist Angela. Ich

mache jetzt hier die Biege. Sie sitzt zu Hause fest mit zwei Kindern, betrunkenen Eltern und einem drohenden Unwetter.» Er nahm den Anruf an und machte sich auf den Weg nach draußen, das Handy am Ohr. Auf halbem Weg drehte er sich um und hob einen Finger, während er weiter zuhörte.

Magozzi wartete und blätterte dabei gelangweilt in dem Fax aus Brainerd. Es waren mindestens hundert Seiten mit Polizeiberichten, Obduktionsergebnissen, Befragungen, Zeitungsausschnitten …

«Du bist unser Mann, Marty», sagte Gino ins Telefon und beendete das Gespräch. Er grinste Magozzi an. «Marty hat es durchgezogen und Jack zum Reden gebracht. Sie sind im Büro der Gärtnerei, und er sagt, wenn wir es schaffen hinzukommen, bevor Jack wieder nüchtern wird oder umkippt, hat er uns was zu sagen, das in die richtige Richtung weist.»

«Gott sei Dank», sagte Peterson. «Wollt ihr, dass wir bleiben?»

Gino schüttelte den Kopf. «Lasst aber eure Handys an für den Fall, dass wir etwas erfahren, dem wir sofort nachgehen wollen.» Über Kurzwahl rief er Angela an, um ihr zu sagen, dass sie nicht warten sollte, und während es bei ihm zu Hause klingelte, sah er fragend zu Magozzi hinüber. Der hätte eigentlich Freudentänze aufführen und bereits halbwegs zur Tür hinaus sein müssen. Stattdessen hockte er brütend an seinem Schreibtisch und starrte auf etwas, das vor ihm lag. «He, Leo, hast du mich gehört?»

Magozzi hob eine Hand, ohne aufzublicken, griff nach einem Blatt Papier und starrte es wie gebannt an. Es war die Fotokopie eines Nachrufs in einer Zeitung aus Brainerd mit einem Foto des kürzlich verstorbenen William Haczynski, Besitzer des Sandy Shore Resort, mit seinem Sohn Thomas. Der alte Mann und der blonde Junge mit dem frischen Gesicht hatten einander die Arme um die Schultern gelegt. Sie strahlten in die Kamera, Gewehre in den Armbeugen.

Magozzi hatte das Bild eigentlich erst seit ein paar Sekunden vor Augen, aber es kam ihm vor, als stünde er schon seit Stunden in dessen Bann. Er betrachtete noch einmal den Sohn des alten Mannes, die hellen Augen und das unschuldige Gesicht eines Jungen, den er als Jeff Montgomery kannte. «Verdammt, Gino! Thomas Haczynski ist nicht in Deutschland.»

Sofort hatten alle Magozzi umringt und sahen sich das Bild an. Gino erkannte den Montgomery-Jungen und sagte: «Dieser kleine Mistkerl», bevor er merkte, dass er noch immer sein Telefon in der Hand hielt und mit Angela verbunden war. Er entfernte sich vom Schreibtisch, sprach leise und schnell und beendete dann das Gespräch.

Langer, Peterson und McLaren betrachteten das Foto. «Ich kapiere das nicht», sagte McLaren. «Woher weißt du, dass er nicht in Deutschland ist?»

Magozzi stieß mit dem Finger auf das Foto. «Der Bursche nennt sich Jeff Montgomery. Er arbeitet in der Gärtnerei, Lily Gilbert behandelt ihn wie einen Enkel, und Morey hat ihm sein Studium finanziert.»

Langer atmete hörbar aus. «Und er ist der Sohn eines Mannes, den Morey Gilbert letztes Jahr umgebracht hat?»

«So sieht es aus.»

McLaren überlief ein Schauder. «Der muss unser Mann sein. Ist das kaltblütig. Morey finanziert sein Studium, während er dessen Ermordung plant und noch ein paar andere dazu. Der Junge ist ja die reine Killermaschine.»

«Hatte wohl einen guten Lehrer», sagte Langer leise.

«Verdammt noch mal, ich habe heute Nachmittag noch mit ihm gesprochen», sagte Gino. «Es war eine Verbindung nach Übersee, das schwöre ich bei Gott. Diese Verzögerung kann man nicht nachahmen …

«Vielleicht hat er jemanden in Deutschland, der mit ihm unter einer Decke steckt, aber wie er es gemacht hat, ist jetzt egal», sagte Magozzi knapp und dringlich. «Wir müssen sofort handeln. Gino, ruf Marty zurück und warne ihn. Und dann mach dasselbe bei Becker.»

«Ich kümmere mich um Becker», bot Peterson an und hastete zu seinem Schreibtisch, während Gino hektisch sein Handy malträtierte.

Magozzi wandte sich an Langer und McLaren. «Der Junge ist wahrscheinlich an einem von zwei Orten – in seiner Wohnung oder in der Gärtnerei –, und wir müssen beide gleichzeitig überwachen. Ihr zwei stellt ein Team zusammen und fahrt zur Wohnung. Nehmt euch aber genug Leute zur Deckung mit. Ich habe das Gefühl, dieser Junge wird sich nicht ohne weiteres ergeben.»

«Geht klar.»

Gino drückte noch immer wie wild auf die Tasten seines Handys, horchte und wählte dann von neuem. «Verdammt, Marty geht nicht an sein Handy.»

Magozzi bewegte sich schnell, überprüfte die Ladung seiner 9-Millimeter, klinkte die Handschellen an seinen Gürtel. «Versuch's in der Gärtnerei, in Lilys Haus, versuch Jacks Handy. Haben wir die Handynummer von Jack?»

«Die Zentrale kann Becker nicht erreichen», rief Peterson, Anspannung lag in seiner Stimme.

Alle erstarrten. Wie jeder Officer im Einsatz hatte Becker ein Funkgerät im Auto und eins an der Schulter, und wenn keine Reaktion kam, bedeutete das fast dasselbe wie «Officer verwundet».

Zwei Sekunden später waren Gino und Magozzi zur Tür hinaus, und ihre Absätze knallten über die Fußbodenfliesen, dass der Klang von Panik im leeren Korridor widerhallte.

KAPITEL 40

Marty stand unmittelbar vor Jeff Montgomery, und die 9-Millimeter des Jungen zielte direkt auf seine Brust. Seine Gedanken trafen mit Wucht auf die Mauer des Offensichtlichen und prallten daran ab, weil sie es nicht wahrnehmen mochten.

In der vergangenen Stunde hatte er erfahren, dass der allseits geliebte alte Morey Gilbert ein Henker gewesen war, und allem Anschein nach war dieser so unschuldig aussehende Junge mit dem glatten Gesicht und den klaren blauen Augen ebenfalls einer. Die eigentliche Frage lautete, warum er darüber, verdammt noch mal, so überrascht sein sollte?

Zu viele Jahre bei der Drogenfahndung, dachte er, wo Speedfreaks aussahen wie Speedfreaks, Straßendealer wie Straßendealer, wo jeder genau so aussah, wie er war. In diesem Sektor der Unterwelt konnte man mit fast makabrer Sicherheit davon ausgehen, genau das zu bekommen, was man sah. Eben das hatte Marty verlockt. Aber hier in der realen Welt trug fast jeder eine Maske. Als junger Mann hatte er das gewusst; sein Vater hatte es ihm beigebracht. Aber inzwischen hatte er es vergessen.

Nichts von alledem war jetzt von Bedeutung, und er machte sich den Kopf frei, damit seine Gedanken mit halsbrecherischer Geschwindigkeit auf die Bahn gelenkt werden konnten, mit der er vertraut war. Das Wie und Warum und die Motivationen eines bewaffneten Gegenübers waren absolut irrelevant, wenn ein Polizist sich am falschen Ende einer

Waffe wiederfand – es kam einzig und allein darauf an, was als Nächstes geschah.

Er stand zu dicht an dem Jungen und gleichzeitig zu weit von ihm entfernt. Zu nahe, um einer Kugel auszuweichen, zu weit entfernt, um ihn zu entwaffnen. Mit ihm zu sprechen war die einzige Möglichkeit, die ihm blieb. «Was hast du vor, Jeff?»

«Eine Angelegenheit zu regeln, Mr. Pullman.»

Er beendete seine Sätze nicht mehr mit einem Fragezeichen, dachte Marty und versuchte das Gefühl zu verdrängen, dass er in einem Kreis rannte, der sich jeden Moment öffnen konnte, sodass er aus der Bahn getragen und in eine vorherbestimmte Richtung hinausgeschleudert wurde, die er selbst nicht geahnt hatte. Es lag eine gewisse Ironie darin, dass sein letzter ernst gemeinter Selbstmordversuch gescheitert war, weil Jeff Montgomery aufgetaucht war, um ihm zu berichten, dass Morey tot war, und dass dieser Junge, der ihm unwissentlich das Leben gerettet hatte, jetzt eine Waffe auf ihn richtete.

«Und was für eine Angelegenheit soll das sein?», fragte Marty so locker, wie er konnte.

Es überraschte ihn ein wenig, dass Jeff ihn anlächelte. «Ich glaube, Sie müssen ein ausgezeichneter Polizist gewesen sein, Mr. Pullman. ‹Gewinnen Sie die Aufmerksamkeit Ihres Gegners, wenn Sie sich im Nachteil befinden. Leiten Sie ein Gespräch ein, lenken Sie ab …› Das ist direkt aus dem Handbuch.»

«Kein Handbuch, das ich gelesen habe.»

«Würden Sie sich bitte umdrehen, Mr. Pullman. Dann heben Sie mit der rechten Hand Ihr Hemd hoch und ziehen mit der linken die Waffe aus Ihrem Hosenbund. Benutzen Sie dazu nur zwei Finger. Danach drehen Sie sich wieder um, bis Sie mich ansehen, und schieben die Waffe mit Schwung hier rüber, weit rechts von mir, wenn es Ihnen nichts ausmacht.»

«Du willst mir doch nicht in den Rücken schießen, Jeff?»

«Ganz sicher nicht, Sir. Das würde ich nie tun. Es wäre nicht ehrenhaft.»

Komischerweise glaubte Marty ihm, aber trotzdem bewegte er sich einen Moment nicht, leicht entnervt von der penetranten Höflichkeit dieses eigenartigen Jungen.

Er drehte sich halb um und blickte zu Jack, der vornübergebeugt auf dem Sofa saß, ein wenig schwankend, und sich an den Knien festhielt. Am schlimmsten wirkten seine Augen – sie waren nicht vor Angst geweitet, sondern nur groß und traurig und reumütig, als Marty ihn ansah.

Marty zwinkerte ihm zu, hob sein Hemd und zog mit zwei Fingern vorsichtig die Waffe heraus, wie Jeff ihm aufgetragen hatte. Dann drehte er sich wieder zu ihm um. «Du willst doch nicht, dass ich dir die Waffe zuschiebe, bevor sie gesichert ist, Jeff?»

«Sie war bereits gesichert, bevor Sie sie in Ihren Hosenbund gesteckt haben, Mr. Pullman. Verkaufen Sie mich bitte nicht für dumm.»

Scheiße, der Bengel blickte durch, aber Marty stand noch immer da mit der Waffe an der Seite und dachte, wie schwer sie war, wenn man nur zwei Finger benutzen konnte. Seine Gedanken überschlugen sich bei dem Versuch, die Möglichkeiten abzuwägen, die sich ihm boten.

Man gibt seine Waffe niemals weg. Punkt. Das ließ ihm zwei Möglichkeiten. Er konnte die Waffe rüberschieben und dann den kurzen Augenblick nutzen, wenn Jeff sich bückte, um sie aufzuheben, und auf ihn hechten; oder er konnte sich ein wenig ducken, als würde er Jeffs Wunsch nachkommen, aber sie stattdessen zu Jack schlittern lassen und sich dann aufrichten und den Jungen angreifen. Nach eigener Aussage war Jack ein guter Schütze, und wenn er schnell reagierte, konnte er vielleicht das Überraschungsmoment nutzen, um einen Schuss abzufeuern. Aber leider hatte Jack eine ganze Menge Schnaps intus, und seine Reaktionszeit würde dementsprechend lang sein.

«Die Waffe, Mr. Pullman.»

Marty sah den Jungen an, der während der vergangenen drei Tage an seiner Seite gearbeitet hatte, den Jungen, der bei Moreys Beerdigung geweint hatte, nachdem er ihm eine Kugel in den Kopf geschossen hatte. «Das kann ich nicht machen, mein Sohn.»

«Ich verstehe und respektiere das, Sir», sagte Jeff, aber er zielte noch entschlossener. Sein Finger krümmte sich um den Abzug. «Wenn Sie mir Ihre Waffe nicht geben, werde ich Sie erschießen müssen.»

«Du wirst mich erschießen, ob ich's dir leicht mache oder nicht», sagte Marty.

«Nein, Mr. Pullman, das werde ich nicht. Bevor ich zu dieser Tür hereinkam, wusste ich noch nicht einmal, dass Sie hier waren. Ich habe keinen Streit mit Ihnen, und ich will Sie auch nicht erschießen. Doch wenn es sein muss, werde ich es tun.»

«Du warst also in Brainerd auf dem Speicher, hm?», sagte Jack im Plauderton vom Sofa her. Marty hörte es gurgeln, als Jack sein Glas füllte.

Jack, was zum Teufel hast du vor? Aber Jeff hatte geblinzelt, wenn auch nur kurz. Jack hatte ihn überrumpelt, wie er es mit allen tat.

«Wie bitte?», fragte Jeff, den Blick fest auf Marty gerichtet, den Finger immer noch am Abzug.

«Brainerd. Die Anglerpension. Du warst auf dem Speicher, du hast gesehen, was passiert ist, du hast uns gesehen. Der Typ am Empfangstresen, wer war das? Dein Dad?»

Jeffs Blick schoss kurz zu Jack, und Martys Anspannung wuchs. Seit Jeff die Waffe unter seiner Regenjacke hervorgezogen hatte, kam zum ersten Mal ein Hoffnungsschimmer auf.

Rede weiter, Jack! Diese telepathische Botschaft, die er ihm schickte, war vollkommen unnötig, denn mit Reden verdiente Jack seinen Lebensunterhalt. Ablenkung, Überredung, Geschwätz – das waren die Stärken eines Anwalts, und jetzt tat Jack das, worin *er* geschult war. Aber er bewies Mut. Marty wandte sich ein wenig zur Seite und blickte aus dem Augenwinkel zu Jack. Dreißig Sekunden zuvor hatte er verzweifelt versucht, sich an den letzten Rest Nüchternheit zu klammern, und jetzt spielte er den Stinkbesoffenen.

«Reichlich alt, um dein Dad zu sein, wenn ich mir's überlege. Großvater?»

«Er war mein Vater», sagte Jeff eisig. «Mr. Pullman, schieben Sie Ihre Waffe jetzt hierher oder …»

«Scheiße. Muss die Hölle gewesen sein, mit einem Nazi als Vater aufzuwachsen. Mann, da dachte ich schon, ich hätte es schlecht getroffen. Junge, du hast mein Mitgefühl.»

Die 9-Millimeter zitterte leicht in Jeffs Hand, und vom Hals aus überschwemmte Röte sein Gesicht.

Zu schnell, dachte Marty und mischte sich ein. «Wenn du alles gesehen hast, was in Brainerd geschehen ist, Jeff, dann weißt du auch, dass Jack deinen Vater nicht erschossen hat.»

Jeffs Lächeln war bitterernst. «Haben Sie erwartet, dass er

Ihnen etwas anderes erzählen würde? Als ich die Schüsse hörte, bin ich aus meinem Zimmer gekommen. Jack hatte die Waffe in der Hand.»

«Er hat aber nicht abgedrückt, Jeff», beharrte Marty. «Die anderen haben deinen Vater erschossen. Sie versuchten, Jack dazu zu bringen, auf ihn zu schießen, obwohl er schon tot war, aber er wollte nicht. Er konnte nicht.»

Jeffs Augen wurden schmal, als er Marty musterte. «*Er war dabei.*»

«Darauf kannst du dein letztes Hemd wetten, dass ich dabei war», meldete sich Jack mit undeutlicher Stimme. «Und willst du auch wissen, warum? Weil mein Dad versucht hat, mich dazu zu kriegen, seine Angelegenheiten zu Ende zu bringen, genau wie dein Dad dich dazu gebracht hat, seine zu beenden. Ich kann dir sagen, mein Junge, wir haben viel gemeinsam ...»

«Bitte seien Sie ruhig, Mr. Gilbert.»

«... aber ich möchte doch wissen, wie zum Teufel du uns gefunden hast.»

Jeff konzentrierte sich weiterhin auf Marty und hatte sich unter Kontrolle, aber Jack machte ihn ein wenig nervös, sodass seine Aufmerksamkeit für einen kurzen Moment von der 357er abgelenkt wurde, die Marty in der Hand hielt und zu deren Sicherungshebel einer seiner Finger vorsichtig wanderte.

«Ihr Vater war so dumm, in seinem eigenen Auto zu kommen. Ich habe mir das Kennzeichen gemerkt, mich ein wenig bei dem Sheriff eingeschmeichelt, gewartet, bis er beim Verkehrsamt den Führerschein eines Rasers überprüfte, und dann die Zahlen des Kennzeichens eingegeben. Als ich auf diese Weise Ihren Vater aufgespürt und hier einen Job gefunden hatte, brauchte ich nur noch darauf zu warten, dass die beiden anderen auftauchten. Ein Kinderspiel.»

«Warum hast du der Polizei nichts erzählt?», fragte Marty und bewegte den Finger noch etwas weiter.

«In meiner Familie kümmern wir uns selbst um unsere Angelegenheiten.»

«Und jetzt ist es deine Angelegenheit, Jack umzubringen.»

«Korrekt. Auge um Auge. Ich bin kein Mörder, der wahllos tötet. Hier handelt es sich um einen Akt der Gerechtigkeit, und Jack wird der Letzte sein, den es trifft. Sie, Mr. Pullman, muss ich nicht töten, und ich will es auch nicht. Ursprünglich hatte ich gehofft, hier in der Gärtnerei bleiben zu können, Mrs. Gilbert zu helfen, mir hier vielleicht sogar ein Leben aufzubauen …»

Marty hörte, wie Jack hinter ihm zischend Luft holte, und hatte Mühe, eine ausdruckslose Miene beizubehalten.

«… aber als ich Sie sah, wurde mir klar, dass ich diesen Traum opfern, meine Mission erfüllen und dann verschwinden muss. Ich werde das auch mit Freuden tun, um Ihr Leben zu verschonen, Mr. Pullman. Wenn Sie also weiterleben möchten, brauchen Sie nichts anderes zu tun, als mir Ihre Waffe zu geben.»

Marty stand da, mit festem Blick, und spürte endlich den Sicherungshebel an der Seite seine Fingers.

«Sie haben Ihre Wahl getroffen, nicht wahr, Mr. Pullman?»

«Ich glaube schon, Jeff.»

«Verflucht noch mal, Marty, gib ihm endlich die Scheißwaffe!», rief Jack und sprang vom Sofa hoch, wodurch Marty ganz kurz aufschreckte. In diesem Moment schoss Jeffs linker Fuß mit erstaunlicher Geschwindigkeit und Treffsicherheit in die Höhe und trat Marty die 357er aus der Hand. Sie schlitterte über den Boden und rutschte unters Sofa, bis sie mit einem lauten Scheppern gegen die Wand prallte.

Marty schloss die Augen und hielt sie geschlossen. Fünfzehn Dienstjahre, und dann von einem jungen Bengel entwaffnet. Verdammt, er konnte niemanden retten.

Das Tor zum Parkplatz der Gärtnerei war abgeschlossen. Als Magozzi und Gino vorfuhren, standen bereits vier Streifenwagen aufgereiht am Bordstein, zwei kamen aus der Lake Street angefahren. Kein Warnlicht, keine Sirenen, Gott sei Dank. Peterson machte seinen Job gut.

Viegs kam ihnen entgegengetrottet. Sein Hut schützte die Haarbüschel vor dem Regen, ein Hutüberzug schützte den Hut. «Auf dem Parkplatz steht ein Streifenwagen. Zwei von den Jungs sind durch die Hecke rein, um nachzusehen. Keine Spur von Becker. Wusste nicht, ob Sie wollen, dass wir da drin weitermachen. Peterson hat gesagt, wir sollen warten.»

«Moment mal», sagte Gino, zog sein Handy hervor und schirmte es vor dem strömenden Regen ab. Er tippte eine Nummer ein und hob es ans Ohr. «Pullman antwortet immer noch nicht», sagte er.

«Also los jetzt», sagte Magozzi. «Viegs, sichern Sie mit den Männern, die Sie kriegen können, großräumig das Gelände ab – wir gehen rein.»

Er und Gino zogen sich am Wagen hastig die Regenjacken aus – zu eng und zu laut – und umgingen dann das Gelände dicht an der Hecke entlang, wo das Buschwerk in der Nähe des Büros offener wurde. Das Gewitter war schwächer geworden – nur noch ein, zwei Blitzschläge und ein fernes Donnergrollen alle paar Minuten –, aber es regnete noch heftig, und der Wind setzte ihnen mächtig zu.

Bitte, bitte, betete Magozzi zu einem Gott, von dem er nicht wusste, ob er an ihn glaubte: Lass bitte Montgomery nicht hier sein, lass ihn in seiner Wohnung sein, lass Langer und McLaren ihm jetzt gerade die Handschellen anlegen und lass es in diesem entsetzlichen Krieg, der anscheinend nie aufhört, keine weiteren Leichen geben.

Sie fanden Becker in den Anzuchtbeeten, nur ein paar Meter von der Bürotür entfernt. Er lag auf dem Rücken, die Augen geschlossen, und der Regen prasselte auf sein junges Gesicht. Die gesamte linke Seite seines Kopfs war blutig. Magozzi wusste nicht, ob Becker tot oder lebendig war. Er drückte fest auf die Stelle, wo die Halsschlagader unter seinen Fingern hätte pulsieren müssen. Er spürte einen Pulsschlag, der Beckers sein konnte, möglicherweise aber auch nur sein eigener war.

Gino war sofort auf den Beinen, das Handy in Bereitschaft, und rannte zur Front des Gewächshauses, wobei er den Polizisten auf dem Gelände hektisch Handsignale gab, die er auf der Polizeiakademie gelernt, und von denen er geglaubt hatte, dass er sie schon längst wieder vergessen hatte.

Hinter ihm schlich Magozzi allein an die Bürotür. Aus den Ritzen stahl sich das Licht hervor.

Jeff Montgomerys Fußtritt war wuchtig genug gewesen, um Marty ein paar Schritte nach hinten zu katapultieren und ihm die Hand zu brechen. Sie hing nutzlos nach unten, angeschwollen, pochend und leer.

«Es tut mir leid, dass ich das tun musste, Mr. Pullman. Es

war die einzige Möglichkeit, die mir einfiel, um Ihr Leben zu verschonen.»

Großer Gott, dachte Marty, schüttelte den Kopf und lächelte hilflos. Jeff verwandte genauso viel Aufmerksamkeit darauf, Martys Leben zu verschonen, wie darauf, Jack das Leben zu nehmen. Es handelte sich um einen so absurden und verdrehten Begriff von Ehre und von falsch und richtig, dass er es nicht in den Kopf bekommen konnte.

Aber dann verstand er es plötzlich, und ihm wurde klar, dass er im Moment nicht nur Jeff Montgomery vor sich sah – er sah auch Morey Gilbert, Rose Kleber, Ben Schuler und letztlich, aber nicht am unwichtigsten, auch Marty Pullman. Zum ersten Mal seit langer Zeit war er nachsichtig mit sich selbst. Er betrachtete die Dinge direkt, sah sie ganz klar. «Hör mir zu, Jeff. Ich bin auch schon gewesen, wo du jetzt stehst. Ich habe getan, was du tust, und ich sage dir, es ist kein Akt der Gerechtigkeit.»

Zynismus lag in Jeffs Blick. «Sie verstehen nicht. Das Töten in Ausübung der Dienstpflicht ist nicht dasselbe.»

«Ich habe im Dienst niemanden getötet.»

Jetzt hatte er Jeffs Neugier geweckt, und Jacks ebenfalls. «Was genau haben Sie denn getan, Mr. Pullman?»

Marty holte tief Luft und blies sie aus, damit die Worte von ihr getragen wurden. «Ich habe den Mann getötet, der meine Frau ermordet hat.»

Jack ließ die Kinnlade fallen und griff nach hinten. Er bekam die Sofalehne zu fassen und setzte sich ganz langsam. «Du hast Eddie Starr erschossen?», flüsterte er, und Marty nickte, ohne sich zu ihm umzudrehen.

Jeff lächelte ihm wohlwollend zu. «Dann war es eine edle Tat, Mr. Pullman. Sie mussten es tun.»

«Ich habe einen unbewaffneten Mann erschossen, der sich gerade eine Nadel in den Arm stach, Jeff, und daran war absolut nichts Edles. Es war keine Gerechtigkeit, es hat mich nicht über andere erhoben, sondern zu einem Mörder gemacht, und es gibt verdammt nichts, was ich tun kann, um es ungeschehen zu machen. Aber du hast eine Chance, die ich nicht hatte. Verzichte auf die letzte Tat. Entscheide dich, nicht zu töten. Dreh dich um und geh zur Tür hinaus, dann kannst du dich für den Rest deines Lebens daran festhalten.»

Der Wind draußen wurde stärker, rüttelte an der Seitenwand des Gebäudes und schüttelte die Tür in ihrem Rahmen.

Jeff betrachtete ihn mitleidig. «Es ist wirklich sehr schade, Mr. Pullman. Sie haben das Richtige getan, das Ehrenhafte, aber Sie verstehen es nicht.» Er machte einen schnellen Schritt nach links, um freie Schussbahn auf Jack zu haben, und drückte beinahe ab, bevor Marty begriff, dass der Augenblick gekommen war. Beinahe, aber nicht ganz.

In dem Sekundenbruchteil, bevor sich Jeffs Finger um den Abzug krümmte, war Marty seitwärts in die Luft gehechtet. Er spürte, dass es richtig war und gut, und fühlte sich plötzlich rein, als er sich zwischen die Kugel und den einzigen unschuldigen Mann im Raum warf. *Der Unglaubliche Fliegende Gorilla,* dachte er und lächelte, als die Kugel sich unterhalb der Rippen in seinen Körper bohrte.

«Verdammt!», brüllte Jeff und zielte wieder auf Jack, aber da flog die Tür auf, krachte innen gegen die Wand, löste sich aus den Angeln. Magozzi kauerte im strömenden Regen und im Sturm und rief: «Waffe fallen lassen! Fallen lassen!»

Jeff wirbelte herum und schoss wild um sich, weil er die Kontrolle verloren hatte und weil alles schief ging. Als neben seinem Kopf Holz splitterte, drückte Magozzi ebenfalls ab, noch mal und noch mal, und feuerte wiederholt in Jeff Montgomerys Brust. Heißes Adrenalin fand den Weg in seine Muskeln, aber verschonte sein Gehirn, damit er nicht auf das Babygesicht und die ungläubigen blauen Augen des blutjungen Mannes achtete, den er umbrachte.

KAPITEL 41

Magozzi richtete sich in der Türöffnung langsam aus der Hocke auf, die Waffe noch fest in beiden Händen und auf den regungslosen Körper von Jeff Montgomery gerichtet. Seine Blicke huschten durch den Raum, fingen Schnappschüsse ein: Montgomery zu seiner Linken, die Brust zerschossen; Marty Pullman direkt vor ihm, flach auf dem Rücken, aber die Augen geöffnet, wenngleich sein Hemd sich rot färbte; Jack Gilbert, der vom Sofa aufsprang, um sich neben Marty zu knien. Schreibtisch, Computer, Stuhl, eine fast leere Flasche, die auf der Seite lag und aus der noch ein Rest Scotch tropfte.

Jetzt erst gestattete er sich, Luft zu holen, und ließ sich vom Wind in das kleine Büro schieben, in dem es nach Schnaps, Kordit und Blut roch. Noch hielt der Junge seine Waffe umklammert, aber Magozzi stieß sie ihm mit den Zehenspitzen aus der Hand und spürte gleich darauf auf der Schulter das tröstliche Gewicht von Ginos Pranke, die ihn sanft beiseite schob. «Lass mich vorbei, Kumpel. Lass mich vorbei.»

Als die Wirkung des Adrenalins verebbte, fingen Magozzis Beine zu zittern an. Er sah zu, wie Gino sich hinunterbeugte und die Finger an Montgomerys Hals presste. Er erhob sich wieder und sagte: «Der ist hinüber.»

Als sie die drei Schritte zu der Stelle getan hatten, wo Marty lag, stand bereits ein halbes Dutzend Polizisten mit gezogenen Waffen im Regen links und rechts vor der Tür. «Alles klar?», rief einer von ihnen.

«Alles klar! Wir brauchen sofort einen Krankenwagen!», antwortete Gino.

«Schon auf dem Weg!»

Jack riss Martys Hemd auf und zog sich selbst das Polohemd aus, um es fest auf die Wunde zu pressen. Marty stöhnte und kniff vor Schmerzen die Augen zusammen.

«Verdammt, Jack, willst du mich umbringen?»

«Sieht nicht so übel aus, Marty. Du bist bald wieder okay. Nur ein kleines Loch. Wir haben alles unter Kontrolle, aber du hast dein ganzes Hemd mit Blut eingesaut, du blöder Arsch. Weißt du eigentlich, wie schwer es ist, Blutflecke aus Leinen rauszukriegen?»

Marty schloss die Augen und lächelte ein wenig, aber er sah schlecht aus.

«Lass mich das übernehmen, Jack.» Magozzi legte die Hand auf Jacks, wartete, bis der seine wegzog, und drückte dann auf die Polohemd-Kompresse, wenn auch nicht besonders stark. Er wusste verdammt gut, dass Marty weniger äußerlich blutete als vielmehr innerlich, und das war nicht gut. Er atmete schwer, Lunge und Herz kämpften gegen den Druck, und das Blut, das in Jacks Polohemd sickerte, war hellrot – Blut aus einer Arterie.

«He, Pullman.» Gino kniete dicht an seinem Kopf. «Mach die Augen auf, Kumpel. Wenn du meinst, wir schreiben diesen Scheißbericht alleine, hast du dich schwer getäuscht.»

«Gino», flüsterte Marty, ohne die Augen zu öffnen. «Wie schlimm?»

Gino schluckte schwer und sorgte dafür, dass seine Stimme unbeschwert klang. «Machst du Witze? Du hast 'ne Kugel in der Brust, das ist kein Zuckerschlecken. Wie ich es sehe, musst du ungefähr einen Monat lang flachliegen und in eine Urinflasche pissen. Warum zum Teufel hast du dich von dem Arschloch anschießen lassen?»

«Auf *mich* hat er geschossen», brachte Jack mit erstickter Stimme heraus. Seine Hände waren so fest verschränkt, dass sie weiß anliefen, aus Angst, Marty zu berühren, ihm wehzutun. Er atmete hektisch, blinzelte und konnte sich nur mit großer Mühe zusammenreißen. «Auf mich hat er geschossen, verflucht, und Marty ist dazwischengesprungen. Der blöde Idiot ist direkt in eine Kugel gesprungen und es ist meine Schuld, das ist alles meine Schuld warum zum Teufel hast du das getan Marty warum musst du immer den verdammten Helden spielen …?»

Martys Hand schoss vor, packte Jacks Handgelenk und hielt es fest. Dann drehte er den Kopf, öffnete die Augen und sah Jack an. «Ich bin kein Held. Ich bin genau wie Morey, Jack. Vergiss das nie …»

«Das ist totaler Schwachsinn …»

Martys Finger schlossen sich noch fester um Jacks Handgelenk, und diese Anstrengung kostete ihn Kraft. Das Sprechen fiel ihm zunehmend schwer. «Genau wie Morey. Genau wie die anderen. Du musst es ihnen sagen. Erzähl Magozzi und Gino von Eddie Starr. Lass sie den Fall abschließen.» Dann lächelte er. «Die ganze Zeit bist du der einzige Gute gewesen, Jack. Besser als jeder andere von uns. Du bist der Held.»

Jack legte den Kopf an Martys Kopf und weinte.

Gino stemmte sich hoch und räusperte sich. «Ich sehe mal nach dem Krankenwagen», verkündete er, stolz, dass seine Stimme nicht ganz versagte. Als er sich zur Türöffnung wandte, erblickte er ein Meer aus blauen Uniformen, eine schweigende Mahnwache im Regen vor der Tür, harte Gesichter, aufeinander gepresste Lippen. Ein paar der Männer hoben verstohlen die Hände an die Augen. Lily Gilbert drängte sich zwischen ihnen hindurch, ein kleiner alter Bulldozer. Der Regen hatte ihr das weiße Haar auf den Kopf geklatscht, lief an ihren Brillengläsern hinunter, trommelte auf ihre geraden Schultern. Die uniformierten Polizisten traten beiseite und ließen sie durch. Sie ging direkt dorthin, wo Marty lag, und kniete sich neben Jack. Für die Leiche von Jeff Montgomery hatte sie keinen Blick übrig. Magozzi stand auf und trat zurück.

Sie musste sehr dicht an ihn herankommen, damit Marty sie sah. Aus irgendeinem Grund hatte er Probleme mit seinen Augen, und das war eigenartig, denn er war doch in die Brust getroffen worden. «Bist du es, Lily?»

«Wer sonst?»

«Ich bin bei dir», sagte sie, legte ihm ihre alten, knochigen Finger auf die Stirn und spürte die Kälte des Todes.

«Jack hat dir etwas zu erzählen», flüsterte er. Seine Zunge wanderte zur Seite und fand Blut.

«Ich weiß. Ich werde ihn anhören. Sei du jetzt still.»

«Ein bisschen spät dafür.»

Die Tränen liefen Jack übers Gesicht und tropften ihm vom Kinn auf die nackte Brust, bis sie dann über die Rundung seines albernen kleinen Bauches rollten. «Halt jetzt die Klappe, Marty, halt verdammt noch mal die Klappe. Du bist bald wieder okay. Ich schwöre bei Gott, dass du bald wieder okay bist …»

Marty fielen die Augen zu, als er zu sprechen versuchte. Sein Brustkorb hob sich vor Anstrengung und fiel gleich darauf in sich zusammen.

«Jack», sagte Lily sanft. «Er wird nie wieder okay sein. Er stirbt. Lass ihn sagen, was er sagen will.»

Martys Lächeln war ein trauriges Graublau, aber als er die Augen wieder öffnete, waren sie klar, konzentriert und funkelnd. «Mein Gott, wie ich dich liebe, Lily», flüsterte er. «Ich habe nur versucht, das Richtige zu tun.»

Sie lächelte ihm zu. «Immer hast du nur versucht, das Richtige zu tun. Denn so bist du eben. Ein guter Mann. Ein guter Sohn, Martin», flüsterte sie und sah, wie seine Augen sich zum letzten Mal schlossen.

Kaum mehr als einen Schritt entfernt wandte Magozzi sein Gesicht zur Wand, bemerkte einen Holzsplitter, der aus der Täfelung hervorstand, und starrte ihn an. Er konnte Jack schluchzen hören, er konnte hören, wie einige der Polizisten nahe der Tür schnieften, er konnte Gino draußen schreien hören: «Scheiße, wo bleibt der verdammte Krankenwagen?» Doch über all dem hörte er den Wind, der wieder stärker wurde, und den Regen, der wieder heftiger fiel und auf die Welt einhämmerte.

Schließlich hörte er die Sirenen.

Die Sanitäter bearbeiteten Marty Pullman volle zehn Minuten lang, taten all die fürchterlichen Dinge, die sie mit Menschen anstellen, die sie nicht verlieren wollen. Sie taten es pro forma, denn sie wussten schon nach einem ersten Blick, dass es sinnlos war, aber die Polizisten und Angehörigen, die Spalier standen und zuschauten, brauchten es. Als sie schließlich ihre Geräte zusammenpackten, aufstanden und zurücktraten, weinte einer von ihnen ganz ungeniert. Er hatte vor einer Million Jahren bei den Minnesota-Meisterschaften gegen Marty Pullman gerungen und gelacht, als er verlor, denn der Versuch, Martys Monsterschultern zu Boden zu pressen, glich dem Versuch, einen Gorilla aufs Kreuz zu legen.

Jack hatte sich weit genug entfernt, um den Sanitätern Ellbogenfreiheit für ihre Arbeit zu geben, aber auch nicht weiter. Kaum waren sie gegangen, kniete er wieder an Martys Seite, denn er sah so traurig aus, wie er ganz allein dort lag.

Die Polizisten kamen einer nach dem anderen zur Tür herein und sahen in stummer Reverenz auf einen der ihren hinunter, bevor sie wieder hinausgingen und im prasselnden Regen verschwanden. Als sie die Türöffnung nicht mehr abschirmten, wurde der Regen vom Sturm auf Martys Leiche getrieben und wusch das Blut von seiner Brust.

Gino, Magozzi und Lily standen nahe der Türöffnung, und irgendwie hatte Lilys Hand sich in die Magozzis gestohlen. Sie fühlte sich winzig an und zerbrechlich und traurig. Es würden einige Augenblicke relativer Ruhe folgen, bevor die Kriminaltechniker über den Tatort herfielen, um den Tod zur Wissenschaft zu machen. Zu viele Augenblicke, um Jack Gilbert ganz allein dort sitzen zu lassen, dachte Gino. Er bemühte sich, mürrisch zu sein, weil er Jack Gilbert nicht leiden konnte, stemmte sich aber nichtsdestoweniger von der Wand ab, um hinüberzugehen und sich neben Jack zu stellen.

Nachdem das viele Blut weggewaschen war, bemerkte Gino die lange gezackte Narbe auf Martys regloser Brust. «Großer Gott», murmelte er. «Woher hat er die Narbe?»

«Sein Vater», sagte Jack. Seine Stimme war so leblos wie der Mann neben ihm.

«Was?»

«Sein Vater hat ihm die Schnittwunde beigebracht, als Marty noch ein Junge war.»

«Verdammt.» Gino schloss kurz die Augen und dachte daran, wie viel Lebensgeschichte einen Menschen letztlich ausmachte, dass man nie alles über jemanden wusste und dass es überall Ungeheuer gab.

Er drehte sich um, als der Regen von einer besonders starken Bö zur Türöffnung hineingepeitscht wurde und mit einem widerwärtig schmatzenden Geräusch auf Martys bloße Haut traf. Ginos Gedanken eilten zurück zum Beginn dieses Falls, zu Lily Gilbert, die die Leiche ihres Mannes aus dem Regen nach drinnen geschafft und dadurch seinen so geschätzten Tatort kontaminiert hatte. Als er zu ihr schaute, wie sie da neben Magozzi stand, blickte auch sie gerade durch ihre dicken Brillengläser zu ihm herüber. Sie weinte nicht, sie sagte nichts, sie sah ihn nur an.

Gino blickte wieder hinunter auf Martys Gesicht, auf das der Regen fiel, und verstand ein paar Dinge.

Magozzi zog eine Augenbraue in die Höhe, als er sah, wie Gino in die Hocke ging, mit den Armen unter Marty Pullmans Schultern und Knie griff, den Toten aufhob und aus dem Regen zum Sofa trug, wo er ihn sanft ablegte.

Als Gino sich umdrehte, sah Lily ihn noch immer an. Sie nickte einmal und ging dann hinüber, um sich hinter Jack zu stellen. Sie legte ihm die Hände auf die bebenden Schultern, beugte sich vor, um ihn auf den Scheitel zu küssen, und flüsterte: «Komm, kümmere dich um deine Mutter. Ihr bricht das Herz.»

Chief Malcherson war innerhalb einer halben Stunde nach der Schießerei eingetroffen, um mit den Ermittlungen zu beginnen. Er nahm die Aussagen von Magozzi und Gino auf, ließ sich Magozzis Waffe geben und leitete sämtliche Maßnahmen ein, die ergriffen werden mussten, wenn ein Officer im Dienst tödliche Gewalt angewendet hatte. Formal war Magozzi suspendiert, bis die Dienstaufsicht die Umstände des Todes von

Jeff Montgomery geklärt hatte – Gino musste alle Berichte unterschreiben, die bis dahin abgefasst wurden –, aber Malcherson dachte keine Sekunde daran, ihn nach Hause zu schicken. Erstens hätte Magozzi sich dem widersetzt, was zu einer unschönen und untragbaren Situation geführt hätte, denn sie wären beide gezwungen gewesen, auf ihren Positionen zu beharren, was der Untersuchung nur schaden konnte. Zum anderen kannten und vertrauten die Gilberts ihm, und wenn es einen Schlüssel gab, diesen Fall abzuschließen, dann besaßen ihn die Gilberts. Manchmal befolgte man die Vorschriften buchstabengetreu, und manchmal tat man es nicht. Malcherson blieb, während Jimmy Grimm und sein Team die Spuren am Tatort sicherten, und entließ Gino und Magozzi um zehn Uhr, damit sie mit den Gilberts sprechen konnten.

Sie folgten dem Kiespfad zwischen den Anzuchtbeeten zum Haus. Kleine bunte Quarzsplitter funkelten und glitzerten trotz des heftigen Regens im Schein ihrer Taschenlampen. Wenigstens waren die Blitze fürs Erste nach Osten abgewandert. Aber eine weitere Reihe von Gewitterstürmen näherte sich von Westen – laut Jimmy Grimm würde die Superzelle, die Minnesota die Unwetter bescherte, sie noch die ganze Nacht bedrohen –, aber es gab erst mal eine Verschnaufpause, bevor die nächsten Stürme loslegten.

Lily empfing sie an der Hintertür. Sie trug trockene Hosen und ein kurzärmeliges Hemd. Magozzi sah die sehnigen Muskeln ihrer dünnen Arme und die Tätowierung über ihrem Handgelenk. «Haben Sie Nachrichten über Officer Becker?», waren die ersten Worte aus ihrem Mund.

«Er wird durchkommen», sagte Gino. «Montgomery hat nicht auf ihn geschossen, sondern ihm einen Schlag auf den Kopf versetzt.»

«Wohin hat man ihn gebracht?»

«Ins Hennepin County, glaube ich.»

«Ein netter Junge. Ich muss ihm Blumen schicken, bevor Sie uns in Gefängnis bringen.»

Gino und Magozzi tauschten verdutzte Blicke aus. «Wir sind nicht hier, um Sie ins Gefängnis zu bringen, Mrs. Gilbert.»

«Noch nicht, vielleicht. Kommen Sie herein. Wir haben auf Sie gewartet.»

Sie führte die beiden in die Küche, wo Jack bereits am Tisch saß. Er war inzwischen trocken und nüchtern und trug einen altmodischen karierten Hausmantel, der bestimmt seinem Vater gehört hatte. Die Ärmel waren mehrere Male umgekrempelt, was Magozzi daran erinnerte, ein wie hoch gewachsener Mann Morey Gilbert gewesen war. Jacks Augen waren gerötet, und sein Gesicht war aufgedunsen. «Wie geht es Ihnen, Jack?»

«Okay, schätze ich. Setzt euch, Leute.»

«Das war ein schrecklicher Abend», sagte Gino. «Es tut uns leid wegen Marty. Sehr leid. Und es tut uns auch leid, dass wir Sie jetzt mit unseren Fragen behelligen müssen.»

«Das ist Ihr Job», sagte Lily, die sich geschäftig in der Küche bewegte, Teller aus Schränken holte und Gläser füllte, als seien Gino und Magozzi zwei Gäste, die auf einen kleinen Imbiss vorbeigekommen waren. «Hier. Essen Sie das.» Sie stellte jedem von ihnen eine Schüssel mit wohlriechender Suppe vor die Nase. «Das ist Hühnersuppe. Hilft bei vielen Sachen. Hausgemacht, echtes Schmalz. Alles andere wirkt nicht.»

Gino hatte keine Ahnung, was Schmalz war, aber es klang nicht halb so gut, wie die Suppe roch. Er nahm seinen Löffel zur Hand, aber zögerte. Sie glaubte, sie würden sie ins Gefängnis bringen, und trotzdem servierte sie ihnen Suppe. Er fragte sich, ob sie sich der Bestechlichkeit schuldig machten, wenn sie von der Suppe aßen.

«Entspannen Sie sich.» Jack beobachtete ihn. «Sie weiß, warum Sie hier sind. Wir werden Ihnen alles sagen, was wir wissen. Aber die Suppe müssen Sie essen.»

«Zuerst», fügte Lily hinzu. «Und dann reden wir.»

Magozzi aß seine Suppe, aber anders als Gino verstand er das Angebot als das, was es bedeutete. Lily Gilbert würde sie endlich einweihen.

Als sie gegessen hatten, räumte Lily ab und setzte sich neben Jack. «Erzähl ihnen von Brainerd.»

Magozzi holte eilig Notizbuch und Stift hervor, und für den Fall, dass man ihm die Verblüffung ansah, wandte er dabei sein Gesicht ab. *Woher zum Teufel wusste Jack etwas von Brainerd*? Er kannte die Antwort, bevor er die Frage stellte, und das verursachte ihm Übelkeit. Jack war zusammen mit seinem Vater und den anderen beim Anglerheim gewesen. Jack hatte mitgemacht.

Er spürte Ginos Angespanntheit, wusste, dass sein Partner dasselbe dachte, aber beide blieben stumm und warteten darauf, dass es laut ausgesprochen wurde.

Die wahre Geschichte war fast noch schlimmer.

Jack brauchte eine ganze Weile, um ihnen davon zu erzählen, wie Morey, Rose und Ben den alten Mann im Anglerheim erschossen hatten, wie er an jenem Tag im Speicher den Schatten gesehen hatte, und schließlich auch von seiner Weigerung mitzumachen.

Magozzi und Gino hörten zu schreiben auf und sahen gleichzeitig Jack an.

«Was?», fragte Jack.

«Nichts, Jack. Erzählen Sie weiter.»

Er berichtete ihnen von der Heimfahrt an jenem Tag, von dem Streit mit seinem Vater und allem anderen, was darauf gefolgt war. «Aber ich habe Brainerd nie mit dem Tod meines Vaters in Zusammenhang gebracht», schloss er. «Bis gestern, als Ben umgebracht wurde und ich Rose Klebers Bild in der Zeitung sah – vorher kannte ich nicht einmal ihren Namen. Da erst wurde mir klar, was ablief und dass derjenige, der vom Speicher aus beobachtet hatte, was wir taten, uns jetzt einen nach dem anderen umlegte.»

«Was *die* taten, Jack», verbesserte Gino ihn. «Nicht Sie.»

«Egal. Ich habe Blut an den Händen, gleichgültig wie man es betrachtet. Wenn ich es Ihnen eher erzählt hätte, wäre es Ihnen vielleicht gelungen, sich alles früh genug zusammenzureimen, und Marty wäre jetzt nicht tot.»

Magozzi sagte ihm die Wahrheit. «Vielleicht. Aber vielleicht auch nicht. Jeff hat sich ziemlich gut verborgen gehalten.»

Er hatte ihm einen kleinen Knochen hingeworfen, aber das würde Jack niemals reichen, und mehr hatte Magozzi nicht anzubieten. Einerseits hätte er Jack am liebsten den Hals umgedreht, denn er musste annehmen, dass Marty tatsächlich nicht hätte sterben müssen, wenn sie bestimmte Dinge früher gewusst hätten –, aber andererseits empfand er großes Mitleid mit dem Mann. Wie musste ein Mensch sich fühlen, wenn der eigene Vater ihn zum Killer machen wollte und ihn enterbte, wenn er sich widersetzte?

Jack stand auf und schenkte sich eine Tasse Kaffee ein. «Da ist noch etwas anderes. Pop hat gesagt, dass sie das schon seit Jahren machten, dass sie eine Menge Nazis umgebracht hätten. Er sagte, er hätte eine Liste im Computer, aber ich habe nichts gefunden. Kann sein, dass er sie gelöscht hat.»

«Wir schicken jemanden her, damit der Computer abgeholt wird, und überprüfen das», sagte Magozzi.

Jack zuckte die Achseln. «Vielleicht ist es ja auch gar nicht wahr.»

«Es ist leider wahr», sagte Magozzi. «Wir haben es erst heute Nachmittag herausgefunden. Ben Schuler hatte auf der Rückseite von Bildern in seinem Haus ein Verzeichnis derer angelegt, die sie umgebracht haben.»

Lily richtete sich auf ihrem Stuhl auf. «Wie viele?»

«Bisher über sechzig.»

Sie schloss die Augen.

«Sie hatten keine Ahnung, was Morey all die Jahre getrieben hat?»

Sie nahm die Brille mit den dicken Gläsern ab, öffnete die Augen und sah ihn an. Es war das erste Mal, dass Magozzi ihre Augen ohne die Brille sah, durch die sie sonst abgeschirmt wurden. Sie waren sehr schön, dachte er, und Tragik lag in ihnen.

«Ich sage Ihnen, was ich wusste. Er sprach gleich nach dem Krieg davon. Andere Leute, kleine Gruppen brachten diese Männer zur Strecke und ermordeten sie. Er hielt das für gerecht. Für etwas Nobles. Ich habe zu ihm gesagt, wenn er je unser Haus verlassen würde, um ein menschliches Wesen zu töten, brauche er gar nicht erst wiederzukommen, und danach hat er nie wieder darüber gesprochen.»

«Er hat mindestens zweimal im Jahr ohne Sie diese Reisen unternommen», rief Gino ihr ins Gedächtnis. «Kam Ihnen das nicht seltsam vor?»

«Sie sind ein misstrauischer Mensch, Detective Rolseth.

Ihre Frau verreist übers Wochenende mit Freunden, und Sie denken, aha, sie ist unterwegs, um Menschen umzubringen? Morey und Ben sind ab und zu zum Angeln gefahren. War das so schwer zu glauben? Na, jedenfalls war das alles, was ich wusste bis zu jener Nacht, in der Morey erschossen wurde. Ich dachte, er sei im Gewächshaus wie jeden Abend. Doch dann weckte er mich gegen Mitternacht und sagte, er habe das Tier umgebracht.»

«Ein Tier?», fragte Gino.

«*Das* Tier. So nannten wir ihn. Er war ein SS-Mann in Auschwitz.»

«Heinrich Verlag», sagte Magozzi. «Auch bekannt unter dem Namen Arlen Fischer.»

Jacks Kinnlade fiel vor Entgeisterung herunter. «Fischer? Der Mann, der an die Eisenbahnschienen gebunden wurde? Willst du mir sagen, dass *Pop* das getan hat? Und dir dann davon *erzählt* hat?»

Lily nickte. «Verlag kannte ich. Verlag hatte ich erlebt. Sechzig Jahre lang habe ich mir gewünscht, dass der Mann den Tod findet. Und da kommt Morey zu mir, stolz wie ein Kater, der eine tote Maus nach Hause bringt, und glaubt, ich hätte nichts dagegen, dass er den Mann getötet hat. All diese Jahre, und er hat mich nicht gekannt.»

«Du hättest es mir sagen sollen, Ma.»

«Meinst du, ich wollte meinen Sohn wissen lassen, dass sein Vater ein Mörder war?»

«Aber ich wusste es schon.»

Lily lächelte ihm traurig zu. «Das sagst du mir jetzt.»

Magozzi legte seinen Stift zur Seite und rieb sich die Augen. Es waren beinahe zu viele Informationen, um sie zu verarbeiten, und keine von ihnen war positiv für Jack oder Lily.

«Wir werden alles protokollieren und weiterleiten müssen», sagte Gino und gab damit seinen Gedanken Ausdruck.

Jack schmunzelte. «Machen Sie kein so düsteres Gesicht, Detective. Seit zwei Tagen versuchen Sie, mich hinter Gitter zu bekommen, und jetzt erfüllt sich Ihr Wunsch. Ich war Zeuge eines Mordes, ich habe das nicht angezeigt, und ich werde ein Geständnis unterschreiben. Es wird langsam Zeit, dass jemand aus dieser Familie die Verantwortung dafür übernimmt, was er getan hat.»

Lily tätschelte ihm die Hand.

«Hoffen Sie noch nicht auf einen Luxusurlaub in Stillwater. Es gibt eine Menge mildernder Umstände. Wir wissen nicht, was der Staatsanwalt aus dieser Geschichte machen wird.»

«Noch eine Frage, Jack», sagte Magozzi. «Marty wollte, dass Sie uns etwas erzählen, damit wir den Fall Eddie Starr abschließen können.» Er sah, dass die Erwähnung dieses Namens Lily hart traf. «Er wusste, dass Morey ihn getötet hat, stimmt's?»

Jack sah ihn starr an.

«Es ist nicht mehr von Bedeutung, Jack. Wir hatten uns das schon gedacht – die Waffe, die Morey und die anderen bei einer Menge ihrer Opfer benutzt hatten, war dieselbe, mit der auch Eddie Starr getötet wurde …»

«Morey hat den Mann getötet, der Hannah ermordet hat?», flüsterte Lily.

«Nein», sagte Jack gefasst. «Marty war es. Und das hat ihn fertig gemacht. Das war es, womit er nicht leben konnte.»

Magozzi und Gino sahen einander an und lehnten sich auf ihren Stühlen zurück, als sei ihnen die Anstrengung, aufrecht zu sitzen, plötzlich zu groß.

Magozzi schloss die Augen und sah nur Hass und Rachsucht. Morey, der tötet, Marty, der tötet … und nur Lily und Jack, die abseits standen und der Gewalttätigkeit trotzten, die ihr Leben zerstört hatte. Er fragte sich, ob ihnen klar war, dass sie einander sehr ähnlich waren, denn man musste nur das Chaos all ihrer Fehler durchdringen, um bei beiden auf denselben guten Kern zu stoßen.

Und dann dachte er daran, was Marty kurz vor seinem Tod gesagt hatte.

Die ganze Zeit bist du der einzige Gute gewesen, Jack. Besser als jeder andere von uns. Du bist der Held.

KAPITEL 42

Irgendwann während der Nacht hatte das Unwetter Minnesota überquert und Wisconsin erreicht. Es hinterließ schlammige Felder, zertrümmerte Gebäude und zerstörte Existenzen. Neun Tornados hatten den Bundesstaat getroffen, und im Moment waren die Medien ausschließlich damit beschäftigt, die verheerenden Folgen der Naturkatastrophe mit Bildern zu dokumentieren.

Es hatte einen kurzen Bericht über die Schießerei in der Uptown-Gärtnerei gegeben, aber die Presse war noch zu sehr mit dem Unwetter beschäftigt, um ernsthaft zu recherchieren. Aber bald, wenn die Öffentlichkeit es müde war, Kanthölzer zu betrachten, die Baumstämme durchschlagen hatten, Wohnwagen, die auf ihrem Dach lagen, und die verstreuten Überbleibsel eines Pfahlgebäudes in der Nähe von Wilmer, das zwanzigtausend Truthähne beherbergt hatte, würden die Medien wieder das Morddezernat belagern und auf den nächsten Thrill warten, mit dem sich die Quoten und Auflagen steigern ließen. Über diesen Gedanken war Chief Malcherson nicht erfreut, als er durch den Korridor zum Büro des Morddezernats ging. Aber es gab in diesem Gebäude heute sowieso keinen erfreulichen Gedanken.

Gloria saß vorne an ihrem Schreibtisch, in Schwarz gehüllt, und malträtierte die eingegangene Post. Marty Pullman hatte viel Zeit in diesem Büro verbracht, als McLaren und Langer den Mord an Hannah bearbeiteten, und Gloria hatte ihn ins Herz geschlossen. Zum einen hatte er O-Beine, und sie hatte noch nie einen Mann mit O-Beinen getroffen, den sie nicht mochte; zum anderen war er uneingeschränkt als Gentleman aufgetreten und hatte ihr auf unauffällige Weise jene Art freundlichen Respekt erwiesen, von dem man nicht genug bekommen konnte. Aber hauptsächlich mochte sie ihn, weil dieser Mann todunglücklich darüber war, seine Frau verloren zu haben, und sich auch nicht schämte, das zu zeigen. Jeder Mann, der eine Frau so liebte, verdiente es, dass man mit ihm trauerte.

Sie sah auf, als Malcherson an ihrem Schreibtisch stehen blieb. «Haben Sie überhaupt Schlaf gefunden, Chief?»

«Ein paar Stunden, danke. Wer ist da?»

«Peterson ist im Einsatz wegen des betrunkenen Blödmanns, den sie heute Morgen aus dem Mississippi gefischt haben. Der Rest ist hier. Magozzi und Rolseth sind ungefähr vor einer halben Stunde gekommen und sahen so fertig aus, als hätte man sie durch die Mangel gedreht. Wenn Sie meine Meinung hören wollen, und ich weiß, dass es so ist, dann würde ich denken, Sie sollten die beiden nach Hause schicken.»

«Ich werde sehen, was ich tun kann, Gloria.»

Malcherson ging nach hinten, wo Langer und McLaren links an ihren Schreibtischen arbeiteten und Magozzi und Gino rechts. Er zog sich einen Stuhl in den Gang zwischen ihnen und setzte sich. Einen jungfräulichen Schreibblock legte er sich auf die Knie. «Meine Herren, wir müssen ein paar Dinge durchgehen.»

Langer und McLaren sahen ganz wohl aus – soweit er wusste, hatten sie ihre Berichte über die Durchsuchung von Jeff Montgomerys Wohnung fertig gestellt und waren vor Mitternacht nach Hause gefahren –, aber Magozzi und Rolseth hatten noch im Büro gesessen, als er um drei Uhr früh gegangen war. Magozzi sah ausgemergelt und angespannt aus, und bei Gino hatte man den Eindruck, als trüge er kleine Säckchen mit flüssiger Götterspeise unter den Augen. Doch das wahre Ausmaß seiner Erschöpfung ließ sich daran erkennen, dass er Malchersons Anzug mit keiner Silbe erwähnt hatte.

«Sie haben alle erstaunliche Arbeit geleistet, Detectives. Wenn ich Ihre Berichte nicht falsch verstanden habe, sind letzte Nacht vier Morde aufgeklärt worden.»

«Aber zu welchem Preis», sagte Magozzi bitter.

«Sie haben Jack Gilbert das Leben gerettet», erinnerte ihn Malcherson.

«Marty Pullman haben wir verloren. Wir waren zehn Sekunden zu spät.»

«Jeder Mord, der in dieser Stadt verübt wird, bedeutet, dass wir zehn Sekunden zu spät waren, um jemanden zu retten, Detective Magozzi. Wir tun, was wir können.» Er zog seinen Mont Blanc aus der Tasche und sah Langer und McLaren an. «Haben wir schon einen Abschlussbericht über die Durchsuchung von Thomas Haczynskis Wohnung?»

«Ist in Arbeit, aber der vorläufige Bericht sagt eigentlich schon alles.» McLaren schlug ein zerfleddertes kleines Notizbuch auf, dessen Umschlag bekritzelt war. «Der Junge hatte eine 22er unter seiner Matratze, die heute am frühen Morgen von der Ballistik als die Waffe identifiziert wurde, mit der Morey Gilbert erschossen worden ist. Und mit der 9-Millimeter, die er bei Marty benutzt hat, sind Rose Kleber und Ben Schuler erschossen worden. Außerdem haben wir ein Tagebuch gefunden, in dem er darlegt, was er getan hat und warum. Der letzte Eintrag betrifft gestern Abend, als er in die Gärtnerei ging, um Jack zu töten. Eine schlimme Lektüre, kann ich euch sagen. Mich hat's jedenfalls gegruselt. Seit über einem Jahr hat er alles geplant, und zwar bis ins letzte Detail. Er hat sich auch diese Handy-Masche ausgedacht, damit es so aussieht, als würde er in Deutschland leben.»

Malcherson sah von seinem Schreibblock auf. «Und wie ging das?»

«Wir haben es gerade Gino und Magozzi erklärt», sagte Langer. «Montgomery besaß eins dieser teuren Tri-Band-Telefone, die sowohl hier als auch in Europa funktionieren. Es war im Grunde ganz einfach. Er musste nur einen deutschen Handy-Vertrag mit deutscher Telefonnummer abschließen, und keine Anrufrückverfolgung, noch nicht einmal unsere, konnte ihn lokalisieren. Er konnte auf der ganzen Welt Gespräche annehmen oder von sonstwo anrufen, und es sah so aus, als sei er in Deutschland.»

«Der kleine Mistkerl», schimpfte Gino, der vor Wut kochte, weil man ihn zum Narren gehalten hatte. «Heult rum, spricht im nächsten Moment Deutsch, tut so, als sei er sein eigener Onkel.»

Malcherson seufzte. «Also sind Magozzis und Rolseths Fälle abgeschlossen.»

«Würde ich auch sagen», stimmte Langer zu. «Der Fall Arlen Fischer ist eine andere Sache. Wir wissen, dass Morey Gilbert und seine Truppe ihn umgebracht haben, aber es sind nur Indizien. Ein Stapel Flugtickets und eine Menge Mutmaßungen. Bei nicht einem der über sechzig Morde, die sie unseres Wissens begangen haben, ganz abgesehen von dem an Arlen Fischer, können wir nachweisen, dass einer von ihnen zu einem bestimmten Zeitpunkt eine bestimmte Waffe in der Hand gehabt hat. Und was Moreys Geständnis gegenüber Lily betrifft, das könnte ein Jurastudent aus dem dritten Semester in der Luft zerreißen. Sie ist alt, sie wurde aus dem

Tiefschlaf geweckt, sie hätte es geträumt haben können ... so in der Art.»

«Dasselbe gilt für Jacks Geschichte darüber, was in Brainerd geschehen ist», sagte Gino. «Wenn sie von Jimmy Carter käme, dann vielleicht. Aber von einem betrunkenen Schadenersatzanwalt, der im Bademantel durchs Zentrum von Wayzata spaziert – das glaube ich nicht.»

«Was ist dann das Problem?», fragte McLaren. «Wir wollen diese Leute nicht strafrechtlich verfolgen. Sie sind tot.»

«Wenn wir versuchen, aufgrund unserer Mutmaßungen und ohne schlüssige Beweise den Fall Arlen Fischer abzuschließen, dann *verfolgen* wir diese Leute strafrechtlich, wenn auch ohne Prozess», sagte Malcherson. «Ich jedenfalls möchte nicht die Öffentlichkeit davon überzeugen müssen, dass diese drei netten älteren Leute, Säulen der Gemeinde, die alle Schrecken der Konzentrationslager erlitten und überlebt hatten, nur um dann in unserer Stadt ermordet zu werden, in Wahrheit eine Bande von Serienmördern waren.»

McLaren warf die Hände in die Luft. «Also schließen wir den Fall einfach nicht ab. Wir lassen ihn in alle Ewigkeit offen.»

«Das geht auch nicht», sagte Langer. «Auf Jeff Montgomerys Tagebuch hat die Öffentlichkeit ein Anrecht, sobald wir die Untersuchung der Morde an Gilbert, Kleber und Schuler abschließen, und in dem Tagebuch ist in allen Einzelheiten geschildert, wie die drei seinen Vater in Brainerd ermordet haben. Dann käme alles auf den Tisch, und wir geraten unter Beschuss, weil wir die Sache *nicht* weiter verfolgt haben.»

Malcherson berührte mit dem Finger eine buschige weiße Augenbraue. «Die Presseleute werden sich die Hände reiben. Es ist nämlich genau die Art Story, von der Journalisten träumen: Nazis, die sich unter aller Augen verstecken, jüdische Todesschwadronen, die Selbstjustiz üben – die ganze Stadt wird lange Zeit darüber diskutieren, und wir werden zwischen den Fronten stecken. Und das wäre nur die Situation innerhalb der Stadt. Wenn die Geschichte erst mal über die Pressedienste verbreitet wird, wird unsere Abteilung ins Zentrum eines weltweiten Medienrummels geraten.»

McLaren rutschte so tief in seinen Stuhl, dass sein Kopf fast hinter dem Schreibtisch verschwand. «Wir sind also angeschissen, wenn wir Arlen Fischer abschließen, und genauso angeschissen, wenn wir es nicht tun.»

«So scheint es sich darzustellen, Detective.»

«Ist ja toll. Langer, gib dem Chief deine Waffe. Er kann uns alle erschießen und sich dann selbst das Leben nehmen.»

«Ich hätte vielleicht noch eine andere Option.» Malcherson hatte jenen stählernen Blick, der bedeutete, dass er erwog, im nächsten halben Jahr so zu lächeln. «Geben wir einen Fall ans FBI, bedeutet das, er ist für unsere Abteilung offiziell abgeschlossen. Sämtliche Rückfragen müssten an den zuständigen Special Agent Paul Shafer gerichtet werden. Wir wären nicht länger befugt, den Fall zu diskutieren. Nicht mit der Strafverfolgung, nicht mit Interpol und ganz gewiss nicht mit den Medien. Uns wären die Hände gebunden, meine Herren.»

Zum ersten Mal in vierundzwanzig Stunden lächelten sie, einer nach dem anderen. Alle außer Johnny McLaren, der Malcherson mit unverhohlener Ehrfurcht ansah. «Chief, Sie sind der hinterhältigste Bastard auf diesem Planeten.»

«Herzlichen Dank, Detective McLaren.»

Malcherson stand schon fast vor Glorias Schreibtisch, als Gino ihm nachrief: «He, Chief!» Malcherson blieb wie angewurzelt stehen, drehte sich aber nicht um. «Beide Daumen hoch für den marineblauen Anzug. Jeder Hans und Franz kommt in Trauerzeiten mit Schwarz daher, aber ein Mann in Ihrer Machtposition? Wäre ein bisschen zu dramatisch gewesen. Ich glaube, Sie haben es wieder hingekriegt.»

Chief Malcherson wartete, bis er in der Halle war, dann lächelte er.

Zwanzig Minuten später betrat Detective Aaron Langer das Büro des Chiefs, als der gerade den Telefonhörer auflegte. Malcherson wirkte außerordentlich zufrieden mit sich selbst.

«Das war Paul Shafer», sagte er. «Er schien absolut begeistert zu sein, als er hörte, dass wir endlich eingesehen haben, als Ermittler von dem Arlen-Fischer-Fall überfordert zu sein.»

Langer schmunzelte. «Was haben Sie ihm gesagt, Sir?»

«Nichts als die Wahrheit. Dass das Minneapolis Police Department nicht über die Medienerfahrung verfügt, mit einem Fall dieser Größenordnung umzugehen.»

«Das muss unwiderstehlich gewesen sein.»

«Glaube ich auch. Er ist jetzt auf dem Weg hierher, um sich die Akte zu holen. Persönlich.»

«Soweit es uns betrifft, ist der Arlen-Fischer-Fall also abgeschlossen.»

«Korrekt.»

«Eine gute Nachricht, Chief.» Langer zog seine Schusswaffe aus dem Halfter, warf den Clip aus und leerte auch die Kammer. Dann legte er die Waffe mit dem Griff zuerst auf den Schreibtisch.

Malcherson sah verblüfft darauf und dann auf das Etui mit der Dienstmarke, das Langer daneben legte.

«Darf ich mich setzen, Sir?»

«Selbstverständlich.»

Langer nahm Platz und schaute zum Fenster hinaus, weil er dem Chief nicht in die Augen sehen konnte. Das hatte er schon ziemlich lange nicht gekonnt. «Marty Pullman stand an jenem Tag an meinem Schreibtisch, als ich den Anruf bekam, der uns darüber informierte, wo wir Eddie Starr finden konnten. Ich habe die Adresse aufgeschrieben und dann das Büro verlassen.»

Malcherson wartete mit ausdrucksloser Miene.

«Marty hörte den Anruf mit. Er wusste, um wessen Adresse es ging, und ich wusste, dass er es wusste. Also ließ ich den Zettel offen liegen und ging einfach weg.»

Malcherson betrachtete einen Fingerabdruck auf seiner polierten Schreibtischplatte und fragte sich, wem er wohl gehören mochte. «Was um alles in der Welt haben Sie sich dabei gedacht, Detective Langer?», fragte er leise.

«Ich bin nicht sicher, Sir. Vielleicht, dass Marty eine Chance verdiente, dem Mann, der seine Frau getötet hatte, die Scheiße aus dem Leib zu prügeln, bevor wir dort eintrafen. Oder vielleicht habe ich auch im Hinterkopf den Gedanken gehabt, dass er mehr als das tun könnte. Ich weiß es ehrlich nicht, und es ist auch nicht wichtig. Jedenfalls wusste ich verdammt genau, was ich getan hatte, als ich Eddie Starrs Leiche sah. Und darauf kommt es an. Marty mag abgedrückt haben, aber ich habe es ihm ermöglicht, als ich von meinem Schreibtisch weggegangen bin.»

Malcherson räusperte sich leise. «Detective Langer, ich werde niemals glauben, dass es in Ihrer Absicht lag, Marty Pullman einen Mord zu ermöglichen.»

Langers Lächeln verzog nur einen seiner Mundwinkel.

«Wirklich nicht? Nun, ich bin nicht so sicher, und es macht mich schon seit Monaten verrückt. Ich hatte davor schon monatelang mit angesehen, was Morey, Lily und Jack durchmachten, hatte erlebt, wie Marty von Tag zu Tag immer mehr kaputtging, und ich konnte nur denken, wie unfair es war, dass ein solcher Dreckskerl wie Starr so viele gute Menschen zerstören konnte … Können Sie nachvollziehen, was ich tat? Ich traf Entscheidungen, Sir. Ich entschied, wer gut und wer schlecht war und vielleicht sogar, wer zu sterben verdiente. Genau wie Marty es tat und Morey und die anderen. Als sich dieser Fall immer weiter enträtselte und mir klar wurde, dass Eddie Starr nur ein kleines Licht war und niemals, auch wenn er hundert Jahre alt geworden wäre, die Zahl der Opfer von Morey Gilbert hätte erreichen können … da vermischten sich die Guten und Bösen, bis ich mir nur noch einer Sache sicher war: dass ich niemals in der Lage sein würde, den Unterschied zu erkennen.» Sein Blick wanderte zu seiner Dienstmarke. «Ich hätte die Marke schon vor langer Zeit abgeben und den Dienst quittieren sollen.»

Er stand auf und klopfte seine Taschen ab. Jetzt schon vermisste er das Gewicht seines Lebens, das er auf dem Schreibtisch des Chiefs zurückgelassen hatte. Dann sah er Malcherson direkt in die Augen und lächelte. Seltsam, dachte er, wie gut das tat. «Sie wissen, wo Sie mich finden, Sir», sagte er, drehte sich um und ging hinaus.

Malcherson saß noch lange Zeit still an seinem Schreibtisch, nachdem er gegangen war.

KAPITEL 43

Magozzi und Gino standen am großen Tisch im Büro und machten Kopien von den Unmengen an Papierkram, die sich seit der Nacht angesammelt hatten, als Arlen Fischer und Morey Gilbert getötet worden waren. Paul Shafer befand sich im Moment mit zwei seiner FBI-Gefolgsleute in Malchersons Büro, wo ihm der Fall Fischer einschließlich allen dazugehörigen Beweismaterials offiziell übertragen wurde. In ein paar Minuten würden sie herauskommen, um die Sachen in Empfang zu nehmen.

McLaren schob einen Transportkarren mit vier großen Kartons herein, die er aus der Asservatenkammer geholt hatte. «Dies ist der Rest der Sachen, die wir aus Fischers Haus mitgenommen haben.» Er blieb an Glorias Tisch stehen und wischte sich die Stirn ab. «Würden Sie mir vielleicht zur Hand gehen, Miss Gloria?»

Sie hob zehn Finger mit schwarz lackierten Nägeln in die Höhe und wackelte damit. «Sehen Sie sich die an und dann verraten Sie mir, was für ein Dummkopf Sie sein müssen, um mir eine solche Frage zu stellen.»

McLaren legte eine Hand aufs Herz. «Ich bin ein Dummkopf. Ich bin alles, was Sie möchten. Sie müssen mich nur darum bitten.»

«Ich möchte, dass Sie abdampfen.»

«Ich möchte, dass Sie meine Frau werden.»

«Ach du liebe Güte.» Sie kam mit Getöse aus ihrer Arbeitskabine und stapfte auf ihren schwarzen Plateauabsätzen davon.

Er grinste und schob den Karren an den großen Tisch. «Ich glaube, ich lande bei ihr.»

«Ja, ein wahrer Casanova», sagte Gino und hob einen Karton von der Karre. «Weißt du, McLaren, wenn du je mit deinen kleinen Hühnerärmchen etwas Schwereres als einen Bleistift gehoben hättest, müsstest du keine Frau um Hilfe bitten.»

«Wer war Casanova? Kenne ich nicht. Aber wo zum Teufel steckt Langer? Ich schwör's, der Typ findet jedes Mal was anderes zu tun, wenn wir diese Kartons nach oben bringen müssen.»

Magozzi ging vom Tisch weg, als sein Handy klingelte.

«He, Magozzi.»

«He, Grace.»

«Ich habe die Nachrichten gesehen. Das mit deinem Freund Marty tut mir leid. Es muss schrecklich gewesen sein. Bist du okay?»

Großer Gott, wie er es liebte, wenn sie sich Sorgen um ihn machte. «Nicht so ganz.»

«Vielleicht könnte ich heute Abend rüberkommen, um dir was zu kochen, und wir könnten ein paar Flaschen Wein aufmachen.»

Magozzi entfernte sich einige Schritte weiter vom Tisch und senkte die Stimme. «Du willst zu *mir* nach Hause kommen?»

«Ich habe ein Geschenk für dich.»

Magozzis Lebensgeister schlugen mit ihren kleinen Flügeln und versuchten abzuheben. «Du fährst nicht nach Arizona?»

«Leider doch, Magozzi. Annie kommt heute Nachmittag an, und wir fahren dann morgen gemeinsam los.» Platsch. Lebensgeister abgestürzt und unter Grace MacBrides Stiefeln zerquetscht.

«Es ist ein anderes Geschenk.»

«Ein Abschiedsgeschenk also. Verdammt, Grace, ich finde das beschissen.»

«Es wird dir gefallen. Ich bin um sieben da.»

Magozzi klappte das Handy zu und beschloss, dass es ihm total gleichgültig war, ob Grace MacBride nach Arizona fuhr oder zum Mond flog. Gino hatte Recht. Er brauchte ein Privatleben. Er brauchte eine Frau – vorzugsweise eine, die ihm half, ein Sofa zu kaufen. Oh, sie konnte heute Abend vorbeikommen, sie würden ein wenig essen, ein wenig trinken, und vielleicht würde er sie sogar überrumpeln und so küssen, dass ihr die Stiefel von den Füßen flogen, aber danach würde er sie, bei Gott, mit einem Arschtritt hinausbefördern. Das genau würde er machen.

Gino sah fragend zu ihm hinüber. «Grace?»

«Ja», knurrte Magozzi und klang wie ein echter Mann, ein Mann, der keine Bedenken kannte, ein Mann, der sein Leben in die Hand nahm. Er fragte sich, ob das dämliche Grinsen auf seinem Gesicht diesen Eindruck verdarb.

Harley Davidson saß am Steuer des fünfzehn Meter langen Spezialmobils. Seine kräftigen tätowierten Arme ruhten auf dem großen Lenkrad, und sein massiger Körper wurde von einem Kapitänsstuhl aus echtem Connolly-Leder umfangen, einer Spezialanfertigung, die auf seine Körpermaße zugeschnitten war. Es hatte zwanzigtausend gekostet, den Sitz anfertigen zu lassen, weitere tausend, ihn per Luftfracht von der kleinen italienischen Möbelfabrik schicken zu lassen, bei der er ihn in Auftrag gegeben hatte, und weitere dreitausend, um die Hydraulik zu installieren. Ein weißes Grinsen durchschnitt seinen schwarzen Bart. Jeder Cent hatte sich gelohnt. «Verdammt, ich liebe dies Ding. Zur Hölle und zurück würde ich mit Freuden in diesem Ding fahren.»

Der storchenähnliche Mann neben ihm verschränkte die langen, dürren Arme über seiner knochigen Brust und schmollte. «Ich bin dran. Ich will jetzt fahren. Du bist zum Flughafen gefahren, und deswegen darf ich auf dem Rückweg ans Steuer. Fahr an die Seite.»

Harleys Blick huschte nach rechts – man durfte in diesem Baby die Straße nicht zu lange aus den Augen lassen, wenn man nicht eine ganze Wohnsiedlung in Trümmer legen wollte. Roadrunner steckte wie gewohnt von Kopf bis Fuß in Lycra, aber heute war der Anzug grell orange. Harley kam es vor, als unterhielte er sich mit einem Warnkegel. «Roadrunner, du wirst diese Maschine nie fahren. Schlag es dir aus dem Kopf.»

«Oh ja? Und wieso nicht?»

«Also, lass mich überlegen. Erstens hast du keinen Führerschein und noch nie einen gehabt. Zweitens bist du in den letzten dreißig Jahren ausschließlich Zweirad gefahren. Und bei dem Ding hier sind die Bremsen nicht am Lenker, du Blödmann.»

«Jungs, würdet ihr aufhören, euch zu streiten?», griff Annie von hinten ein, und Harley riskierte einen Blick zu einem der sieben Spiegel. Drei von ihnen hatte er so eingestellt, dass er aus verschiedenen Blickwinkeln Annie Belinsky sehen konnte, die sich lässig auf eines der Sofas drapiert hatte. Sie trug diesen hautengen rehbraunen Wildlederfummel mit Fransen unten und Perlenbesatz oben sowie Cowboystiefel mit Sporen. «Mein Gott, Annie, ich kann diese Sporen beinahe in meinen Flanken spüren.»

Annie starrte wütend auf seinen Rücken. «Das stelle sich einer vor. Zwei Wochen war ich nur weg, und trotzdem habe ich es irgendwie geschafft, völlig zu vergessen, was für ein widerlicher Schmutzfink du bist, Harley.»

«Er hat dich vermisst», sagte Grace. Sie rekelte sich auf dem Sofa gegenüber, trug wie immer Stiefel, hatte die Beine lang ausgestreckt und an den Knöcheln überkreuzt. «Wie wir alle.»

Roadrunner drehte sich mit seinem Sitz um und sah Annie an. «Hast du mir ein Geschenk mitgebracht?»

«Mein Süßer, natürlich habe ich das. Es ist da in dem kleinen schwarzen Beutel.»

Roadrunners Miene erhellte sich, und er kramte in dem Beutel, bis er ein in Geschenkpapier gewickeltes Päckchen gefunden hatte. Er riss es auf und hielt ein limonengrünes Cowboyhemd aus Lycra in die Höhe. Es hatte Biesen auf den Schultern, Druckknöpfe aus Perlmutt und einen gestickten Stierschädel auf der Tasche. «Mann, Annie, das ist ja toll. Wo hast du bloß ein Cowboyhemd aus Lycra gefunden?»

«Ich kann dir sagen, Phoenix ist das reine Einkaufsparadies, wenn man auf den Stadtcowboy-Look steht. Sie verpassen dir einen Kaktus, einen Stierschädel oder ein paar Fransen auf so gut wie alles, was du willst. Das Hemd da stammt aus einem Fahrradladen ein paar Meilen außerhalb der Stadt.»

Roadrunner stand auf und stieß dabei beinahe mit dem Kopf an die über zwei Meter hohe Decke. Er zog sein orangefarbenes Lycra-Top aus.

Harley sah ihm zu und stutzte. «Du lieber Gott, Roadrunner, ist das dein Brustkorb, oder hast du ein Xylophon verschluckt?»

«Ein Mann mit solchen Titten wie du sollte sich mit Kritik zurückhalten.»

«Das sind keine Titten, sondern Brustmuskeln.»

Annie legte den Kopf in die Hände. «Wollt ihr euch bis Arizona so aufführen?»

«Du hättest sie hören sollen, als sie diesen Karren ausgebaut haben», sagte Grace. «Die totalen Streithähne.»

Roadrunner strahlte, als er das schmucke Kleidungsstück aus dem Südwesten übergezogen hatte. Mit seinen grell orangen Streichholzbeinen und dem limonengrünen Hemd warf er sich in Pose. «Wie sehe ich aus?»

Harley warf einen Blick auf ihn. «Soll das ein Scherz sein? Du siehst aus wie 'ne verschissene Karotte.»

Annie verdrehte die Augen und sah Grace an. «Wie ist diese Sache ausgegangen, die du für Magozzi bearbeitet hast?»

«Echt klasse», tönte Harley, der sich höchst ungern von einem Gespräch in Hörweite ausgeschlossen fühlte. «Unsere Gracie konnte den Fall mit dem Gesichtserkennungs-Programm knacken, das sie entwickelt hat.»

«Spitze, Mädchen. Mit dem Ding ist 'ne Trillion Dollar zu verdienen, wenn du es auf Idiotenniveau runtergefahren und ins Netz gestellt hast. Worum ging's eigentlich bei dem Fall?»

Grace schloss die Augen. «Frag nicht.»

«Die Dame möchte es aber wissen», sagte Harley. «Und ich bin der Herr, der es ihr sagt. Also, Annie, zuerst brachten die Nazis die Juden um, oder? Und weißt du, was hier in unserer schönen Stadt geschah? Drei hammerharte alte Juden haben sich einen Nazi vorgeknöpft. Ist das eine achtbare Aktion, oder was?»

Roadrunner sah ihn konsterniert an. «Ich glaube, das ist das Furchtbarste, was ich dich je habe sagen hören.»

«Was?»

«*Har*-ley, sie haben einen neunzigjährigen Mann an die Eisenbahnschienen gebunden, damit er zerquetscht werden sollte.»

Harley zuckte unverständig die Achseln. «Er war ein Nazi, um Gottes willen. Was hast du für ein Problem?»

«Wie die meisten zivilisierten Menschen, Harley, habe ich ein kleines Problem mit Mord. Sie hätten ihn der Polizei übergeben, nach Den Haag ausliefern lassen können. Gerichte, Anwälte, ein fairer Prozess, schon mal davon gehört? Ist eigentlich gar kein so neuer Gedanke ...»

«Ach, Blödsinn. Der einzige gute Nazi ist ein toter Nazi. Du glaubst mir nicht? Jeder Deutsche, den du fragst, wird dir dasselbe sagen.»

«Woher weißt du, wie die Deutschen denken?»

«Weil ich, Mister Flugangst, mindestens einmal im Jahr nach Deutschland reise, um Wein einzukaufen und mit einigen der gastfreundlichsten Menschen der Welt zu feiern, die zufällig auch noch in einem der schönsten Länder der Welt leben, ganz zu schweigen von der außergewöhnlichen Qualität ihres Lagerbiers oder ihrer Autos ... und diese Menschen hassen Nazis.»

Annie lehnte sich nach vorn und flüsterte Grace zu: «Mit diesen Verrückten werde ich nicht bis Arizona fahren.»

Grace seufzte und schmunzelte, wunschlos glücklich, hier zu sein, mit anzuhören, wie Harley und Roadrunner sich gegenseitig ankeiften, wie Annie sich beklagte – genauso klingt es in einer Familie, dachte sie. Manchmal liebte sie diese Menschen so sehr, dass sie Herzschmerzen bekam. Und an manchen Tagen, wenn sie sich in ihrer Haut wirklich wohl fühlte, ging es ihr mit Magozzi ebenso.

Annie hatte wieder einmal ihre Gedanken gelesen. «Du wirst Magozzi vermissen, nicht wahr?»

«Er ist ein guter Mann, Annie.»

«Ein Prinz ist er», brüllte Harley. «Ein wahres Himmelsgeschenk. Ich liebe den Kerl. Jedes Mal, wenn ich ihn sehe, möchte ich ihn am liebsten auf die Lippen küssen. Wie geht's dem alten Knacker eigentlich?»

Grace zuckte die Achseln. «Es war eine schlimme Woche.» Sie sah zu Annie. «Gestern Abend hat es eine Schießerei gegeben. Alles im Zusammenhang mit dieser Nazi-Juden-Geschichte, glaube ich. Er hat einen Kollegen verloren und musste selbst einen jungen Mann erschießen.»

«Mein Gott. Magozzi hasst es doch von ganzem Herzen, Menschen töten zu müssen. Der arme Mann.»

Grace nickte. «Ich werde ihn heute Abend besuchen. Eine Art Gute-Reise-Dinner.»

«Du solltest mit ihm schlafen», verordnete Annie. «Das tut Männern immer gut.»

Harley drehte sich jetzt tatsächlich um und sah Grace an. «Das ist doch nicht dein Ernst! Du hast noch nicht mit ihm geschlafen? Ich dachte, der Typ ist Italiener.»

«Ich finde, wir sollten den Namen auf den Bus malen», flötete Roadrunner dazwischen und wechselte dadurch abrupt das Thema.

«Das hier ist kein Bus, Blödmann, aber den Namen draufzumalen, ist gar keine schlechte Idee. Ich sehe es schon vor mir. ‹Chariot› in großen handgeschriebenen Buchstaben vorne drauf und auch an den Seiten ...»

Annie reagierte entsetzt. «Ihr habt die Firma in ‹Chariot› umbenannt?»

«Nein, nein, Harley hat nur den Bus, der kein Bus ist, ‹Chariot› genannt. Er hat doch einen Namen für alles. Möchtest du wissen, wie er seinen Pimmel nennt?»

«Um Gottes willen, nein.»

«Aber das habe ich sowieso nicht gemeint, Harley. Wir sollten den Namen der Firma auf den Bus malen. Gecko, Incorporated. Ich sehe schon die grünen Buchstaben, und das G könnte vielleicht der zusammengerollte Eidechsenschwanz sein.»

Annie und Grace sahen einander an. Harley strich sich nur mit einer großen Hand von der Stirn bis zum Kinn.

«Wir werden diese Firma nicht nach einem fiesen kleinen Reptil benennen», sagte Annie mit aller Bestimmtheit.

Roadrunner schmollte: «Na ja, bis jetzt habe ich nicht gehört, dass einer von euch einen neuen Namen vorgeschlagen hat.»

«Ich habe darüber nachgedacht», sagte Grace leise, und alle sahen sie an. «Nennen wir sie Monkeewrench.»

Eine ganze Weile blieben alle stumm.

«Der Name hat eine ziemlich schlechte Presse gehabt, Grace», sagte Harley.

«Das haben die USA auch, und trotzdem hat niemand vorgeschlagen, sie umzubenennen.»

Annie grübelte ein wenig darüber nach und streckte dann die Hand aus, um Grace das Knie zu tätscheln. «Gefällt mir», sagte sie lächelnd. «Das ist es nämlich, was wir sind.»

KAPITEL 44

Angenehm warme Tage, kühle Nächte. Das war es, was die kanadische Kaltfront zurückgelassen hatte, als die Stürme der vergangenen Nacht vorüber waren. Um halb sieben war die Temperatur bereits auf fünfzehn Grad gesunken, und Magozzi stand in einem dicken schwarzen Sweatshirt auf seiner Vorderveranda und fragte sich, wie es wohl sein mochte, an einem Ort zu leben, an dem die Temperatur nicht innerhalb von vierundzwanzig Stunden um mehr als zwanzig Grad steigen oder fallen konnte. Langweilig, wahrscheinlich. Einer Menge Bürgern von Minnesota würde jedenfalls der Gesprächsstoff ausgehen.

Körper, die sich während der einwöchigen Hitzeperiode einen Sonnenbrand geholt hatten, waren jetzt in Trainingsanzüge und Anoraks gehüllt, um ihr abendliches Jogging zu absolvieren oder ihre Hunde mit den lang heraushängenden Zungen kurz auf dem Gehsteig auszuführen, bevor sie wieder nach Hause eilten. Ein strammer, kalter Wind wehte heute Abend, und Magozzi konnte bereits den Rauch von verbranntem Holz aus den Schornsteinen der Nachbarschaft riechen.

Es war der richtige Abend für ein Kaminfeuer. Er hatte alles dafür vorbereitet und dann auf der leeren Teppichfläche vor dem Kamin gestanden und sich überlegt, wo er und Grace sitzen sollten. Er hatte daran gedacht, den Rotwein zu dekantieren und den Weißwein zu kühlen, hatte den Tisch in der kleinen Küche gedeckt, Gabeln, Messer *und* Löffel aufgelegt, obwohl er Löffel schon immer für ziemlich nutzlose

Utensilien gehalten hatte, dann hatte er sich einen gemütlichen und wohligen Abend vor dem prasselnden Feuer ausgemalt. Leider hatte er vergessen, dass er keine Möbel besaß, und er hatte bisher Grace MacBride nicht auf dem Fußboden sitzen sehen. Es würde ihr nicht gefallen. Es dauerte zu lange, vom Fußboden aufzuspringen, um auf jemanden zu schießen, wenn es notwendig wurde, und Grace verbrachte ihr Leben in der Annahme, es könne jederzeit notwendig werden.

«Lass mich dir ein Wort verraten», hatte Gino am Nachmittag gesagt, als er erfahren hatte, dass Grace tatsächlich zur Abwechslung einmal Magozzi in seinem Haus besuchen würde. «Laubenvogel.»

«Danke, Gino. Ich werde das Wort auf alle Zeit in Ehren halten.»

«Sei kein Klugscheißer. Ich versuche nur, dir ein bisschen Bildung zu vermitteln.»

«Okay.»

«Die männlichen Laubenvögel – es gibt eine ganze Masse verschiedener Arten – bauen kunstvolle Nester auf dem Boden, wie kleine tragbare Höhlen aus Zweigen und Geäst und Ranken und all so 'nem Scheiß. Dann fliegen sie los, um hübsche Sachen zu besorgen, zum Beispiel Blütenblätter oder funkelnde Steine, die verteilen sie übers ganze Nest, damit es schön aussieht. Auf diese Weile locken sie die Weibchen an. Der mit der hübschesten Laube gewinnt. Unglücklicherweise ist die Moral dieser kleinen Geschichte jedoch, dass du, Leo, mein Freund, die hässlichste Laube der ganzen Stadt hast.»

Magozzi seufzte und blickte über seinen schäbigen Rasen mit den vertrockneten Fichten, sah den einzelnen Stuhl auf der Veranda und den Weber-Grill, dessen Beine mit Klebeband repariert worden waren. Er überlegte kurz, ob er nach ein paar funkelnden Steinen graben sollte, aber schließlich hob er nur die Rolle Klebeband auf, die neben dem Grill lag, und ging nach drinnen. Mehr konnte er so kurzfristig nicht tun.

Um Punkt sieben Uhr öffnete er die Vordertür und sah Grace vor sich, die auf seiner Veranda stand. Er war ziemlich zufrieden mit sich, denn er hatte sie ohne einen einzigen funkelnden Stein hierher gelockt.

Sie trug einen knöchellangen Wildledermantel mit Fransen, in dem er sie noch nie gesehen hatte. Die englischen Reitstiefel darunter waren eine Art Kulturschock, aber zu ihr passte es. Schwarze Locken fielen leicht auf ihre Schultern, blaue Augen lächelten ihn an, auch wenn ihre Lippen es nicht taten.

Er nahm ihr den Einkaufsbeutel ab, den sie in einer Hand hielt, und sah auf den Laptop, den sie in der anderen Hand trug. «Wollen wir Computerspiele spielen?»

«Später», erwiderte sie, marschierte in das Haus, als würde es ihr gehören, und nahm alle Atemluft in Besitz. «Ich möchte dir erst dein Geschenk geben.»

Er schloss die Tür und stand ihr in der kleinen Vorhalle gegenüber, die schnell zu seinem Lieblingsraum im Haus wurde. An einer Wand stand ein schmaler Tisch, auf den er seine Schlüssel warf, und daher betrachtete er den Raum auch als voll möbliert.

Grace setzte den Laptop ab, richtete sich auf und griff links und rechts an die Mantelkanten, die Ellbogen angewinkelt. «Bist du bereit, Magozzi?»

«Ich weiß nicht. Spielst du die Exhibitionistin?»

Das Lächeln schaffte es jetzt doch hinunter zu ihren Lippen, als sie den Mantel öffnete und zu Boden gleiten ließ. Irgendwie, dachte Magozzi, hatte sie sich tatsächlich vor ihm entblößt. Denn trotz ihrer Jeans, der Stiefel und des schwarzen T-Shirts musste sie sich nackt fühlen, denn sie trug ihre Sig Sauer nicht.

Sein Blick huschte automatisch zu ihrem Knöchel, um den Derringer zu suchen, den sie stets umschnallte, wenn sie das Schulterhalfter nicht trug. Aber er war auch nicht da. «Also schön, Grace, wo sind sie?»

«Zu Hause im Waffensafe. Beide.»

«Du bist ohne eine Waffe den ganzen Weg hierher gefahren?»

Ihre Augen funkelten wie die eines Kindes. «Ja. Aber, Magozzi, ich dachte, ich müsste sterben.»

Er hielt die Lebensmitteltüte fest an sich gepresst, spürte, dass etwas Weiches zwischen seinen Armen gequetscht wurde, und grinste wie ein Narr. «Das ist ein tolles Geschenk, Grace.»

«Ich habe dir ja gesagt, dass es dir gefallen wird.»

Magozzi vermutete, dass es wahrscheinlich keinen anderen Mann auf der Welt gab, der es für ein großartiges und hoffnungsvolles Geschenk hielt, wenn eine Frau zustimmte, unbewaffnet mit ihm zu Abend zu essen. Aber wer sollte es auch verstehen. Grace hatte ihm gerade einen Riesenschritt vorwärts zum Geschenk gemacht.

Magozzi schenkte Wein ein, während Grace die Lebensmitteltüte auspackte und den Herd einschaltete. Er bemerkte eine flache Kasserolle, die mit Alufolie abgedeckt war. «Das riecht ja fantastisch.»

«Beef Wellington.»

«Ausgezeichnet.» Magozzi konnte sich zwar nicht an das

Rezept für Beef Wellington erinnern, aber er nahm an, dass es etwas aus dem Backofen war, um das viel Brimborium gemacht wurde.

«Warum machst du nicht etwas Platz auf dem Tisch und baust meinen Laptop auf? Während wir warten, bis das hier heiß geworden ist. Ich möchte dir zeigen, was ich mir von Morey Gilberts Computer runtergezogen hab.»

Magozzi zögerte, denn es kam ihm vor, als sei er in eine andere Dimension katapultiert worden. Innerlich hatte er in dem Moment mit dem Fall abgeschlossen, als er den ersten Schuss auf Jeff Montgomery abgefeuert hatte. Ihm war völlig entfallen, dass er Moreys Bürocomputer zu Grace hatte schicken lassen.

Ihre Finger flogen über die Tasten und zauberten auf den Monitor einen Cartoonfisch am Haken, unter dem *Geh angeln* zu lesen stand.

Magozzi ächzte. «Lily hat gesagt, dass er jeden Abend Computerspiele spielte.»

«Ich musste die Daten wiederherstellen. Wahrscheinlich hat Jeff Montgomery am Tag, nachdem er Morey Gilbert umgebracht hatte, versucht, alles platt zu machen – und es ist kein Computerspiel.» Grace klickte auf das Icon, und die Seite füllte sich mit drei Spalten – Namen in der ersten, Orte in der zweiten und eine Datumsspalte, die leer war. Magozzi überflog die Namen, aber er hatte keinen von ihnen auf der Liste der Opfer gesehen, die sie anhand der Bilder aus Ben Schulers Haus erstellt hatten. Er brauchte eine Sekunde, um zu verstehen. «Mein Gott. Das sind diejenigen, die sie noch nicht erledigt hatten.»

Grace nickte. «Das habe ich mir auch gedacht, und deswegen habe ich die Wiesenthal-Site überprüft. Wir müssen die

Liste rausgeben, Magozzi. Auf deren Site sind die meisten nämlich als unauffindbar aufgeführt.»

«Und wie zum Teufel hat er sie dann gefunden?»

Grace' Finger eilten wieder geschäftig über die Tastatur. «Das ist das Schöne – oder der Horror daran, je nach Blickwinkel. Ich weiß nicht, wie er sie früher aufgespürt hat, aber das Internet hat ihm die Arbeit sehr erleichtert.» Etwas, was aussah wie eine endlose Folge von Web-Adressen, lief mit großer Geschwindigkeit über den Monitor. «Als ich die Log-Dateien aller Seitenabrufe überprüft habe, die er gelöscht hatte, standen mir die Nackenhaare zu Berge. Ohne Ausnahme handelte es sich um Neonazi-Sites oder Sites von weißen Rassistengruppen – er hat Stunden in den Chat-Rooms dieser Sites verbracht, Magozzi, und überall dieselbe Nachricht hinterlassen.» Sie stoppte den Durchlauf bei einer Nachricht in kursiven Großbuchstaben.

WARNUNG! JUDEN TÖTEN UNSERE BRÜDER! SCHÜTZT EUCH!

Magozzi betrachtete die Warnung und schaute dann auf die E-Mail-Adresse, auf die Grace deutete.

«Das war ein getürkter E-Mail-Account, den Morey Gilbert eingerichtet hat – durch ein Passwort geschützt. Auf seiner Festplatte sind ungefähr tausend Antworten gespeichert. Viele davon nur Müll, aber manche sind ernst zu nehmen.»

Grace lehnte sich auf ihrem Stuhl zurück und seufzte. «Sie sind zu ihm gekommen, Magozzi. Sie haben die Warnung gelesen, oder jemand hat ihnen davon erzählt, sie haben eine Korrespondenz begonnen, und diejenigen, die es aus gutem Grund mit der Angst zu tun bekamen, erklärten sich am Ende zu einem persönlichen Treffen mit dem Mann bereit, der ihnen angeblich das Leben retten konnte. Es steht alles in den E-Mails. Er hat sich selbst als Köder ausgeworfen, und wenn sie anbissen, dann hatte er sie.»

Magozzi rieb sich mit der Handfläche die Stirn. Er war von Moreys systematischer Jagd auf seine Beute fast mehr irritiert als von den Morden selbst. Er fragte sich, ob es ihm je gelingen würde, diesen Mann und den Philanthropen, den die ganze Stadt betrauerte, in ein und derselben Person zu erkennen.

«Yin und Yang», sagte Grace leise. Sie las in seinem Gesicht, sie sah seine Gedanken. «Etwas davon steckt in uns allen, Magozzi.» Sie klappte ihren Laptop zu, stellte ihn beiseite und ordnete Geschirr und Besteck neu. Sie ließ ihm Zeit, bevor sie schließlich fragte: «Essen oder Wein?»

«Wein.»

Sie saßen auf der obersten Treppe der Vorderveranda, während sich die Dämmerung senkte, und wehrten mit dem Wein die abendliche Kühle ab. Magozzi hätte es nicht nötig gehabt, denn Grace berührte seine Schulter mit der ihren, und er glaubte, dass ihm nie wieder kalt sein würde.

Trotz des Dämmerlichts waren noch einige Leute unterwegs. Einer blieb im Schatten am Rand des Grundstücks stehen und fiel Magozzi sofort ins Auge.

Er dachte nicht darüber nach, er analysierte nichts, aber da es ihm den Magen umdrehte und die Alarmglocken in seinem Kopf schrillten, reagierte er instinktiv mit dem Gefühl, dass etwas ganz und gar nicht stimmte. Diese besondere Gestalt sollte nicht hier sein. Zum ersten Mal an diesem Tag fühlte er eine große Leere an seiner Hüfte, wo seine Waffe hätte sein sollen.

Er wandte den Kopf ab und vergrub seine Lippen in Grace'

Haar dicht am Ohr, ganz wie ein Mann, der der Frau, die er liebt, zärtliche Worte zuflüstert. «Steh ganz ruhig auf, Grace. Geh ins Haus und dann wieder zur Hintertür hinaus. Hast du verstanden?»

«Was ist los, Magozzi?», flüsterte sie zurück, nur eine Spur von Panik in der Stimme. Inzwischen näherte sich die Person dem vorderen Weg, hatte den Kopf gedreht und beobachtete sie. Magozzis Verhalten änderte sich. Er drängte ihr sein Weinglas auf und sprach laut genug, um nicht nur von ihr gehört zu werden.

«Mach's diesmal randvoll, okay?»

Jeder Muskel in Magozzis Körper war so angespannt, dass es wehtat. Ein ganz klein wenig lockerer wurde er erst, als er hörte, wie die Fliegentür hinter Grace zuschlug. *In Sicherheit*, dachte er. *Bitte, Gott, lass sie in Sicherheit sein, lauf, lauf, lauf zur Hintertür hinaus, lauf zu einem Nachbarn, tu ja nichts Mutiges, Grace, mach bitte keine Dummheiten …*

Die Gestalt stand nun auf dem Weg, nahm vertrautere Züge an, je näher sie kam, und Magozzi saß auf der Treppe mit einem gekünstelten Begrüßungslächeln auf den Lippen und versuchte, sich ganz natürlich zu geben. Die Vernunft redete ihm ein, es sei nichts zu befürchten, während sein Instinkt ihm sagte, dass er nur noch ein paar Sekunden zu leben hatte. Und der Instinkt hatte bereits einen Plan gemacht. Was immer geschehen sollte, würde hier draußen geschehen. Grace würde nichts passieren. Dieser Gedanke verlieh seinem gekünstelten Lächeln einen Hauch von Glaubwürdigkeit. Die Bestimmung seines Lebens lief auf den wichtigsten Dienst hinaus, den er dieser Welt erweisen konnte – die Rettung von Grace MacBride.

Drinnen stand Grace an die Wand neben der Tür gepresst,

und ihre Hand griff automatisch nach der Sig, die nicht da war. Jetzt setzte echte Panik ein. Sie konnte nicht atmen, sie konnte kaum mehr sehen, und die Beine drohten, unter ihr einzuknicken. Ihre Gedanken rasten sechs Monate zurück – da hatte sie im Loft des Monkeewrench-Büros das letzte Mal echte Todesangst verspürt und war wie gelähmt und hilflos gewesen –, und sie suchte hektisch nach dem einzigen Heilmittel, das sie damals gefunden hatte, erinnerte sich an die Hoffnung auf Rettung und die Aura von Seelenruhe, von der sie sich erst umhüllt gefühlt hatte, als sie das Macht verleihende Gewicht der Sig in ihren Händen spürte.

Sie hörte, wie die Schritte auf dem vorderen Weg näher kamen. Sie hatte keine Ahnung, wer die Person sein mochte, und auch keine klare Vorstellung von deren Absichten bis auf das, was sie in Magozzis Augen gesehen und in seiner Stimme gehört hatte. Mehr brauchte sie auch nicht.

Ihre Gedanken rasten die Treppen hinauf in Magozzis Schlafzimmer – bewahrte er dort seine Waffen auf? Gestern Abend hatte man ihm die Dienstwaffe abgenommen, aber er musste noch eine weitere besitzen – alle Polizisten hatten eine zweite Waffe –, aber wo mochte er sie aufbewahren, und wie in Gottes Namen sollte sie diese Waffe rechtzeitig finden? Ihre Überlegungen blieben an dem Problem hängen, das von Waffen erst verursacht wurde. Verdammt, alles drehte sich um Waffen, die ganze Zeit, und dadurch war sie blind für jede andere Möglichkeit.

«Hallo, Detective Magozzi.»

Sie hörte die Stimme durch das Fliegengitter, wandte den Kopf ein wenig zur Seite, sodass sie die Gestalt sehen konnte, die in sicherer Entfernung von Magozzi stehen geblieben war und die Hände in den Jackentaschen behielt. Eine Tasche war ausgebeulter als die andere, und man erkannte deutlich die Mündung einer Waffe, die auf Magozzis Brust zielte.

«Bitte stehen Sie auf, Detective. Und zwar langsam. Dann gehen Sie ins Haus.»

Keine Waffe, keine Waffe, keine Waffe – ein paralysierendes Mantra, das sie nicht losließ, und dann hörte sie Magozzis Antwort: «Tut mir leid, aber daraus wird nichts» –, da ging plötzlich ihr Herz auf, und sie dachte nur noch an Magozzi. Magozzi, der auf ihrem Hinterhof in dem Holzsessel saß, Charlie auf dem Schoß; Magozzis schelmisches Lächeln, als er ihr von seinem langfristig angelegten Verführungsplan erzählte; Magozzi, der ihr vor all den Monaten das Leben gerettet hatte und immer wieder vor ihrer Tür aufgetaucht war, sich geweigert hatte, sie in Ruhe zu lassen, und hartnäckig geblieben war.

Grace MacBride hatte nie wirklich ein Privatleben gehabt, aber sie wusste ganz genau, dass die einzige Chance darauf draußen auf den Verandastufen saß und bereit war, für sie zu sterben.

Sie schnappte sich die beiden Weingläser, die sie auf dem Fußboden abgestellt hatte, stieß mit der Hüfte gegen die Fliegentür, sodass sie gegen die Außenwand knallte, und schwankte auf die Veranda. «He, Liebling, stell dir nur vor … oh. Hallo. Ich wusste ja gar nicht, dass wir Besuch haben.»

Sie stolperte so rasch die Treppe hinunter, dass der Wein in den Gläsern schwappte, und ein leicht angetrunkenes Grinsen verfremdete ein Gesicht, das diesen Ausdruck noch nie angenommen hatte, die unmögliche Vision von Grace MacBride als der einfältigen Hausfrau aus dem Vorort, so unerwartet, dass sie Sekunden herausschinden konnte, wo keine mehr übrig gewesen waren.

Nur für einen kurzen Augenblick sah die Gestalt auf dem Weg Grace verblüfft an, und in diesem Augenblick hechtete Magozzi mit einem Satz von der Veranda, der die Entfernung zwischen Leben und Tod überbrückte, rammte Tim Matson den Kopf gegen die Brust und schleuderte ihn rückwärts auf den harten Beton des Gehsteigs.

KAPITEL 45

Der erste Streifenwagen traf ein, als Tim Matson noch keine fünf Minuten auf dem Weg vor Magozzis Haus am Boden lag. Er zappelte heftig und wehrte sich gegen die meterlangen Streifen Klebeband, die Grace um seine Arme und Beine geschlungen hatte, während Magozzi ihn festhielt. Er gab wütende Töne von sich, die von dem Klebeband, das sie ihm über den Mund geklatscht hatte, gedämpft wurden.

Gino traf ein paar Sekunden später ein und McLaren nur wenig danach. Magozzi saß auf dem Boden neben dem verschnürten Matson. Er war völlig erschöpft und vermutete, dass in Kürze das gesamte Department versammelt sein würde.

Er warf einen Blick hinüber zu Grace, die klein und einsam wirkte, wie sie da auf den Verandastufen saß und nach unten starrte. In dieser Sekunde wusste er, dass sie es niemals schaffen würden. Er war ein Idiot gewesen, wenn er je geglaubt hatte, dass sie eine Chance hätten. Alles, vor dem sich Grace je gefürchtet hatte, gehörte zu der Arbeit, mit der Magozzi seinen Lebensunterhalt verdiente, und manchmal, verdammt, verfolgte einen diese Arbeit bis nach Hause.

Während der nächsten Stunde beantworteten er und Grace Fragen, gaben Aussagen ab, erzählten ihre Geschichte McLaren, den Kriminaltechnikern und den Erste-Hilfe-Sanitätern, während Gino zusammen mit Matson, der inzwischen Handschellen trug, im Streifenwagen saß und weiß Gott was trieb. Nachdem alle anderen fort waren, kam Gino nach drinnen und setzte sich zu Magozzi und Grace an den Küchentisch.

«Seid ihr beide so weit okay?»

Magozzi und Grace sahen einander an, aber keiner von beiden sagte etwas, und Gino konnte auch nicht in ihren Gesichtern lesen. Er wartete ein Weile und fühlte sich von Minute zu Minute unbehaglicher. Es stand eine offene Flasche Wein auf dem Tisch, deren Etikett mit anscheinend französischen Wörtern bedruckt war. McLaren würde es wissen, Gino war es egal. «Leo, schenk mir doch bitte ein Glas ein, ja? Und erzähle mir, was der Junge zu dir gesagt hat und was du noch weißt.»

Magozzi wandte den Blick von Grace ab. Seit es geschehen war, hatte sie kein Wort mehr zu ihm gesagt. Zum letzten Mal hatte er ihre Stimme gehört, als sie McLaren gegenüber ihre Aussagen gemacht hatte. «Er hat gar nichts gesagt, sondern ist nur den Weg raufgekommen und hat mich aufgefordert, ins Haus zu gehen.» Er ging zum Schrank, um ein Glas zu holen, und stellte es Gino hin.

«Aber du hast Grace vorher ins Haus geschickt. Warum hast du das getan?»

Achselzuckend sagte Magozzi: «Ich sah ihn kommen und hatte ein ungutes Gefühl.»

«Er hat mir das Leben gerettet», sagte Grace leise, aber Magozzi schüttelte den Kopf.

«Sie hat meins gerettet.»

Gino verdrehte die Augen und griff nach der Flasche. «Oh, bitte. Ich habe draußen mit McLaren geredet. Er hat schon von der Gesellschaft gegenseitiger Bewunderung gehört, die ihr zwei anscheinend gegründet habt. Ihr seid wahrhaftig ein dynamisches Duo, und ich finde das prima, aber lassen wir es mal gut sein. Ihr habt also keine Ahnung, warum er hergekommen ist, um euch abzumurksen?»

«Ich nehme an, weil ich seinen Freund getötet habe.»

«Das stimmt so nicht, Kumpel. Du hast seinen Bruder getötet.»

Magozzi schaute ihn mit großen Augen an. «Tim Matson war Jeff Montgomerys Bruder? Der tote?»

«Der und kein anderer. Ich habe im Streifenwagen ein paar Sachen aus ihm rausgekriegt.»

Grace sah Gino zum ersten Mal direkt an. «Was haben Sie mit ihm gemacht?»

«Nichts.» Gino hob abwehrend die Hand. «Ich schwöre bei Gott. Habe ihm zwar ziemlich abrupt das Klebeband vom Mund gerissen, aber das sollte nur seinem Wohlbefinden dienen. Und ihm natürlich das Sprechen erleichtern. Es scheint so, als hätten die beiden Brüder die Geschichte schon seit mehr als einem Jahr geplant und ihre Ärsche auf alle erdenkliche Weise abgesichert. Sein angeblicher Tod gehörte zu dem Plan. Sie dachten sich, wenn Montgomery erwischt würde, bevor er all die Leute umgelegt hatte, die für den Tod ihres Vaters verantwortlich waren, wäre da noch ein anderer Bruder, nach dem niemand suchen würde, und der könnte den Job zu Ende bringen. Mann, ich kann dir sagen, die Unterhaltung mit dem Knaben wird mir noch in vielen Jahren Albträume bescheren. Eiskalt. Der gute alte Dad hat ganze Arbeit geleistet, die beiden zu indoktrinieren, aber ich glaube, diesem wurde es in die Wiege gelegt. Wie sich herausstellt, hat er Ben Schuler ermordet und sich einen Spaß daraus gemacht, mit dem alten Mann zu spielen, bevor er ihn umbrachte. Als er hörte, dass du Jeff getötet hast, bist du sofort auf Platz eins seiner Todesliste gewandert, aber nachdem er das hier erledigt hatte, wollte er Jack Gilbert umlegen.»

«Das hat er einfach so ausgeplaudert?», fragte Magozzi. «Ohne nach einem Anwalt zu verlangen?»

Ginos Gesicht verfinsterte sich, und er kratzte sich am Kopf. «Das ist ja der Hammer. Er ist so verflucht stolz auf sich, dass ich am liebsten gekotzt hätte. Er sieht sich als eine Art Märtyrer. Was willst du wetten, dass wir ihn in ungefähr einer Woche in *Dateline* sehen, dann fängt er an, Bücher zu schreiben, und sie stellen ihm einen Computer in die Zelle und richten ihm eine eigene Website ein. Scheiße, Leo, deswegen hasse ich es, dass Minnesota keine Todesstrafe hat. Wir machen diese Typen nur zu Prominenten.»

Er sah hinüber zu Grace. «Sie haben den Kerl nicht erschossen, Grace. Das hat mich echt beeindruckt.»

«Ich hatte keine Waffe.»

Gino wollte schon mit «Ja, genau» kontern, aber dann bemerkte er, dass sie ihr Schulterhalfter nicht trug, und fragte sich, wie ihm das entgangen sein konnte. «Du heilige Scheiße. Sie sind ohne Waffe hergekommen?»

Sie blickte ihm direkt in die Augen, und zum ersten Mal sah Gino Rolseth, dass Grace MacBride richtig lächelte. Sie zeigte sogar ein wenig Zähne, und, alle Achtung, sie hatte tolle Zähne.

Ein breites Grinsen überzog sein Gesicht, und er zeigte ihr den erhobenen Daumen. «Weiter so, Gracie. Echt.»

Nachdem Gino gegangen war, wollte Grace das Beef Wellington wegwerfen. Magozzi wusste, dass sie vorhatte, sauber zu machen und im Haus alle Spuren von sich zu beseitigen, bevor sie ging.

Er nahm ihr die Kasserolle aus der Hand, griff sich eine Gabel und fing zu essen an, wobei er von der absolut lächerlichen Annahme ausging, dass sie nicht gehen würde, solange er sich nur an der Kasserolle festhielt. Sie musste warten, bis er fertig gegessen hatte, und er brauchte die Zeit.

«Um Gottes willen, Magozzi, iss das nicht. Es hat mehr als zwei Stunden im warmen Backofen gestanden. Die Teigkruste ist völlig durchgeweicht. Das Fleisch ist hinüber. Du wirst noch dran sterben.»

«Es schmeckt köstlich.» Er sah sie absichtlich nicht an. Er setzte sich an den Tisch, schlang die Arme um die Kasserolle und aß weiter.

«Füll es dir wenigstens auf einen Teller …»

«Nein!»

Grace setzte sich, sah ihm beim Essen zu und wartete.

Magozzi sah unverwandt auf die Kasserolle. «Ich wollte ein Feuer machen. Wir hätten davor gesessen und Wein getrunken, und später hätte ich dich so geküsst, dass es dir die Stiefel ausgezogen hätte.»

«Ist das wahr?»

«Das war der Plan.»

Grace griff hinüber, löste seine Hände von der hässlichen, eingedellten Aluminiumkasserolle und zog sie weg. «Es tut mir leid, Magozzi, aber dafür ist es ein wenig zu spät.»

Ungefähr zwei Sekunden lang sah er hinunter auf den dämlichen Tisch und dachte, nein, es war nicht zu spät – zumindest nicht für die Abteilung Küssen –, es wurde höchste Zeit, dass er aufhörte, um den heißen Brei zu schleichen, und stattdessen die Angelegenheit in die Hand nahm. Er sprang vom Stuhl auf und drehte sich, um sie an sich zu ziehen, aber sie war nicht da. Verflucht, war sie schnell.

Sie stand im Wohnzimmer, einen Fuß auf der Treppe, die nach oben ins Schlafzimmer führte. Sie lächelte ihn an. «Also, Magozzi, was hat dich so lange aufgehalten?»

Er stand da, sah sie an und hatte das Gefühl, als versuche er zu fliegen, könne aber den Aufwind nicht erwischen. «Fährst du immer noch morgen nach Arizona?»

Grace seufzte, wie immer ungeduldig mit ihm, wenn er sich zu sehr in Regeln oder Vorschriften verhedderte oder zu weit in die Zukunft dachte.

«Magozzi, bis dahin sind es noch Stunden und Stunden.»